연암과 선귤당의 대화

연암과 선귤당의 대화
―『종북소선』의 평점비평 연구

박희병 지음

2010년 8월 30일 초판 1쇄 발행

펴낸이 한철희 | 펴낸곳 돌베개 | 등록 1979년 8월 25일 제406-2003-018호
주소 (413-756) 경기도 파주시 교하읍 문발리 파주출판도시 532-4
전화 (031) 955-5020 | 팩스 (031) 955-5050
홈페이지 www.dolbegae.com | 전자우편 book@dolbegae.co.kr

책임편집 이경아 | 편집 조성웅·소은주·좌세훈·권영민·김태권·김진구·김혜영
표지디자인 민진기디자인 | 본문디자인 이은정·박정영
제작·관리 윤국중·이수민 | 마케팅 심찬식·고운성·조원형
인쇄·제본 한영문화사

ISBN 978-89-7199-402-3 03810

이 도서의 국립중앙도서관 출판시도서목록(CIP)은 e-CIP 홈페이지
(http://www.nl.go.kr/cip.php)에서 이용하실 수 있습니다.(CIP제어번호: CIP2010002800)

연암과 선귤당의 대화

『종북소선』의 평점비평 연구

박희병 지음

돌베개

책머리에

이 책은 선귤당蟬橘堂 이덕무李德懋(1741~1793)의 비평서인『종북소
선』鍾北小選에 대한 연구서다.『종북소선』은 연암 박지원의 기문奇文
10편에 대해 비평을 가한 책이다. 지금까지『종북소선』은 박지원의
자찬自撰 산문집으로 잘못 알려져 왔는데, 실은 이덕무가 글을 뽑고
평을 붙여 엮은 책이다. 전근대 동아시아에서는 이런 책을 '평선서'評
選書라고 불렀으며, 하나의 독자적인 저술로 간주하였다.

『종북소선』은 학계에 그리 널리 알려진 책이 아니며, 본격적인
연구도 이루어져 있지 않다. 하지만 이 책은 한국 비평사와 정신사에
서 대단히 주목해야 할 문제적 저작이다.

이덕무에 대해서는 이런저런 연구가 비교적 많이 축적되어 있다.
그러나 산문비평가로서의 면모는 여태껏 연구된 적이 없다. 이덕무는
조선 시대 최고의 산문비평가였다. 미학적 깊이와 통찰력, 정신적 높
이에서 그를 능가하는 사람은 아무도 없었다. 그러니 이덕무의 가장
이덕무다운 점은 다름 아닌 바로 이 비평가로서의 면모에서 찾아져야
한다고 나는 생각한다. 그리고 이덕무의 비평가로서의 면모를 가장
잘 보여주는 자료가 바로 이『종북소선』인 것이다.

박지원과 이덕무는 사제 간이자 벗 사이였다. 박지원은 당대에

이미 문장가로 이름이 높았다. 이덕무는 이런 박지원 산문의 정수精髓를 비평적으로 드러내기 위해 고도의 집중을 발휘하고 심혈을 기울여서『종북소선』이라는 비평서를 저술했다. 그 결과, 이덕무는 작가와 비평가 간의 '대화적 관계'를 극대화하면서 동아시아의 비평사적 창안創案에 해당한다고 할 아주 독특한 비평 형식을 창조해 낼 수 있었다. 본서는 이덕무의 비평적 글쓰기에 내재된 이 중요한 미학적·존재론적 함의를, '존재관련'이라는 개념을 통해 해명해 내고자 하였다.

근대비평은 객관성을 신비화하고 특권화한 탓에 작가와 비평가 간의 정신적 대화와 교감의 측면을 경시하였다. 그 대신 비평가는, 종종 작가가 이해할 수 없거나 알아듣기 어려운 고답적인 말로써 작가를 평하거나 작품을 재단함으로써, 비평가와 작가, 나아가 비평가와 독자 사이에 심각한 소통의 장애가 생기게 되었다. 그리하여 비평가는 소수의 비평가끼리만 대화하거나, 허공에 대고 혼자 말하는 상황이 초래되고 말았다. 상호이해와 대화를 홀시한 비평의 오만과 독주가 낳은 결과다. 이는 자칫 비평의 황폐화와 죽음을 초래할 수도 있다.

작가와 비평가 간의 '대화'로서의 면모가 강한『종북소선』의 비평은, 만일 근대비평의 눈으로 본다면 비객관적이고 느슨한 것으로 보일지도 모르지만, 기실 작가 및 독자와의 깊은 교감을 꾀하고 있으며, 이 점에서 간주관적間主觀的이고 소통적이다. 그것은 비평가 1인의 '영도적'領導的 주체성을 강조하는 근대비평의 방식이나 태도와는 완전히 딴판이다. 따라서 근대비평은, 동아시아 문화권에서 오랜 동안 발전해 온 평점비평評點批評의 전통 위에서 성립된『종북소선』비평의 미학적·존재론적 전제로부터 뭔가 배울 점이 있지 않을까 생각한다.

평점비평에 대한 한국과 중국 학계의 연구 수준은 아직 그리 높지 않다. 이런 사정으로 인해 본서는 평어評語의 다양한 형식들에 함축된 미학적·문예학적 의미관련을 이론적으로 하나하나 정초定礎하지 않으면 안 되었다. 또한 『종북소선』에는 실증적으로 규명해야 할 몇 가지 중요한 문제들이 존재한다. 이 문제들을 회피해서는 학문적인 깊이를 담보할 수 없다. 그렇기는 하나 이와 씨름하다 보니 본서의 어떤 부분은 논의가 좀 지리하게 된 면이 없지 않다. 본서의 제3장 제1절과 제5장 제1절이 그러하다. 혹 일반 독자 가운데 이 책을 읽는 분이 계시다면 이 부분은 건너뛰거나 맨 나중에 읽으실 것을 권한다.

나는 4년 전 나의 연구실 학우들과 『종북소선』을 매주 강독하며 역주譯注 작업을 하였다. 돌이켜 생각하면 더없이 행복하고 즐거운 시절이었다. 본서는 그때의 공부가 바탕이 되었다. 당시 공동작업한 『종북소선』 역주는 본서의 출간에 맞춰 별도의 책으로 간행될 예정이다.

한 권의 책을 내는 데 참 많은 사람의 신세를 지게 된다는 사실을 나이가 들수록 절감하게 된다. 같이 공부하는 유정열 군이 필요한 자료를 챙겨 주고 교정을 봐 주지 않았다면, 김대중 군이 소중한 자료들을 제공해 주지 않았다면, 이 책은 아직 세상에 나오지 못했을 것이다. 이 두 사람에게 먼저 감사의 뜻을 전한다. 색인 작성을 도와준 김민영 군에게도 감사의 말을 잊을 수 없다. 그리고 돌베개의 이경아 씨를 비롯한 편집부의 여러분께도, 늘 감사하고 있지만, 감사하다는 말을 다시 한 번 전하고자 한다.

지상의 아름다운 것들이 급속하게 사라져 가고 있듯 전全인격적인 인간관계 역시 목하 사라져 가고 있는 듯하다. 변변찮은 책이지만, 존재의 완전한 상호이해를 꿈꾸는 사람들에게 이 책을 바치고 싶다.

2010년 8월
박희병

차례

제1장
비평서로서의 『종북소선』

『종북소선』鐘北小選은 선귤당蟬橘堂* 이덕무李德懋(1741~1793)가 연암燕巖 박지원朴趾源(1737~1805)의 산문 10편을 뽑아 평점評點을 붙인 필사본 책이다.[1] 이 책의 글씨는 모두 이덕무의 친필이다. '평점'이란 평어評語와 권점圈點을 말한다. '평어'는 논평한 말을 말하고, '권점'은 중요하거나 잘된 구절에 동그라미를 치거나 점을 찍은 것을 말한다. 평어와 권점은 모두 비평 행위에 속한다.

'종북소선'鐘北小選은 '종북에서 엮은 작은 선집'이라는 뜻이다. '종북'鐘北은 종루鐘樓, 즉 종각鐘閣의 북쪽을 뜻한다. 당시 이덕무가 살던 대사동大寺洞[2]의 거주지를 이렇게 표현했다. 그러므로, 이 책 제목은 '이덕무가 엮은 작은 선집'이라는 뜻을 겸손하게 말한 것이다.

종래 『종북소선』은 박지원이 자찬自撰한 책으로 잘못 알려져 왔다. 이런 오류는 박지원의 아들 박종채朴宗采(1780~1835)가 엮은 『연암집』燕巖集에서 비롯되는데,[3] 이후 일제강점기에 편찬된 박영철본 『연

---

* '선귤당'(蟬橘堂)은 이덕무의 당호(堂號)다. 이덕무는 매미의 깨끗함과 귤의 향기로움을 본받겠다는 취지에서 이런 호를 사용하였다. 이덕무에게는 선귤당 외에도 '청장관'(青莊館), '형암'(炯菴) 등 여러 호가 있다.

암집』에 이르기까지 쭉 답습되었다.[4]

박지원은 1768년에 백탑白塔[5] 부근으로 이사와 1771년까지 거주하였다. 박지원의 나이 32세에서 35세 때까지다. 박지원의 집 부근에는 이덕무, 서상수徐常修(1735~1793), 유금柳琴(1741~1788), 유득공柳得恭(1748~1807), 이서구李書九(1754~1825) 등 이른바 '연암 일파'로 일컬어지는 문인·학사들이 살고 있었다. 박제가朴齊家(1750~1805)는 다소 떨어진 곳에 살고 있었지만 그럼에도 하루가 멀다 하고 백탑 부근의 동지同志들 집으로 찾아와 문회文會를 갖거나 살뜰한 담소를 나누곤 하였다. 이 시기 연암 일파가 지은 산문이나 주고받은 편지, 수창酬唱한 시들을 모아 엮은 책이 곧 『백탑청연집』白塔淸緣集[6]이다.

박지원은 백탑 부근에 살기 전에는 삼청동에 살았는데, 이 무렵 '무릉씨'武陵氏 혹은 '무릉도인'武陵道人이라는 호를 사용했던 것으로 생각된다. 인근에 도화동桃花洞[7]이 있었고 또 자신이 살던 삼청동에도 복사나무가 많아 이런 호를 지었을 터이다.[8] 박지원은 1768년 백탑 부근으로 이사하면서 집의 당호堂號를 '공작관'孔雀館이라 하고, 이를 자신의 새로운 호로 사용하였다. 그러므로 우리는 박지원의 생애에서 이 시기를 '공작관 시절'이라고 부를 수 있을 것이다.

박지원은 30대 전반前半에 해당하는 공작관 시절에 많은 명문을 남겼다. 이 시기에 그는 취향을 같이하는 문생 및 우인友人들과 깊은 인간적·문예적 교류를 했으며, 이를 바탕으로 정신적·예술적 가치가 높은 주옥 같은 명편들을 창조해 낼 수 있었다. 이 시기 박지원의 산문들은 예리하면서도 원숙하고, 참신하면서도 그윽하며, 힘이 넘치면서도 내면으로의 침잠을 보여주며, 발랄하면서도 묵직하다. 말하자면 이 시기 박지원은 작가로서 그 기량과 사유 수준이 아주 높아져, 이미 입신入神의 경지에 들어섰다 이를 만하다. 박지원은 공작관 시절인

1769년(33세) 겨울에 자신의 산문들을 모아 『공작관집』孔雀館集이라는 책을 엮었다.[9]

　『종북소선』에 실린 박지원의 글들은 대체로 바로 이 『공작관집』에 들어 있던 것들로 추정된다. 이덕무는 젊은 시절부터 문학비평에 큰 흥미를 보였는데, 서른살 전후 무렵 자신이 읽은 박지원의 글 가운데 특히 인상적인 것들을 대상으로 삼아 한 편 한 편 평점을 붙이는 작업을 시도하였다. 이를 모은 것이 바로 『종북소선』이다.

　그러므로, 이 책은 단순히 박지원의 산문 선집이 아니며, 박지원의 산문을 대상으로 한 '비평서'라고 보아야 옳다. 종래 동아시아의 전근대 문학 질서 속에서는 이런 책이 '평선본'評選本 혹은 '비선본'批選本이라고 불렸다. 평론이 붙은 작품 선집이라는 뜻이다.* 또한 평선評選, 즉 '평점비평'에 특장特長이 있는 사람은 '평점가'評點家로서 특별한 주목을 받았다. 평선본 및 평점가의 고유한 문학적 가치를 인정한 것이다.[10] 더 나아가 이런 평점 행위를 '평점학'評點學으로 간주함으로써[11] 그 독자적인 문예 영역을 긍정하였다. 청나라 평보청平步靑의 『하외군설』霞外攟屑에 이런 말이 보인다.

　　고인古人의 평점은 모두 그 대상이 된 책과 나란히 후세에 전한다. 송나라의 사첩산謝疊山과 누우재樓迂齋, 근대의 당형천唐荊川과 모녹문茅鹿門은 모두 책을 쓴다는 정신으로 평점을 붙였는데, 이는 곧 저서의 일종이다.[12]

---

* '선'(選) 행위와 '평'(評) 행위가 밀접한 관련이 있음은 청나라 문인 요연(廖燕, 1644~1705)이 쓴 「評文說」(『廖燕全集』 권11, 林子雄 點校, 上海: 上海古籍出版社, 2005)에 잘 드러나 있다. 이 글에 대한 분석으로는 李蓓, 『廖燕硏究』(成都: 巴蜀書社, 2006)의 제4장 제4절 '論文學評點的意義'가 참조된다.

이런 관점에 따르면 『종북소선』은 의당 이덕무의 하나의 독자적 저술이다.

『종북소선』에는 그 내제內題 바로 뒤에

左蘇山人 著　因樹屋 批

槑宕 評閱

이라 기재되어 있다. '左蘇山人'(좌소산인) '因樹屋'(인수옥) '槑宕'(매탕)은 모두 이덕무의 호다. 이 점에 대해서는 본서의 제3장 제1절에서 상론한다. '좌소산인 저'라고 표기한 데서 이덕무 스스로 이 책을 자신의 저술로 생각했음을 알 수 있다. '批'(비)는 방비旁批(작품의 행간에 작은 글씨로 쓴 평어)와 권점을 뜻한다. '評閱'(평열)은 '글을 읽고 평어를 붙였다'는 뜻이다. 이덕무는 왜 인수옥과 매탕이라는 두 개의 호를 사용함으로써 마치 두 사람이 분담하여 평점 작업을 한 것처럼 보이게 해놓았을까? 이 점에 대한 논의도 뒤로 미룬다. 여기서는 다만 『종북소선』의 권점과 평어가 모두 이덕무의 것임을, 다시 말해 『종북소선』이라는 평선서評選書가 이덕무 1인의 손에서 나온 것임을 지적하는 선에서 그친다.

『종북소선』의 평어는 다채롭고 곡진하다. 이덕무는 자신의 스승이기도 하고 둘도 없는 벗이기도 했던 박지원을 위해, 혼신의 힘을 다해, 그리하여 자신의 문예적 역량과 비평적 감수성을 모두 발휘해 비평 행위를 한 것으로 여겨진다. 이 때문이겠지만, 『종북소선』에 가해진 이덕무의 평어, 특히 미비眉批(책 상단에 적은 평어)는 그 자체가 한 편의 빼어난 '예술산문'으로서의 면모를 보여준다. 이 점에서 이덕무의 비평문은 박지원의 탁발卓拔한 산문과 좋은 호응을 이룬다. 그리하여 박지원의 글과 이덕무의 평점은 서로 마주보면서 대화하고, 눈빛을 교환하고, 이심전심을 빚어내면서, 묘한 조화와 상승上昇을 이룩하고 있다. 그 결과, 박지원의 글은 이덕무가 붙인 평점 때문에 더욱 이채를 발하게 되고, 이덕무의 평점은 박지원의 신운유동神韻流動하는 글로 인하여 놀라운 생기와 민첩함과 발랄함을 보일 수 있었다. 이 점에서 『종북소선』이라는 텍스트를 매개로 한 이 두 사람의 독특한 방식의 정신적·심미적 대화는 우리 문학사에서 주목해야 할 하나의 특별한 '사건'이라고 함직하다.

어떻게 비평을 통해 이런 '대화'가 가능할 수 있었을까? 그리하여 두 사람의 정신과 감정이 높은 경지에서 소통되고 혼융될 수 있었을까? 세 가지 사실이 지적될 필요가 있다.

하나는, 박지원 주변의 인물 중 박지원과 정서적·인간적·문예적으로 깊은 교감을 나눈 사람으로 이덕무만한 사람이 없었다는 사실이다. 박지원은 이덕무의 인격과 인간성, 그 문예적 취향에 깊은 신뢰를 품고 있었다. 이덕무 역시 박지원에게 깊은 이해와 존경심을 품고 있었다.

다른 하나는, 이덕무가 당대 1급의 비평가, 특히 1급의 산문비평가였다는 사실이다.

또다른 하나는, 이덕무가 동아시아에서 발전되어 온 평점비평을 잘 활용하여 그 가능성의 어떤 부분을 강화하거나 계발, 확장했다는 사실이다. 원래 평점비평에는 어느 정도 작가와 비평가의 심혼心魂의 교감이 존재한다. 하지만 주목해야 할 것은 『종북소선』에서 이덕무는 평점비평의 이런 일반적 면모를 훨씬 뛰어넘는 수준에서 작가와 실존적 관계를 맺고 있다는 점이다. 본서는 작가와 비평가가 보여주는 이 특별한 정신적·미적 교섭 양상을 '대화적 관계'로 파악한다. 대화적 관계란, 꼭 서로 얼굴을 마주하고 실제 대화를 나누는 것은 아니라 할지라도, 깊은 상호이해를 목적으로 정서적이거나 정신적이거나 심미적審美的으로 서로 교감하고 교류하는 관계를 의미한다. 이 관계는 두 관계 당사자의 서로 마주봄, 상호존중과 신뢰, 깊은 인간적 유대와 정서적 공감 위에서 성립된다.

이 세 가지에 힘입어 우리나라 문학사에서, 나아가 동아시아 문학사에서, 참으로 희귀하면서도 내면적 진정성이 빼어난 『종북소선』이라는 평선서가 탄생될 수 있었던 것이다.

근대비평은 비평의 객관성을 강조하다 보니 비평가와 작가 간의 대화가 약화된 측면이 없지 않다. 객관성을 손쉽게 특권화하고 신비화한 댓가일 것이다. 상호이해와 간주관성間主觀性의 경시는 비평의 전횡과 독주를 낳게 마련이며,* 이는 결국 비평의 황폐화, 비평의 죽음으로 이어질 수 있다는 사실에 유의하지 않으면 안 된다. 깊은 상호이해와 대화적 관계 위에 정초定礎된 『종북소선』의 평점비평은 혹 근대비평의 시각으로 본다면 불완전하고 기괴하게 보일지 모르지만, 만일 근대비평의 틀을 벗어나 생각해 본다면 근대비평과는 다른 장점을 보여주는 것일 수 있다. 이 점에서 『종북소선』의 비평은 과거 속에 닫혀 있지 않으며, 미래를 향해 열려 있다. 근대비평의 한계와 틀을 성찰하면서 새로운 비평의 가능성을 모색하는 일단의 계기가

---

* 근대의 비평가는 작가와 대화하려고 하기보다 판관(判官)으로서 판결을 내리려는 자세가 두드러진다. 비평가는 작가와 대화하면서 더 높은 정신, 더 높은 안목을 독자에게 제시하려고 하기보다는 작가를 가르치고 지도하면서 그 위에 군림하려는 태도를 취하기 일쑤다. 그 결과 작가가 도저히 이해할 수 없는 비평이 쏟아져 나오곤 한다. 이런 비평은 작가들에게는 말할 것도 없고 일반 독자들에게도 소외되게 마련이며, 자폐(自閉) 혹은 자기소외의 운명과 맞닥뜨릴 수밖에 없다.

됨으로써다.

하지만 비평가로서의 이덕무의 면모는 아직 학계에 제대로 알려진 바 없다. 종래 이덕무는 대체로 산문작가 아니면 시인으로 연구되어 왔을 뿐이다. 그리고 그가 소설을 폄하하는 주장을 펼친 것이 소설론의 관점에서 다소 거론되어 온 것이 고작이다. 이덕무는 산문가나 시인으로서도 높은 성취를 이룬 작가라 할 수 있겠으나, 정작 그의 '독보적' 면모는 비평가적 안목과 감수성, 비평적 글쓰기에서 찾아야 한다는 것이 나의 생각이다.[13] 이덕무는 '이론비평'보다는 '실제비평'에서 타의 추종을 불허하는 대단히 뛰어난 능력을 발휘했는데, 이 점을 가장 잘 보여주는 자료가 바로 『종북소선』이다.

그러므로 본서는 『종북소선』의 검토를 통해 비평가로서의 이덕무의 존재를 우리 문학사에 뚜렷이 각인시킴과 동시에 그 비평의 주목되는 특점特點을 살펴보는 것을 목적으로 삼는다.

제2장

비평가 이덕무와 슬픔의 미학

2.1.　이덕무는 10대 후반에 이미 비평 행위에 관심을 갖기 시작한 것으로 보인다. 절친하게 지낸 이서구에게 보낸 다음 편지에서 그 점이 확인된다.

> 그대가 장서를 내게 맡겨 나의 자필로 교정校訂하고 평점評點하게 하겠노라고 한 말을 듣고 기뻐서 잠을 이루지 못했소. 열여덟아홉 살 때 나는 거처하던 방 이름을 '구서재'九書齋라 했는데, '구서'九書란 곧 독서讀書, 간서看書, 장서藏書, 초서鈔書, 교서校書, 평서評書, 저서著書, 차서借書, 포서曝書를 말하오.¹

이 인용문 중의 '평서'評書라는 단어는 글(혹은 책)에 대한 비평을 뜻하는 말이다. 그러므로 이 단어를 통해 이덕무가 18, 9세에 이미 비평에 관심을 가졌음을 알 수 있다. 이 편지는 이덕무의 20대 후반이나 늦어도 30대 초에 쓴 것으로 추정된다.² 이덕무가 『종북소선』에 비평을 가한 것은 1771년, 그의 나이 31세 때 일이니,³ 이 편지는 그 전후前後에 씌어진 것이라 할 수 있다. 이 편지를 통해 30세 무렵 이덕무가 비평 활동에 심취해 있었음을 알 수 있다.

이덕무가 문예비평에 깊이 경도되어 있었다는 사실, 그리고 그의 비평가적 안목이 당대에 아주 높은 평가를 받고 있었다는 사실은 여러 기록에서 확인된다. 이들 기록을 자세히 검토하는 일은 자못 번거로운 일이지만, 『종북소선』의 비평 양상에 대한 본격적 논의에 들어가기에 앞서 문예비평가로서의 이덕무의 면모를 예비적으로 살펴두는 것이 필요하다고 판단되므로 번거로움을 무릅쓰고 약간 언급해 두기로 한다.

다음 자료는 이덕무의 비평 행위가 전개되는 은밀한 지점을 이덕무 스스로 개진하고 있는 글이다.

> 내가 평소 일삼는 바를 보면, 남의 잘 쓴 글을 읽으며 미친 듯이 소리 치고 크게 손뼉을 치면서 맘껏 평필評筆을 놀리는 일이니, 또한 우주간宇宙間의 한 유희다.[4]

인용문 중 "미친 듯이 소리 치고 크게 손뼉을 치면서"라는 말은 작품에 대한 깊은 심미적 공감을 의미하는 것으로 보인다. 심미적 공감의 결과 작품을 깊이 감수感受하게 되고, 깊은 감수의 결과 작품에 대한 심원한 이해와 감상에 도달할 수 있게 되는바, 바로 이 순간 비평이 쏟아져 나올 터이다.

인용문 중 "맘껏 평필을 놀리는 것이니"의 원문은 "評筆掀翻"(평필흔번)인데, '掀翻'(흔번)은 '비등飛騰하다' '변동飜動하다'는 뜻이니, 붓이 넘실넘실 춤추는 것을 이른다. 이 단어는 이덕무가 비평 작업을 수행하는 현장 풍경을 더없이 잘 압축하고 있다고 판단된다. 작품이라는 미적 대상과 비평가의 주체적 인식 행위(혹은 고도의 미적 향수享受 행위)가 주·객관적으로 상호침투되면서 일순간 획득되는 어떤 고양

된 미적·사변적 판단과 정서적 홍치가 이 단어 속에서 감지됨으로써
다. 그런 점에서 위 인용문은 이덕무의 비평 행위가 미적美的이면서
지적知的이고, 정서적이면서 실존적인, 하나의 특수한 창작 행위임을
보여준다. 이덕무 당대 조선의 비평가들은 물론이려니와 전근대 시기
동아시아의 비평가들이 모두 이덕무와 같은 이런 면모를 보여주는 것
은 아닐 터이다. 비평 행위에의 혹애惑愛, 그리하여 일종의 황홀경恍惚境
에서 비평적 글쓰기를 수행한다는 바로 이 점에 이덕무의 비평가로서
의 남다른 면모가 있는 게 아닐까.

그렇다면 이덕무는 남의 글을 비평할 때 무엇이 가장 중요하다고
생각했을까? 아래의 글에서 그 답이 발견된다.

> 시문詩文을 볼 때는 먼저 작자의 정경情境을 더듬어 봐야 한
> 다.[5]

20대에 쓴 『선귤당농소』蟬橘堂濃笑라는 책에 나오는 말이다. 작자
의 정경情境을 아는 것, 이것이 남의 글을 볼 때 가장 중요하다고 했
다. '정경'情境이란 무엇인가? 마음의 거소居所, 곧 마음의 상태와 움직
임을 뜻한다. 그 점에서 '정경'이라는 말은, 좀 더 어려운 말로는 '의
경'意境, 좀 더 쉬운 말로는 '심경'心境이라는 말과 통한다. 마음의 상태
와 움직임은 아주 미묘하다. 뿐만 아니라, 한 편의 시문은 그 본질에
있어 바로 이 마음의 상태와 움직임의 외화外化요 그 수사적修辭的 조
직화일 것이다. 이렇게 본다면, 이덕무는 비평의 급선무란 외화外化된
것과 수사修辭를 따지기에 앞서 글의 기저부基底部, 즉 글의 가장 밑바
닥에 놓인 작가의 마음을 읽는 데 있다고 본 셈이다.

그런데, 비록 '정경'이라는 말이 전근대 시기에 자주 사용된 말이

기는 하지만, '의경'이나 '심경'이라는 말을 쓰지 않고 '정경'이라는 말을 사용한 것, 고쳐 말해 '정'情이라는 글자를 특히 내세운 데에는 어떤 이유가 있지 않을까? 중요한 이유가 있다고 판단된다. 이제 이 점에 대해 조금 살펴보기로 하자.

『청장관전서』를 통관通觀해 보면 이덕무는 '정'에 관하여 특별히 이론적인 논의를 펼치거나 집중적인 거론을 한 적은 없으나 여러 곳에서 짤막짤막하게 그에 대한 자신의 생각과 입장을 피력해 놓고 있다. 그것은 때로 너무 간단하거나, 스쳐 지나가기 쉽게 슬쩍 말해 놓고 있거나, 딴 이야기를 하는 도중에 발發해진 것이거나 해서, 세심하게 보지 않으면 놓쳐 버리기 쉽다. 하지만 『청장관전서』의 여기저기에 산재해 있는 정에 관한 이런 언급들을 재구성하는 일은 대단히 중요하다고 여겨진다. 왜냐하면 그것은 이덕무 비평의 입각지立脚地, 이덕무 비평의 원점原點을 드러내는 일이라고 생각되기 때문이다. 먼저 다음 자료부터 보자.

> 참된 정이 발로發露됨은 연못에서 보검寶劍이 쑥 나오거나[6] 흙을 뚫고 죽순이 쑥 나옴과 같다. 가식된 정을 꾸밈은 먹물을 매끈한 돌에 바르거나 맑은 물에 기름을 띄움과 같다. 칠정七情 중에서도 슬픔은 가장 직접적으로 발로되어 속이기 어렵다. 슬픔이 극심하여 곡哭을 할 경우 그 지극히 참된 마음을 막을 수 없는 법이다. 그러므로 진짜로 하는 곡은 뼈에 사무치고, 가짜로 하는 곡은 터럭을 건드릴 뿐이다.[7]

이덕무의 『이목구심서』耳目口心書에 나오는 말이다. 이 글이 '참된 정' 즉 '진정'眞情을 강조하고 있음은 누가 봐도 금방 알 수 있는 사실이다. 동서고금을 막론하고 참된 문학이란 참된 정에서 발원한다. 억지로 신음하고 억지로 슬퍼하고 억지로 호들갑을 떠는 것은 진짜가 아니다. 진짜가 아니니 깊은 감동을 주기 어렵다. 진짜란 마음 깊은 곳에서 우러나오고 온 몸에서 말미암는다. 다시 말해 통절한 실존적 체험과 관련된다. 위 인용문에서 이덕무가 말하고 있는 '진정'은 이런 의미일 터이다.

'진정'의 중요성에 대한 강조는 문학이 나아가야 할 방향에 대한 모색이라는 점에서 문학 노선상의 문제에 해당한다. 하지만 이런 의미의 '진정'을 꼭 이덕무만 추구한 것은 아니다. 조선 후기가 시작되자 허균許筠(1569~1618)이 일찌감치 이런 문학 노선을 추구한 바 있고, 이덕무 당대에도 이용휴李用休(1708~1782), 박지원, 이언진李彦瑱(1740~1766), 박제가, 이옥李鈺(1760~1812) 같은 문인이 이런 문학 노선을 제각기 추구하였다. 중국은 어떤가. 중국은 명말明末인 16세기 후반 17세기 초에 '정'情 혹은 '진정'을 문학의 본원으로 강조하는 작업이 사상적·문예적 방면에서 두루 전개됐으니, 이지李贄(1527~1602), 서위徐渭(1521~1593), 탕현조湯顯祖(1550~1617), 원굉도袁宏道(1568~1610), 김성탄金聖歎(?~1661) 같은 인물을 대표적으로 들 수 있다.

이렇게 본다면 '진정'을 강조한 이덕무의 위의 발언은 그리 새삼스러운 것은 못 된다. 하지만 우리가 놓쳐서는 안 될 점은, 이덕무의 진정에 대한 논의가 '슬픔'과 연결되어 있다는 사실이다. 이는 아마도 이덕무의 독특한 생각일 것이다. 원굉도를 위시한 중국의 공안파公安派는 '진정'의 핵심을 '정욕'情欲으로 이해했고, 한국의 이옥 같은 문인은 진정의 핵심이 '남녀간의 정' 즉 '애정'에 있다고 보았지만, 이덕무처럼 진정의 본질을 슬픔과 연결지어 일관되게, 그리고 사뭇 집요하게, 사고를 전개한 사람은 달리 없는 것 같다. 요컨대 이덕무는 인간 감정의 가장 진실된 국면이 다름 아닌 슬픔에서 확인된다고 확신하였다. 그리하여 '슬픔의 미학'이라 이름 할 만한 것 위에다 자신의 핵심적 문학 사상을 구축해 놓고 있는 것으로 보인다. 이 슬픔의 미학은 그의 실제비평을 안팎으로 관통하는 원리적 지침이 되고 있기에 좀 더 자세히 살펴두지 않으면 안 된다. 몇 개의 예문을 들어본다.

(가) 내가 아이 시절에 『맹자』의 다음 대목, 즉 "공자의 제자들이 스승의 3년상을 마치자 짐을 챙겨 돌아가기에 앞서, 홀로 시묘살이를 3년 더 하기로 마음먹은 자공子貢의 움막에 들어가 읍揖을 한 뒤 서로 마주보며 울다가 모두 목이 멘 뒤에야 돌아갔다"라는 대목을 읽을 적마다 눈물을 줄줄 흘리며 흐느끼지 않을 수 없었다.

그리고 불경의 다음 대목, 즉 "옛날에 부처가 열반에 드신 후 그 제자 아난阿難이 4부四部의 불경을 결집結集하고자 자리에 올라 '나는 스승에게 이렇게 들었다!'라는 말을 선창先唱하자 거기에 모인 뭇 사람이 모두 큰 소리로 엉엉 울면서 이렇게 말하였다: 스승을 뵌 게 엊그제건만, '나는 스승에게 이렇게 들었다'라는 말을 오늘 듣게 되다니!"라는 대목을 읽고는 나도 모르게 눈물을 줄줄 흘리며 느꺼웠다.

비단 문자가 사람을 감동시킬 뿐만 아니라, 스승과 제자 사이의 정이 마음에서 우러나 거짓으로 꾸미지 않은 점이 유교와 불교가 일치하는바, 슬픈 정서가 후인後人을 감동시킨다.[8]

(나) 서문장徐文長('문장'은 서위徐渭의 자字)이 지은 글의 신묘함에 대해 나는 일찍부터 탄복하여 그 기이함을 칭찬하였다.

나는 특히 「꿈을 꾼 뒤 쓴 어머니 제문」을 좋아하였다. 그 글은 다음과 같다:

"어머니께서는 지난 날

병으로 돌아가셨거늘

어찌하여 어젯밤 꿈에

아직 기세棄世하지 않으시고 병이 드신 채

방 모퉁이에 옷을 벗고 앉아

창으로 몸을 가리고 계셨는지요.

저는 어머니 병환을 살피고는

엉엉 울어 눈물이 줄줄 흘렀어요.

맥이 빨리 뛰는지라

병을 고칠 수 없음을 알면서도

나을 거라 거짓말을 하며

곧 괜찮아질 거라 했어요.

얼굴을 가리고 통곡을 하며

어머니를 부축해 침상에 넌 후

울음을 그치고 꿈을 깼는데

눈물이 아직도 얼굴에 가득했어요.

병 드신 어머니 꿈을 꾸고도

그 슬픔 이리도 못 참겠는데

꿈 깨어 어머니 죽음 슬퍼하옵는

자식의 이 마음 어떠하리까?"

서문장은 효자라고 해도 무방하다. 나는 이 글을 읽을 적마다 눈물이 갓끈을 적셔 죽을 것 같았다.[9]

(다) 무릇 문장 중 슬픔의 참된 감정을 표현한 것은 반드시 비문碑文이나 뇌문誄文(죽은 이를 애도하는 글)에서 발견된다. (…) 자질子姪의 죽음을 슬퍼한 것으로는 창려昌黎(당나라 한유)의 「제십이랑문」祭十二郎文과 방옹放翁(송나라 육유陸游)의 「지유녀」誌幼女 및 우리나라의 농암農巖(김창협金昌協)이 아들 숭겸崇謙을 곡哭한 두 편의 글이 눈물을 흘리며 흐느끼게 한다. (…) 자신이 알지 못하는 사람을 곡한 글로는 왕양명王陽明의 「어떤 나그네를 묻어 주고서」[10] 같은 글이 있는데, 많이 얻어 볼 수 없는 글이며, 천고千古에 사람의 마음을 감동시킨다.[11]

(라) 박미중朴美仲('미중'은 박지원의 자字) 선생은 "영웅과 미인은 눈물이 많다"라고 했다. 나는 영웅도 아니고 미인도 아니다. 하지만 이 『회우록』會友錄을 한 번 읽자 눈물이 줄줄 난다. (…) 이 책을 읽고 나서 상심에 잠기지 않는다면 인정人情이 아니다.[12]

상기 인용문은 모두 슬픔의 진실성, 인간 감정에 있어서 그리고 문학에 있어서 슬픔이라는 감정이 점하는 핵심적 중요성에 대해 말하고 있다.

주목되는 점은, (라) 하나를 제외하고는 모두 '죽음'과 관련된 슬픔이라는 사실이다. 슬픔에도 여러 종류가 있을 수 있지만 가까운 사람의 죽음에서 비롯되는 슬픔보다 더 깊고 절절한 슬픔은 없을 터이다. 이덕무는 바로 이 죽음과 슬픔의 특별한 관계에 대해 대단히 예민한 후각을 드러내고 있으며, 그것을 미적 가치 판단의 문제로까지 연결시키고 있다. 전근대 시기 한국의 작가나 비평가 가운데 이처럼

'죽음'을 문학적 가치 판단의 문제나 비평의 규준規準과 연관지어 본 사람은 이덕무 말고는 달리 없다. '죽음'은 우리가 늘 목도하는 바로서, 인간 삶의 본질적인 국면이다. 익숙한 존재의 죽음 앞에서 인간이 보이는 감정과 반응은 극히 원초적이며, 가식과 작위가 끼어들기 어렵다. 그 때문에 인간적이고, 진실되다. 깊은 슬픔은 쉽게 전이轉移된다. 그리하여 익숙한 것과의 영원한 결별 앞에서 하염없이 슬퍼하는 사람의 주변 사람도 까닭없이 슬퍼져 눈물을 흘리게 된다. 게다가 주변의 슬픔에 좀 더 예민하게 공감하는 사람이 있는가 하면 그렇지 못한 사람도 있다. 슬픔의 공감 능력에 개인차가 존재하는 것이다.*

사람과 사람의 관계만 그런 것이 아니라, 작품과 사람의 관계도 마찬가지다. 사별死別한 사람을 슬퍼한 글은 그것을 읽는 사람의 마음을 슬프게 한다. 글에 내재된 슬픔이 깊고 절절할수록 글을 읽는 사람은 더욱 더 그 슬픔에 공감하게 된다. 그리하여 까닭없이 눈물을 흘리게까지 된다. 눈물을 흘린다는 것은 무엇인가? 공감을 느끼고 감동을

---

* 이런 개인차는 비단 생물학적 차이에서만 기인하는 것으로 간주되어서는 안 되며, 오히려 각 개인의 성장 과정이나 그 처한 환경 등 체험의 차이에서 기인하는 면이 크다고 생각된다. 뿐만 아니라, 특정 개인이 속해 있는 문화적 '틀'이라든가 각 개인이 기대고 있는 이념이나 종교와도 관련이 적지 않다. 그런 점에서, 개인에 따라 슬픔의 전이에 왜 큰 차이가 나타나는가 하는 문제는, 단지 개인적으로만 접근해서는 안 되며, 사회적이고 역사적이며 문화적으로 접근해야 할 문제라고 생각된다. 가령 오늘날의 한국인은 일반적으로 볼 때 이전에 비해 남의 슬픔에 공감하는 능력을 현저히 잃어 버렸다고 판단되는데, 그 원인을 규명하기 위해서는 역사적·사회적·문화적 접근이 요청될 터이다. 이른바 사이코패스적 인간은 슬픔이나 연민을 전연 느끼지 못하는 특징을 보이는 것으로 알려져 있다. 다시 말해 슬픔의 공감 능력이 없는 것이다. 이런 인간은 비단 범죄자에서만이 아니라 정치가나 기업가 집단에서도 종종 발견되는 것으로 보고되어 있다. 왜 이런 사이코패스적 인간이 등장하고 계속 증식하는가 하는 문제는 뇌과학(brain science)의 연구 대상으로 한정될 수 없으며, 사회적·역사적 각도에서의 검토를 요하는 문제다.

받았음을 뜻하는 신체적 반응이다. 위 인용문에서는 예외없이 '눈물을 흘린다'는 표현이 발견된다. 이덕무의 이런 표현은 단순한 감상感傷이나 과도한 낭만성으로 받아들여져서는 안 된다. 그것은 인간이 지닌 가장 깊고 그윽하며 진실된 감정이라 할 슬픔을 근사하게 내면화해 놓고 있는 특정 작품에 대한 비평가 이덕무의 미적 가치 판단의 개진 방식開陳方式이자 비평적 상찬賞讚으로 간주되어야 마땅하다.

각각의 인용문을 좀 더 자세히 들여다 보기로 하자.

(가)를 통해 우리는 이덕무가 어린 시절부터 슬픔에 대한 남다른 공감 능력을 보였음을 확인할 수 있다. 이런 능력은 유교만이 아니라 불교 문헌을 읽는 데까지 관철되고 있다.

(나)는 서문장, 즉 서위의 글에 대한 논평이다. 서위는 16세기 후반에 활동한 강소성江蘇省 산음山陰(지금의 소흥시) 출신의 문인으로서, 모의模擬에 반대하고 창신創新을 중시하는 문학을 추구하였다. 이덕무는 강렬한 개성을 지닌 이 작가에게 큰 경외감을 표시한 바 있다.[13] 서위는 공안파에 속하는 문인은 아니었으며, 공안파보다 한 세대쯤 앞의 인물이었다. 이덕무가 (나)에서 인용한 제문祭文은 그 원 제목이 「감몽제적모문」感夢祭嫡母文이며, 그 전문全文이다. 이 작품은 서위의 문집에 수록되어 있는바, 이를 통해 이덕무가 당시 서위의 문집을 열독閱讀했음을 알 수 있다. 그런데 중요한 것은, 이덕무가 서위가 창작한 산문 가운데 유독 이 작품을 거론하며 깊은 공감을 표시하고 있다는 사실이다. 비록 짤막한 작품이긴 하나, 슬픔의 진정성을 높이 평가해서일 것이다. 요컨대 (나)를 통해 우리는 이덕무 비평의 핵심적 가치 기준이 무엇인지를 엿볼 수 있는 셈이다.

(다)는 슬픔 혹은 죽음에 대한 이덕무의 비평적 주시注視가 특정 장르에 대한 주목 내지 재조명으로 이어지고 있음을 보여주는 사례

다. 그리하여 이덕무는 제문만이 아니라 비문碑文이나 뇌문誄文의 문학적 가치, 그리고 이런 장르의 글쓰기에서 발견되는 진정성에 주목하고 있다.

(라)는 홍대용洪大容(1731~1783)의 『회우록』에 대한 언급이다. 『회우록』에는, 홍대용이 북경에서 만나 친분을 맺은 중국 선비들과 이별을 할 때에 생전 다시 만나지 못할 것을 슬퍼하는 대목이 나오는바, (라)는 특히 이 부분을 염두에 두고 한 말이다. 한편 (라)에서는 박지원이 언급되고 있는데, 박지원의 작품에 대한 이덕무의 다음 말도 함께 살펴둘 만하다.

> (마) 정이 지극한 말은 사람으로 하여금 하염없이 눈물을 흘리게 해야만 정말 진실되고 절절하다 할 수 있다. 내가 선생(박지원-인용자)의 시를 읽고서 눈물을 흘린 것이 두 번이었다. 처음은 선생께서 그 누님의 상여를 실은 배를 떠나보내며 읊은 다음 시, 즉,
>
> > 떠나는 자 정녕 기약 남기고 가도
> > 보내는 자 눈물로 옷깃을 적시거늘
> > 저 외배 한번 가면 언제 돌아올까?
> > 보내는 자 강가에서 홀로 돌아가네.
>
> 라는 시를 접했을 때다. 나는 이 시를 읽자 눈물이 줄줄 흘러내림을 금할 수 없었다.[14]

박지원의 아들 박종채가 저술한 『과정록』過庭錄에 보이는 말이다. 이덕무가 말한 박지원의 시란 「망자 유인 박씨묘지명」亡姊孺人朴氏墓誌銘의 명銘을 말한다. (마) 역시 이덕무의 '슬픔의 미학'을 보여준다고 이

를 만하다. 이덕무의 문학 사상 속에 자리하고 있는 이 슬픔의 미학을, 무릇 이덕무가 슬픔을 형용한 글은 다 가치 있는 것으로 보았다고 속화俗化시켜 이해해서는 곤란하다. "무릇 문장이나 음악으로 사람을 울게 만들기란 몹시 어려운 일이다"[15]라는 이덕무의 말에서 잘 드러나듯, 이덕무는 슬픔을 형용한 작품을 무조건 의미있다고 봤다기보다는 슬픔을 그린 작품 중 특히 진실되고 빼어나 독자를 깊이 감동시킬 만한 감응력을 지닌 작품에 의미를 부여한 것이었다. 이덕무가 어떤 작품을 읽고 눈물을 흘렸다는 것은 그런 뜻으로 해석해야 마땅하다.

늘 그런 것은 아니지만, 슬픔은 종종 연민의 감정과 연결되고, 연민의 감정은 그 본질에 있어 남의 고통에 대한 관심과 관련이 있다. 남의 고통에 무심한 사람은 연민의 감정을 갖기 어렵고, 남의 고통에 유심한 사람은 연민의 감정을 떨치기 어렵다. 이렇듯 연민이란 **타자의 고통에 대한 감수성**과 깊은 연관이 있다. 주목되는 것은 이덕무의 슬픔의 미학이 연민, 즉 고통에 대한 감수성과 짙은 관련을 보여준다는 사실이다. 이 점과 관련해선 위의 인용문 중 특히 (나), (다), (마)를 주목할 필요가 있다. 이들 자료에서 거론된 작품에 형상화된 인물들은 예외없이 고통을 겪다 세상을 하직한 사람들이다. 그 고통은 대개 병이나 가난에서 유래한다. 둘 모두 삶에 치유하기 어려운 상처와 장애를 안겨 준다. 게다가 이 둘은 종종 서로 결합된다. 이 둘이 결합되면 삶에 더할 나위 없이 큰 슬픔과 고통을 초래한다. 자료 (마)가 그런 경우다. 이 자료는, 구체적 상황은 거두절미한 채 시가 보여주는 진실된 슬픔에 대해서만 말해 놓고 있는데, 기실 말한 것보다 말하지 않은 것이 더 많은 자료라 할 것이다. 말하지 않은 것은, 이 시의 배경에 있는, 박지원의 큰누이가 겪은 지독한 가난 및 병고病苦와 관련된다.* 이덕무가 이 시를 읽고 그리도 슬퍼한 것은 실은 이런 배경이 있어서다.

한편, (다)에서 언급된 왕양명의 「어떤 나그네를 묻어 주고서」라는 작품은 특별히 주목할 필요가 있다. 이 글은, 왕양명이 길을 가던 중 길가에 죽어 있는 어떤 사람을 발견하고는 마음이 슬퍼져 비록 자기하고 아무 관계도 없는 사람이지만 그 시신을 거두어 준 후 그를 위해 지은 것이다. 왕양명의 이 글에는 '천지만물의 인仁'과 '진성측달' 眞誠惻怛을 강조한 그의 사상이 잘 구현되어 있다. 왕양명이 강조한 '천지만물의 인仁'이란 무엇인가? '인'仁, 즉 '인애'仁愛를 천지만물이라는 온갖 대상으로 적극적으로 확대한 것이다. 그리하여 비단 자기 주변의 가족이나 친지만이 아니라, 이 세계의 모든 존재에 대해 배려와 연민을 가지도록 촉구한다. '진성측달'은 진실되고 슬퍼하는 마음을 뜻하는 말이다. 여기서 슬퍼하는 마음이란 곧 연민을 의미한다. 타자의 고통과 아픔을 외면하지 않고 그것을 측은해 하고 가슴 아파하는 마음은 결코 진실된 마음과 둘이 아니다. 연민 없이 참된 마음이 가능하겠는가. 만일 참된 마음 내부에 연민이라는 것이 자리하고 있지 않다면 그 참된 마음은 공허하며, 필시 허위일 것이다. 그래서 양명학에서는 '진성'(진실됨)과 '측달'(슬픔)을 '진성측달'이라는 하나의 단어로 일컫는다. 이런 점을 염두에 둔다면, 이덕무가 "슬픔의 참된 감정"(원문은 '惻怛眞情')에 대해 말하면서 왕양명의 「어떤 나그네를 묻어 주고서」를 언급했을 때 그는 '진성측달' 혹은 '연민'에 대해 상도했을 것이 틀림없다. 이를 두고서 이덕무가 양명학의 영향을 받았다거나 양명학에 우호적이었다고 말한다면 그것은 길을 벗어나도 한참 벗어난 것이 될 터이다. 그보다는 이덕무가 '슬픔의 미학'에 깊이를 더하면서 그 외연을 확장해 가던 과정에서 왕양명의 이 글을 각별히 주

---

* 이 점에 대한 논의는 박희병, 『연암을 읽는다』(돌베개, 2006)의 19면 앞뒤를 참조할 것.

목하게 되고, 그리하여 왕양명 사상의 어떤 울림에 공감을 발견했다고 보는 것이 온당할 것이다.

지금까지, 슬픔과 관련한 이덕무의 주요한 발언들을 검토하면서 그의 사유 체계 속에 자리하고 있던 '슬픔의 미학'을 논리적으로 정초定礎하는 작업을 시도해 보았다. 이덕무의 '슬픔의 미학'을 다음의 언명만큼 간단하면서도 명료하게 요약해 놓고 있는 것도 없다고 생각된다.

나는 이별할 때 지은 시는 극히 슬퍼야 한다고 생각한다. 사단四端의 측은지심惻隱之心과 칠정七情의 애哀는 바로 이런 때를 위해 준비된 것이다. 슬픔을 쌓아 두기만 하고 드러내지 않는다면 장차 어느 때 쓸 것인가.[16]

나는 앞에서 슬픔은 전이가 잘 된다고 한 바 있다. 전이가 잘 된다는 말은 '공감'共感, 즉 '정서적 공유'共有가 잘 된다는 말이기도 하다. 미학적 견지에서 슬픔이 중요한 까닭은, 슬픔이 곧잘 타인에 대한 공감과 연결되기 때문이다. 공감의 핵심을 이루는 것은 슬픔이다. 이 점에서 이덕무의 슬픔의 미학은 '공감의 미학'이라고도 말할 수 있다. 타인의 고통에 대한 공감이 슬픔을 낳는다는 점에서 공감과 슬픔의 미학은 고통에 대한 감수성과 깊은 연관이 있다.

공감은 이른바 '감정이입'이 잘 될수록 더 깊고 더 절실하게 이루어진다. 이덕무는 바로 이 감정이입의 능력이 당대 문인들의 평균치보다 훨씬 높았던 게 아닌가 여겨진다. 다음 예문이 그 점을 실감나게 보여준다.

해조海潮를 그린 작은 그림을 펼쳐 한참 주시하니, 파도가 넘실거리는 곳은 마치 일만一萬 마리 물고기가 팔딱거리는 것 같고, 물거품이 일어나는 곳은 마치 일천一千 개의 손이 움켜잡는 것 같았다. 잠깐 사이에 몸이 오르락내리락하고 바다에 빈 배가 출몰하는 것 같은 기분이 들어 얼른 그림을 말아 버렸더니 그런 느낌이 그쳤다.[17]

대상에 자신을 몰입함으로써 자신을 대상화하는, 다시 말해 자신을 대상과 융합하는 수발秀拔한 감수성을 이덕무가 지녔음을 이 예문은 정시呈示하고 있다. 여기서 유의해야 할 점은, 고도의 감정이입 능력이 예술적 재능이기만 한 것이 아니라 비평적 능력이기도 하다는 사실이다. 이덕무의 비평적 글쓰기가 곧잘 비평적 통찰력과 예술적 섬세함을 함께 보여주는 것은 이 점과 깊은 관련이 있다.*

여기까지 사유해 들어오면 이제 이런 의문이 고개를 든다. 이덕무는 어째서 이런 남다른 공감 능력을 가질 수 있었을까? 그는 어째서 슬픔과 고통에 대해 저처럼 예민한 감수성을 지니게 되었을까?

이 물음에 대한 답을 구하기 위해서는 무엇보다도 먼저 이덕무의 사회적 존재 조건과 성장 과정에 눈을 줄 필요가 있다. 잘 알려져 있다시피 이덕무는 서얼이었다. 이덕무는 서얼 신분의 인간이 태생적으로 가질 수밖에 없는 비애를 한 편지글에서 다음과 같이 피력한 바 있다.

우리나라의 서얼은 나라에서 사회적·정치적 진출을 금하고 있고, 문중門中의 사람들도 그 존재를 대단히 수치스럽게 여

---

* 이 점은 본서의 제3장에서 자세히 검토된다.

기고 있소. 보통의 선비들은 서얼과 대화를 주고받는 걸 부끄럽게 여기고, 하층민조차 서얼을 비웃고 있으니, 서얼은 거의 인간 부류에 끼지 못한다 할 것이오. 서얼 중의 똑똑한 자는 욕을 먹고, 간특한 자는 죄를 짓기 십상이니, 처신하기가 참으로 어렵다 하겠소.[18]

이덕무는 다음에서 보듯, 서얼로서의 불평스런 마음이 슬픔을 낳는다는 사실을 감추지 않고 있다.

평소 가슴속에 불평한 기운이 있어 시시로 까닭없는 슬픔이 일어나 탄식이 극에 달한다.[19]

조선 사회에서 서얼은 사회적으로 배제된 존재였다. 그 때문에 서얼 출신의 문인이나 지식인은 마음에 깊은 상흔을 지닐 수밖에 없었고, 그것은 종종 글쓰기에서 짙은 분만감憤懣感의 표출로 나타났다.

하지만 서얼 출신의 문인이라고 해서 그 인간 면모나 문학 세계가 다 같은 것은 아니다. 가령, 같은 연암 일파의 일원인 박제가나 유득공은 인간 기질에 있어서건 문학 세계에 있어서건 이덕무와는 썩 다른 면모를 보여주고 있다. 즉, 단아하고 언행을 삼간 이덕무와 달리, 박제가는 자부와 의기가 높고 성격이 몹시 강개했으며, 유득공은 기질이 온건하고 온화하였다.[20] 또한 영조英祖 대의 서얼 출신 문인인 이봉환李鳳煥(?~1770)이 표나게 고산苦酸한 문학 세계를 보여주고,[21] 정조正祖 대의 서얼 출신 문인인 이옥이 기리奇俚한 문학 세계를 구현해 놓고 있음에 반해,[22] 이덕무는 고산하지도 기리하지도 않으며, 참신하나 속되지 않고, 격조가 있으면서도 틀에 매여 있지 않다. 뿐만 아니라, 박제가를 비롯한 이들 서얼층 문인들이 글쓰기에서 자신의 신분적 제약과 관련한 분만감이나 비애를 표출하는 일은 있어도, 이덕무처럼 타자의 슬픔에 대한 짙은 공감이라든가 고통에 대한 감수성이라 할 만한 것을 그리 보여주지는 않는다. 그러므로 이덕무의 이런 면모를 설명하기 위해서는 또다른 점이 고려되지 않으면 안 된다.

이런 견지에서 주목해야 할 점은, ①이덕무가 어린 시절부터 대단히 병약했다는 사실, ②늘 극심한 가난에 시달렸다는 사실, ③젊은 시절 죽음에 대한 통절한 경험을 했다는 사실, 이 세 가지다. ②는 잘 알려져 있는 사실이니, 더 설명이 필요 없을 줄 안다. ③의 경우, 이덕무는 폐결핵으로 오래 앓아 오던 모친을 25세 때 여의었으며,[23] 34세 때에는 같은 병으로 누이를 잃었다. 이덕무는 젊은 누이의 죽음 앞에서 이루 말할 수 없는 슬픔을 느꼈으며, 그 심정을 글로 적은 것이 「누이 제문」(원제는 '祭妹徐妻文')이다.[24] 이 글은 그 전편全篇에 진정眞情이 넘친다.

그런데 ②나 ③은 각각 그 자체로서는 그리 변별적 의미를 갖기 어렵다. 이덕무가 유독 심한 가난에 시달린 것은 사실이지만 그의 지기知己들 역시 대부분 가난으로 어려움을 겪었다. 또 젊은 나이에 가족이나 친지를 잃은 일 역시 꼭 이덕무만 겪은 것은 아니다. 이렇게 본다면, 이덕무의 삶이나 사물을 보는 관점의 형성에 특히 중요한 작용을 한 것은 ①이 아닌가 생각된다. 이덕무는 아주 병약한 체질이었으며,[25] 10대 이래 자주 어지럼증에 시달렸다. 이덕무는 이런 병약함으로 인해 대상의 힘이나 기운氣運을 주목하거나 창조 주체의 기백氣魄을 적극적으로 표현하기보다는 정적靜的으로 대상의 내면을 응시하면서 그 속으로 침잠해 들어가 그 정경情境, 즉 대상의 마음을 읽는 일에 익숙해져 갔던 게 아닌가 생각된다. 병약한 자는 그렇지 않은 자보다 종종 대상의 내면을 더 깊이 읽어 낼 수 있는 법이다. 그리하여 이덕무는 자기 마음의 추향趣向과 대상에 내재된 마음 간의 접점에서 '슬픔'이라는 정서를 미학적으로 발견해 낸 게 아닐까. 이덕무가 자신의 실존적 체험 위에서 발견해 낸, 미학적으로 음미되어야 할 이 '슬픔'이라는 개념은, 그러므로 애초부터 '공감' 능력과 '고통'에 대한 예민한 감수성을 전제하고 있는 것이었다.* 왜냐하면 이덕무가 자신의 사유 세계 속에 구축해 놓고 있는 '슬픔의 미학'은 근원적으로 이덕무 자신의 신체적 결함(=病苦)과 사회적 차별감, 그리고 그로부터 말미암는 타자의 고통에 대한 남다른 감수성에 그 터전을 두고 있다고 생각되기 때문이다.

하지만 이덕무의 미학적 정조情調나 감수성, 그리고 타자에 대한 연민의 감정을 단지 ①과 관련해서만 설명해서는 안 된다. 그것이 비록 ①에 터전을 두고 있다 할지라도 ②나 ③과도 연관이 없지 않기 때문이다.

2.2. 이처럼 슬픔이라는 정서에 주목하면서 타자에의 공감을 중시한 이덕무의 미학적 관점은 청장년기에 이룩된 것이었다. 이덕무는 서얼에 대한 정조正祖의 배려로 39세 때인 1779년 검서관

---

* 이덕무 자신에게 슬픔과 문학 행위는 대단히 밀접한 관련이 있다. 적어도 청장년기의 이덕무에게 있어 문학이란 슬픔의 '극한'(極限)에서 모색되는 절박한 그 어떤 것이었다. 다음 말에서 그 점을 감지할 수 있다: "슬픔이 닥칠 때는 사방이 막막하여, 땅을 뚫고 들어가고 싶을 뿐 조금도 살고 싶은 마음이 없다. 다행히 내게 두 눈이 있어 자못 글자를 알므로 손에 한 권의 책을 들고 마음을 위로하며 보노라면 조금 뒤엔 무너졌던 마음이 조금 안정된다."(『이목구심서』 2, 『국역 청장관전서』 Ⅷ, 61면)

檢書官에 임명될 때까지 퍽 불우한 삶을 살았다. 이런 사회적 불우不遇가 그의 신체적 병약함과 결합되어 이덕무 특유의 비평안批評眼이 형성된 것이라 생각된다.

앞에서 말했듯 『종북소선』은 1771년, 이덕무 나이 31세 때 엮어진 책이다. 이 책에 실린 박지원의 글들은 그 30대 초반의 것들이다. 박지원은 비록 이덕무와 같은 서얼은 아니지만, 당시 정치적으로 소외되어 있었고, 극심한 가난에 시달리고 있었다. 사회적으로 불우하고 경제적으로 곤궁했다는 점에서 두 사람은 아무 차이가 없었다. 이 때문에 젊은 시절 형성된 이덕무의 비평적·미학적 관점은 바야흐로『종북소선』에서 그 '본래면목'本來面目을 보여줄 수 있었다고 생각된다.

2.3. 지금까지 우리는 이덕무를 문예비평가로 간주할 때 그 비평의 미학적 기초가 무엇이며, 그러한 기초가 어떻게 형성될 수 있었는지를 검토해 보았다. 이제 이덕무 비평 활동의 구체적 양상을 보여주는 자료들을 몇 개쯤 살펴보는 것으로써 이 장의 논의를 마무리할까 한다. 이덕무가 당대에 비평가로서 높은 명성을 얻었음은 다음 자료를 통해 확인된다.

(가) 한 시대의 명사名士가 모두 그의(이덕무─인용자) 문장을 중히 여겨, 즐겨 함께 노닐었고, 그의 비평을 얻는 것을 금이나 옥보다 진귀하게 여겼다.[26]

(나) 사람들이 시문詩文을 지으면 가지고 와 질문하고, 비평을 해 줄 것을 청했는데, 선군(이덕무─인용자)께서는 순순히

그에 응하셨다. 평점評點을 받은 이들은 대개 그것을 잘 간직
하였다.[27]

(가)는 성대중成大中(1732~1809)이 쓴 「이무관 애사」李懋官哀辭에 나
오는 말이다. (나)는 이덕무의 아들 이광규李光葵가 편찬한 「선고부군
유사」先考府君遺事에 나오는 말이다.

이덕무는 자신의 평점비평 행위에 대해 이렇게 말한 바 있다.

나 역시 광생狂生이라 날이 갈수록 더욱 뜻만 커져 세상에 쓰
이지 못했는데, 문인·재사才士의 문집에 평점評點을 붙이기
를 좋아하였다. 하지만 글의 결점을 지적하면 혹 화를 내면
서 "고의로 흠을 잡아 남의 앞을 가로막는다"라고 하고, 글
의 잘된 점을 칭찬하면 혹 의심하면서 "대놓고 인정하여 세
상에 아첨한다"라고 하거늘, 이는 비단 자기 자신의 시에 대
해서만이 아니라 나에 대해서도 통 모르는 것이라 아니할 수
없다.[28]

우리는 이 인용문에서 다음의 세 가지 사실을 알 수 있다. 첫째,
이덕무는 비평의 대상이 된 문인과의 호오好惡에 따라 편파적으로 비
평을 한 것이 아니라 자신의 비평적 원칙과 문예적 가치 판단에 의거
해 비평 활동을 수행했다는 점. 둘째, 이덕무의 평점비평은 단지 작품
의 미점美點에 대한 긍정만이 아니라 작품의 단점에 대한 비판도 함께
전개했다는 점. 셋째, 비평의 대상이 된 문인 중에는 이덕무의 비평
에 반발하거나 의구심을 품은 자도 없지 않았다는 점. 주목되는 것
은, 이덕무의 평점비평 행위가 자의적이거나 편파적인 것이 아니라,

스스로 그 정당성을 옹호할 정도로 자기 자신을 건 비평 행위였다는 사실이다.

　이덕무는 박지원의 『열하일기』에도 평점을 붙였다. 다음 기록에서 그 점이 확인된다.

　　　『열하일기』는 화엄華嚴의 장엄한 누각이 갑자기 눈앞에 펼쳐
　　　짐과 같으니, 천하의 기서奇書라 해도 무방할 것입니다. 전체
　　　의 평점은 그(박지원─인용자)가 한 것이고, 제가 한 것도 이따
　　　금 있습니다.[29]

　성대중에게 보낸 편지 중에 보이는 말이다. 흥미로운 것은, 박지원 스스로 자신의 책에 평점을 붙였다는 사실이다. 박지원의 평점이 어떤 것이었는지는 앞으로 규명해야 할 과제지만, 적어도 위의 언급을 통해 박지원도 평점 행위에 관심을 가졌던 것을 알 수 있다. 박지원 주변의 인물로 평점비평을 남기고 있는 이로는 이덕무 외에도 이재성李在誠(1751~1809. 박지원의 처남), 이서구, 유득공, 성대중 등이 있다.

　널리 알려져 있는 이덕무의 저술 『청비록』清脾錄에서도 이덕무의 비평가로서의 면모를 엿볼 수 있다. 하지만 이 책은 시화서詩話書이지 평점비평서는 아니다. 이덕무의 평점비평으로는 현재 『종북소선』 외에도 다음과 같은 것이 전한다.

　　(ㄱ) 『천애지기서』天涯知己書의 평어
　　(ㄴ) 『엄계집』罨溪集의 미비尾批
　　(ㄷ) 『풍석고협집』楓石叩篋集의 미비尾批
　　(ㄹ) 『청성잡기』青城雜記의 평점

(ㄱ)은 이덕무가 홍대용의 『회우록』에서 발췌해 엮은 책인데, 필담筆談 사이사이에 평어를 붙여 놓았다.[30] 『종북소선』처럼 이덕무의 젊은 시절의 비평 행위에 해당하지만, 문학 작품이 아닌, 홍대용과 중국인이 나눈 필담을 대상으로 한 것이라는 점, 권점이라든가 미비眉批·방비旁批 등의 다양한 비평 형식이 구사되고 있지 않다는 점 등에서, 본격적 평점비평이라고 하기는 어렵다.

(ㄴ)의 『엄계집』은 박지원이 연암협燕巖峽에 있을 때 쓴 글들을 모아 엮은 책이다. 1778년 경 편찬된 것으로 추정된다.[31] 이 책에는 권점과 미비尾批(작품 말미의 평어)가 붙어 있다. 미비 외의 다른 평어는 없다. 권점은 딴 사람의 것으로 보이나,[32] 미비는 이덕무의 것이 분명하다. 그 평어는 단소短小해 한 줄로 된 것이 대부분이다.[33]

이덕무가 이 책에 미비를 붙인 것은 38세 무렵이다. 그러므로 이 자료는 이덕무 중년의 비평 행위를 보여준다는 점에서 주목된다. 비록 짧은 평어지만 이덕무 특유의 통찰력과 깊이가 느껴진다. 그렇기는 하나 이덕무의 비평가적 진면목을 온전히 보여주는 것은 못 된다. 적어도 혼신의 힘을 다한 비평은 아니며, 비교적 가벼운 터치의 비평이라 할 것이다.

(ㄷ)의 『풍석고협집』은 서유구徐有榘(1764~1845)의 자편自編 문집인데, 일부 글에 이덕무의 미비尾批가 달려 있다.[34]

서유구가 이 책을 자편自編한 것은 1781년부터 1788년 사이다. 그러므로 이덕무가 평을 붙인 것은 적어도 1788년 이후가 된다. 이덕무의 몰년이 1793년이니, 이덕무 만년의 비평이랄 수 있다. 하지만 미비尾批뿐이고, 그것도 몇 사람과 함께 붙인 것이라는 점에서, 역시 이덕무 비평의 전모를 보여준다고는 하기 어렵다.

(ㄹ)의 『청성잡기』는 3책으로 이루어진 성대중의 저술인데, 이

중 제1책에 이덕무의 권점과 평어가 붙어 있다. 평어에는 수비首批, 미비眉批, 방비, 미비尾批가 보인다. '수비'는 문두文頭, 즉 글의 제목 아래나 제목 곁에 적은 평어를 말한다.

(ㄹ)은 넷 중 가장 다채로운 비평을 보여준다. 이덕무가 『청성잡기』에 평점을 붙인 건 그의 나이 51세 때인 1791년, 성대중의 요청에 따른 것이었다.[35] 이덕무가 죽기 2년 전 일이니, 이덕무 최만년最晚年의 비평에 해당한다. 『청성잡기』는 이런저런 내용을 담고 있는 '잡기'雜記이며, 본격적 예술산문은 아니다. 이덕무의 평어 가운데에는 문장 구성이나 표현에 대해 논평한 것도 있지만, 고증적 차원에서 사실 관계를 운위하거나 관련 정보를 제시한 경우도 없지 않다. 후자는 이 책이 잡다한 사실과 정보를 기록해 놓은 필기筆記라는 점과 관련된다. 이처럼 (ㄹ)은 본격적 예술산문에 대한 비평은 아니라는 점에서 비평가 이덕무의 일반一斑은 보여줄지언정 그 내공을 충분히 보여준다고 하기는 어렵다.

네 자료 가운데 (ㄱ)은 이덕무가 청장년기에 자기 내면의 욕구에 따라 자율적으로 평어를 붙인 것이고, (ㄴ)은 중년에 아마도 박지원의 요청에 따라 붙인 비평일 것이며, (ㄷ)과 (ㄹ)은 그 만년에 저자의 요청에 부응해 작성한 것으로 보인다.

이상 살펴본 것처럼 이덕무 평점비평의 면모를 보여주는 자료들이 『종북소선』 외에도 몇 종류 전하고 있다. 앞으로 자료가 더 나올 여지가 없지 않다. 하지만 현재 이덕무의 미학과 평점비평가로서의 내공을 온전히 드러내면서 하나의 독립적인 완정完整한 저술로서의 면모를 보여주는 자료로는 『종북소선』이 유일하다.

제3장

『종북소선』의 존재 방식

1) 예술적 '존재'로서의 『종북소선』

이 장에서는 『종북소선』이 취하고 있는 '비평 형식'을 살피고, 그 특성과 의의를 검토하는 데 주안을 둔다. 그럼에도 장의 제목에 '비평 형식'이라는 말을 쓰지 않고 '존재 방식'이라는 말을 쓴 것은, 이 장이 비록 '비평 형식'에 대한 검토를 위주로 하긴 하나, 꼭 그에만 국한하지 않고 하나의 정신적이자 물질적 존재로서의 이 책의 존재 양태存在樣態 전반을 음미하고자 해서다.

먼저 이 책에는 맨 앞에 이덕무의 서문이 얹어져 있다. 이 서문 말미에 "辛卯孟冬, 靑莊漫題"라는 기록이 보인다. '辛卯'는 영조 47년인 1771년이고, '靑莊'은 이덕무의 당호堂號인 '靑莊館'을 말한다. '만제'漫題는 '생각나는 대로 적다'라는 의미이다.

이덕무의 이 서문은, 서문 뒤에 필사되어 있는 박지원의 작품들보다 글씨 크기가 훨씬 크다. 박지원의 작품이 대체로 한 면에 여덟 줄, 한 줄당 열여섯 자로 필사되어 있다면, 이덕무의 서문은 대체로 한 면에 다섯 줄, 한 줄당 여덟 자로 필사되어 있다.도편1

한편 서문이 시작되는 곳의 상단과 하단에는 각각 '東西南北之

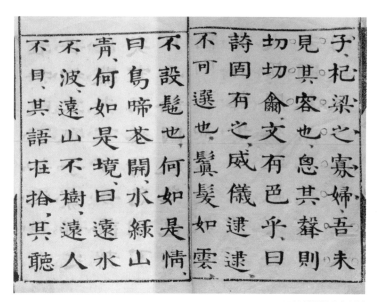

도판 1 「종북소선서」 부분

人 '湛軒外史'라는 장서인藏書印이 찍혀 있다. 이 두 장서인은 모두 홍대용의 것이다. 이를 통해 이 책이 원래 홍대용의 소장서所藏書였음을 알 수 있다. 이에 대해서는 조금 뒤에 다시 언급하기로 한다.

이 서문이 끝나면 면을 달리해 박지원의 작품이 시작된다. 그 첫 면의 우측 상단에는 "鐘北小選"이라는 네 글자가 내제內題로 기재되어 있고, 그 다음 줄에 조금 내려 써서 "左蘇山人 著 因樹屋 批"라고 해 놓았으며, 다음 다음 줄에 "髥宕 評閱"이라고 기재해 놓았다. '髥宕 評閱' 네 글자는 '因樹屋 批' 네 글자와 시각적으로 짝이 되도록 써 놓았다.

한편, '鐘北小選'이라고 쓴 내제의 상단에 장서인이 하나 찍혀 있고, 하단에 두 개의 장서인이 찍혀 있다. 상단의 인장은 판독이 잘 안되지만, 하단의 두 인장은 "大容"과 "德保"다. '大容'은 홍대용을 말하고, '德保'는 그 자字다.도판2

50

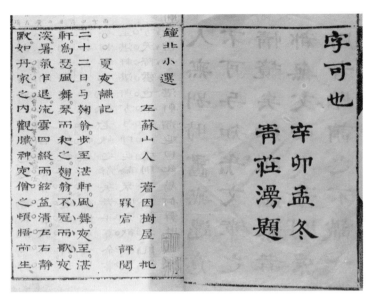

도판 2 「종북소선서」 말미와 「하야연기」의 시작 부분

　　'좌소산인'이라는 호는 흔히 서유본徐有本(1762~1822)의 호로 알려
져 있지만, 이덕무도 이 호를 사용하였다.[1] 따라서 여기서는 이덕무를
가리킨다. '左蘇山人 著'라는 표기는, 이덕무가 『종북소선』을 엮었으
며, 이덕무 스스로 이 책을 자신의 저술로 간주했음을 보여준다. 비평
행위의 독자적 의의와 가치에 대한 투철한 인식이 없다면 이런 표기
는 불가능하다.

　　'累宕 評閱'의 '매탕'累宕은 이덕무를 가리킨다. 이덕무는 여러 호
를 사용했는데 '매탕'은 그중의 하나다. '評閱'은 '보고 평評한다'는
뜻인데, 흔히 남의 시문詩文에 평어를 다는 걸 가리킨다.

　　문제는 '因樹屋 批'의 '인수옥'이 누군가 하는 점이다. 이에 대
한 유력한 단서가 이덕무 자신의 평어 속에서 발견된다. 다음이 그
것이다.

다행스럽고 묘하구나, 오늘의 나란 존재는! 나보다 먼저 태어난 사람도 내가 아니고, 나보다 뒤에 태어난 사람도 내가 아니다. 나와 더불어 같은 하늘을 이고, 나와 더불어 같은 땅을 밟고, 나와 더불어 같이 먹을 것을 먹고, 나와 더불어 같이 숨을 쉬는 사람 모두가 각자 '나'이기는 하지만, '나의 나'는 아니다. 오늘 오시午時, 납창蠟窓은 환하고 상쾌하며, 어항 속의 물고기는 뻐끔뻐끔 물거품을 내고, 『한서』漢書는 앞에 쌓여 있고, 『시경』詩經은 책상에 펼쳐져 있는데, 이 붓과 벼루로 이 「『양환집』서」蜋丸集序에 이렇게 붉은 글씨로 평을 하면서 이렇게 무수한 '나'라는 글자를 쓰고 있는 사람, 이 사람이 '진짜 나'이다. 어제는 어제의 오늘이고, 내일은 내일의 오늘이지만, 그것들은 모두 오늘의 오늘이 바로 목전目前에 있어 내가 정말 누리고 있는 것만 같지 않다. 내가 오늘 이 평을 쓰는 것이 다행스럽고, 묘하고, 공교롭구나! 이것은 큰 인연이고 큰 만남이다. 내가 시詩에 대해 말하고 문文에 대해 말한 것을 책으로 엮어 오늘을 즐겨야겠다는 생각이 문득 들어, 이정규李廷珪의 먹으로 징심당지澄心堂紙와 금율장경지金栗藏經紙와 설도薛濤의 완화지浣花紙²에 글을 필사하고, 몹시 붉은 주사朱砂와 몹시 푸른 청대靑黛로 비평을 하고, 권점圈點을 붙였다. 사람들이 혹 비웃더라도 나는 화를 내지 않겠으며, 사람들이 혹 책망하더라도 나는 두려워하지 않겠다. 나는 술동이 하나, 오래된 검 하나, 향로 하나, 등잔 하나, 벼루 하나, 매화나무 하나가 있는 속에서 나의 벗에게 이를 읽게 하리라.

幸哉妙哉, 今日之吾也! 生吾前者非吾也, 生吾後者非吾也. 吾同戴天·同履地·同食同息者, 皆各自吾也, 非吾之吾也. 惟今日午時, 蠟窗明快, 盆魚呷沫, 『漢書』前堆, 國風披案, 捉此筆硏, 此硃評此『蜋丸集』序」, 書此無數吾字者, 是眞吾也. 昨日者昨日之今日也, 明日者明日之今日也, 皆不如今日之今日, 近在目前, 眞爲吾有也. 吾爲此評於今日者, 幸矣妙矣, 而又巧矣. 此大因緣也, 大期也. 因忽思纂吾之曰詩曰文者, 以娛今日也, 以李廷珪墨, 寫澄心堂紙ㆍ金栗藏經紙ㆍ薛校書十樣箋, 最紅之硃ㆍ太靑之靛, 甲之乙之, 圈之點之. (人或笑之, 吾毋怒)³之; 人或責之, 吾毋思之. 酒尊一ㆍ古劍一ㆍ香爐一ㆍ燈一ㆍ硯一ㆍ梅樹一之中, 使吾友讀之.⁴

「『양환집』서」에 붙인 미비眉批의 일부다.

"이 「『양환집』서」에 이렇게 붉은 글씨로 평을 하면서 이렇게 무수한 '나'라는 글자를 쓰고 있는 사람"이란 물을 것도 없이 이덕무 자신이다. '矣宕 評閱'이라는 말에서 알 수 있듯, 『종북소선』에서 평評을 붙인 사람은 이덕무이기 때문이다. 그런데 바로 그 동일인이 또 "내가 시詩에 대해 말하고 문文에 대해 말한 것을 책으로 엮어 오늘을 즐겨야겠다는 생각이 문득 들어, (…) 완화지浣花紙에 글을 필사하고, 몹시 붉은 주사朱砂와 몹시 푸른 청대靑黛로 비평을 하고, 권점圈點을 붙였다"라고 말하고 있지 않은가. '비평을 하고'의 원문은 '甲之乙之'인데, '甲乙'은 원래 '우열을 매기다' '품제品第를 정하다' '품정品定하다'라는 뜻이다. 그러므로 여기서는 곧 비평 행위를 가리킨다. 이 구절은 다음과 같은 중요한 정보를 담고 있다.

(1) 내가 그동안 시詩에 대해 말하고 문文에 대해 말한 것을 정리해 오늘을 즐겨야겠다는 생각이 문득 들어 이 책(=『종북소선』)을 엮었다.
(2) 박지원의 글을 종이에 필사한 사람은 나, 이덕무다.
(3) 붉은 주사朱砂와 푸른 청대靑黛로 비평을 하거나 권점을 붙인

사람도 나, 이덕무다.

(1)에 대해: "시詩에 대해 말하고 문文에 대해 말한 것"이란, 시에 대한 비평 및 산문에 대한 비평을 말할 터이다.『종북소선』에 실린 박지원의 산문 중「망자 유인 박씨묘지명」亡姉孺人朴氏墓誌銘과「주공탑명」麈公塔銘 두 편에서 시 형식으로 된 명銘이 나오는데, '시에 대한 비평'이란 곧 이 명에 대한 평을 가리키지 않나 생각한다.

그런데 주목해야 할 사실은, 이덕무는 박지원이 엮은 산문집에 비평을 붙였다고 말하시 않고, "내가 시에 대해 말하고 문에 대해 말한 것을 책으로 엮어"라고 말했다는 점이다. '엮어'라는 말의 원문은 '纂'(찬)이다. '纂'은 편찬이라는 뜻이다.『종북소선』이라는 소선집小選集을 애초 박지원이 편찬했고 거기에 이덕무가 비평을 붙였을 뿐이라면 결코 이렇게 말해서는 안 된다. 그러므로『종북소선』은 그 성격을 '박지원 자찬自撰, 이덕무 평'의 책이 아니라, 이덕무 평선評選의 책으로 보아야 한다.* 그럴 경우『종북소선』의 첫머리에 박지원의 자서自序가 아니라 이덕무의 서문이 얹혀 있는 현상이 아주 자연스럽게 이해된다. 이덕무는 자신이 이 책을 엮은 일을 스스로 기념하여 책 앞에다 아주 '특별하고 멋진' 서문5을 붙였던 것이다.

---

* 『종북소선』외에도 이덕무가 남의 글을 평선(評選)하려 했음은『아정유고』권8,『청장관전서』권16에 수록된「성대중에게 보낸 편지」중의 다음 구절에서 확인된다: "三種書, 謹將評選." 인용문 중 '三種書'는 성대중이 찬(撰)한「췌언」(揣言),「질언」(質言),「성언」(醒言)을 가리킨다. 현재 전하는『청성잡기』(靑城雜記)가 곧 그것이다. 이외에도 이덕무는 박제가의『초정시집』(楚亭詩集)을 평선한 일이 있으니, 간본『아정유고』권3에 수록된「초정시고서」(楚亭詩稿序)에 이 사실이 보인다. 평(評)과 선(選)이 결합된 이런 평선서(評選書)는 중국의 명말 청초에 퍽 유행하였다.

(2)에 대해: 『종북소선』의 모든 글씨는 한 사람의 필체로 되어 있다. 즉, 서문, 본문, 미비眉批, 방비, 미비尾批, 이 모두가 한 사람의 필체다. 그런데 '박지원의 글을 종이에 필사한 사람은 나, 이덕무'라고 한 데서 알 수 있듯, 『종북소선』의 모든 글씨는 이덕무의 것이다.[6] 『종북소선』의 이덕무의 필체는 아주 단정하고 아담하다. 한 글자 한 글자를 몹시 마음을 모으고 공을 들여 썼음을 한눈에 알 수 있다. 그러므로 "이정규李廷珪의 먹으로 징심당지澄心堂紙와 금율장경지金栗藏經紙와 설도薛濤의 완화지浣花紙에 글을 필사"했다는 말은 단지 수사修辭만은 아니다. 자신이 소유한 최고의 먹과 최고의 종이에다 박지원의 글을 옮겨 적었다는 뜻이다. 이덕무로서는 이 책의 제작에 최고의 공력과 정성을 기울인 셈이다. 그래서 『종북소선』을 마주하면 단순히 책이 아니라 마치 서첩書帖을 대한 듯한 느낌이 든다. 이는 비단 박지원의 작품을 옮겨 적어 놓은 부분만 그런 것이 아니라, 작은 글씨로 기재된 평어도 똑같이 그러하다. 이처럼 『종북소선』은 자태와 외양이 너무나 곱고 아름다워, 그 전체가 존재론적으로 하나의 '예술품'처럼 보인다.

(3)에 대해: '주사'朱砂는 단사丹砂 혹은 진사辰砂라고도 하는, 중국의 사천성과 호남성에서 생산된 유화수은硫化水銀의 광물질을 말하는데, 홍적색을 띠고 있어 안료로 사용되었다. 중국과 한국의 평점서評點書에 보이는 붉은색 권점圈點이나 글씨는 모두 이것을 사용한 것이다. '청대'青黛는 쪽이라는 식물에서 취한 심청색의 안료다. 『종북소선』에는 세 가지 색이 보인다. 묵색墨色(먹빛), 주홍색, 청색이 그것이다. 서문과 박지원의 글은 먹으로 썼다. 평어, 즉 미비眉批와 방비와 미비尾批는 모두 주홍색이다. 권점圈點, 즉 원권圓圈과 방점旁點은 청색이

다. 구두점은 주홍색이다.[7] 이처럼 『종북소선』은 세 가지 색채가 울긋불긋 어우러져 그 자체가 하나의 미적 완상물玩賞物을 이루고 있다.

'인수옥 批, 매탕 評閱'이라고 한 데서 알 수 있듯 『종북소선』은 '비'批와 '평'評을 구분하고 있는데, 이 둘은 어떻게 다른가?

'비'批에는 다음과 같은 몇 가지 뜻이 있다. ①비답批쯤이라는 뜻. '비답'은 신하가 올린 상소문에 군주가 간단히 답을 단 것을 말한다. 당唐나라 때 생긴 단어다.[8] ②비점批點, 즉 권점이라는 뜻.* ③비평批評이라는 뜻.

이 중 ①은 해당이 안 되고, ②와 ③이 문제다. ③부터 검토해 보자. '비'가 '비평'이라는 뜻으로 사용될 경우, '비'라는 글자와 '평'이라는 글자는 많은 경우 의미상 구분되지 않으며, 그저 '평어'評語라는 뜻이다. 하지만 '비'와 '평'은 구분되기도 한다. 이 경우 '비'는 반드시 작품과 결합되어 있는 평어이고, '평'은 작품은 제시되지 않고 평어만 제시된 것, 예컨대 독서차기讀書箚記나 잡록雜錄 같은 데 언급된 작품평을 가리킨다는 주장이 있다.** 하지만 이 주장은 반드시 맞는 말은 아니다. '비'가 꼭 작품과 합체合體되어 있어야 한다는 것은 맞는

* 『霓裳剩馥』(『우상잉복 천재시인 이언진의 글향기』, 아세아문화사, 2008, '부록'에 영인 첨부)에 수록된 이언진 수필(手筆)의 「해람편」(海覽篇) 말미에 기재된 "靑批 李惠寰"이라는 글귀에서 '비'(批)가 '권점'의 의미로 사용된 용례를 발견할 수 있다. 이혜환('혜환'은 이용휴의 호)은 이 자료에 평어는 붙이지 않고 청색의 권점만 붙여 놓았다. 그러므로 이언진이 말한 '청비'(靑批)란 곧 권점을 뜻한다.
** 심경호, 『한문산문의 미학』(고려대 출판부, 1998), 120면; 강민구, 「『乾川稿』를 통해 본 평점비평에 대한 연구」(『季刊書誌學報』 20, 1997), 5면에서 이런 주장이 발견된다. 이런 주장은 朱世英 外著, 『中國散文學通論』(合肥: 安徽敎育出版社, 1995), 990면 및 997면에서 유래하는 게 아닌가 생각된다.

말이지만, '평'이 꼭 작품과 분리되어 있어야 한다는 것은 맞는 말이
아니다. '평'도 작품과 합체될 수 있다. 문제는 바로 이, 작품과 합체
된 '평'이다. 이 경우 '비'와 '평'은 어떻게 구분되는가?

청나라 단옥재段玉裁의 『설문해자주』說文解字注에 의하면, '비'의 원
의原義는 '손으로 치다'이다.[9] 이 원의로부터 '잘게 쪼개다'라는 뜻이
파생되어 나왔다.*** '비평'이라는 단어 속의 '비'는 '잘게 쪼개다'라
는 뜻과 관련이 있다. 그래서 '비평'의 '비'는 구절에 대한 미시적 분
석에 중점을 둔다. 이와 달리 '비평'의 '평'은 개괄적이고 거시적인 논
평에 중점을 둔다. 달리 말해, '비'가 분석적이라면 '평'은 종합적이고,
'비'가 부분적이라면 '평'은 총체적이다. 근대에 이루어진 평점비평
연구에서는 평점서評點書의 모든 평어들에 '비'라는 말을 붙이고 있다.
수비首批, 미비眉批, 총비總批(총괄하는 평어), 방비旁批, 협비夾批(작품의 특정
구절 밑에 쌍행雙行으로 기재된 평어), 미비尾批 등이 그 예다. 하지만 엄밀히
말한다면 수비, 총비, 미비尾批는 '평'이라 할 것이며, 미비眉批,**** 방
비, 협비는 '비'라 할 것이다. 그러므로, 수비·총비·미비尾批는 수평
首評·총평·미평尾評이라고 바꿔 부를 수 있으나, 미비眉批·방비·협비

*** 탄판(譚帆) 교수는 『中國小說評點硏究』(上海：華東師範大學出版社, 2001)의 2면에
서, 『莊子』 「養生主」에 나오는 "批大郤, 導大窾"이라는 구절 중의 '批'에 이런 뜻이 있으
며, '비평'의 '비'는 '비'의 이런 의미와 관련이 있다고 보았다. '비'와 '평'의 구분은, 탄판
교수의 이 책에서 많은 시사를 받았다.
**** 서미(書眉), 즉 책의 상단에 기재되는 평이기 때문에 '미비'(眉批)라고 한다. 방비
와 미비(眉批)는 평어의 위치만 다를 뿐, 성격이 유사한 경우가 많다. 하지만 때때로 미
비(眉批)는 방비가 포괄하는 구절보다 더 넓은 범위의 구절을 포괄하기도 한다. 또 많지
는 않지만 미비(眉批)가 작품 전체를 대상으로 한 평어로서의 면모를 보일 경우도 없지는
않다. 그렇기는 하나 일반적으로 볼 때 '미비'(眉批)는 작품의 특정 구절과 결부된 평어임
이 분명하다.

를 미평眉評·방평·협평이라고 바꿔 부르는 건 곤란하다.[10]

『종북소선』에서는 세 가지 종류의 평어가 구사되고 있다. 평점비평 연구에서 일반적으로 쓰는 용어에 따른다면, 미비眉批, 방비, 미비尾批가 그것이다. 그런데 『종북소선』에서는 특이하게도 미비眉批가 작품의 특정 구절에 대한 평어가 아니라 **작품 전체에 대한** 평어로 구사되고 있다. 하나의 예외도 없이 모든 미비가 그러하다. 흥미로운 점은 『종북소선』에서 미비眉批는 한 작품에 꼭 1개씩 달려 있다는 사실이다. 미비를 안 달면 모르지만 미비를 달 경우 한 작품에 여기저기 몇 개쯤 나는 섯이 보통이다. 그리고 그 길이는 비교적 짤막하게 마련이다. 매 작품마다 일률적으로 1개씩의 미비眉批를, 그것도 하나의 완정完整한 예술산문에 해당하는 분량의 기다란 미비를 달아 놓은 평점서는 중국과 한국을 통틀어 『종북소선』 말고는 없지 않나 생각된다.

이상의 논의를 통해 알 수 있듯 『종북소선』의 미비眉批는 '비'가 아니라 '평'이라고 해야 옳다. 즉 미비眉批를 독특한 미평眉評으로 바꿔 놓고 있음이 『종북소선』의 특이한 면모이자 창의적인 시도인 것이다.

그러므로, '인수옥 비'의 '비'는 『종북소선』이 구사하고 있는 세 종류의 평어 가운데 방비를 가리키고, '매탕 평열'의 '평'은 미비尾批와 함께 바로 이 미평眉評을 가리킨다고 생각된다. 미비尾批는 작품 전체에 대한 총괄적인 평, 즉 '총평'總評으로서의 성격이 다분하다.

그런데, '인수옥 비'의 '비'를 ②의 뜻으로, 즉 비점＝권점을 뜻하는 말로 봐야 하지 않을까 하는 의견도 있을 수 있다. 그런 의견도 성립될 수 있다고 생각된다. 하지만 '비'라는 한 글자만으로 권점을 가리키는 것은 그리 일반적이지는 않다. 중국의 경우 '비'는 보통 평어를 가리킨다. 허균의 『국조시산』國朝詩刪이나 택당澤堂 이식李植의 『두시택풍당비해』杜詩澤風堂批解에서 보듯 우리나라에서도 '비'는 원래 평어를 가리키는 말로 사용되었다.

그렇기는 하나 비어批語라는 뜻을 갖는 '비'가 권점과 각별한 관계에 있음은 분명하다. 특히 방비가 그러하다. 방비는 권점과 일체를 이루기 때문이다. '비점'批點이라는 말이 그래서 생겨났다. 이 말은 '비어批語와 권점'이라는 뜻이다. 그러나 나중에는 비어 없이 권점만 붙인 것에 대하여도 '비점'이라는 말을 사용한 용례가 발견된다. 이처럼 비어, 특히 방비와 권점은 아주 밀접한 관계가 있다. 이런 점을 염두에 둔다면 '인수옥 비'의 '비'는 1차적으로는 방비를 가리키지만 넓게 보면 권점까지도 포괄한다고 볼 수 있지 않을까 생각된다.

요컨대, '인수옥 비'의 '비'가 방비와 권점을 의미한다면, '매탕 평열'의 '평'은 '미평'眉評과 '미비'尾批를 의미한다는 결론을 내리지 않을 수 없다. 이덕무는 '비'와 '평'을 자각적으로 구분했으므로 지금부터 미비眉批만 미평眉評이라고 바꿔 부를 것이 아니라, '미비'尾批라는 말도 '미평'尾評이라는 말로 바꿔 불러야 마땅하다. 하지만 '미평'眉評과 '미평'尾評은 한글로 표기할 때 구분이 안 된다는 난점이 있으므로 본서에서는 '미평'尾評이라는 말 대신 '후평'後評이라는 말을 사용하기로 한다.

이상의 논의를 통해 볼 때 '인수옥 비'의 '인수옥'이 어떤 제3의 인물일 수 없고 이덕무 자신임은 의심의 여지가 없다. 이덕무는 당시 '청장관'이라는 당호를 사용하고 있었지만 '인수옥'이라는, 지금까지 통 알려지지 않은 또다른 당호를 갖고 있었던 셈이다.*

---

* '因樹屋'은 '나무 곁의 집'이라는 뜻이다. 아취(雅趣)가 느껴지는 이 호는 명말 청초의 문인인 주량공(周亮工)이 감옥에 있을 때 그 방에 붙인 이름이기도 하다. 주량공은 『인수옥서영』(因樹屋書影)이라는 책을 남겼는데, 이덕무의 『청장관전서』에는 이 책이 여러 번 언급되고 있다. 『종북소선』의 '인수옥'이라는 호는 아마도 주량공의 호에서 유래하는 것

그런데 여기서 하나의 의문이 떠오른다. 이덕무는 왜 "因樹屋 批, 槑宕 評閱"이라고 하여 '비'를 붙인 사람과 '평'을 붙인 사람이 별개의 인물인 것처럼 보이게 해 놓았을까? 다음과 같은 몇 가지 추정을 해 볼 수 있다.

(1) 웬지 자신이 '비'를 붙인 것을 은폐하고 싶어 '인수옥'이라는 낯선 호를 사용한 것은 아닐까.

(2) 평점서에서 한 사람이 '비'와 '평'을 모두 붙일 수도 있지만, '비'는 갑甲이 맡고 '평'은 을乙이 맡는 식으로 분담해서 할 수도 있다. 이덕무는 후자를 염두에 두어, 비록 자신이 '비'를 붙인 걸 감추고 싶어 해서는 아니지만, '비'를 한 사람은 인수옥이라고 기재하고 '평'을 한 사람은 매탕이라고 기재했던 건 아닐까. 만일 그렇다고 한다면 이런 기재 방식은 은폐 행위라기보다는 일종의 **유희 행위**에 가까운 것이고,* 이런 유희 행위는 이덕무 자신은 물론이려니와 그 주위의 동인들도 아취雅趣 있는 행위로 생각했을 가능성이 크다.

같다. 연암 일파의 문인들 중에는 이덕무 외에도 중국 문인이 사용했던 당호를 사용한 이들이 없지 않았다. 이를테면 이서구가 사용한 '녹천관'(綠天館)이라는 당호가 그러하다. 한편, 『종북소선』 미평 중의 다음 말, 즉 "무관(懋館)은 시를 읊거나 글씨를 쓸 때마다 반드시 하나의 호를 지었지만 그 시나 글씨를 남에게 주어 버려 스스로 그 이름을 기억하지 않았다"(懋館一咏一寫, 必有一号, 散而与人, 不自記焉: 『종북소선』 9a~10a)라는 말도 인수옥이라는 호와 관련해 특기해 둘 만하다.

* 이덕무는 『종북소선』에서 네 개의 자호를 사용하고 있다. 즉 책의 서문에는 '청장'이라는 호를, 책의 저자로는 '좌소산인'이라는 호를, 비(批)를 한 사람으로는 '인수옥'이라는 호를, 평(評)을 한 사람으로는 '매탕'이라는 호를 사용하고 있다. 이 자체가 일종의 유희 정신의 발로가 아닐까.

(3) 『종북소선』의 비평 행위를 할 때 이덕무는 혹시 두 사람이 아니었을까. 다시 말해, '비'라는 행위를 한 이덕무a와 '평'이라는 행위를 한 이덕무b가 존재했던 건 아닐까. 이덕무a와 이덕무b는 본래 하나의 존재지만 현상형태(Erscheinungsform)에 있어서 그 **역할을** 달리하고 있는 것은 아닐까. 말하자면 『종북소선』의 비평에 임하는 이덕무에게는 두 개의 행위자가 있어 하나는 '비'를 행하고, 하나는 '평'을 행한 것은 아닐까. 비평가 이덕무는 이 점을 자각했던 게 아닐까. 그래서 "인수옥 비, 매탕 평열"이라고 기재했던 건 아닐까.

이 셋 중 (1)은 가능성이 아주 낮아 보인다. 자신이 '비'를 했다는 사실을 은폐해야 할 하등의 이유가 발견되지 않음으로써다. (2)와 (3)은 서로 배타적인 관계에 있지 않다. 다시 말해 (2)이면 (3)일 수 없고, (3)이면 (2)일 수 없는 관계가 아니라, (2)이면서 동시에 (3)일 수도 있는 관계다. 나는 이쪽이 진실에 가깝지 않나 생각한다. 즉 (2)와 (3) 모두를 그 이유로 본다.

『종북소선』이라는 책의 존재 방식에 대한 논의를 계속해 보기로 하자. "因樹屋 批, 䍁宕 評閱"이라는 글귀의 다음 행에는 '夏夜讌記'라는 박지원의 작품 명이 기재되어 있고, 다시 행을 바꾸어 작품 본문이 시작된다. 그리고 1편의 작품이 끝나면 면을 새로 하여 새 작품이 시작된다. 작품은 다음의 순서로 필사되어 있다.

① 「하야연기」夏夜讌記
② 「염재당기」念哉堂記
③ 「선귤당기」蟬橘堂記
④ 「관물헌기」觀物軒記

⑤「『공작관집』서」孔雀館集序

⑥「『양환집』서」蜋丸集序

⑦「『녹앵무경』서」綠鸚鵡經序

⑧「망자 유인 박씨묘지명」亡姊孺人朴氏墓誌銘

⑨「주공탑명」麈公塔銘

⑩「육매독」鬻梅牘

기記가 4편, 서序가 3편, 명銘이 2편, 척독尺牘이 1편, 도합 10편이다. 흥미로운 것은, 기, 서, 명, 척독의 순서에 따라 문체별로 필사해 놓았다는 점이다.* 이덕무가 선選한 이 열 편의 글은 대체로 소품적小品的 특성이 현저하며, 당시 박지원이 창작한 글 가운데서도 특히 기발함이 돋보이는 것들이다. 이 점은 이덕무 선안選眼의 중요한 특징이랄 수 있다. 넓은 의미에서 본다면 이런 '선문'選文 행위는 그 자체가 작품에 대한 일종의 가치 평가이자 비평 행위라고 할 것이다.

이 선집의 맨 첫 작품으로「하야연기」를 수록하고 있음은 퍽 상징적이다. 이 작품은 연암 일파가 여름날 밤에 모여 음악을 감상하며 우

---

* 이덕무가「『양환집』서」에 붙인 미평을 잘 음미해 보면, 이덕무는 애초『종북소선』에 수록된 작품의 순서대로 평비(評批) 작업을 한 게 아니었음을 알 수 있다.「『양환집』서」에는, 앞서 보았듯, "내가 시에 대해 말하고 문에 대해 말한 것" 운운한 말이 나오는데,『종북소선』에서 시가 보이는 글은「망자 유인 박씨묘지명」과「주공탑명」두 편이다. 따라서 이덕무는「『양환집』서」에 평비를 붙이는 작업을 하기 전에 이미 이 두 작품에 평비를 붙였다고 말할 수 있다. 아마도 이덕무는『종북소선』에 수록한 열 편의 작품 가운데「『양환집』서」의 평비를 가장 나중에 붙인 것으로 추정된다. 하지만『종북소선』에는「『양환집』서」가 여섯 번째로 실려 있다. 이로 미루어 판단컨대, 이덕무는 박지원의 작품 가운데 특히 자신의 눈을 끈 작품들에 대해 낱낱이 평비를 붙였으며, 이를 정리해 새로 수서(手書)하여 하나의 책으로 엮을 때 문체별로 배열하며 차례를 정한 게 아닌가 싶다.

정을 나눈 일을 적은 글이기 때문이
다. 이 글에는 이 그룹 인물들의 삶의
방식과 가치관, 미적 취향, 정신적 소
통을 통한 상호이해 등이 두루 함축
되어 있다.

　　열 편의 작품이 끝나면 그 다음
면 상단에 "誘于壹時一物, 發于壹笑
壹吟"이라는 열두 글자가 새겨진 큼
지막한 장서인이 찍혀 있다.^{도판3} 이 인장은 홍대용이 찍은 것이다. 인
장에 새긴 글귀는 "한때의 한 물건에 이끌려 한 번의 웃음과 한 번의
읊조림을 발하노라"라고 번역될 수 있다. 여기서 '한때의 한 물건'이
란, 우선 박지원의 산문을 이른다고 생각해 볼 수 있을 터이다. 하지
만 적어도 『종북소선』에서 박지원의 산문은 이덕무가 거기에 첨부한
각가지 기호들, 그리고 때로는 판소리의 추임새 같고, 때로는 그림 속
에 써 넣은―그리하여 그림의 일부분으로 간주되는―저 화제畵題 같
기도 한 비평문들과 '합체'合體되어 있다. 둘은 억지로 분리하고자 하
면 분리 못할 것도 아니다. 하지만 분리해 버리면 바로 그 순간 예술
적 '존재'로서의 『종북소선』, 하나의 유기체적 존재로서의 『종북소
선』은 소멸해 버리고 만다. 이런 점을 고려한다면, 이 인장 속의 '한
때의 한 물건'이라는 말이라든가 '한 번의 웃음과 한 번의 읊조림을
발하노라'라는 말은 단지 박지원의 글만이 아니라 박지원의 글과 결
합되어 있는 이덕무의 글에도 해당되는 말로 이해해야 옳을 것이다.

　　『종북소선』의 앞뒤에 찍혀 있는 이 여러 인장들을 통해 홍대용
이 얼마나 이 책을 애장품으로 여겼는지 알 수 있다. 그도 그럴 것이
이 책의 맨 앞에 필사되어 있는 작품인 「하야연기」는 홍대용의 집에

서 박지원과 이덕무 등이 모여 우정을 나눈 일을 적은 글이다. 아마도 홍대용은 자신의 집에서 벌어진 성사盛事를 기록한, 이 짧지만 고상하기 그지없는 글에 큰 감명과 애착을 느꼈을 터이다.

여기서 잠시 홍대용과 이덕무의 관계를 살펴둘 필요가 있다. 다음은 이덕무의 『청비록』淸脾錄에 보이는 말이다.

> 담헌(홍대용의 호-인용자)은 육비陸飛, 엄성嚴誠, 반정균潘庭筠 세 분의 필담과 간찰을 엮어서 『회우록』을 만들었는데, 이 책 가운데서 엄성의 편지 및 시 약간을 따로 뽑아 나에게 교감校勘케 한 뒤 자신의 집에 소장하였다.[11]

홍대용이 『회우록』을 완성한 것은 1766년 6월이다. 홍대용은 육비 등 세 명의 중국인 친구 가운데 특히 엄성과 각별한 교분을 맺었다. 하지만 엄성은 홍대용이 귀국하고 나서 2년 뒤 학질에 걸려 사망한다. 홍대용은 1768년 4월에 이 소식을 접한다.[12] 홍대용은 큰 비탄에 잠겼고, 그리하여 엄성과의 우정을 회억回憶하기 위해 『회우록』에서 엄성의 글들만 따로 뽑아내어 작은 책을 하나 만들었던 것 같다. 그리고 이 책에 대한 교감校勘을 이덕무에게 부탁했던 것으로 보인다. 상기 인용문은 바로 이 점을 말한 것이다. 그러니 이덕무가 교감을 한 것은 홍대용이 엄성의 비보悲報를 접한 1768년 4월 이후의 일이 된다.

엄성의 글에 대한 교감은 홍대용으로서는 특별한 의미를 갖는다. 이런 일을 다른 사람 아닌 이덕무에게 부탁했다는 것은 홍대용이 이덕무의 문한文翰을 신뢰하고 있었을 뿐만 아니라, 이미 이 시기에 두 사람이 퍽 가까운 사이였음을 말해 준다.

이덕무의 아들인 이광규는 그 부친과 홍대용의 교분을 다음과 같이 증언하고 있다.

> 일찍이 담헌과 교분이 두터웠는데, 담헌이 호남의 지방관(태
> 인 현감을 말함-인용자)으로 나가게 되자, 부친의 가난한 처지를
> 딱하게 여겨 어서 내려오라고 했지만, 선군은 사양하기를,
> "관아에 기식寄食함이 어찌 제 집에 자유로이 있는 것만 하겠
> 습니까"라고 하고는 끝내 가지 않으셨다.[13]

이 두 가지 사실을 통해, 홍대용과 이덕무는 아주 친밀한 사이였
다는 것, 그리고 『종북소선』이 성립된 1771년 이전에 이미 그런 관계
에 있었다는 것을 확인할 수 있다.

이덕무가 『종북소선』을 단 한 부만 만들었다고 보기는 어렵다.
현전하는 것 말고도 한 부쯤 더 있었을 것으로 추정된다. 『종북소선』
은 이덕무가 애초 희망했던 것처럼 박지원과 그 주변의 동인同人들에
게 열독閱讀되었을 터이다.

이덕무는 『종북소선』을 엮은 이후 계속 자신의 글을 고쳤던 것으
로 보인다. 서문만 손을 본 것이 아니라, 평어를 다듬는 작업도 아울
러 했던 것으로 생각된다. 최근 발견된 『벽매원잡록』碧梅園雜錄에서 그
점이 확인된다. 이 자료에 실린 『종북소선』의 서문과 평어들은 이덕
무가 수정한 결과물임이 분명하다. 『종북소선』이라는 저술에 대한 이
덕무의 애착을 보여주는 것이라 하지 않을 수 없다.

2) 『종북소선』의 비평 형식

『종북소선』은 다음과 같은 다섯 가지 비평 형식을 보여준다.[14]

- 구두점句讀點
- 권점圈點
- 방비旁批
- 후평後評
- 미평眉評

이제 이 하나하나에 대해 살펴보기로 한다.

구두점句讀點

『종북소선』에서 권점은 모두 청색인데 반해 구두점은 모두 주홍색이다. 구두점은, 구두를 떼야 할 글자의 오른쪽 하단부에 찍혀 있는데, 거의 대부분 동그라미로 되어 있다. 그 크기는 원권圓圈에 비해 조금 작은 편이다. 한편 동그라미가 아니라 점으로 된 구두점도 이따금 있다. 점으로 된 구두점은, 구두를 떼야 할 글자에 공교롭게 원권이 쳐져 있을 때에 한해 사용되고 있다.[15] 비록 그 색깔은 다르지만 형태가 같아 혹 혼란이 있을까 염려해서일 것이다.도판4

구두점은 작품을 이해하는 데 대단히 중요하다. 특히 산문 작품의 경우, 구두점이 없을 경우 종종 그 의미를 오독하기 쉽다. 옛날 사대부 문인들은 한문을 많이 공부했으니 구두점이 없어도 한문으로 된

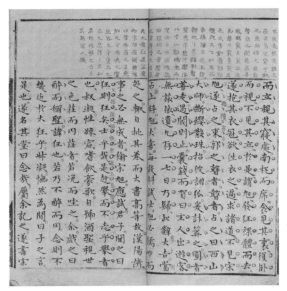

도판 4 「염재당기」 부분

남의 작품을 잘 읽을 수 있지 않았을까 생각할지도 모르나 꼭 그런 것
은 아니다. 더구나 산문은 아주 어려운 글과 아주 쉬운 글의 격차가
몹시 커서, 아주 어려운 글의 경우 여간 글공부를 하지 않고서는, 그
리고 텍스트의 맥락을 자세히 읽어낼 수 있는 분석적인 능력을 갖지
않고서는, 그 의미를 정확하게 읽어 내기 어렵다. 박지원의 글이 바로
그런 글에 해당한다. 그러니 『종북소선』에 수록된 매 편의 글마다 일
일이 구두를 찍어 놓고 있음은 필요하고도 적절한 일이라 할 만하다.
요컨대 그것은, 독자가 텍스트를 어떻게 읽어야 하는가, 주어진 텍스
트의 의미를 어떻게 파악하는 것이 옳은가, 비평가인 '나'는 이 텍스
트를 과연 어떻게 읽었는가에 대한 정보를 가장 압축된 방식으로 담
아 놓고 있다 할 것이다. 이처럼 텍스트의 독법에 대한 비평가의 입장
을 개진해 놓고 있다는 점에서 『종북소선』의 구두점은 넓은 의미에서

하나의 비평 행위로 간주할 수 있다.

권점圈點

　권점은 대체로 글의 오른쪽*에 붙인 기호를 총칭해서 일컫는 말이다. 동아시아 평점비평에서 사용된 권점의 기호는 퍽 다양한데,[16] 『종북소선』에서는 이 가운데 가장 기본적인 것이라 할 원권圓圈, 방점旁點, 첨권尖圈, 이 셋만을 사용하였다. '원권'은 동그라미 표시를 말한다. '첨권'은 ▷ 표시를 말한다.

　『종북소선』에서 원권, 첨권, 방점이 엄격한 규율에 따라 사용된 것 같지는 않다. 그렇긴 하나 대체적으로 보아 '원권'은 문장이 몹시 아름답거나 빼어난 곳, 글의 전개에서 강령綱領에 해당하거나 의미상 몹시 중요한 곳에 주로 사용된 것으로 보인다. '첨권'은 문장이 그 다음으로 아름답거나 빼어난 곳, 의미상 주목을 요하는 곳에 주로 사용된 것으로 여겨지고, '방점'은 문장이 비교적 훌륭하거나 잘된 곳에 주로 사용된 것으로 보인다.** 이 셋 중 주로 사용된 것은 원권과 방점이고, 첨권은 간간이 사용되었을 뿐이다.*** 아마도 이덕무는 기본적으로 원권과 방점을 통해 한 편의 글에서 아주 정채 있는 곳과 그저 잘된 곳, 의미상 가장 중요한 곳과 그저 주의깊게 감상해야 할 곳을,

---

* 옛날에는 가로쓰기가 아니라 세로쓰기를 했으므로, 글의 윗쪽이 아니라 글의 '오른쪽'이 된다. 가령 '방점'(旁點)이라는 말에 대해 생각해 보자. 요즘은 가로쓰기를 하므로 '방점'이라는 말이 글의 윗쪽에 찍은 점을 뜻하는 말로 쓰이고 있지만, 원래 '옆에 찍은 점'이라는 뜻인 이 '방점'이라는 말은 세로쓰기의 문화에서 생긴 것으로, 글 오른쪽에 찍은 점을 뜻하는 것이었다.

함께 그리고 차별적으로 드러내고자 한 것으로 보인다. 첨권은 이 둘만으로는 뭔가 부족할 때, 그래서 이 둘 사이에 하나의 등급이 더 필요하다고 판단될 때에 한하여 사용된 것으로 여겨진다. 아래에 원권, 첨권, 방점 사용의 한 예를 제시한다.

(a)옛날 열경悅卿(김시습金時習)이 부처 앞에 참회하면서 큰 서원誓顧을 발하고는 속명俗名을 버리고 법호法號를 따르기를 원했다네. (b)그러자 대사大師가 손뼉을 치면서 웃으며 열경에게 이렇게 말했지. "심하구나, 네 미혹됨이! 너는 아직도 이름을 좋아하는구나! 승려의 몸이란 마른 나무와 같기에 나무 같은 비구比丘라 부르고 그 마음은 죽은 재와 같기에 재 같은 두타頭陀라 부르나니, 산 높고 물 깊은 곳에서 이름을 어디다 쓸래? (c)네 그림자를 한 번 봐라! 이름이 어디에 있느냐? 네게 몸이 있으니 그림자가 있는 건데, 이름은 본디 그림자가 없거늘 대체 뭘 버리겠다는 거냐? (d)네 머리를 한 번 만져 봐라! 머리카락이 있기에 네가 빗을 쓰는 것이지, 머리를 이미 깎았거늘 빗을 어디다 쓴단 말이냐?"
(a)昔悅卿. 懺悔佛前. 發大證誓. 願棄俗名. 而從法號. (b)大師撫掌. 笑謂悅卿. 甚矣汝惑. 爾猶好名. 形如枯木. 呼木比丘. 心

** 모곤(茅坤)이 편찬한 『당송팔대가문초』(唐宋八大家文鈔)의 「凡例」에는 원권, 첨권, 방점을 이렇게 구분해 사용함을 명시해 놓고 있다. 모곤의 『당송팔대가문초』는 조선에 큰 영향을 미친 책이다. 평점비평에서 권(圈)과 점(點)의 사용법에 대하여는 朱世英 外著, 앞의 책, 제12장 제1절의 '點의 使用法'에 자세한 설명이 보인다.
*** 첨권은 「하야연기」, 「염재당기」, 「선귤당기」, 「주공탑명」, 「육매독」, 이 다섯 편의 글에서만 보인다. 그것도 각 편의 글에서 단 한 차례씩만 사용되었을 뿐이다.

如死灰. 呼灰頭陀. 山高水深. 安用名爲. (c)汝顧爾影. 名在何
處. 緣汝有形. 卽有是影. 名本無影. 將欲何棄. (d)汝摩爾頂. 卽
有髮故. 而用櫛梳. 髮之旣剃. 安用櫛梳.[17]

「선귤당기」의 한 대목인데, 원문에서 (a)부분의 다섯 구는 원권
이 쳐져 있고, (b)부분의 열 구는 첨권이 쳐져 있으며, (c)부분의 여
섯 구는 방점이 쳐져 있고, (d)부분의 다섯 구는 다시 원권이 쳐져 있
다. 이 뒤에 이어지는 수십 구에는 어떤 권점도 보이지 않는다.

(a)는 글이 빼어난 것은 아니나, 김시습에 대한 이 이야기에서
'입안'立案에 해당하는 부분이므로 극히 중요하다고 여겨 원권을 친
것으로 생각된다. (b)는 글이 기발하고 정채가 있다고 보아 첨권을
쳤을 것이다. (c)는 심상한 말이 아니므로 주의해서 음미해야 한다고
여겨 방점을 찍었을 것이다. (d)는 참으로 기막힌 비유라고 생각해
원권을 쳤을 것이다.

이처럼 『종북소선』에서는 원권과 첨권과 방점, 이 세 기호가 어
우러져 묘한 조화를 이루고 있다. 이 세 기호는 하나의 공간 속에서
각각 역할을 분담한 채, 서로 호응하고, 서로 연관을 맺으면서, 시각
상 그리고 의미상, 어떤 질서를 구현해 내고 있다. 특히 원권과 방점,
이 둘은 마치 태극의 양陽과 음陰처럼 서로를 구분하면서도 서로 연
결되어 통일적 관계를 형성하고 있다. 물론 권과 점에 대한 이런 지적
은 단지 『종북소선』에만 해당하는 것은 아니다.

『종북소선』의 권점은 여느 평점비평서의 권점 기능과 그 의미관
련을 공유하는 데 그치지 않고 그것만의 또다른 의미관련이 있다. 이
와 관련해 우리는 다음의 두 가지 사실, 즉 첫째 이 평선서評選書가 그
모두冒頭에 비평가와 작가의 이름을 명기하고 있다는 점, 둘째 이미

고인이 된 작가에 대한 비평이 아니라 비평가와 동시대의 인간, 그것도 사제 관계이자 친구 관계이자 문학적 동인同人의 관계에 있는 두 사람이 작가와 비평가로 대면하고 있다는 점에 주목할 필요가 있다. 이 두 가지를 동시에 충족시키는 평선서는 조선에서는 물론이려니와 명청대의 중국에서도 발견하기 쉽지 않다.

『종북소선』은 이런 특별한 관계에 있는 두 사람이 관여하고 있는 텍스트인바, 거기에는 작가의 손길로 이룩된 텍스트가 있는가 하면 비평가의 손길로 이룩된 텍스트가 있으며, 이 두 텍스트 사이에서 심미적審美的 혹은 정서적 혹은 정신적 작용이 일어나고 있다. 두 개의 텍스트는 '물질적'인 존재이므로 누구든 육안으로 포착 가능하지만, 두 텍스트 사이에 오고가는 교감交感이라든가 정서적 공감이라든가 정신적 유대 같은 것은 물질적인 것이 아니므로 육안으로는 포착되지 않는다.

『종북소선』의 두 존재, 두 텍스트 사이에 오고가는 교감과 유대는 그 비평 형식들 전체를 통해 관철된다고 말할 수 있지만, 그 관철되는 방식과 수준은 비평 형식에 따라 상이하다. 구두점과 권점은 기호적 방식으로, 즉 가장 추상화된 방식으로 교감交感한다면, 방비·후평·미평은 언어적 방식으로 교감한다. 또 구두점과 권점이 순전히 시각적視覺的인 방식으로 교감한다면, 방비·후평·미평은 시각적임과 동시에 청각적聽覺的인 방식으로 교감한다. 이처럼 방비·후평·미평이 음성적音聲的 연관을 갖고 있음에 반해 구두점과 권점은 그렇지 못하다는 사실은 중요한 함의의 차이를 낳는다. 그리하여 작가는 방비와 후평과 미평의 평어(=문자언어)를 읽을 때 단지 글만 읽는 것이 아니라, 글을 읽음과 **동시적으로** 글에 내재되어 있는 비평가의 개성적인 목소리, 그만의 독특한 성문聲紋까지 **듣게** 된다. 읽기와

듣기의 두 행위가 접혀서 한꺼번에 일어나게 되는 것이다. 일반 독자는 방비·후평·미평의 비평 형식을 통한 비평가와 작가의 이런 시각적임과 동시에 음성적인 교감을 체험하기는 어렵다. 그들은 다만 시각적으로만 평어를 읽을 뿐이다. 이 읽는 방식의 차이는 『종북소선』의 비평가가 작가와는 특별한 **존재관련***을 맺고 있음에 반해 일반 독자와는 별다른 존재관련을 맺고 있지 못하다는 데 기인하는데, 이는 다시 평어의 수용지평受容地平의 상위를 낳는다. 그리하여 작가는 비평가의 육성을 들음으로써** 그의 감정과 느낌, 그리고 그 배후의 보이지 않는 것들과 연결된 뉘앙스들까지 온몸으로 감수感受하게 되지만, 일반 독자들은 그렇지 못하며 단지 눈에 보이는 시각적 소여所與로서의 정보에 따라 심미적·논리적 판단을 할 뿐이다. 요컨대, 비평가/독자와 달리 비평가/작가는 서로 **대화적 관계** 속에 있다. 대화적 관계란, 앞서 말했듯, 깊은 상호이해를 목적으로 정서적이거나 정신적이거나 심미적으로 서로 교감하고 교류하는 관계를 의미하며, 이는 두 관계 당사자의 상호존중과 신뢰, 깊은 인간적 유대와 정서적 공감 위에서 성립된다.

---

* '존재관련'은 '나'와 '너', 주체와 타자가 각각 서로를 열고 서로를 영접할 때 이룩되는 관계를 지칭하기 위해 필자가 만들어 낸 말이다. '나'와 '너'가 이런저런 관계를 맺는다고 하여 다 존재관련에 이르는 것은 아니다. 존재관련에 이르기 위해서는 존재와 존재 사이에 상호신뢰와 상호존중은 물론이려니와 정서적 유대와 정신적 공감, 심미적 소통 등이 필요하다. 뿐만 아니라 존재관련은 두 존재가 이해(利害)를 넘어서서 관계를 맺을 때에만 가능하다. 존재들은 존재관련에 도달함으로써 비로소 깊은 소통과 진정한 상호이해에 이르게 된다. 그러므로 우정이란 존재관련으로 나아가는 종요로운 길이 된다. 그러나, 우정은 존재관련의 필요조건이긴 하지만 충분조건은 아니다.

** 비평가 또한 작가의 글을 읽으면서 작가의 고유한 목소리, 작가의 개성적인 성문(聲紋)을 듣게 된다. 이 점에서 『종북소선』에서 비평가와 작가는 서로 상대방의 목소리를 듣는다 할 수 있다.

하지만, 구두점과 권점의 경우 사정이 좀 다르다. 앞서 말했듯 구두점과 권점은 음성적 관련이 배제되어 있으며, 순전히 시각적으로만 포착되는 기호일 뿐이다. 이 때문에 이 두 비평 형식에서는 방비·후평·미평과 달리 작가의 수용지평과 일반독자의 수용지평 간에 그리 본질적인 차이는 없는 것으로 여겨진다. 그렇기는 하나, 작가 박지원이 『종북소선』의 원권이나 방점에서 비평가 이덕무의 문예적 취향이라든가 개인적 기습氣習, 평소의 심미적 호오好惡 등을 기분과 분위기 상에서 좀 더 직감적으로 느끼게 될 것임에 반해 일반 독자는 그야말로 '일반적'으로만 감수感受하는 데 머문다는 차이는 있을 터이다. 비록 미세한 차이일지 모르나 이런 차이 역시 대화적 관계의 여부와 일정하게 관련된다고 할 수 있지 않을까.

『종북소선』에서는 작가와 비평가 사이에 이런 대화적 관계가 전반적으로 관철된다고 할 수 있지만, 조금 전에 말했듯 그 관철되는 방식과 수준은 비평 형식에 따라 상이하다. 앞으로 논의될 방비·후평·미평, 이 세 비평 형식과 관련해서는 그것이 논의되는 자리에서 각각 살피기로 하고, 여기서는 다만 구두점과 권점이 어떤 수준인가만 보기로 하자.

구두점은 『종북소선』이 보여주는 다섯 가지의 비평 형식 가운데 대화적 관계의 레벨이 가장 낮다고 할 수 있다. 그 레벨은 너무도 낮아 굳이 대화적 관계 속에 포섭하지 않아도 좋지 않은가 생각될 정도다. 구두점보다는 높으나 문자언어로 된 다른 세 비평 형식보다는 낮은 레벨을 보여주는 것이 권점이다. 권점의 경우, 앞에서도 지적했듯, 비록 미미하긴 하나 비평가와 작가 사이에 몇 개의 기호를 통해 대화적 관계가 전개되고 있다고 보여진다.

만일 동일한 작품에 대해 몇 명의 평점비평가로 하여금 각각 권점을 붙여 보라고 한다면, 비평가별로 권점이 조금씩 달라지지 않을까 생각된다. 왜 그럴까? 비평가마다 미적 취향이나 미적 판단, 미적 감수感受 능력, 정서적 태도나 심미적 태도, 경험과 사고방식, 이념과 가치관이 다를 수 있기 때문이다. 그러므로 어떤 비평가는 어떤 구절에 권점을 붙이더라도 다른 비평가는 그 구절에 권점을 안 붙일 수도 있고, 어떤 비평가는 어떤 구절에 권圈을 쳤는데 다른 비평가는 그 구절에 점點을 찍을 수도 있다. 이처럼 권점은 주관적이다. 그렇긴 하나 권점이 완전히 주관적이기만 한 것은 아니다. 작가든 비평가든 자신이 속한 시대의 일반적 취향이나 취미, 심미적 관점에서 자유로운 사람은 없다. 다시 말해, 크게 보아 동일한 '문화틀'* 안에 있다 할 것이다. 개성이라는 것도 결국 이 틀 속에서 발현됨에 지나지 않는다. 이렇게 본다면, 비록 개개의 비평가들이 권점을 붙이는 데 다소간 차이를 보인다 할지라도 그런 차이를 넘어서는 어떤 공통 분모가 상당한 정도로 있게 마련이라고 여겨진다. 이 점에서, 권점은 주관적**이면서**

---

* 나는 『유교와 한국문학의 장르』(돌베개, 2008)를 집필할 때 이런 점을 문화적·역사적으로 적절히 설명하기 위해 '문화틀'이라는 개념을 고안한 바 있다. 그리하여 '문화틀'이라는 개념을 전제로 사대부의 '문화의식'을 문제삼으면서 한국 고전문학의 장르 문제를 집중적으로 검토한 바 있다. 하지만 이 개념은 비단 장르 문제만이 아니라, 보다 광범한 미학적·이념적·사상적 및 정신사적 문제에도 확대 적용될 수 있고, 또 확대 적용될 필요가 있다. 하나의 문화틀은 고정되어 있지 않다. 그것은 계속 변모해 가면서도 기본적인 자기동질성을 유지하는 속성을 갖는다. 뿐만 아니라, 하나의 큰 문화틀 속에는 그 하위 범주로서의 작은 문화틀'들'이 포섭된다. 이 작은 문화틀들은 사상적·이념적 유파나 문학적 유파에 따라 분기(分岐)된다. 다시 말해 사상적 지향이나 문예적·미적 취향에 따라 서로 나뉜다. 그럼에도 이 작은 단위의 문화틀들이 전적으로 서로 배타적이거나 이질적이지는 않다. 그것들은 각각 나름대로의 강조점과 취미와 사회정치적 지향을 가지지만 그럼에도 기본적으로 하나의 큰 문화틀 속에 있다는 점에서 그 기저부(基底部)에서 서로 공유하는 바를 갖는다.

객관적이다. 또한 이 점에서, 권점은 단순히 인상비평은 아니며, 독특한 '비평' 행위라 이를 만하다.

방비旁批

방비는 작품의 행간에 기입記入된 평어를 이르는 말이다. 방비는, 그 범위가 비교적 제한된 특정 구절에 대한 비평적 코멘트다. 방비는, 비평의 대상으로 삼은 구절의 오른편에 본문의 글씨보다 훨씬 작은 글씨로 기입된다. 일례로 「염재당기」의 방비를 보기로 하자. 논의를 위해 필요하므로 「염재당기」 전문을 인용한다.

송욱宋旭[18]이 취해서 자다가 아침나절이 되어서야 잠이 깼다. 누운 채 들으니 소리개가 울고 까치가 깍깍거리고 수레 지나가는 소리와 말발굽 소리가 요란했으며 울타리 아래서는 절구 찧는 소리, 부엌에서는 설거지 하는 소리가 들렸고 노인과 아이가 떠들고 웃는 소리, 계집종과 사내종의 음성을 높여 말하는 소리며 헛기침 소리가 들려왔다. 무릇 방문 밖의 일은 소리로 모두 분간이 되는데 유독 자신의 소리만 들리지 않았다. (a)**송욱은 몽롱한 정신으로 이렇게 중얼거렸다.**
"집안사람들은 모두 있는데 어째서 나만 없는 거지?"
그러고는 주욱 살펴보니, 저고리는 옷걸이에 걸려 있고, 바지는 횃대[19]에 있고, 갓은 벽에 걸려 있고, 허리띠는 횃대 끝에 매달려 있고, 책상 위엔 책이 있고, 가야금은 눕혀져 있고, 거문고는 세워져 있고, 거미줄은 들보에 처져 있고, 쉬파리는 들창에 붙어 있었다. 무릇 방안의 물건들은 모두 그대로 있는데 오직 자기 모습만은 보이지 않는 것이었다. 얼른 일어나 자던 곳을 살펴보니 남쪽으로 베개를 놓고 자리를 깔았는데 이불은 그 속만 보일 뿐이었다. 도로 누워 보았지만 서 있는 자기 모습은 보이지 않았다. 이에 '아이구! 송욱이가 발광해 홀딱 벗고 나갔구나' 하는 생각이 들자 몹시 슬프고 불쌍하여 한편으로는 나무라고 한편으로는 웃다가 마침내 그 의관을 갖고 가서 입혀 주려고 온 거리를 두루 찾아다녔지만 송욱은 보이지 않았다.

(b) **마침내 동대문 밖의 장님을 찾아가서 점을 봤더니** 장님은 이렇게 말하며 점을 치는 것이었다.

"서산대사님이 갓끈을 끊고 구슬을 흩어 저 올빼미를 불러다 보랍신다!"[20]

엽전이 잘 굴러가다가 문지방에 부딪혀 멈추자, 점쟁이는 그것을 쌈지 속에 넣으며 이렇게 말했다.

"주인이 나가 돌아다니니 객이 묵을 곳이 없구나. 아홉을 잃었으되 하나는 남았으니[21] 이레 뒤에는 돌아오겠구나. (c) **이 점괘가 매우 길吉하니 응당 장원급제할 괘로다.**"

송욱은 몹시 기뻐하며 매번 과거 시험 때마다 유건儒巾을 쓰고 나가 답안지에 스스로 비批[22]를 하고는 큰 글씨로 높은 등수를 써 넣었다. 그래서 한양 속담 중에 반드시 이루지 못할 일을 두고 '송욱이 과거보기'라고 한다.

군자가 이 애기를 듣고 이렇게 논평하였다.

(d) **"미치긴 미쳤으나 선비로다! 이 사람은 과거 시험을 보긴 했어도 과거 시험에 뜻을 둔 사람은 아니다."**

숙응叔凝[23]은 성품이 소탕하고, 술 마시고 호방하게 노래하기를 좋아해서 스스로 '주성'酒聖이라고 했다. 그는 겉모습은 근엄하나 속이 허술한 사람을 보면 더럽게 여겨서 마치 토할 것처럼 하였다. 나는 이런 그를 이렇게 놀렸다.

"술에 취해 '성'聖을 일컫는 건 미친 걸 숨기려는 걸 테죠. 만일 술에 취한 게 아닌데도 '생각'을 하지 않는다면 그건 큰 미치광이에 가깝지 않겠소?"[24]

숙응은 풀죽은 모습으로 한참 있더니 이렇게 말했다.

"그대 말이 맞구려."

마침내 당호堂號를 '염재'念哉[25]라 짓고는 나에게 기문記文을 부탁하였다. 이에 나는 송욱의 이야기를 써서 그를 권면한다. (e)대저 송욱은 미치광이이기는 하지만 스스로 힘쓴 사람이라 할 것이다.

宋旭. 醉宿. 朝日乃醒. 臥而聽之. 鳶嘶鵲吠. 車馬喧囂. 杵鳴籬下. 滌器廚中. 老幼叫笑. 婢僕叱咳. 凡戶外之事. 莫不辨之. 獨無其聲. (a)乃語曨曨曰家人俱在. 我何獨無. 周目而視. 上衣在楎. 下衣在椸. 笠掛其壁. 帶懸椸頭. 書帙在案. 琴橫瑟立. 蛛絲縈樑. 蒼蠅附牖. 凡室中之物. 莫不俱在. 獨不自見. 急起而立. 視其寢處. 南枕而席. 衾見其裏. 復臥而視. 不見其立. 於是. 謂旭. 發狂裸體而去. 遂抱其衣冠. 欲往衣之. 遍求諸道. 不見宋旭. (b)遂占之東郭之瞽者. 瞽者. 占之曰西山大師. 斷纓散珠. 招彼訓狐. 爰計算之. 圓者善走. 遇閾則止. 囊錢而賀曰主人出遊. 客無旅依. 遺九存一. 七日乃歸. (c)此辭大吉. 當占上科. 旭. 大喜. 每設科試士. 旭必儒巾而赴之. 輒自批其卷而大書高等故. 漢陽諺. 事之必無成者. 稱宋旭. 應試. 君子. 聞之曰(d)狂則狂矣. 士乎哉. 是赴擧而不志乎擧者也. 叔凝. 性疎宕. 嗜飮豪歌. 自號

酒聖. 視世之色莊而內荏者. 若洴而哇之. 余. 戲之曰醉而稱聖. 諱狂也. 若乃不醉而罔念則不幾近於大狂乎. 叔凝. 憮然爲間. 曰子之言. 是也. 遂名其堂曰念哉. 屬余記之. 遂書宋旭之事. 以勉之. (e)**夫旭. 狂者也. 亦以自勉焉.** [26]

　　인용문 중 (a)에는 방점이 찍혀 있으며, 방점 사이에 "마음으로 이해해야 할 대목이다. 알지 못쾌라, 붓이 춤추고 먹이 뛰노는 것을!"[27]이라는 방비가 기입되어 있다.* (b)에도 방점이 찍혀 있고, 방점 사이에 "글을 이어 나가는 네 힘이 있다"[28]라는 방비가 기입되어 있다. (c), (d)에는 권점은 없으나, "점쟁이가, 추어 주는 말로 늘 하는 소리다"[29] "또한 의론을 붙여 개연히 크게 탄식하는 소리를 내는구나"[30]라는 방비가 각각 기입되어 있다. (e)에는 원권이 쳐져 있으며, 원권 사이에 "짧은 말로 끝맺음해 문득 정채와 힘이 난다"[31]라는 방비가 기입되어 있다.

　　이상에서 보듯, 방비는 꼭 권점이 있는 구절에만 달려 있는 것은 아니다. 그렇긴 하나 대체로 권점이 붙은 구절에 많이 보인다.

　　방비는, 문장의 작법에 관한 코멘트, 문장 표현의 훌륭함에 대한 코멘트, 글귀의 내용과 관련한 단상斷想이나 소회所懷, 글귀의 의미나 의의에 대한 논평 등 다양한 기능을 갖는다. 가령 (a)는 문장 표현의 묘함과 생동감에 대해 말하고 있다면, (b), (d), (e)는 문장 서술법에 대해 말하고 있으며, (c)는 작중 인물의 어떤 말을 논평한 것이다.

　　방비는 이런 다양한 기능을 갖지만, 그럼에도 그 근저에는 하나

---

* '방점 사이에 방비가 기입되어 있다' 함은, 하나의 방점 다음에 하나의 한자가 기입되고 그 다음에 다시 방점이 나오고 방점 뒤에 다시 하나의 한자가 기입되는 방식으로 되어 있음을 말한다.

의 동일성이 발견된다. 그 동일성은 다름 아닌 목소리에서 발견된다. 방비의 목소리는 본질적으로 독백이다. 독백이란 무엇인가. 혼자 뇌까리는 말이다. 하지만 그것은 자기가 자기에게 하는 말이거나, 갓난 아기처럼 의미없이 혼자 뇌까리는 말은 아니다. 이런 말을 독백이라고는 하지 않는다. 독백이 독백이기 위해서는 반드시 그 말을 듣는 대상이 있어야 한다. 그렇다면 독백으로서 현상現象되는 방비의 목소리는 누구의 목소리이며, 과연 누구를 향하고 있는 것일까?

방비의 목소리가 바로 비평가 자신의 목소리라는 점은 상론할 필요가 없을 것이다. 방비는, 작품이라는 하나의 대단히 은밀하고 자족적인 공간 속을 비평가가 천천히 소요逍遙하면서 자신의 눈에 쏙 들어오거나 자신의 마음을 툭 건드리거나 자신의 눈썹을 찌푸리게 하는 광경이 나타나면 잠시 그 앞에 걸음을 멈추고 혼자 중얼거리거나, 혼자 찬탄하거나, 혼자 고시랑거리는 소리에 가깝다. 방비는 꼭 긍정과 찬탄일 필요는 없으며, 비록 『종북소선』에서는 그런 경우가 발견되지 않으나, 작품에 대한 비판과 부정을 피력할 수도 있다. 하지만 그런 경우에도 방비의 목소리는 독백적이다. 독백체의 이 목소리는 여느 평점비평의 경우 '미지의' 독자를 향한 것이게 마련이다. 하지만 『종북소선』은 좀 다르다. 『종북소선』에서 방비의 목소리는 최우선적으로 작가 박지원을 염두에 두고 있으며, 그 다음으로는 박지원과 이덕무의 동인同人들을 염두에 두고 있고, 마지막으로 미지의 독자를 염두에 두고 있다.

이처럼 세 층위의 독자를 염두에 두고 발發해지고 있다는 점이 『종북소선』 방비의 독특한 점이다. 이 세 층위 가운데, 첫 번째 층위는 특히 주목을 요한다.

첫 번째 층위의 독자는 곧 작가 박지원이겠는데, 독백적 방식으로 진술되는 이 방비 앞에서 작가는 거꾸로 '독자'의 위치에 서서 그 목소리에 귀를 기울이게 된다. 바로 이 점에서, 『종북소선』의 방비는 비록 그 발화 방식은 독백적이지만, 대화적 지향을 자기 속에 갖는다. 이 대화는 작품의 어떤 구절에 **대한** 것인바, 작품의 어떤 구절에 대한 비평가의 단상을 작가에게 들려주는 말이다. 그렇다면 이 대화는 일방적이지 않은가? 일방적인 말이 과연 대화일 수 있을까? 작가는 이미 말을 했다 할 수 있으므로 방비의 말이 꼭 일방적인 것은 아니다. 작품은 곧 작가의 말이랄 수 있으니, 말을 먼저 꺼낸 것은 작가라고 볼 수 있고, 비로 이 작가의 말에 대해 응답하고 반응한 것이 방비라고 할 수 있다. 그렇게 본다면 방비는 대화일 수 있으며, 명백히 대화적 지향을 갖는다. 모든 평점비평서의 방비가 『종북소선』에서처럼 대화적 면모를 갖지는 않으며, 『종북소선』은 특별한 경우라고 해야 할 것이다. 『종북소선』이 이처럼 특별한 면모를 보이게 된 것은 작가인 박지원과 비평가 이덕무의 특별한 관계 때문이다. 대부분의 평점비평서에서 방비는 미지의 독자를 향한 것이게 마련이고, 이 때문에, 적어도 독자와의 관계에서 본다면, 그 목소리는 대화적이라기보다 교시적 敎示的인 성격을 띠게 된다. 『종북소선』의 경우, 방비는 미지의 독자에게는 교시적인 것으로 받아들여졌을 테지만, 작가인 박지원에게는 교시적인 것이 아니라 대화적인 것으로 받아들여졌음직하다. 이덕무 스스로도 그렇게 요량하고 방비를 달았을 터이다. 그러니, 『종북소선』의 방비는 적어도 이 두 사람 간에는 일종의 대화랄 수 있다. 그런데 두 번째 층위의 독자들은 방비의 목소리를 어찌 받아들였을까? 박지원과 이덕무의 주고받는 말, 다시 말해 이 둘 사이의 대화 자체를 지켜보면서 그것을 즐기고 감수感受하지 않았을까 생각된다.

그렇긴 하지만 『종북소선』의 방비가 오직 비평가와 작가 둘만이 서로 알 수 있는 '비어'秘語는 아니다. 그것은 보편적인 언어로 되어 있어, 세 층위의 독자 모두를 만족시킨다. 그럼에도 『종북소선』의 방비들을 면밀히 검토해 보면 비평가가 회심會心의 미소를 띤 채 작가를 향해 발화發話하고 있음이 표나게 드러나는 경우가 발견된다. 한 예를 들어본다.

> 이명耳鳴은 병이건만 남이 알아주지 않는다고 답답해하니 병이 아닌 경우에는 말할 나위가 있겠는가! 코를 고는 건 병이 아니건만 남이 흔들어 깨우면 골을 내니 병인 경우에는 말할 나위가 있겠는가![32]

박지원의 작품 「『공작관집』서」의 한 구절이다. 이 인용문에는 그 전체에 방점이 찍혀 있으며, "이것저것 모아 놓았으되 기운 흔적이 없다"[33]라는 방비가 달려 있다. 이 말은, 이명과 관련된 이야기와 코골이와 관련된 이야기, 이 둘을 근사하게 연결시켜 놓았다는 뜻이다. 상기 인용문의 바로 앞단락에 이 두 이야기가 각각 따로 언급되고 있음으로써다. 하지만 이 방비는 또다른 뉘앙스를 담고 있음에 유의해야 한다. 필자가 주목하는 것은 이쪽이다. "이것저것 모아 놓았"다거나 "기운 흔적이 없"다라는 표현은, 흔히 한시 창작에서 용사用事와 관련해 쓰는 말이다. 즉, 고사나 남의 시구를 끌어와 시를 짓거나 그것을 점철點綴해 시를 지었으되, 완전히 환골탈태해 자신의 시적 맥락 속에 아주 잘 용해시켜 놓은 것을 이를 때 쓰는 말이다. 그런데 이덕무는 왜 이 말을 여기다 썼을까? 그 이유를 일반 독자들은 알기 어렵다. 하지만 박지원은 이덕무가 왜 이 말을 했는지 금방 알아채고는 빙그레 미소를 지었을 터이다. 왜인가? 박지원이 「『공작관집』서」의 앞부분에 서술해 놓은 이명과 관련된 삽화揷話는 이덕무의 글을 윤색한 것이기 때문이다. 다시 말해 이 홍미로운 삽화의 원천은 이덕무의 글이다. 다음을 보면 그 점이 소연히 드러난다.

(가) 한 아이가 뜰에서 놀다가 갑자기 '왜앵' 하고 귀가 울자 '와!' 하고 좋아하면서 가만히 옆 동무에게 이렇게 말했다. "얘, 이 소리 좀 들어봐! 내 귀에서 '왜앵' 하는 소리가 난다. 피리를 부는 것 같기도 하고 생황笙簧을 부는 것 같기도 한데 소리가 농글농글한 게 꼭 별 같단다." 그 동무가 자기 귀를 갖다 대 보고는 아무 소리도 안 들린다고 하자, 아이는 답답해 그만 소리를 지르며 남이 알지 못하는 걸 안타까워했다.[34]

(나) 어린 아우 정대鼎大가 이제 겨우 아홉 살인데 타고난 성품이 매우 둔하였다. 언젠가 갑자기 '귀에서 쟁쟁 우는 소리가 난다'고 하기에 내가 '그 소리가 무엇 같으냐?' 물었더니 이렇게 대답하는 거였다. "그 소리는요, 동글동글한 게 별과 같아서 눈에 보이기만 하면 주울 수 있을 것 같아요."[35]

(가)는 「『공작관집』서」의 해당 구절이고, (나)는 이덕무의 저술인 『이목구심서』에 수록된 글이다. 박지원은 이덕무의 동생인 이정대의 이 일을 훨씬 더 재미있게 만들어 놓고 있긴 하지만 그럼에도 (가)가 (나)를 활용한 것이라는 사실은 한눈에 드러난다. 출처를 밝히지도 않고 이렇게 남의 글을 갖다 쓰는 것은 도용盜用이나 표절이 아닐까? 오늘날의 관점에서 보면 도용이나 표절이 분명하다. 하지만 이

두 사람 사이에 나타나고 있는 이 현상을 도용이나 표절이라는 개념으로 설명하는 건 부적절하다. 박지원은 물론이려니와 이덕무 스스로도 이를 도용이나 표절이라고 생각한 것 같지는 않으니까. 그럴 수 있었던 것은 두 사람 사이의 각별한 유대와 동인의식 때문이었다. 그래서 한 사람의 아이디어나 영감이나 사유를 다른 사람이 가져와 더 발전시키거나 예술적으로 더 고양시키는 일이 서로 용인된 것으로 보인다. 내 것이 네 것이 되고 네 것이 내 것이 되기도 하는 특별한 관계가 성립된 셈이다. 이 특별한 관계는 상호인정相互認定을 통해서 이룩된 관계이고, 따라서 높은 경지의 정신적 협동에 해당한다. 이로 인해, 사유나 정신이나 예술적 영감을 독점적으로 소유하지 않고 서로 공유하기도 하면서, 지적·예술적 상호작용을 통해 더욱 깊은 정신을 만들어 갈 수 있었던 것으로 보인다.* 그것은 지적 소유권의 엄격한 개인적 관철을 요구하는 근대적 소유 체계 속에서는 도저히 상상할 수 없는 관계다. 뿐만 아니라 그것은 전근대 사회에서도 그리 일반적인 일은 아니다. 가령, 같은 동인적 관계지만 박지원과 박제가 간에는 이런 현상이 그리 두드러진 것 같지 않다. 비단 박제가만이 아니라 유득공이나 이서구 등 연암 일파의 어떤 인물들과도 박지원은 이덕무와 맺은 그런 관계로까지 나아가지 않았다. 아니, 나아갈 수 없었다. 그런 관계에 이를 수 있기 위해서는 이념적·문예적 취향의 공유 이외에도

---

* 박지원과 이덕무에게서 관찰되는 이 특별한 지적·예술적 정신 현상의 의미와 그 구체적 전개 양상은 한국문학사와 지성사에서 대단히 흥미롭고 중요한 고찰 대상으로 여겨진다. 크게 보아 다음의 세 가지 양상을 주목할 필요가 있다. ①이덕무의 생각, 단상, 지적 (知的) 자료가 박지원에게로 흘러들어간 경우. ②박지원의 생각, 문학적 상상력, 감수성이 이덕무에게로 흘러들어간 경우. ③생각이나 자료가 단순히 한쪽에서 다른 쪽으로 간 것이 아니라 둘 사이에서 오고가고 가고오고 한 경우. 자세한 것은 별도의 논의를 요한다.

인간적·기질적 유대,* 깊은 신뢰감과 상호존중, 그리고 무엇보다도 그런 관계에 대한 상호용인이 전제되지 않으면 안 되기 때문이다.

글쓰기에서 확인되는 박지원과 이덕무의 특수한 관계에 대한 논의가 좀 길어졌다. 다시 원래 논의로 돌아가자. 아까 나는, 박지원이 이덕무의 "이것저것 모아 놓았으되 기운 흔적이 없다"라고 나직히 뇌까리는 말을 듣고는 빙그레 미소를 띠었을 것이라고 말한 바 있다. 둘 사이에 이심전심으로 오가는 마음이 있었으리라고 봐서다. 본서가 비록 학술서이긴 하지만, 둘의 마음을 상상적으로 한번 그려 보는 것이 독자에게 그리 무익하시는 않을 것이다.

> 이덕무   내가 쓴 글을 활용했지만 흔적도 없이 잘 갖다 썼군. 그리곤 다른 삽화와 잘 결합시켜 전연 새로운 의미를 창조해 내고 있군. 정말 귀신 같은 솜씨야. 탄복할 수밖에 없어!
>
> 박지원   그래! 자네 글을 약간 활용했지. 자네 생각이나 토막글 중에는 내게 영감을 불러일으키는 것이 퍽 많아. 나는 작품을 창작할 때 이를 잘 활용하곤 하지. 그거 자네도 잘 알잖아?

비평가가 회심의 미소를 띤 채 작가를 향해 발화發話한 또다른 예를 들어본다. 다음은 박지원의 작품 「『녹앵무경』서」의 한 구절이다.

---

* 이덕무의 인간 됨됨이에 대해서는 박지원의 다음 글이 참조된다: "여러 사람들과 온종일 같이 있을 때에도 장중하되 잘난 체하지 않았으며, 화평하게 대하되 친압하지 아니하므로 남들 역시 감히 함부로 말하지 않았다"(羣居終日, 莊而不矜, 和而不狎, 人亦不敢以褻語加之). 「행장」, 간본 『아정유고』 권8, 『국역 청장관전서』 IV, 九五면.

쯧쯧! 이 일이 있고서 이제 18년이다.[36]

이덕무는 여기에 "낙서洛書의 나이에 조응하누나"[37]라는 방비를 달아 놓았다. '낙서'란 당시 연암 그룹의 일원인 이서구를 말한다. 이 방비는, 박지원이 앵무새의 꿈을 꾼 지 18년 되는 해에 이서구의 부탁을 받아 『『녹앵무경』서』를 써 줬는데 공교롭게도 당시 이서구가 열여덟 살이었던 것을 가리킨다. 이 방비는 사실 일반 독자에게는 그다지 의미가 없으며, 안 달아도 그만이다. 하지만 작가인 박지원에게는 의미가 없지 않다. 박지원과 이서구의 관계라든가, 우연이지만 꼭 우연 같지만은 않은 18이라는 숫자에 내재된 의미를 이 방비는 환기하고 있음으로써. 그러니 이 방비를 통해 오가는 두 사람의 마음을 앞에서 한 것처럼 상상적으로 한번 그려 본다.

> 이덕무 　그러니까 앵무새 꿈을 꾼 18년 뒤에 낙서의 부탁을 받아 이 서문을 쓰게 된 거군. 정말 희한한 일이야. 낙서와 나는 한 동네에 사는데다 늘 만나는 처지인지라 낙서가 자기 책의 서문을 연암 선생께 부탁드렸다는 말을 내 진작에 들었지.[38]
>
> 박지원 　그래, 놓치지 않고 요 대목에서 한마디 하다니 참 내 마음을 잘도 알아보는구만. 생각할수록 이상하단 말야. 젊은 시절에 앵무새 꿈을 꿨는데 이제 18년이 흘러 낙서의 『녹앵무경』이라는 책에 이런 서문을 쓰게 될 줄이야.

앞에서 나는 방비의 목소리가 독백적 면모를 띤다고 말한 바 있는데, 이제 이 점에 대해 약간 더 논의를 보태기로 한다. 우선, 혼자 중얼거리듯 발화되는 방비 목소리의 면모를 적나라하게 보여주는 예를 두어 개 들어 보기로 하자.

　　정말 오늘 하는 말을 듣는 것 같다.[39]

이는 「『녹앵무경』서」에서 작중 인물인 어떤 무당의 말에 대해 논평한 방비다.

　　자고신紫姑神이 내려온 것 같았을 터이다.[40]

이는 「『녹앵무경』서」에 등장하는 어떤 무당이 '나'에게 수백 년을 사는 신선이 되지 않겠느냐고 묻자 그것을 마다하는 '나'의 다음 말 가운데 고딕으로 표시한 부분에 달려 있는 방비다.

　　나는 얼른 마다하며 말했다.
　　"그것도 하나의 망상일세. 천 년과 팔백 년을 아침저녁으로 노니는 사이에 다 보내다니 어찌 그리 짧단 말인가? 내가 불로장생한들 누가 나를 다시 볼 것이며, 어떤 친구가 살아 있어 나를 알아보겠는가? 만일 운이 좋아 살던 집이 남아 있고, 마을도 옛날 그대로고, 자손이 번창하여 8대나 9대 심지어 10대까지 이르렀다 할지라도 **내가 집에 돌아가면 문을 들어설 때 잠깐 기뻤다가 이내 슬퍼질 걸세. 망연히 앉았다가 작은 목소리로 집안사람에게 넌지시 뒷동산의 배나무와 부뚜막의 솥들과 집안의 패물 가운데 뭐는 남아 있고 뭐는 없어졌다고 말해 그 말이 점점 맞아 들어가면, 자손들은 크게 화를 내며 웬 노망든 늙은이냐, 웬 미**

친 영감이냐, 웬 주정뱅이냐 하면서 다가와서 나를 욕보이고 몽둥이로 나를 쫓아내고 작대기로 나를 몰아낼 테니 내가 뭘 할 수 있겠나? 나를 증명할 서류가 없으니 관아에 소송하면 뭐 하겠나?[41] 비유컨대 내가 자면서 꾸는 꿈과 같아서, 나는 꿈을 꾸지만 남은 내가 꾸는 꿈을 꾸지 않으니 누가 내 꿈을 믿어주겠나?"[42]

'자고신'은 측간厠間의 신神을 말한다. 이 신과 관련해서는 이런 고사가 있다: 자녀紫女라는 여인이 어떤 사람의 첩이 되었는데 정실 부인의 질투로 늘 측간 청소를 하다가 한이 맺혀 죽고 말았다. 이에 후대 사람들이 자녀를 측신厠神이라 부르게 되었고, 그녀가 죽은 날에 측간에 제사를 지내고 점을 치는 풍습이 생겼다. 이런 고사가 있는 신이지만, 여기서는 그저 귀신을 뜻하는 말로 봐도 무방하다.

또다른 예를 들어 본다.

오늘 바로 처음 들어 보는 기이한 색이다.[43]

이는 「주공탑명」의 다음 대목 중 고딕으로 표시한 구절에 달려 있는 방비다.

승려 주공麈公이 입적한 지 엿새 만에 적조암寂照菴[44] 동쪽 대臺[45]에서 다비를 거행하였다. 온숙천溫宿泉 향나무 아래에서 열 걸음도 되지 않는 곳이었다. 그러자 밤마다 거기서 빛이 났는데, **물고기 비늘처럼 흰색을 띠기도 하고, 곤충의 등처럼 녹색을 띠기도 하고, 썩은 버드나무처럼 검은색을 띠기도 하였다.**[46]

이상 세 개의 예를 들었는데, 모두 혼자 중얼중얼거리는 소리임이 확연히 드러난다. 그런데 방비는 왜 이처럼 독백의 목소리를 취하고 있을까? 미평이나 후평과 같은 평점비평의 다른 발화 형식들은 꼭 독백체는 아니지 않은가. 왜 하필 방비만 표나게 독백체의 뉘앙스를 띠는 것일까. 이는 평점비평의 언어 형식 가운데 유독 방비가 작품의 공간 '안'에 들어와 있다는 사실과 긴밀한 관련이 있다. 미평이나 후평은 작품의 공간 안에 있지 않으며, 그 외부에 위치해 있다. 버젓이 작품의 공간 형식 가운데 자리해 작품의 행문行文과 직접 마주하고 있는 것은 오직 방비뿐이다. 그런데 방비가 독백의 목소리를 취하고 있다는 것과 방비만이 작품의 공간 형식 내부에 자리하고 있다는 것, 이 양자 간에 대체 어떤 관련이 있는 것일까?

방비는 앞에서 언급했듯 비평의 대상이 되는 구절의 오른쪽에 본문보다 작은 크기의 글씨로 기입되어 있다. 독자들은 작품을 읽어 내려오다가 방비가 달린 구절에 이르면 자연히 이 붉은색의 방비를 읽게 되어 있다. 방비는 이 점을 노리고 기입된 것이다. 바로 이 점에서 방비는 애초부터 비평가가 독자에게 슬쩍슬쩍 말을 건네기 위한 형식으로 고안된 것이랄 수 있다. 방비가 작품 공간 안에, 더군다나 작품의 특정 구절 바로 옆에 자리하고 있다는 것은, 독자의 독서 행위와 **시공간상에 있어** 동시적으로 조우하게 됨을 의미한다. 말하자면 독자는 해당 구절을 읽을 때 거의 동시적으로 방비를 읽게 된다. 방비가 작품 본문 속에 들어와 있다는 것이 이같은 시공간적 의미를 갖는다는 점에 각별히 유의할 필요가 있다. 이 시공간적 의미의 본질은 '즉각성'이다. 이 경우 즉각성이란, 시간적으로 상당한 시차를 두고 읽히거나, 작품과 공간적으로 분리되어 읽히거나 하는 것이 아니라, 작품을 읽는 독서 행위 중에 방비가 함께, 그리고 한꺼번에, 시야에 들어와 읽히게 되는 양상을 가리킨다. 바로 이런 즉각성 때문에 방비는 본질적으로 간결할 수밖에 없으며, 종종 툭툭 혼자서 내뱉는 듯한 발화 형식을 취하게 된다. 독자의 독서 행위는 해당 구절에서 다음 구절로 쉴새없이 이어지기 때문에 이를 고려해 방비는 가급적 짧으면서도 빠른 템포의 목소리를 취하지 않으면 안 된다. 시공간적으로 볼 때 장황한 소리나 군소리를 늘어 놓을 겨를이 없음으로써다. 방비가 독백의 발화 형식을 띠는 것은, 방비와 본문, 방비와 독서 행위 사이의 이런 시공간적 관련에 주로 기인한다.* 다시 말해 이런 시공간적 제약, 이런 시공간적 특이성 때문에 비평가는 독자를 향해 최대한 간결하게 혼자 중얼거리듯 말할 수밖에 없다. 하지만 오히려 이런 촉급성促急性, 이런 단소함 때문에 방비는 독자들에게 선명하고도 강렬한 인상을 줄 수 있다. 독자는 작품의 특정 구절을 읽을 때 그 곁에 붙어 있는 간단간단한 이 코멘트, 비평가가 독자의 코 앞에서 독자보고 들으라고 뇌까리는 이 언술을 통해 독서의 지적知的 지평, 텍스트 읽기의 의미론적 지평을 확대하게 된다.

그러므로, 방비라는 이 특이한 언어 형식이 개입함으로써 작품은

---

* 앞서 말했듯 『종북소선』의 '비'(批)는 모두 방비(旁批)이고 미비(眉批)는 보이지 않는다. 원래 미비(眉批)는 작품 본문 상단의 여백에 비교적 간단하게 기재된다. 미비는 그것이 기재된 바로 아랫 부분에 필사되어 있는 작품의 특정 행문에 대한 코멘트다. 미비는, 작품의 행간에 이미 방비가 가득 기입되어 있어 더 이상 평어를 적을 공간이 없거나 딱히 방비로 기입하기가 곤란할 때 사용된다. 어떤 경우 한 작품에 대한 평점비평에서 방비는 전연 없고 미비만 몇 개 기재되어 있는 경우도 없지 않다. 미비는 넓게 보면 방비 속에 포함시켜 이해해도 좋다고 생각된다. 하지만 그 역도 참이 아니다. 미비는 시공간적 속성상 방비와 달리 즉각성을 가지기 어렵고, 이 때문에 독자의 바로 코 앞에서 발화(發話)가 이루어지는 듯한 느낌은 기대하기 어렵다. 그리하여 방비가 독자 바로 곁에서 속삭이듯, 뇌까리듯 진술되고 있다는 착각을 불러일으킨다면, 미비는 그 공간적 격절감(隔絶感) 때문에 다소 떨어진 곳에서 덤덤한 어조로 하는 말처럼 느껴지게 된다.

이전의 텍스트에서 새로운 텍스트로 탈바꿈한다. 만일 이전의 텍스트를 W1이라고 한다면 방비가 달려 있는 이 새로운 텍스트는 W2라고 불러야 할 터이다. W1이 기본적으로 작가로부터 연유하는 하나의 목소리에 바탕해 있다면, W2는 적어도 두 개의 목소리가 뒤섞여 있다. 이 복수의 목소리로 인해 W2는 독특한 존재 방식과 의미론적 자태를 드러내며, 한 차원 높은* 다성多聲의 커를 갖는 새로운 미학적 존재물이 된다.

지금까지, 『종북소선』에 구사된 권점비평의 몇 가지 형식 가운데 구두점, 권점, 방비, 이 세 형식에 대해 살펴보았다. 『종북소선』의 필사 상태를 자세히 관찰해 보면, 이 세 형식 중 권점이 제일 먼저 가해졌고, 그 다음에 방비가 기입되었으며, 마지막으로 구두점이 찍혔음을 알 수 있다.

후평後評

후평은 작품 말미에 기재되어 있다. 비록 「선귤당기」와 「『녹앵무경』서」 두 작품의 경우 본문이 끝나 가는 부분 상단에 후평이 기재되어 있기는 하나 이는 종이를 아끼기 위한 것일 뿐, 후평의 본래 자리가 작품 말미라는 사실에 대한 예외를 보여주는 것은 아니다.

『종북소선』에서 후평은 대개 한 줄이나 두어 줄로 된, 하나의 간단한 논평이다. 그렇긴 하나 간혹 한 편의 글에 두 개의 후평이 달린 경우도 발견된다.** 후평의 예를 한둘 들어본다.

---

* 여기서 사용한 '차원'이라는 말이 꼭 가치론적 함의를 갖는 건 아니다.

(가) ①국옹麴翁과 풍무風舞에 대해서는 두 번 언급하고, 담
헌湛軒에 대해서는 세 번 언급하고, 형암炯菴과 악사樂師 연씨
延氏에 대해서는 한 번 언급하고 있어, 들쑥날쑥하여 정돈되
지 않은 듯 보이지만 지엽枝葉과 근간根幹을 다 갖추고 있어
짧은 글 안에 고원한 기세가 있다.[47]

②고요하면 깨닫게 되고, 깨달으면 활발발지活潑潑地[48]하
게 된다. 이 글은 뜬구름을 우러르고 흐르는 물을 바라보고
나서 읽으면 그 담박함과 심원함을 알 수 있다.[49]

(나) 이 글의 대지大旨는 '뜻을 잘 표현하면 진실되다. 이것
이 글을 짓는 법문法門[50]이다'라는 것이다. 또 자신이 아는 것
과 자신이 모르는 것, 남이 아는 것과 남이 모르는 것을 총괄
하여 한 편의 글을 이루었다.[51]

(가)는 「하야연기」의 후평인데, ①과 ② 둘이다. 둘은 각각 독자
적이다. (나)는 『『공작관집』서』의 후평이다.

위의 인용문을 통해 확인되듯, 후평은 글 전체의 구성이나 전개
방식, 주지主旨에 대해 말하거나, 글이 주는 전체적인 인상에 대해 언
급하고 있다. 혹은 글을 읽고 나서의 소회所懷를 말하거나, 작품에 대
해 촌철살인적 품평을 가한 경우도 있다. 다음이 그런 경우다.

(다) 가난하지만 아취雅趣가 있는 것이 부유하면서 속된 것
보다 훨씬 낫다.[52]

** 「하야연기」, 「관물헌기」, 「망자 유인 박씨묘지명」, 「주공탑명」 네 편이 그러하다.

(라) ①더할 나위 없이 훌륭한 작품이다.[53]

②천하사天下事라는 게 확고부동한 게 없고 곧잘 변하는 법이니 어디 간들 향香 연기 아닌 것이 없다. 이 글을 읽고도 여전히 교만하고 탐욕스럽다면 그런 사람이야 논할 게 뭐 있겠는가![54]

(다)는 「육매독」, (라)는 「관물헌기」의 후평이다. (다)와 (라)의 ②는 글을 다 읽은 뒤의 소회를 말한 경우다. (라)의 ①은 작품의 가치에 대한 촌철살인적 품평이나. 그 원문은 '절품'絶品인데, 이 말은 원래 그림을 품평할 때 쓰는 말이다. 이 단어를 통해, 마치 한 폭의 그림을 품평하듯 글을 평가하고 있음을 알 수 있다.

그런가 하면 『종북소선』의 후평 중에는 작자의 고심苦心에 대해 언급하거나, 문장의 필치나 기세에 대해 논평한 경우도 있다. 다음이 그러하다.

(마) 필세가 예리한데다 아래위로 내닫는 것이 마치 무인지경無人之境에 든 것 같다. 저 『시경』의 "북을 둥둥 치자/펄쩍 뛰면서 칼을 휘두르네"라는 말은 이런 글을 두고 한 말이다.[55]

(바) 이 글은 채 300자도 안 되지만, 진정眞情을 토로해 문득 수천 글자나 되는 문장의 기세를 보이니, 마치 지극히 작은 겨자씨 안에 수미산須彌山을 품고 있는 형국[56]이라 하겠다.[57]

(사) 이름이란 끝내 환영幻影일 뿐인데 고금古今의 남자들은

그 환영 속에 들어갔다 나왔다 한다. 한번 털어 버리고 나오면 바야흐로 쾌활하건만 몸소 절실히 체험하기 전에는 끝내 털고 나오지 못한다. 몸소 털고 나오지 않으면 끝내 도를 깨닫지 못함이 명약관화하다. 작자의 고심이 보이며, 문장 또한 절로 신령스럽고 기이하다.[58]

(마)는 『『양환집』서』의 후평이고, (바)는 「망자 유인 박씨묘지명」의 후평인데, 모두 필세筆勢, 즉 문장의 기세氣勢에 대해 논평하였다. 박지원의 글은 대체로 기운이 펄펄하고 생기가 넘치는바, 문장의 기세에 대한 상기 논평은 박지원 산문의 그런 특징을 지적하고 있는 것으로 보인다.

(사)는 「선귤당기」의 후평인데, 먼저 글을 읽고 난 후 떠오른 생각을 말했고, 그 다음 작자의 고심에 대해 말했으며, 끝으로 문장의 필치에 대해 언급했다. 남의 글을 완상하거나 비평할 때 가장 중요한 건 글쓴이의 '마음'을 아는 것일 터이다. 이덕무가 말한 '작자의 고심'이란 작자의 가장 깊숙한 마음자리에 다름 아니다.

한편, 『종북소선』의 후평 중에는 남의 말을 인용해 작품을 논평한 경우도 발견된다. 다음을 보자.

(아) 강엄江淹[59]은 "암담하게 혼을 녹인다"고 노래한 바 있는데, 나는 이 말을 단장취의斷章取義하여 「주공탑명」의 평어로 삼는다.[60]

(자) 심계心溪가 이 글을 읽고 "돌아간 구름과 떠나간 용처럼 종적蹤迹이 없다"라고 했는데, 나는 무릎을 치며 제대로 봤다

고 생각하였다.[61]

(아)는 「주공탑명」의 후평이다. 강엄의 「별부」別賦 첫머리에, "암담하게 혼을 녹이는 건 / 오직 이별뿐"[62]이라고 하여, 이별의 슬픔을 말하기 위해 '암담하게 혼을 녹인다'라는 표현을 쓴 구절이 나온다. 평자인 이덕무는 「주공탑명」을 읽고 인간 존재가 물거품 같다는 생각에 마음이 참담해져 「별부」의 이 구절을 끌어와 작품의 평어로 삼은 듯하다.

(사)는 심계心溪라는 인물이 「『녹앵무경』서」를 읽고 한 말을 인용해 그 평어로 삼은 경우다. 심계는 이덕무의 족질族姪인 이광석李光錫의 호다. 이광석은 젊어서부터 이덕무와 교분이 깊었으며 유득공, 박제가 등 박지원 주변의 인물과도 교유하였다. 『청장관전서』에는 이덕무가 이광석에게 보낸 편지가 여러 편 실려 있으며, 이광석의 시에 대한 화답시라든가 이광석의 시에 대한 평 등 이광석과 관련된 글이 여럿 보인다. 주목되는 점은, 이덕무가 단지 중국의 유명한 어떤 인물이나 유명한 어떤 작품을 전거典據로 삼아 후평을 다는 데 그치지 않고, 동시대 조선의 어떤 인물, 그것도 자신의 족인族人이자 동인同人에 해당하는 사람의 말을 직접 인용하는 방식으로 후평을 달고 있다는 사실이다. 조선에서 이런 후평의 예는 달리 찾아보기 어렵다. 방금 '족인이자 동인'이라고 했지만 무게 중심은 아무래도 '동인' 쪽에 있다고 보아야 할 것이다. 요컨대 평자 이덕무는 자신의 동인에 속하는 인물의 말을 호평하여 그의 말을 작품에 대한 평어로 삼은 셈이다. 이런 예는, 비록 『종북소선』에서 이 외에는 더 보이지 않지만, 그럼에도 주목을 요한다. 왜냐하면 당시 조선 사대부들의 글쓰기[63]에서 구사되는 전고典故라든가 비평의 논거는 거의 모두 중국 것들이었기 때문이다.

조선 것이 인거引據되거나 원용援用되는 경우란 좀처럼 찾아보기 어렵다. 이는 거시적으로 볼 때 조선 사대부의 문화의식 내지 글쓰기의 일반적 행태와 관련된 문제다. 이런 점을 염두에 둔다면, 비평가 이덕무가 (자)에서 당대 조선인, 그것도 자신과 동인적同人的 관계에 있는 인물의 말을 평어로 삼고 있음은 예사로 볼 일이 아니다.*

(자)의 비평 방식은 이런 각도에서만 주목할 것은 아니다. 그것은 또한 18세기 후반의 조선 사대부 사회에서 당대 조선 문인의 작품에 대한 비평 활동이 상당히 활발하게 펼쳐지고 있던 상황을 일정하게 반영하고 있다는 점에서도 주목할 필요가 있다. 「『녹앵무경』서」에 대한 심계의 비평이 급기야 『종북소선』의 후평으로 인입引入되고 있다는 사실은, 당시 서울이나 근기近畿 지역을 중심으로 동시대 조선의 문예 작품에 대한 비평 행위가 상당히 활발하게 전개되고 있었음을 방증하는 것으로 보아도 좋지 않을까.

지금까지 후평의 기능과 존재 방식에 대해 살펴보았다. 방비가 작품의 특정 구절에 대한 비평이라면, 후평은 한 작품 전체를 대상으로 한 비평이다. 따라서 방비가 작품에 대한 부분적·분석적 비평이라면, 후평은 작품에 대한 종합적·개괄적 비평이랄 수 있다. 요컨대 후평은 작품에 대한 '총평'으로서의 성격이 다분하다. 이처럼 방비와 후평은 그 논평의 스케일과 대상 범위가 서로 다르다. 후평은, 독자가

---

* 이덕무는 선비의 예절에 대하여 쓴 자신의 책 『사소절』(士小節)에서도 단지 중국인이나 중국의 서적만을 전거로 삼고 있지 않으며, 심계를 비롯한 자기 주변의 동시대인들의 언행을 적극적으로 소개하고 있다. 그러므로, (자)의 평어에서 확인되는 이덕무의 독특한 면모는 『사소절』에서도 똑같이 확인된다 하겠다. 일종의 '조선적 자기의식'의 의미 있는 확장이라 할 이덕무의 이런 면모가 그의 다른 글쓰기에서도 더 확인되는지에 대해서는 앞으로 더 검토가 필요하다.

이미 방비를 읽었음을 전제하여 작성된 것이라고 말할 수 있다.

한편, 방비가 독백조로 독자에게 말하는 목소리에 가깝다면, 후평은 선언적이고 단언적인 목소리에 가깝다. 방비와 후평이 보여주는 이런 목소리의 차이는 두 비평 형식의 역할 때문에 초래된 것으로 보인다. 방비에서 나긋나긋하고 자상하며 친절한 목소리를 접했던 독자는 후평에서는 단호하고 단정적인 목소리를 듣게 된다. 하지만 이런 목소리의 변화는 독자에게 불편이나 혼란을 주기는커녕 오히려 정돈감整頓感을 줬을 것으로 생각된다. 다소 산만하고 분산적으로 여겨질 수도 있는 방비가 끝난 뒤에 작품 전체를 일목요연하게 정리하고 총괄하는 후평이 등장한다는 것, 작품을 좀 더 높은 위치에서 조감하면서 훨씬 규범적인 목소리로 작품에 대해 총정리하는 부분이 나타난다는 것은 독자에게 심리적 안도감과 신뢰감을 주기에 족하다. 바로 이 점이 평점비평에서 방비와 후평의 역할 분담과 공조共助가 빚어내는 절묘한 미적 효과일 터이다.

이상의 논의는 꼭 『종북소선』에만 해당하는 것은 아니며, 동아시아 평점비평 '일반'에 적용될 수 있다. 그렇다면 『종북소선』의 후평에는 이런 일반적인 면 말고 특수한 면은 없는 것일까? 고쳐 말해, 『종북소선』 나름의 변별적인 면모는 없는 것일까? 없지 않다. 앞서 살펴본 『종북소선』의 방비에서처럼 후평에서도 작가와 비평가의 대화적 관계가 확인된다. 한 예를 들어본다.

> (가) 만약 '하단下段의 얘기들은 모두 허구다'라고 말하는 자가 있다면, 그런 자는 평생 참된 글이라곤 한 편도 읽어 보지 못한 자일 터이다.[64]

「망자 유인 박씨묘지명」의 후평이다. 이 인용문 중 '하단'下段이라는 말은 「망자 유인 박씨묘지명」의 후반부, 즉 박지원이 두뭇개의 언덕에 서서 누이의 상여를 싣고 떠나가는 배를 우두커니 바라보다 문득 떠올리게 된 어린 시절 누이와 관련된 기억 및 그 기억의 자연 풍경에의 투사投射에 해당하는 대목을 가리킨다. 이 대목은, 아이 시절의 행복했던 한때를 생생히 추억한 뒤 이를 다시 누이를 마지막 보내는 새벽의 한강 풍경과 오버랩시킴으로써 슬픔을 더욱 묵직하게 만들고 있다. '허구' 운운한 것은 추억의 현재적 투사에 해당하는 구절을 가리킬 터이다. 여기서 주목되는 것은, 이덕무의 이 평어가 박지원을 옹호 내지 변호하고 있다는 사실이다. 즉, 혹 있을지도 모를 누군가의 공박을 의식해 이 평어를 붙인 것으로 보인다. 작가에 대한 일종의 배려인 셈인데, 중요한 것은 이 배려의 기저에 두 사람의 **대화적 관계**가 자리하고 있다는 점이다. 즉, 이 평어는 표면적으로 보면 박지원에게 적대적인(혹은 우호적이지 않은) 누군가를 향해 한 말처럼 들리지만, 실은 이덕무가 박지원에게 공감을 표하면서 그를 격려하기 위해 건넨 말인 것이다.

특히 평문 중의 "참된 글"(원문은 '眞文')이라는 말은 박지원이 그토록 강조해 마지 않은 '진정지문'眞情之文이라는 말과 동일한 미학적·문예학적 개념임에 주목할 필요가 있다. 박지원이 이 개념에 입각해 창작실천을 꾀했다면, 이덕무는 동일한 개념으로 박지원의 글에 대해 높은 비평적 평가를 내리고 있다 할 것이다. 말하자면 둘은 동일한 미학적 코드로 서로 텍스트를 주고받으며 대화하고 있는 것이다. 게다가 박지원의 이 글은 누이와 가난, 이 둘을 제재로 삼고 있는데, 이 두 제재는 이덕무의 실제 삶에서도 거의 똑같이 문제가 되고 있었다. 그리하여 그것은 삶에 감내하기 힘든 고통과 슬픔을 드리우고 있었다.

다음은 가난과 병고에 시달리던 젊은 시절의 이덕무가 자신의 어릴 때를 회상하며 쓴 글이다.

> 여섯, 일곱, 여덟, 아홉 살 적에는 제야와 정월 초하루가 어찌 그리 좋던지. 두건을 쓰고, 머리는 쌍상투를 하고, 초록빛 까치두루마기를 입고, 붉은 색 비단 띠에 분홍빛 가죽신을 신었다. 밤에는 윷을 놀고 낮에는 연을 날렸으며, 어른들께 세배를 드리면 이마를 어루만지며 귀여워해 주셨다. 당시 준수한 기운이 넘쳤고, 걸음걸이도 바람처럼 빨라 머리카락이 나풀거렸으니, 세상에 좋은 시절이 이날보다 나은 때가 없었다.[65]

1765년 제야에 쓴 글인바, 이덕무의 나이 스물다섯 살 때다. 이덕무는 이해 5월에 어머니를 여의었는데, 아름답던 어린 시절을 회상하는 이 글에는 어머니를 잃은 슬픔이 스며 있다. 『종북소선』이 편찬된 것이 1771년 겨울이니, 이 글과 약 6년의 시차가 있다. 한편, 이덕무가 큰 누이동생을 잃은 것은 1774년의 일이다. 이덕무가 쓴 「누이 제문」에 자세히 언급되어 있듯,[66] 그녀는 열여덟에 가난한 집에 시집가 병고에 시달리다 스물여덟의 나이에 숨을 거두었다. 그러니까 이덕무의 큰 누이동생은 이덕무가 박지원의 글에 후평을 붙일 무렵 한창 가난과 병마에 시달리고 있었던 것이다. (가)의 후평에는 이덕무의 이런 가족사와 관련된 정서가 반영되어 있는 것으로 여겨진다.

말이 좀 길어졌지만, 필자가 여기서 말하고자 하는 주안점은, 후평 (가)의 기저부에 작가와 비평가 사이의 정서적 공감 내지 유대가 자리하고 있다는 사실이다. 이 유대는 우리가 육안으로 볼 수 있는 영역 저 너머의 세계에 속한다. 하지만 대화적 관계란, 이런 정서적 유대—그것이 동병상련의 것이든, 예술적 취미와 관련된 것이든, 학문적·지적 지향과 관련된 것이든, 삶에 대한 태도 및 가치와 관련된 것이든—로부터 만들어지기 시작하고, 만들어질 수 있다. 이 점에서 정서적 유대의 깊이는, 인간의 완전한 상호이해를 위한 가장 중요한 조건일 수 있다. 정서적 유대는 모든 유대의 원천이다. 이념적 유대란 것도 기실 바로 이 정서적 유대 위에서 비로소 강고하고 지속적인 것이 될 수 있다. 이처럼 (가)의 평어에서 확인되는 두 사람 간의 견고한 미학적 유대는 둘 사이의 깊고 강고한 정서적 유대에서 발원하는 바, 이 두 유대는 서로 연결되어 있다. 요컨대, (가)의 후평은, 박지원과 이덕무 간의 정서적 맥락과, 그것이 뒷받침하는 미학적 맥락 속에서 성립되고 있으며, 그 점에서 작가를 향한 비평가의 농밀한 대화라 이를 만하다.

예를 하나 더 들어 본다.

> (나) 가난하지만 아취雅趣가 있는 것이 부유하면서 속된 것
> 보다 훨씬 낫다.[67]

「육매독」의 후평이다. 이는, 곤궁한 처지의 박지원이 집에서 윤회매輪回梅라는 이름의 그럴듯한 매화 조화造花를 만들어 서상수에게 돈을 받고 판 일을 적은 편지에 대한 평이다. 이 평어는 궁핍한 처지의 박지원에 대한 따뜻한 위로의 마음을 담고 있다. 당시 박지원은 가난에 몹시 쪼들렸는데, 손수 윤회매를 만들어 그걸 내다 팔아 생활비에 보태고 있는 형편이었다. 다음은 당시 박지원이 이덕무에게 보낸 편지 전문이다.

화병畵瓶에 윤회매 열한 송이가 달린 가지를 꽂아 동전 스무 닢을 얻어 형수님께 열 닢 드리고, 아내한테 세 닢 주고, 딸래미한테 한 닢 주고, 형님 방 땔나무 비용으로 두 닢 쓰고, 내 방에도 또한 그렇게 하고, 담뱃값으로 한 닢 쓰고 나니 공교롭게도 딱 한 닢이 남았구려. 그래서 이렇게 보내드리니 받아 주면 참 좋겠소.[68]

최근의 한 연구에 의하면 박지원의 윤회매 제작 및 판매는 일종의 상행위에 해당하는데,[69] 박지원에게 윤회매 제작법을 가르쳐 준 장본인이 바로 이덕무다. 게다가 박지원은, 비록 아주 적은 돈이긴 하지만, 윤회매 판매 대금의 일부를 이덕무에게 보내고 있다. 당시 이덕무는 겨울철임에도 돈이 없어 자기 집의 찢어진 창호窓戶를 바르지 못하고 있었는데 박지원은 이 돈으로 얼른 종이를 사서 창호를 수선하라고 보낸 것이다. 그러므로, 비록 적은 돈이기는 하나 퍽 요긴한 돈이다. 문제는, 이처럼 박지원과 이덕무가 윤회매의 제작과 판매에 서로 깊이 '연루'되어 있다는 사실이다. 이 연루는 기본적으로 '가난'이라는 두 사람의 생활상의 처지에서 비롯되는 것이지만, 그로부터 동병상련의 두터운 정서적 유대가 구축되고 있다는 점을 놓쳐서는 안 될 것이다. 이런 점에서, (나)의 평어에는 그냥 독자들에게 아취雅趣를 불러 일으키거나 선비들에게 삶의 경구警句를 제시하고자 하는 수준 이상의 절실하고 절박한 무엇이 있다. 이 '무엇'은 곧 작가를 향한 우정의 메시지이고, 작가에게 보내는 그윽한 눈길이며, 작가와 주고받는 이덕무의 대화인 것이다.

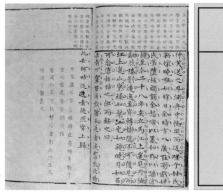
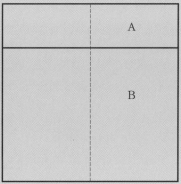

도판 5 「망자 유인 박씨묘지명」의 끝 부분

미평眉評

『종북소선』에는 매 작품마다 미평眉評이 붙어 있다. '미평'은 말 그대로 '눈썹에 위치한 평'이라는 뜻이다. '눈썹'이란 이마 부위를 뜻하는바, 작품이 필사된 면의 상단부를 가리킨다.

『종북소선』에는 매 면마다 사주四周(상하좌우의 테두리)에 괘선이 쳐져 있다. 그리고 미평란欄은 따로 가로선이 그어져, 공간적으로 구획되어 있다. 미평란은 괘선을 두른 한 페이지 면적의 4분의 1 가량 된다. 이를 도시圖示하면 상단의 도판 5와 같다.도판5

A부분이 미평란이고, B부분이 작품이 필사된 부분이다. 『종북소선』에서는 매 작품이 새로 시작될 때마다 B부분의 첫 줄에 작품명을 적은 다음, 행을 바꾸어 작품 본문을 필사해 놓고 있다. 미평은 B의 작품 제목이 위치한 줄 상단의 A에서 시작되는데, 종종 작품이 끝나는 면 상단부의 A에까지 길게 쭉 이어지고 있다. 심지어는 「하야연기」나 「망자 유인 박씨묘지명」에서 보듯, 작품이 끝나는 행과 대응하는 A의 행을 넘어서까지 이어지고 있는 경우도 있다. 『종북소선』의

미평에서 확인되는 첫 번째 특이점은 이처럼 그 편폭이 몹시 길다는 점이다. 그것은 방비나 후평과는 도저히 비교할 수 없을 정도로 길다.

『종북소선』에서 미평은 대체로 한 면에 15줄, 한 줄에 7자씩 주홍색의 작은 글씨로 또박또박 기재되어 있다. 미평은 대체로 세 면에 걸쳐 기재되어 있으며, 두 면에 걸쳐 기재된 경우는 「관물헌기」와 「육매독」 단 두 작품뿐이다.

『종북소선』에서 미평이 공간적으로 구획되어 있다는 점, 미평에 공간적인 독자성이 부여되어 있다는 점은 대단히 주목해야 할 사실이다. 필자는 조선의 평짐서 중 미평(혹은 미비)란에 공간적 독자성이 부여되어 있는 책을 『종북소선』 외에는 보지 못했다. 중국 평점서에도 그런 책은 그리 흔치 않다.* 그렇다면 『종북소선』의 미평에 공간적 독자성이 부여되어 있음은 어떤 의미를 갖는 것일까?

첫째, 미평의 격상이라는 의미를 갖는다. 책의 체제에서, 그리고 책의 공간분할에서, 미평은 자신의 영토를 확보함으로써 존재론적으로, 그리고 의미론적으로, 상대적 독자성을 확보하게 된다. 『종북소선』이 보여주는 평점비평의 다른 어떤 형식들도 미평과 같은 공간적 독자성을 확보하지는 못하고 있다. 그러므로 그것들은 비록 작품과의 긴밀한 연관 속에서 새로운 미적 텍스트를 낳는 데 적극적으로 기여하고 있기는 하나, 그렇다고 해서 작품과 견줄 만한 상대적 독자성을 갖는 데까지 이르고 있지는 않다. 그러므로 그것들은 크게 보아 작품에 부용附庸된 존재에 가깝다. 하지만 미평은 이와는 본질적으로 다르다. 『종북소선』에서 미평은 결코 부용적附庸的 존재가 아니다. 그것은 작품 본문—공간적으로 말한다면 구획된 하단下段, 즉 B부분—과 유

---

* 이 점은 본서의 제5장에서 검토하기로 한다.

기적 관련을 맺고 있기는 하나, 그렇다고 해서 본문에 부용되어 있는 존재는 아니다. 『종북소선』에서 미평은 매 작품당 1편씩 달려 있다. 그러므로 『종북소선』에서 미평은 도합 10편이 되는 셈이다. 『종북소선』의 미평들은 하나하나마다 문장으로서의 수미일관성을 보여주며, 문예적으로 대단히 빼어나고, 완결된 작품으로서의 면모를 보여준다. 비평가로서 이덕무는 심혈을 기울여 자신의 문예적 능력을 발휘해 이들 미평을 작성했음이 틀림없다. 이 때문에 이 미평들은 그 자체로서 한 편의 **완결된 예술산문**으로서의 지위를 점한다. 방금 전 필자가 『종북소선』의 미평들은 한갓 부용적 존재가 아니요 미학적으로 상대적 독자성을 갖는다고 한 것은 바로 이런 의미에서다.

이덕무는 자신과 특별한 관계에 있으며 당시 이미 산문가로 명성이 높았던 박지원의 작품에 자신이 비평을 가하고 있다는 사실에 자별한 자의식을 가졌음직하며, 이런 자의식은 ① 박지원이 대상인만큼 뭔가 특별한 비평을 해야 마땅하다, ② 기발한 박지원의 글과 내용·형식적으로 어느 정도 대응하는 독특한 평문評文을 작성해야 한다는 쪽으로 그를 추동했던 건 아닐까. 비평가로서 이덕무의 이런 자의식은 특히 미평에 집약적으로 구현됨으로써 급기야 동아시아 평점비평사에서 유례를 찾기 어려운 하나의 창안을 낳게 된 것이 아닐까. 『종북소선』의 미평들은 하나하나 모두 고심해 작성된 것인바, 내용이 퍽 참신하고, 문장 작법이 빼어나며, 재치가 번득이고, 문예적 상상력이 돋보인다. 그리고 방비나 후평이 기껏 한두 구절이나 한두 문장으로 되어 있음에 반해 미평은 긴 호흡의 한 편篇 글이기 때문에 문장 수사법상 이른바 장법章法이라든가 편법篇法이 구사되고 있다. 아마도 이덕무는 고사苦思에 고사苦思를 거듭하고, 퇴고에 퇴고를 거듭해 이 미평들을 완성했을 터이다.

이 때문에 현재 우리가 『종북소선』에서 보는 미평들은 박지원의 산문과 절묘한 하모니와 호응을 이루고 있다. 그것은 마치 한 사람이 노래를 하매 다른 한 사람이 답가答歌를 부른 것 같기도 하고, 한 사람이 시문을 짓자 다른 한 사람이 그에 화답和答하는 시문을 지은 것 같기도 하다. 답가나 시문의 수창酬唱은 모두 문예적 형식을 매개한 대화라고 할 수 있다. 그것은 예술을 매개해서 이루어지는 인간의 독특하고도 특별한 대화 방식인 것이다. 우정과 유대가 깊으면 깊을수록 화답이나 수창은 더욱 깊은 정신적 깊이와 농밀함을 담보하게 된다. 국외자는 두 사람의 정신이 빚어내는 이런 아름다움에 종종 감동을 느끼거나 찬탄을 발하게 된다. 『종북소선』의 미평은 바로 이런 의미의 **대화**로서의 성격을 다분히 갖고 있다.

또다른 면에서 보면 이덕무는 하나의 완정한 예술산문의 창작을 통해 박지원의 산문을 비평하고 있는 셈이다. 이 예술산문은 얼핏 볼 때 한문학 장르의 하나인 서序나 발跋을 연상시킨다. 둘 중 특히 '발'에 더 가깝지 않나 여겨지지만, 그럼에도 '발'은 아니다. 장르적으로 본다면, 예술산문의 한 종류인 '비평산문'으로 간주함이 옳을 것이다. 만일 그렇게 볼 수 있다면, 이덕무는 미평의 형식을 확장하고 혁신하여 그것을 하나의 독자적 산문 작품, 자족적인 미적 구현물로 창안해 놓고 있다고 말할 수 있다. 그리고 이를 통해 비평의 예술적 지위를 **본격 문예물**의 영역으로까지 끌어올림과 동시에, 비평의 새로운 존재 방식을 모색해 보이고 있다고 할 만하다.

이쯤에서 『종북소선』 미평의 한 예를 보기로 한다. 다음은 「주공탑명」의 미평이다.

나는 「주공의 사리탑 명銘」을 읽고 다음과 같이 지황탕의 비유를 부연하는 게偈를 지었다.

"내가 지황탕을 마시려 하니
큰 거품 작은 거품 보글보글하는데
그 속에 얼굴이 박혀 있어라.
큰 거품 하나에 '나' 하나 있고
작은 거품 하나에 '나' 하나 있네.
큰 거품엔 큰 '나'가 있고
작은 거품엔 작은 '나'가 있어라.
거품 속의 모든 '나'는 눈동자가 있어
거품이 눈동자에 박히어 있네.
그 거품에 다시 '나'가 있고[70]
그 '나'에는 다시 눈동자가 있네.
내가 한 번 눈썹을 찡그리니
일제히 눈썹을 찡그리고
내가 한 번 빙긋 웃으니
일제히 빙긋 웃누나.
내가 한 번 성을 내니
일제히 불끈불끈 팔을 쳐들고
내가 한 번 자는 체하니
일제히 눈을 감누나.
붓으로 그것을 그리려 한들
어떻게 채색을 하며
박달나무에 조각하려 한들
어떻게 아로새기리.
청동으로 주조하려 한들

어떻게 풀무질을 하고
소상塑像을 빚어내려 한들
어떻게 진흙을 반죽하리.
그 얼굴 수놓으려 한들
어떻게 바늘을 놀린단 말인가.
나는 큰 거품의 막을 벗겨내
즉시 나의 허리춤을 붙들려 하고
나는 작은 거품 뚫어
나의 머리칼을 새빨리 움겨쥐려 했는데
갑자기 약을 싹 마시고 나니
향이 그치고 빛도 사라져
천백이나 되던 ‘나’는
온데간데 흔적이 없네.
아아! 저 주공塵公은
과거의 거품이요
이 글을 지은 자(박지원을 이름−인용자)는
현재의 거품이며
지금으로부터
백 년 천 년 뒤에
이 글을 읽는 자는
미래의 거품이리.
사람이 큰 거품에 비치는 게 아니라
큰 거품이 큰 거품에 비치는 게지.
사람이 작은 거품에 비치는 게 아니라
작은 거품이 작은 거품에 비치는 게지.

거품이 일어났다 스러질 뿐인데

기뻐하고 슬퍼할 일 무어 있겠나."[71]

　박지원의 「주공탑명」은 앞부분에 190자의 서序가 있고 이어서 5언
24구의 명銘이 나온다. 상기 인용문에 언급된 "지황탕의 비유"는 서序
에 보인다. 이덕무는 「주공탑명」 서序 중의, '나'가 현랑玄朗이라는 승
려에게 해 준 말 중에 나오는 지황탕의 비유를 토대로, 4언을 기본으
로 한 51구의 독자적인 게偈를 창작해 미평으로 제시해 놓고 있다. 이
덕무의 이 게는 박지원이 쓴 명銘과는 의취意趣도 다르고, 발상도 다르
며, 비록 서序에 나오는 지황탕의 비유를 부연했다고 말하고는 있지
만 단순한 부연이 아니라 완전한 창작이다.[72] 그러므로 이 게는 박지
원의 산문에 대한 일종의 대응작對應作—정확히 말한다면 '비평적 대
응작'—으로서의 성격을 띤다. 이 비평적 대응작은 무엇보다도 박지
원을 의식한 창작이다. 달리 말해 자신의 스승이자 벗인 박지원에게
보이기 위한 글이다. 그러므로 그것은, 앞에서 말했듯, 일종의 창화
唱和이자 '대화'이다. 이처럼 이 비평적 대응작은 1차적으로는 박지원
을 의식해 창작된 것이지만, 그렇다고 단지 박지원을 위해서**만** 창작
된 것은 아니다. 2차적으로는 이덕무와 박지원의 문예적·사상적 동
인들, 이를테면 홍대용이라든가 박제가라든가 유금이라든가 유득공
이라든가 서상수라든가 이희경이라든가 이서구라든가 이광석 같은
이들에게 읽히기 위한 것이기도 했을 것이다. 그런데 홍대용 이하 이
들 동인들에 대해, 이들이 『종북소선』에 적힌 **이덕무의 글을 읽는다**고
함은 그리 적확한 표현이 아닐지 모른다. 이덕무의 글을 읽는다고 하
기보다 **박지원과 이덕무의 대화, 박지원과 이덕무의 앙상블**을 듣는다고 말
함이 더 적절치 않을까. 달리 말해, 박지원과 이덕무의 동인들은 이

두 사람이 주고받는 정신, 이 두 사람이 주고받는 눈빛, 이 두 사람의 작품 사이에 오가는 마음을 읽는다고 하는 편이 더 옳지 않을까. 그러므로 『종북소선』이라는 텍스트는 박지원의 것만도 아니요 이덕무의 것만도 아니며, 박지원과 이덕무 두 사람의 합작으로 된 텍스트인 것이다. 이덕무가 『종북소선』을 엮은 목적이 단지 자기를 드러내기 위해서가 아니라, 박지원과 자신을 **동시에** 드러내기 위해서였다는 점을 인식하는 일은 대단히 중요하다. 비평가 이덕무에게는 박지원을 정당하게 드러내는 것이 자신을 드러내는 일이 되며, 자신을 정당하게 드러내는 것이 곧 박지원을 드러내는 일이 된다. 이 둘은 서로 배타적이거나 경쟁적인 관계에 있지 않고, 기묘하게도 서로 상승적이고 상생적인 관계에 있다. 그래서 『종북소선』에서는, 이덕무의 글이 빛나면 이덕무만 빛나는 것이 아니라 박지원의 글도 더욱 빛나게 되고, 박지원의 글이 기발하고 참신하면 할수록 박지원만 빛나는 것이 아니라 이덕무의 비평도 더욱 빛나게 된다. 참으로 희한한 일이지 않은가. 이 희한한 일을 이덕무는 해냈으며, 바로 이 점에 비평가로서 이덕무의 남다름과 비범함이 있다.

이덕무가 박지원의 작품과 자신의 비평적 대응작이 이룩하는 앙상블을 자신의 동인들에게 들려주고자 했다는 사실을 이해하는 것은 대단히 중요한 일이다. 그렇지만 이덕무의 대응작이 갖는 의의가 여기서 끝나는 것은 아니다. 이덕무의 비평적 대응작은, 3차적으로는, 동인이라는 그룹의 세계를 넘어 당대 조선의 문인 일반과 후대의 독자들을 대상으로 삼고 있는 측면도 없지 않다. 이덕무는 미지의 독자들이 자신이 창작한 이 비평적 대응작을 읽고서 박지원의 산문에 대한 이해를 심화하든가 확장할 것을 바랐을 수 있다.

그렇기는 하지만, 상기 인용문에서 보듯 이덕무가 그토록 공들여

게를 창작한 데에는 그 심저心底에 어떤 열의熱意나 정념情念이 없고서는 불가능한 일이 아닐까? 그렇다면 그게 무얼까? 자신이 존숭해 마지 않는 저 위대한 박지원의 글과 자신의 글을 나란히 후세에 전하고 싶은 열의가 그 기저에 자리하고 있었던 건 아닐까. 상단의 A에 자신의 글이 놓이고 하단의 B에 박지원의 글이 놓여, 서로 마주보며 조응되게 한 공간분할의 방식에 이미 이러한 의도가 투사되어 있다고 볼 수는 없을까.

지금까지의 논의를 통해 알 수 있듯, 『종북소선』의 비평에서 가장 정채 있고, 가장 독특하며, 가장 창조적인 것은 바로 이 미평이랄 수 있다. 그러므로 우리는 장을 바꾸어 이 미평의 양상과 의미에 대한 본격적인 분석과 논의에 들어가기로 한다.

제4장
『종북소선』 미평眉評의 양상과 의미

앞서 말했듯 『종북소선』의 미평은 그 한 편 한 편이 빼어난 예술 산문에 해당한다. 이 때문에 정세精細한 분석을 요한다. 이런 점을 고려하여 본서에서는 매 미평을 검토할 때마다 그 전문을 제시하고자 한다. 한편 원래의 미평에는 단락 구분이 없지만 본서에서는 단락을 구분해 제시할 것이다. 이런 방법을 통해 『종북소선』 미평의 미학적·문예적 의의를 가능한 한 자세히 음미하고자 한다.

미평을 제대로 이해하기 위해서는 그 대상 작품에 대한 이해가 필수적이다. 이 점을 감안해 본서에서는 미평의 분석에 들어가기 전에 미리 박지원의 산문을 제시함으로써 그에 대한 독자의 기억을 환기시키는 방법을 쓰기도 하고, 때로는 미평의 분석 중에 박지원의 산문에 대해 필요한 만큼 검토하는 방법을 취하기도 할 것이다. 또 어떤 때에는 이 두 가지 방법을 동시에 구사하는 경우도 있을 것이다. 중요한 것은 방법의 일률성이 아니라, 미평과 해당 작품의 관련을, 그리고 궁극적으로 『종북소선』 미평의 특이성을, 어떻게 적절히 잘 해명할 것인가 하는 점일 터이다. 『종북소선』의 미평에 대한 종합적 논의는 개개의 미평에 대한 분석이 끝난 후에 이루어질 것이다.

지면이 좀 늘어나게 되는 흠은 있지만, 그래도 이런 방법에 힘입어 본서의 독자들은 정보 소유에 있어 필자와 평등한 관계가 되고, 그 결과 필자가 펼치는 주장이 과연 타당한 것인지 아니면 과장되거나 일방적이거나 편벽된 것인지를 스스로 냉철하게 따져 볼 수 있을 것이다.

「『양환집』서」의 미평

먼저 「『양환집』서」의 미평부터 살핀다. 「『양환집』서」는 박지원이 유득공의 숙부인 유금의 시집 『양환집』[1]에 써 준 서문이다. 전문을 보이면 다음과 같다.

> 자무子務와 자혜子惠[2]가 밖에 놀러 나갔다가 장님이 비단옷을 입고 있는 것을 보았다네. 자혜가 휴 하고 한숨지으며 이렇게 말했지.
> "저런! 자기 몸에 걸치고 있으면서도 제 눈으로 보지 못하다니."
> 그러자 자무가 말했지.
> "비단옷을 입고 컴컴한 밤길을 가는 사람과 비교하면 누가 나을까?"
> 마침내 두 사람은 청허聽虛선생[3]한테 가 물어보았네. 하지만 선생은 손사래를 치며 이렇게 말했다네.
> "난 몰라! 난 몰라!"
> 옛날에 말일세, 황희黃喜 정승이 조정에서 돌아오자 그 딸이 이렇게 물었다네.
> "아버지, 이 있지 않습니까? 이가 어디에서 생기나요? 옷에

서 생기지요?"

"그럼."

딸이 웃으며 말했네.

"내가 이겼다!"

이번엔 며느리가 물었네.

"이는 살에서 생기지요?"

"그럼."

며느리가 웃으며 말했네.

"아버님께서 제 말이 옳다고 하시네요!"

그러자 부인이 정승을 나무라며 말했네.

"누가 대감더러 지혜롭다 하는지 모르겠군요. 옳고 그름을 다투는데 양쪽 모두 옳다니요!"

황희 정승은 빙그레 웃으며 이렇게 말했네.

"너희 둘 다 이리 와 보렴. 무릇 이는 살이 없으면 생겨날 수 없고 옷이 없으면 붙어 있지 못하는 법이니, 이로 보면 두 사람 말이 모두 옳은 게야. 그렇긴 하나 농 안의 옷에도 이는 있고, 너희들이 옷을 벗고 있다 할지라도 가려움은 여전할 테지. 그러니까 이가 생기는 곳은 이 둘에 붙어 있는 것도 아니고, 이 둘을 떠나 있는 것도 아니거늘 바로 살과 옷의 '사이'인 게지."

임백호林白湖[4]가 말을 타려 하자 마부가 나서며 아뢨다네.

"나리, 취하셨나 봅니다. 목화木鞾[5]와 갖신[6]을 짝짝이로 신으셨습니다."

그러자 백호가 이렇게 꾸짖었지.

"길 오른쪽에서 보는 사람은 내가 목화를 신었다고 할 것이요, 길 왼쪽에서 보는 사람은 내가 갖신을 신었다고 할 테니, 내가 상관할 게 무어냐!"

지금까지 말한 것으로 볼진댄, 천하에 발만큼 살피기 쉬운 것도 없지만, 그러나 그 보는 방향이 다르면 목화를 신었는지 갖신을 신었는지조차 분간하기 어려운 걸세. 그러므로 진정지견眞正之見[7]은 실로 옳음과 그름의 '중'中에 있다 할 것이네. 가령 땀에서 이가 생기는 것은 지극히 미묘해 알기 어려운바, 옷과 살 사이에 본래 공간이 있어 어느 한쪽에 붙어 있는 것도 아니고 어느 한쪽을 떠나 있는 것도 아니며, 오른쪽도 아니고 왼쪽도 아니니, 누가 이 '중'中[8]을 알겠나. 말똥구리는 제가 굴리는 말똥을 사랑하므로 용의 여의주를 부러워하지 않고, 용 또한 자기에게 여의주가 있다 하여 말똥구슬을 비웃지 않는 법일세.

자패子珮[9]가 내 이야기를 듣고는 기뻐하며, "말똥구슬이라는 말은 제 시에 어울리는 말이군요"라고 하고는 마침내 그의 시집을 '말똥구슬'이라 한 후 내게 서문을 부탁하였다. 나는 자패에게 이렇게 말했다.

"옛날 정령위丁令威[10]가 학으로 화化하여 돌아왔으나 아무도 그를 알아보는 이가 없었으니, 이 어찌 비단 옷을 입고 컴컴한 밤길을 간 격이라 하지 않겠나? 또 『태현경』太玄經[11]이 후세에 널리 알려졌으나 정작 그 책을 쓴 양자운揚子雲[12]은 그것을 보지 못했으니 이 어찌 장님이 비단옷을 입은 격이라 하지 않겠나? 만약 그대의 시집을 본 사람이 한쪽에서 여의주라고 여긴다면 이는 그대의 갖신만 본 것이요, 다른 한쪽에서 말똥구슬이라고 여긴다면 이는 그대의 목화만 본 것일 테지. 그러나 사람들이 알아보지 못한다고 해서 정령위의 깃털이 달라지는 건 아니며, 자기 책이 세상에 널리 알려진 걸 제 눈으로 보지 못한다고 해서 자운의 『태현경』이 달라지는 건 아닐 테지. 여의주와 말똥구슬 중 어느 게 나은지는 청허선생께 물어볼 일이니 내가 무슨 말을 하겠나."[13]

이덕무는 이 작품에 다음과 같은 미평을 달았다.

> ① 다행스럽고 묘하구나, 오늘의 나란 존재는! 나보다 먼저 태어난 사람도 내가 아니고, 나보다 뒤에 태어난 사람도 내가 아니다. 나와 더불어 같은 하늘을 이고, 나와 더불어 같은 땅을 밟고, 나와 더불어 같이 먹을 것을 먹고, 나와 더불어 같이 숨을 쉬는 사람 모두가 각자 '나'이기는 하지만, '나의 나'는 아니다.
>
> ② 오늘 오시午時,[14] 납창蠟窓[15]은 환하고 상쾌하며, 어항 속의 물고기는 뻐끔뻐끔 물거품을 내고, 『한서』漢書는 앞에 쌓여 있고, 『시경』詩經은 책상에 펼쳐져 있는데, 이 붓과 벼루로 이 「『양환집』서」에 이렇게 붉은 글씨로 비평을 하면서 이렇게 무수한 '나'라는 글자를 쓰고 있는 사람, 이 사람이 '진짜 나'*이다. 어제는 어제의 오늘이고, 내일은 내일의 오늘이지

---

* '진짜 나': 원문은 "眞吾"다. '진오'는 동아시아 사상사 내지 문학예술사에서 대단히 중요한 개념이다. 이 개념은 양명학 좌파의 인물들, 특히 이탁오에 의해서 전통과 예교(禮敎)의 질곡과 속박을 타파하고 인간 개성의 해방과 주체의 자유로운 유로(流露)를 옹호하기 위한 핵심적 개념으로 고안되고 구사되었다. 그리하여 이탁오에 의해 뚜렷이 정립된 이 개념을 토대로 명말 청초(明末淸初)의 문인들과 예술가들은 인간의 주체성을 적극

만, 모두 오늘의 오늘이 바로 목전目前에 있어 내가 정말 누리고 있는 것만 같지 않다. 내가 오늘 이 평을 쓰는 것이 다행스럽고, 묘하고, 공교롭구나! 이것은 큰 인연이고 큰 만남이다.

③ 내가 시詩에 대해 말하고 문文에 대해 말한 것을 책으로 엮어 오늘을 즐겨야겠다는 생각이 문득 들어, 이정규李廷珪의 먹으로 징심당지澄心堂紙와 금율장경지金栗藏經紙와 설도薛濤의 완화지浣花紙에 글을 필사하고, 몹시 붉은 주사朱砂와 몹시 푸른 청대青黛로 비평을 하고, 권점圈點을 붙였다.

④ 사람들이 혹 비웃더라도 나는 화를 내지 않겠으며, 사람들이 혹 책망하더라도 나는 두려워하지 않겠다. 나는 술동이 하나, 오래된 검 하나, 향로 하나, 등잔 하나, 벼루 하나, 매화나무 하나가 있는 속에서 내 벗에게 이것을 읽게 하리라. 내 벗은 나를 아는 자이니, 나를 안다면 나를 사랑하는 것이고, 나를 사랑한다면 어찌 내 글을 잘 읽지 않겠는가?

⑤ 이렇게 하는 것은 나의 오늘을 즐기고자 해서이다. 세상 사람들은 진정 오늘을 즐길 줄 모르나니, 나 죽은 뒤의 일을 미리 생각하는 것은 내 알 바 아니다.[16]

1. 이 미평은 본서의 제3장에서도 그 일부를 소개한 바 있다. 하

적으로 긍정하면서 감정과 욕망을 자유롭게 분출하는 작품들을 활발하게 창작하였다. 문학 쪽에서는 서위(徐渭), 원굉도(袁宏道), 탕현조(湯顯祖) 같은 사람이 이런 지향을 보인 대표적인 인물이다. 이 영향을 받아 17세기 이후 조선에서도 자아를 긍정하고 감정의 자유로운 유로를 추구하는 문인들이 나타났다. 대표적인 인물로는 허균, 이용휴, 이언진, 이옥, 김려 등을 꼽을 수 있다. 이덕무의 글쓰기에서도 그런 면모가 발견된다.

지만 그 중요성 때문에, 그리고 새로운 논의를 위한 필요 때문에, 여기에 전문을 제시하였다.

☐단락에서는 '나'의 현재성, '나'의 유일무이성에 대해 말하고 있다. '나'는 과거의 인물들과도 구별되고, 미래의 인물들과도 구별된다. 그러므로 '나'는 현재적 존재다. 또한 '나'는 '나'와 함께 살아가는 동시대의 어떤 인물들과도 다르다. 그러므로 '나'는 유일무이하다. 이처럼 이 단락은 '나'는 시공간적으로 현재 존재하는 존재라는 점, 그리고 오직 하나밖에 존재하지 않는 존재라는 점을 말하고 있다. 이는 '나'의 선언이요, '주체'의 선언이랄 수 있다.

②단락에서는 몇 개의 중요한 사실이 언급되고 있다. 하나는, 지금 이 미평이 쓰이고 있는 상황이다. 이덕무는 '오시'午時에 자신의 집 서재에서 「『양환집』서」의 미평을 쓰고 있다. '오시'는 오전 11시에서 오후 1시 사이에 해당한다. 이덕무는 바로 이 시간대에 자신의 서재 창 아래에서 이 평문을 썼던 것이다. 이날 날씨는 맑았고, 서재에 둔 어항 속의 물고기는 유유히 헤엄을 쳤으며, 『한서』한 질은 책상 앞쪽에 쌓여 있고, 『시경』은 책상에 펼쳐져 있었다. 이런 환경에서 이덕무의 이 글은 쓰였다. 자신의 글쓰기가 이루어지고 있는 시공간에 대한 이덕무의 이런 서술은 흥미롭다면 몹시 흥미롭다. 그런데 여기서 하나의 의문이 떠오른다. 이덕무는 무엇 때문에 이런 말을 미주알고주알 하고 있는 것일까? 현재의 '나', 현재의 유일무이한 '나'를 드러내기 위해서일 것이다. 현재의 '나', 현재의 유일무이한 '나'는, 그가 존재하는 시공간과 분리되지 않는다. 그 시공간을 통해서만 '나'는 규정되고 존재하기 때문이다. 말하자면 '나'의 시공간적 연관이다. 그러므로 이덕무는 '나'를 드러내는 방편으로 '나'의 시공간적 거소居所를 자세히 서술했던 것이다.

그런데 이 '나'는 글쓰기 주체로서의 '나', 좀 더 구체적으로 말하다면, 비평적 글쓰기를 수행하는 주체로서의 '나'다. 이와 관련하여 두 번째 중요한 사실이 포착된다. 지금 붉은 글씨로 미평을 쓰고 있는 '나'가 '나의 나', 즉 '진짜 나'라고 말하고 있음이 그것이다.

세 번째 중요한 사실은, 오늘의 오늘이 가장 중요하다는 점을 말하고 있음이다. '나'가 떠나보낸 어제는 어제의 오늘이랄 수 있고 '나'가 장차 맞이할 내일은 내일의 오늘이랄 수 있지만, 그것들은 오늘의 오늘처럼 지금 당장 내가 소유한 것은 아니다. 확실한 것은 바로 지금 '나'가 목노하는 오늘의 오늘밖에 없다. 이덕무의 이런 생각은 **오늘사상**쯤으로 명명할 수 있을 것이다. ②단락은 바로 이 오늘사상을 제시하고 있다는 점에서 중요하다. 오늘사상은 '나'의 현재성으로부터 도출된다. 나의 나, 즉 참나는 본질적으로 현재적 존재이니, '나'에게는 오늘 바로 이 순간이 가장 중요할 수밖에 없다. 현재적 존재인 '나'의 본질은 오늘 **바로 이** 순간에 가장 확실하게 구현되기 때문이다.

그리하여 ②단락은 그 맨 마지막에서 오늘 지금 내가 비평적 글쓰기를 하는 것이 얼마나 "다행스럽고, 묘하고, 공교"로운 일인가, 그리고 얼마나 "큰 인연이고 큰 만남"인가 감격해 하고 있다. 유의해야 할 점은, 단지 지금 비평적 글쓰기를 할 수 있기 때문에 다행스럽고 묘하고 공교로운 것은 아니라는 사실이다. 다행스럽고 묘하고 공교롭다고 말한 것, 그리고 큰 인연 큰 만남이라고 말한 것은, 비평적 글쓰기의 대상과 관련이 있다. 다시 말해 내가 박지원의 글에 대해 비평적 글쓰기를 하고 있다는 사실과 관련이 있다. 요컨대, 이덕무는 지금 이 순간 내가 박지원의 「『양환집』서」에 비평을 하고 있다는 사실이 대단한 행운이며 기쁨이며 인연이라는 점을 말하고 있는 셈이다. 나는 박지원과 못 만날 수도 있었다. 박지원이 나보다 먼 과거에 태어났든가,

내가 박지원보다 먼 과거에 태어났든가, 박지원이 먼 미래에 태어났든가, 내가 먼 미래에 태어났다면, 그리고 내가 조선이 아닌 다른 곳에 태어났거나 박지원이 조선이 아닌 다른 곳에 태어났더라면, 나와 박지원은 만나지 못했을 것이다. 우주의 이 광대한 시공간 속에서 나와 박지원이 서로 만났다는 것, 그리하여 그의 글에 지금 내가 비평적 글쓰기를 수행하며 생각을 서로 주고받는다는 것은 하나의 큰 사건이 아닐 수 없다. 그러니 이는 얼마나 큰 인연이며 묘한 일인가. 이덕무는 이렇게 생각하고 있다.

③단락에서 주목되는 것은 '오늘을 즐긴다'는 말이다. 그 원문은 '娛今日'이다. '오늘을 즐긴다'는 생각은 '오늘사상'의 필연적 귀결이다. 이덕무는 오늘을 즐기기 위해 좋은 중국 종이에 좋은 중국 먹으로 박지원의 글을 필사한 뒤 주사와 청대로 권점을 붙이고 비평을 달았노라고 말하고 있다. 그리고 혹 자신의 이런 행위를 비판하는 사람이 있다 할지라도 두려워하지 않는다고 말하고 있다. 이덕무는 호방하기보다는 소심한 사람이고, 과감한 사람이기보다는 진중하고 조심스런 사람인데, 왜 이렇게 단호해 보이는 어조로 말하고 있는 것일까? 벗이 있어서다. 즉 내가 지금 쓰고 있는 이 글을 읽어 줄 나의 벗들이 존재하기 때문이다. 벗들로 인해 나는 두려움 없이 이 비평적 글쓰기를 할 수 있다. 나의 벗은 "나를 아는 자"이고 "나를 사랑하는 자"이니 나의 이 글을 잘 읽을 것이 분명하다. 나의 글을 '잘' 읽는다는 것은 무엇을 말하는 것일까. 내 글에 담긴 나의 마음을 잘 알아보는 것, 단지 글에 말해진 것만이 아니라 글에 말해지지 않은 것까지도 알아보는 것, 그리하여 나의 전존재全存在, 나의 심혼心魂과 마주하는 것을 말할 터이다.

그런데, 나를 알고 나를 사랑하면 어째서 나의 글을 '잘' 읽을 수 있을까? 생生에 대한 가치태도와 관점을 함께하고, 정서적 유대와 정신적 공감이 존재하고, 체험과 미적 취향을 공유하기 때문이다. 즉 이미 **존재관련에 들어선** 존재들이기 때문이다. 이는 나와 나의 벗이 대화적 관계에 있음을 의미하는 것이기도 하다.

나의 벗은 서너 명일 수도 있고 너댓 명일 수도 있고 그 이상일 수도 있다. 하지만 "술동이 하나, 오래된 검 하나, 향로 하나, 등잔 하나, 벼루 하나, 매화나무 하나가 있는 속에서 내 벗에게 이것을 읽게 하리라"고 했을 때의 그 벗에는 당연히 박지원이 첫손가락에 꼽힐 터이나. 난락 ②에서 확인한 바 있듯 이덕무는 박지원의 글을 지금 자신이 비평하고 있는 것 자체를 하나의 큰 '사건'으로 간주하고 있으므로.*

④단락은 비평문 전체를 총괄하고 있다. 이덕무는, 내가『종북소선』을 엮은 것, 박지원의 글에 이런저런 비평을 가한 것, 그리하여 그것을 나의 벗에게 읽히고자 한 것은, 다름 아닌 오늘을 즐기고자 해서임을 밝히고 있다. 요컨대 오늘을 즐기는 일이 인생에서 가장 중요한데, 그것은 마음 맞는 벗의 글을 비평하는 것, 이를 통해 심원한 정신적·심미적 대화를 나누는 것보다 더 나은 일이 없음을 말하고 있는

---

* 그렇기는 하나, 이덕무가 자신의 글을 읽히겠노라고 말한 '벗'에는 박지원만이 아니라 연암 일파의 다른 동인들도 포함될 것임은 말할 나위도 없다. 그렇지만『종북소선』의 비평적 글쓰기가 박지원과 맺고 있는 관계는 대단히 특수하다. 그것은『종북소선』이 연암 일파의 다른 사람들과 맺을 수 있는(혹은 맺으리라고 기대되는) 관계와 감히 비교하기 어려울 정도로 전면적이며, 깊다. 이 점을 고려한다면, 이미 앞서 지적된 바 있지만, 박지원을 이덕무 비평의 제1층위로 상정한다면, 다른 동인들은 제2층위로 상정할 수 있을 것이다. 제2층위의 독자도, 넓은 의미에서, 이덕무와 대화적 관계에 있다고 할 수 있겠지만, 그럼에도 그 대화적 관계의 양상과 심도에는 간과해서는 안 될 중대한 차이가 있다고 하지 않을 수 없다.

것이다.

지금까지 「『양환집』서」에 대한 이덕무의 미평을 분석해 보았지만, 이덕무는 현재적 존재, 유일무이한 존재로서의 '나'가 그 존재의 의를 확인하고, 그 덧없음을 넘어서며, 생生의 의미를 확보하는 길은, 글을 쓰는 것, 그리고 이를 통해 사랑하는 벗과 깊고 그윽한 교감을 지금 당장 나누는 것 이상의 것은 없다고 보고 있다. 이덕무에게 있어 '글을 쓴다'는 행위는 곧 현재적 행위이며, 바로 이 현재성 속에서 자신의 실존이 확인된다. 그러므로 글쓰기는 즐거운 행위일 수밖에 없으며, 자신이 현재 살아 있다는 사실, 즉 자신의 궁극적 존재성을 확인시켜 주는 가장 유력한 방편이 된다. 이런 의미를 띠는 이덕무의 글쓰기—정확히 말한다면 비평적 글쓰기—는 단지 자기만족을 위한 것만은 아니며, 벗을 향해 활짝 열려 있다. 뿐만 아니라 이덕무가 존재 관련을 맺고 있는 바로 이 벗이라는 대상으로 인해 '나'의 현재성과 글쓰기의 구경적究竟的 의의는 더욱 더 확인되고 강화된다. 그리하여 그것은 오늘을 즐김의 요체가 된다. 달리 그 무엇을 통해 오늘을 즐길 것인가.

글쓰기, 그리고 그것을 통한 벗과의 깊은 교감을 통해, 타인 속에서 자기를 읽고 자기 속에서 타인을 읽어 냄으로써 '자기/타자'의 융합과 뒤섞임과 상호확장과 경계 허물기와 상호부조相互扶助를 꾀하고 있다 할 것이다. 이는 세속 세계에 속한 지적知的 인간이 생명의 구경究竟을 즐기는 몹시 종요로운 길일 터이다. 그러므로 이덕무가 '오늘을 즐겨야 한다'고 했을 때 그것은 쾌락주의나 찰나주의를 뜻하는 것이 아니라, 생명을 구가謳歌함이 그 본질이 된다. 그것은 어떤 의미에서 생生에의 충실성에 대한 다짐에 다름 아니다. "나 죽은 뒤의 일을 미리 생각하는 것은 내 알 바 아니다"라는 말은 이 점을 그 극한에 있어 표현하고 있다.* 이덕무에게 있어 오늘을 즐기는 일은 비평적 글쓰기의 시작임과 동시에 끝이다. 이 점에서 「『양환집』서」의 미평은 수미일관한 논리구조를 보여준다.

이덕무에게서 비평적 글쓰기란 '나'를 확인하는 길임과 동시에 '나'를 넘어서는 길이며, 자기 밖의 타자(=작가)와 소통하고 대화하는 중요한 방편이 된다. 이 비평적 대화를 통해 '나'는 타자의 존재심부存在深部에, 타자는 '나'의 존재심부에 이르게 된다. 그리하여 나와 타자는 전면적인, 따라서 최상승最上乘의 존재관련을 맺게 된다. 이를 통해 '나'는, 그리고 타자 역시 존재의 기쁨과 생의 희열을 느끼게 될 터이다.

이렇게 본다면 이 미평은 단지 「『양환집』서」에 대한 평에 그치지 않으며, 『종북소선』에서 이루어지고 있는 비평 행위 전체에 대한 총론적 발언이라 할 만하다. 그러므로 이 「『양환집』서」의 미평은 실제로는 『종북소선』의 또다른 서문으로 여겨진다. 『종북소선』의 맨 앞에 제시된 이덕무의 「서」叙에서는, 여느 서문과 달리 『종북소선』의 편찬 경위라든가 그 편찬 동기가 언급되어 있지 않다. 다만 문학 일반론이 전개되어 있을 뿐인바, 이를 통해 이덕무는 박지원 산문의 이해를 위

---

* 유가적 지식인은 일반적으로 후세에 자신의 이름을 전하는 문제라든가 자기 사후(死後)에 후세인이 자신을 어떻게 평가할지에 대해 극도로 예민한 의식을 보여준다('전명의식'傳名意識이라든가 '수후의식'垂後意識이라고도 명명할 만한 전통적 유자儒者의 이런 의식 패턴에 대해서는 박희병, 『조선 후기 傳의 소설적 성향 연구』(대동문화연구총서 XII, 성균관대학교 대동문화연구원, 1993, 28면 참조). 그런데 "나 죽은 뒤의 일을 미리 생각하는 것은 내 알 바 아니다"라는 말은 이런 유가적 지식인의 일반적인 의식 패턴과는 사뭇 다른 면모를 보여준다는 점에서 주목된다. 그렇기는 하나 이 점을 요소적으로 과장하여 이덕무가 탈유교적이라든가 유교의 어떤 측면에 반대했다는 식으로 몰아가는 것은 옳지 않다고 생각된다.

한 요강要綱을 제시하고자 한 것으로 보인다.

　그런데 이덕무는 왜 하필 「『양환집』서」의 미평에 이런 총론적 의미를 부여해 놓은 것일까? 게다가 「『양환집』서」는 『종북소선』에 첫 번째로 실린 작품도 아니며 여섯 번째로 실린 작품이 아닌가. 이 물음에 대한 해답의 실마리는 작품에서 찾을 수 있다. 이 작품의 서두에는 자무子務와 자혜子惠라는 두 인물이 등장하는데, 자무는 이덕무를, 자혜는 유득공을 연상시킨다. 작품 속에서 이 두 인물은 '우의적'寓意的으로 설정되어 있으므로 꼭 자무의 실체가 이덕무이고 자혜의 실체는 유득공이다 이렇게까지 말할 수는 없을지 모르지만, 적어도 '자무'라는 이름이 이덕무에서 유래하고 자혜라는 이름이 유득공에서 유래한다는 점만은 틀림없다.[17] 이덕무 스스로도 이 작품을 읽으면서 자무는 자신을, 자혜는 유득공을 염두에 두고 붙인 이름임을 금방 알아봤을 터이다. 이처럼 「『양환집』서」는 연암 일파의 핵심적 두 인물로 비의比擬되는 두 사람의 대화로 시작된다는 점이 특징적이다. 게다가 이 작품은 이덕무가 그 후평에서 "필세가 예리한 데다가 아래위로 내닫는 것이 마치 무인지경無人之境에 든 것 같다"라고 말하고 있듯이, 종횡무진으로 논리와 상상력을 구사하면서 심오한 주제를 전달하고 있어 누가 보더라도 신품神品이요, 기문奇文 중의 기문奇文이라 할 만하다. 이덕무가 「『양환집』서」의 미평 [2]에서 "내가 오늘 이 평을 쓰는 것이 다행스럽고, 묘하고, 공교롭구나! 이것은 큰 인연이고 큰 만남이다"라고 말한 것은 방금 지적한 이 두 가지 점, 즉 ①자신이 작품에서 거론되고 있다는 점,** ②이 작품이 『종북소선』에 실린 열 작품 가운데 특

** 『종북소선』에서는 「『양환집』서」 외에도 「하야연기」와 「선귤당기」에서 이덕무가 언급된다. 불경의 어법을 빌어온 「선귤당기」 역시 기문의 면모가 있으나, 다소간 유희적 면모

히 표나게 기문奇文의 면모를 보여준다는 점과 관련이 있지 않나 여겨진다. 요컨대 「『양환집』서」는 이 두 가지 점을 다 보여주고 있는바, 이 때문에 이덕무는 이 글 앞에서 몹시 흥기되었으며, 그리하여 그 벅찬 감정을 미평에 담았고, 그 결과 「『양환집』서」의 미평이 『종북소선』 전체의 비평 행위에 대한 총론으로서의 면모를 갖게 된 것은 아닐까.

다음 물음은 물음 자체가 부적절한 것으로 비칠지 모르지만, 그럼에도 물어져야 할 물음이다: 「『양환집』서」와 그 미평은 대체 어떤 관련이 있는가? 왜 이런 미평을 단 것일까? 과연 이 평이 「『양환집』 서」에 달린 평이 맞는가? 정직 이 미평의 내용은 「『양환집』서」와는 아무 관련이 없지 않은가?* 이런 것도 비평이라고 할 수 있는가?

이런 의문이 제기될 수 있다는 것, 바로 이 점이 『종북소선』 미평의 독창성을 단적으로 말해 주는 것이라고 나는 생각한다. 본서의 제3장에서 이미 밝힌 바 있듯이, 『종북소선』의 미평은 평문이되 그 자체가 독립된 하나의 예술산문으로서의 성격을 띠고 있다. 그 문장은 완정完整하고, 수발秀拔하며, 정련精鍊되어 있다. 그 발상이나 상상력은 왕왕 참신함을 보여주며, 편법篇法 역시 삼엄한 편이다. 이덕무는 작심하고 하나하나의 미평마다 독립적인 산문을 창조한 것이다. 그리하여 이덕무의 미평은 그것이 대상으로 하는 박지원의 산문에 대한 '대응작'으로서의 면모를 보여준다. 바로 이 점이 중요하다. 즉 대응작인 까닭에 꼭 박지원의 산문에 대해 미주알고주알 따지거나 이것저것 그 디테일에 대해 논하거나 개괄적 의의를 말할 것은 없다. 그런

가 없지 않고, 또 그 말하고자 하는 메시지가 비교적 간단한 편이다. 이와 달리 『장자』(莊子)의 어법을 빌어온 「『양환집』서」는 어떤 틀이 없으면서도 심오하고, 떠오른 생각을 툭툭 제멋대로 말하고 있는 것 같으면서도 용의주도하며, 휼궤(譎詭)하여 글의 테두리가 없으면서도 진중한바, 이 점에서 기문 중의 기문이라 이르기에 손색이 없다 할 것이다.

것은 방비나 후평에서 하면 그만이다. 미평은 차원을 달리해 작품(=예술적 비평산문)을 통해 작품(=박지원의 산문)을 논하는 방식을 취한다. 그러므로, 어떤 경우 박지원의 산문과 아무 관계 없는 말을 하고 있는 것 같기도 하고, 어떤 경우 박지원의 산문을 비평하고 있다기보다 박지원의 산문을 빙자해 자기 말을 하고, 자기 글을 쓰고 있는 게 아닌가 하는 느낌을 받을 수도 있다.

하지만 이는 피상적인 관찰이다. 이덕무는 우리가 상식적으로 갖고 있는 틀 너머에서 고원한 정신으로, 그리고 아주 특이한 방식으로, 박지원의 산문에 대해 비평하고 그것과 깊은 대화를 나누고 있는 것이라고 생각된다. 비유컨대 그것은 높은 정신을 소유한 두 고수高手가 서로 마주하고 앉아, 한 사람이 영감靈感에 가득찬 시를 읊조리면 다른 한 사람이 그에 화답하는 시를 읊조리는데, 화답시는 그 자체로서도 아름답지만 먼저 읊조린 사람의 시에 대한 은근하면서도 정답고 정다우면서도 심원한 논평의 성격을 가짐에 비길 만하다. 이 점에서, 「『양환집』서」의 미평은 엉뚱한 동문서답이 아니며, 깊은 유대와 공감을 맺고 있는 사람들 간에는 거기서 더없는 재미와 유쾌함을 느끼면서 자신들이 서로 이어져 있는 존재임을 확인하게 될 터이다. **정신적 대화**란 진정한 의미에서 이런 경지, 이런 정신의 지경을 가리킬 터이다. 그것은 심미적이자 이성적이고, 이성적이자 심미적이며, 유쾌하되 깊고, 깊되 유쾌하며, 주체적이되 타자적이고, 타자적이되 주체적이며, 스스로 충만하되 열려 있고, 열려 있되 스스로 충만한 정신의 상태일 것이다. 이런 감동적인 순간을 『종북소선』에서 두 정신이 구

---

* 「『양환집』서」에 대한 자세한 음미는 박희병, 『연암을 읽는다』(돌베개, 2006), 403~418면을 참조할 것.

현해 보이고 있으며, 우리는 지금 그것을 황홀한 눈으로 바라보고 있다. 이는 아마도 한국문학사에 구현된 가장 높고 가장 아름다운 봉우리의 하나일 터이다.

좀 더 구체적으로 말한다면, 『『양환집』서』의 미평은 「『양환집』서」를 읽었을 때의 감동과 미적 희열, 그리고 그런 정서적 고양 상태 위에서 비평적 글쓰기가 이루어졌다는 사실, 그리고 저처럼 위대한 산문 작품에 대한 평을 쓸 때의 행복감, 그리고 벗들과 이 행복감을 함께 나누고 싶다는 마음 등등을 피력해 놓았다 할 것이다. 작품으로부터 받은 미적 감흥의 실존적 표백表白이자 작품에 대한 더없는 찬탄이라 이를 만하다.

2. 「『양환집』서」의 미평에는 명말 청초의 문학가인 김성탄의 영향이 감지된다. 특히 「『수호전』서」水滸傳序의 어법을 활용하고 있음이 확인된다. 그 동이同異를 살피는 것은 퍽 중요한 일이라고 판단되므로, 아래에 「『수호전』서」의 전문을 제시한다.

나이 서른이 되도록 결혼하지 못했으면 응당 결혼하지 말아야 한다. 마흔이 되도록 벼슬하지 못했으면 응당 벼슬하지 말아야 한다. 오십이 되면 치가治家를 해서는 안 되고, 육십이 되면 먼 곳을 여행해서는 안 된다. 무슨 말인가? 때에 맞지 않으니 그 미래가 뻔하기 때문이다. 아침 해가 솟아 어슴푸레할 때 얼굴을 씻고, 머리에 건巾을 쓴다. 그리고 아침밥을 먹는다. 식사를 마치고는 이를 쑤신다. 일을 다 마치고 일어나 "해가 중천에 있겠지?" 하고 묻지만, 해는 이미 중천을 지났다. 오전이 이러하니, 오후가 어떨지는 불문가지不問可知

다. 하루가 이렇거늘, 삼만 육천 일(인생 백년을 가리킴-인용자)이 다르겠는가. 이 때문에 근심에 잠기게 되나니, 마침내 어디서 즐거움을 구할 것인가?

늘 괴이하게 여겨지는 일은, 사람들이 "내 나이는 이제 몇이다"라고 말하는 것이다. 대저 '몇'이라는 단어는 뭔가가 쌓여서 이루어진 것을 이르거늘, 지금 그 나이가 대체 어디에 쌓여 있길래 그걸 가져다가 헤아린단 말인가? 이미 지나간 '나'는 모두 이미 변멸變滅됨을 알 수 있다. 어찌 그럴 뿐이겠는가. 내가 지금 쓰고 있는 이 글도 이 구절까지 썼을 때 이 구절 이전 것은 이미 싹 변멸해 버린다. 그러므로 슬퍼할 만하다.

뜻을 유쾌하게 하기로는 벗만한 것이 없다. 벗을 유쾌하게 만드는 유쾌함으로는 담소談笑만한 것이 없다. 그 누가 그렇지 않다고 말하겠는가. 하지만 그런 기회를 어찌 많이 가질 수 있겠는가. 때로는 찬바람이 불기 때문에, 때로는 비에 막혀서, 때로는 병으로 누워 지내는 까닭에, 때로는 찾아갔다가 못 만나는 바람에, 벗과 담소를 나누지 못하는데, 이런 때는 참으로 감옥에 있는 기분이다. 내 집에는 척박한 밭이 조금 있어, 차조를 많이 심는다. 나는 술을 마시지 못하지만, 내 벗들이 오면 그것으로 술을 담아 내놓기 위해서다. 나의 집 앞에는 큰 강이 있고, 아름다운 나무들이 그늘을 드리우고 있는데, 그곳은 내 벗들이 거닐거나 서 있거나 앉는 장소다. 내 집에서 밥하고 요리하는 사람은 고작 늙은 여종 네 사람뿐이다. 그 외 크고 작은 아이종 10여 인을 데리고 있는데, 심부름하는 일, 손님을 맞이하거나 전송하는 일, 편지를 전달하거나 받는 일 등을 맡아 하고 있다. 집의 어린 계집종이 조금 한가할 때면 빗자루나 자리 짜는 일을 시키는데, 빗자루를 짜게 하는 건 마당을 쓸게 하기 위해서고, 자리를 짜게 하는 건 나의 벗들을 앉히기 위해서다.

내 벗들이 다 오면 16인은 된다. 하지만 다 오는 날은 적으며, 심한 풍우가 치지 않는 한 아무도 오지 않는 날 역시 적다. 대체로 날마다 6, 7인이 오는 게 보통이다. 벗들이 오더라도 바로 술을 마시지는 않는다. 마시고 싶으면 마시고, 그치고 싶으면 그친다. 각자 자기 마음을 따를 뿐이다. 술로 즐거움을 심는 게 아니라, 담소를 즐거움으로 심는 것이다.

내 벗들의 담소는 조정의 일은 입에 올리지 않는다. 비단 분수에 맞지 않아서만이 아니라, 멀리 떨어져 있는 곳의 일이라 전해들은 말이 많기 때문이다. 전해들은 말은 사실이 아닌 것이 많은데, 사실이 아닌 것은 터무니없는 것인바, 입만 버리기 때문이다. 또한 남의 과실에 대해서도 언급하지 않는데, 그것은 천하의 사람들에겐 본래 과실이 없는 법이니, 내가 헐뜯고 무함해서는 안 되기 때문이다. 기발한 말을 하여 사람들을 놀라게 하려고 하지 않으니, 사람들 또한 놀라는 일이 없다. 하는 말을 남들이 이해해 줄 것을 바라지 않는 것은 아니나, 남들이 끝내 이해하지 못하는 까닭은, 사람의 성정性情과 관련된 이야기가 많은지라 세상 사람들이 대부분 바빠서 일찍이 그런 이야기를 들어 본 적이 없어서일 것이다.

나의 벗들은 이런저런 일을 두루 겪은 통달한 사람들이니, 그들이 말하여 밝힌 바는 사방 어느 곳에서든지 채택할 만한 것이지만, 매일 이야기가 끝나면 그만이고 그걸 기록하는 사람도 없다. 이따금 그 말한 바를 한 권의 책으로 모아 뒷사람에게 전할까 생각한 적도 있지만, 지금 그렇게 하지 않는 것은 명예를 추구하는 마음이 이미 사라진데다가 마음이 몹시 게으른 것이 그 한 가지 이유요, 현묘한 말을 하는 것은 즐거움을 얻기 위해서인데 책을 쓰는 것은 괴로운 일이라는 것이 그 두 번째 이유이며, 내가 죽은 후에 글을 읽어 줄 사람이 없다는 것이 세 번째 이유이며, 금년에 쓴 글을 내년에 후회할 것이 분명하니, 이것이 네 번째 이유이다. 이 『수호전』 71권은, 나의 벗들이 돌아간 후 등불 아래에서 장난삼아 쓴 것이 많으며, 비바람이 심하게 쳐 아무도 찾아오지 않을 때 쓴 게 반쯤 된다. 그렇긴 하나 늘 마음에 두고 구상해 오던 것이어서 꼭 종이를 펼쳐 붓을 들어야 글이 나오는 건 아니었다. 그것은 대개 저물녘 울타리 아래에서, 자정이 넘은 깊은 밤 이불 속에서, 고개를 숙인 채 허리띠를 만지작거리거나 멀리 무언가를 바라볼 때 우연히 머릿속에 떠오른 생각들이었다.

"책을 쓰려고 하지 않는다"고 말했으면서 어째서 이 전傳(『수호전』을 이름—인용자)은 썼는가라고 누가 혹 묻는다면, 이리 답하리라. 이 전傳은 쓰였다 하더라도 세상에 알려지지 않을 것이고, 쓰이지 않았다 하더라도 관계없다는 것이 그 첫째 이유이고, 마음이 한가할 때 장난 삼아 책을 펼쳐 스스로 즐기려는 것이 그 둘째 이유이며, 똑똑한 사람이든 어리석은 사람이든 다 읽을 수 있다는 것이 그 셋째 이유이고, 문장의 득실에 조금도 신경 쓸 필요가 없다는 것이 그 넷째 이유다. 아아, 슬프다, 내 인생의 유한함이! 내 어찌 나의 이 책을 읽을 후인後人이 누군지 알 수 있겠는가. 다만 금일今日 이 책을 나의 벗들에게 보여주고 싶을 뿐이다. 나의 벗들은 이 책을 읽고 즐거워하리니, 그것으로 족하다. 내생來生의 내가 이 책을 읽고 뭐라고 할지는 알 수 없고, 또 내생의 내가 이 책을 읽게 되는지도 알 수 없다. 또한 내가 그런 일을 뭣 땜에 걱정하겠는가.

동도東都의 시내암施耐菴이 서문을 쓴다.[18]

이 서문은 김성탄이 47세 때에 쓴 것으로 알려져 있다.[19] 동도東都는 북송의 수도인 변경汴京, 즉 지금의 하남성河南省 개봉開封을 말한다. "시내암" 운운했지만, 이는 가탁假託이며, 실제로는 김성탄의 글이다.

이 글에는 '변멸'變滅이라는 단어가 두 번 나오는데, 주목을 요한다. 이 단어는 불교에서 유래하며, 원래 자아를 비롯한 모든 존재는 실성實性, 즉 실체가 없으며 공空임을 뜻한다. 김성탄은 이 말을 불교에서의 원래 뜻과는 달리 시간의 무상성, 인생의 무상성을 말하기 위해 사용했다. 모든 것은 시간 앞에서 덧없으며, 사라지고, 휘발한다. '나'도 마찬가지다. 이전의 '나'는 사라지고 없으며, 미래의 '나'는 불가지不可知에 속한다. 그리고 생生은 유한하다. 생이 유한하다는 사실에 말할 수 없는 슬픔을 느끼지만, 내가 어찌할 수 있는 일이 아니다. 확실한 것은 현재밖에 없다. 물론 현재도 금방 사라져 버리긴 마찬가지다. 어찌할 것인가. 이 유한하고, 금방 변멸되어 버리는 생을 어떻게 보낼 것인가? 마음 맞는 벗들과 담소하면서 유한한 인생을 지금 즐기는 것보다 더 나은 방법은 없다. 이것이 상기 서문에 피력된 김성탄의 생각이다.

김성탄에게서 글쓰기 행위, 비평 행위의 궁극적 의의는 변멸을 피할 수 없는 저 존재의 운명 및 생의 유한성과 직결되어 있다. 변멸을 알면서도 쓰지 않을 수 없다는 것, 글을 쓰는 순간 곧 변멸되어 버리지만 그럼에도 글쓰기를 통해 바로 지금을 즐기는 것 외에는 다른 뾰족한 방법이 없다는 것, 이러한 역설이 김성탄 글쓰기의 원점原點에 자리하고 있다. 이 점은 『서상기』에 달린 두 개의 서문 가운데 하나인 「첫번째 서문, 고인을 통곡함」(序一, 慟哭古人)[20]에서도 확인된다: 모든 것은 사라진다. 그 점은 옛 사람이나 나나 똑같다. 시간 앞에서 인간은 죽음과 소멸의 운명에 처해 있을 따름이다. 나는 잠시 존재할 뿐, 이전에는 존재하지 않았으며, 사라지고 나면 존재하지 않는다. 그렇다면 나는 무얼 해야 하는가. 나는 무얼 하며 금방 다할 이 생을 소일할 것인가. 김성탄은 『서상기』에 대한 비평적 글쓰기 그것이 곧 자신이 택한 생生의 소견법消遣法임을 시사하고 있다.

서상敍上의 김성탄의 사고 과정은 이렇게 간단히 요약될 수 있다: ①인생은 변멸되고 유한하다. ②하지만 살아 있는 한 생生을 소일하지 않을 수 없다. ③그래서 벗이 중요하다. ④글쓰기는 그것이 생의 소견법인 데에 의의가 있다. ⑤내가 쓴 글을 지금 나의 벗들에게 보여주면 그들은 즐거워할 것이다.

이 가운데, 지금을 즐기는 일이 중요하다는 생각, 그래서 벗이 중요하고, 글쓰기가 중요하다는 생각, 벗들에게 나의 글을 읽히며 즐거움을 누리는 일만큼 소중한 일은 없다는 생각은 이덕무의 생각과 서로 통한다. 이 점에서 이덕무의 생각 속에는 김성탄의 생각이 상당 부분 들어와 있다고 말할 수 있을 터이다. 하지만 이 점을 지적하는 것으로 논의가 끝나는 것은 아니다. 모든 사람의 생각 속에는 다른 사람의 생각이 늘 일정하게 들어와 있게 마련이니까. 그러므로, 단지 이덕무의 생각 속에 누군가의 생각이 일정하게 섞여 있음을 지적하는 것은, 논의의 끝이기는커녕 **시작조차도** 아니다. 논의는, 누군가의 생각이 이덕무 속으로 들어와 이덕무 내부의 생각들과 혼성됨으로써 어떻게 변화되고, 어떻게 달라지고, 어떤 뉘앙스의 차이가 생겨나고, 어떤 개념의 변화, 어떤 맥락의 변화가 초래되었는가, 그리하여 전체적으로 볼 때 그 누구도 아닌 이덕무의 생각을 조출造出해 나가는 모멘트가 되었는가를 읽어 내는 일로부터 비로소 시작된다.

이 점에 유의하면서 김성탄과 이덕무가 보여주는 생각의 동이同異라든가 생각의 차이점이 초래된 이유를 간단히 개괄해 보기로 한다.

(1) 김성탄의 일련의 사고 과정의 대전제를 이루는 것은 생은 유한하며 모든 것은 사라진다는 사실이다. 이로부터 무상감이 도출되며, 이 무상감은 일종一種의 허무의식과도 통한다. 이덕무의 경우 이런 대전제는 분명하지도 않거니와 강조되지도 않는다. 그는 다만, 내 앞에 놓인 지금 바로 이 삶을 즐겨야 한다고 말했을 뿐이다.

(2) 그러므로 김성탄이든 이덕무든 눈 앞의 생을 즐기는 일이 가장 중요하다고 본 점은 같지만, 김성탄의 경우 다분히 쾌락주의적 면모를 띠는 데 반해* 이덕무의 경우 그런 면모를 발견하기는 어려우며, 오히려 자기 삶의 매 순간을 충실하게 살아야겠다는, 이른바 생生에의 충실성과 연결되고 있지 않나 생각된다.

(3) 김성탄이 벗을 중시하고 글쓰기를 중시한 것은 본질적으로 허무의식과 관련된다. 무상감 때문에 벗들과의 담소를 즐기고, 글쓰기를 한 것이라 말할 수 있는 것이다. 하지만 이덕무가 벗을 소중히 여기거나 글쓰기에 의미를 부여한 것은, 그 내면의 무상감 때문이 아니다. 그가 벗을 소중히 여긴 것은, 벗에게서 자기를 발견하고, 또 자기에게서 벗을 발견할 수 있었기 때문이다. 다시 말해 존재의 연대,

---

* 이 점은 이리야 요시타카(入矢義高), 『明代詩文』, 249면 참조. 이리야 씨는 "방자한 에피큐리어니즘"이라는 말을 사용하고 있다. 그리고 김성탄의 이러한 면모에서 폐색(閉塞)된 시대를 살아간 명말(明末) 지식인의 전형을 발견할 수 있다고 했다.

혹은 존재의 유대를 통해, '나'를 확장하고 강화하고 심화하는 한편, '나'와 타자의 경계를 허물면서 나와 타자 간에 심원한 존재관련을 맺을 수 있었기 때문이다.** 이를 통해 이덕무는 생을 더욱 깊고 아름답고 충실한 것으로 만들 수 있다고 여겼던 것이 아닐까.

그러므로, 김성탄이든 이덕무든 생을 즐기기 위해 글쓰기를 한 것은 동일하나 그 맥락은 동일하지 않다. 이덕무에게 있어 '즐긴다'는 것은 '나'가 또다른 '나'와 정신적으로 교섭하고 대화함으로써 주체를 확대하고 심화하는 행위, 그리하여 나의 '생명'을 구가하는 행위라면, 김성탄의 경우 '즐긴다'는 것은 주체를 확대하고 심화하는 행위이거나 나의 생명을 구가하는 행위가 아니라, 그냥 소일하는 것, 생이 유한하다는 강박관념 앞에서 생을 소견消遣하는 행위일 뿐이다. 왜냐하면 김성탄에게 있어 '나'는 잠시 있는 것일 뿐이어서 이전에도 없었고 사라지고 나면 없는 존재이기 때문이다.[21] 이 때문에 김성탄에게서 주체란 지극히 불확실하고, 잠정적일 수밖에 없다. 김성탄이 자아에 극도로 집착하는 데서 확인되는 분열과 모순 역시 이 점의 전도적顚倒的 표현이 아닌가 생각된다.***

** 그렇다면 김성탄과 그 벗들이 맺은 관계는 존재관련이 아니란 말인가? 그렇지는 않다. 그것도 하나의 존재관련일 것이다. 그렇기는 하나 이 존재관련과 이덕무와 그 벗들의 존재관련은 퍽 다른 양상을 보여주며, 그 내적 함의(含意)도 다르다고 여겨진다.
*** 이와 관련하여, 이덕무가 『종북소선』에서 보여준 글쓰기가 '나'만을 드러내기 위해서가 아니요 '나'와 '벗'을 동시에 드러내기 위한 글쓰기인 데 반해 김성탄이 『수호전』이나 『서상기』에서 보여준 글쓰기는 오로지 '나'를 드러내기 위한 것이라는 점이 유의될 필요가 있다. 이 점에서, 글쓰기를 매개해 맺어진 김성탄과 그 벗들의 존재관련과 이덕무와 그 벗들의 존재관련은 그 내질(內質)이 사뭇 다르다. 단적으로 말해, 『종북소선』의 글쓰기에서 대화적 관계가 그 핵심적 기저를 이룬다면, 『수호전』의 글쓰기는 비평가 자신의 재주와 감수성을 한껏 드러내고 있으나 그렇다고 해서 「『수호전』서」에서 언급된 나와 벗들 사이에 어떤 대화적 관계를 구현하고 있지는 않다.

(4) 김성탄과 그 벗들은 대체로 사적私的 세계에 함몰됨으로써 공적 세계에 대한 관심을 소거시켜 가고, 그로써 세계에 대한 전망을 상실하게 된 것이 아닐까, 그리고 이것은 다시 사적 영역에의 탐닉을 더욱 더 강화하게 되지 않았을까 하는 생각이 든다. 「『수호전』서」 중, 조정의 일은 입에 올리지 않았다든가, 남의 과실에 대해 일체 비판하지 않았다든가 하는 말이 이런 추정을 뒷받침한다. 요컨대 김성탄과 그의 벗들에게서는 넓은 의미에서 일종의 탈정치성脫政治性*이 엿보이며, 이는 김성탄의 소품 취향과도 연결된다. 문제는 이런 탈정치성이 그리 건강한 것이 못 될 뿐더러, 지식인의 본질을 고려할 때 위험하기조차 하다는 점에 있다. 이덕무와 그 벗들―그 중심에 박지원이 있었다―의 사귐은 이와는 달랐다. 동인적同人的이라는 점에서는 서로 통하지만, 박지원 일파는 김성탄 일파와 달리 결코 사적 세계에 함몰되지 않았다. 박지원 일파의 경우 그들의 교유 자체가 이미 정치성이 강했으며, 현실에 저항하고 현실을 바꾸고자 하는 지향을 그 내부에 공유하고 있었다. 그들의 존재관련은 한갓 사적 친밀성 때문에 형성될 수 있었던 것이 아니라, 바로 이 점, 즉 현실과 세계에 대한 공적 전망과 가치적 태도의 공유 때문에 형성될 수 있었다는 사실에 유의할 필요가 있다. 그리하여 이들에게는 이런 공적 전망의 공유와 생에 대한 감각 및 취향의 공유가 서로 분리되기 어려웠다.

(5) 김성탄의 경우 미래는 불가지적不可知的인 것에 속한다. 그래서 현재적 쾌락이 강조된다. 하지만 이덕무가 미래를 불가지적인 것으로 여겼다는 증거는 없다. 「『양환집』서」의 미평 끝부분에서 "나 죽

---

* 김성탄의 탈정치성에 대해서는 이리야 요시타카, 앞의 책, 249면에서 이미 지적된 바 있다.

은 뒤의 일을 미리 생각하는 것은 내 알 바 아니다"라고 한 말은, 현재의 삶을 충실하고 즐겁게 살아야 함을 강조하기 위한 말이지, 미래는 알 수 없다거나 미래는 불확실하다고 생각해서 한 말이 아니다. 따라서 김성탄이 「『수호전』서」의 끝에서 "내생來生의 내가 이 책을 읽고 뭐라고 할지는 알 수 없고, 또 내생의 내가 이 책을 읽게 될는지도 알 수 없다. 또한 내가 그런 일을 뭣 땜에 걱정하겠는가"라고 말한 것과는 그 뉘앙스가 사뭇 다르다. 김성탄의 말에서 시니컬하거나 비관적인 정조가 느껴진다면, 이덕무의 말에서는 오히려 낙관주의 같은 것이 느껴진다. 이덕무는, 비록 겉으로는 그렇게 말해도, 현재의 생을 충실히 즐기는 일과 자신에 대한 사후死後의 평가가 결코 무관하지 않으리라 여겼을 터이다.

김성탄이 「『수호전』서」의 끝에서 한 말은, 생각하기에 따라서는 '나'에 대한 병적病的일 정도의 과도한 집착을 담고 있으며, 나의 이름을 후세에 전하여 불멸을 얻고자 하는 강한 욕망의 전도된 표현일 수도 있다.[22] 단지 그런 집착과 욕망을 남이 알아 보기 어렵게 대단히 비틀어서 말해 놓고 있을 뿐인지도 모른다. 이덕무의 경우 '나'의 주체성에 대한 강조가 도드라진다는 사실은 앞에서 이미 지적한 바 있다. 하지만 이덕무에 있어 '나'의 주체성에 대한 선언은 결코 과도하다는 느낌이 들지 않으며, 또다른 '나'라고 할 저 타자의 주체성과 열린 관계를 형성하면서 건강함과 균형감각을 보여준다고 여겨진다. 그러므로 그 주체성은 동요하거나 불안정하거나 분열되어 있다기보다 안정되어 있고, 견실堅實하다. 반면, 김성탄은 자아의 확실성에 대한 깊은 회의를 보여주며, 이 점이 생生에 대한 무상감과 연결되고 있다.

(6) 존재관련과 관련해서도 생각해 볼 필요가 있다. 이덕무가 보여주는 존재관련은, 동인적이라는 점에서는 닫혀 있다고 할 수 있지

만, 세계(=당대 현실)에 대한 적극적 관심을 견지하고 있다*는 점에서는 열려 있다고 할 수 있다. 그러므로 그 존재관련은 닫혀 있으면서 동시에 열려 있다고 말할 수 있으며, 사적이면서 동시에 공적이라고 말할 수 있을 터이다. 요컨대 둘이 서로 통일되어 있다. 이에 반해 김성탄의 존재관련은 대체로 닫혀 있는 쪽이 아닌가 하며, 앞에서 이미 지적했듯 사적私的 지향이 강하다고 여겨진다. 존재관련에도 여러 층위와 양상과 수준이 있게 마련이지만, 사적으로 폐색되어 있고 공적 세계를 향해 열려 있지 않은 존재관련은 소아적이거나 퇴영적이거나 편벽된 면모를 갖기 쉽다. 그러므로 제대로 된 존재관련에 도달하기 위해서는 닫혀 있으면서 열려 있고, 열려 있으면서 닫혀 있지 않으면 안 된다. 또한 사적이면서 공적이고, 공적이면서 사적이지 않으면 안 된다. 만일 닫혀 있기만 하거나 사적이기만 하다면 그 존재관련은 음습하거나, 유치하거나, 낭만적이거나, 주관적이라는 한계를 벗어나지 못할 터이다. 반대로 만일 열려 있기만 하거나 공적이기만 하다면, 그 존재관련은 심오하지 않거나, 내면적 깊이가 부족하거나, 무미건조하다는 혐의를 피하기 어려울 것이다.

　(7) 김성탄과 이덕무의 이런 차이는 두 인물이 각각 속한 시간적·공간적 배경과 그에 따른 문화적 풍토의 상위와 깊은 관련이 있다. 김성탄이 보여주는 저토록 예민한 시간의식과 거기서 연유하는 허무의식과 비관주의, 그리고 그것을 초극하기 위한 쾌락주의적 지

---

* 이 점에 대해서는 많은 연구가 이루어져 있어 여기서 일일이 거론할 필요가 없을 줄 안다. 필자는 『연암을 읽는다』의 여기저기서 박지원의 경세의식과 비판적 지식인으로서의 면모를 강조해 언급한 바 있다. 이것이 조선 사대부 본연의 책임의식이고, 바로 이 점에서 박지원과 그 일파는 원굉도나 김성탄 등 명말 문인의 데카당한 세기말적 면모와는 본질적으로 구별된다는 것이 필자가 갖고 있는 기본 관점이다.

향, 의식의 분열과 모순을 보여주는 듯한 시니컬하거나 비틀어진 문체는, 뉘엿뉘엿 기울어가는 명말의 시대 상황 및 그 앞에서 어찌할 수 없는 무력감을 느끼면서 광장을 벗어나 일상과 밀실 속으로 도피해 들어간 당대 지식인의 내면 풍경을 수발秀拔하게 반영하고 있는 것으로 판단된다. 이 점에서, 김성탄의 언어와 문체는 비록 대단히 감각적이며 기발함과 현란함을 보여주지만, 그것은 실은 정신적 공허함, 정신적 황량함의 수사적修辭的 외화外化일는지도 모른다. 세계에 대한 전망을 상실할 때, 공적 세계와 사적 세계의 적절한 균형을 잃어 버리게 될 때, 사람들은 종종 성性이나 일상이나 풍속이나 세태에 탐닉하면서 그 속에 자신을 내맡기게 된다. 이러한 경향은 이른바 소품문을 추구한 명말 청초의 문인들에게서 광범하게 관찰된다. 거기에는 개인의 미적·감정적 욕망의 해방이라는 긍정적 측면이 없는 것은 물론 아니지만, 만일 그 전후 맥락을 따져 본다면, 그것이 세계에 대한 전망의 상실과 공공성에 대한 관심의 소거, 비판적 정치의식의 휘발과 표리를 이룬다는 점을 간과할 수 없다. 요컨대, 김성탄의 생각은 명말 지식인의 세기말적 기분과 불안을 잘 대변하고 있다고 할 만하다.**

　이와 달리 이덕무는 18세기 후반의 조선 지식인이다. 당대의 조선 사회는 문화적으로 퍽 활기가 있었다. 조선의 이 시기는, 비록 우물 안 개구리 식의 낙후된 생각과 편협한 발상도 여전히 횡행하고 있었지만, 자아에 대한 통찰과 문화적 역량의 성숙에 있어 현저한 진전을 이루었다. 그 한복판에 연암 일파가 자리한다. 연암 일파의 리더인 박지원은 주지하다시피 당대 조선 사회의 모순을 직시하면서 그것을

** 김성탄의 「『수호전』서」에 '세기말적 불안'이 스며 있음은 이리야 요시타카, 앞의 책, 256면 참조.

비판했으며, 대안을 적극적으로 모색하면서 개혁을 추구하였다. 그는 전통의 우량한 성과를 잘 활용하는 위에서 창조가 이루어져야 한다는 생각을 글쓰기에서 몸소 관철해 나갔던바, 이것이 곧 '법고창신론'이다. 이 이론은 비단 문학 창작방법론이기만 한 것이 아니라, 어떻게 문명을 창조하고 어떻게 사회를 혁신할 것인가 하는 문제와도 깊이 관련되어 있다.* 박지원의 이 법고창신론의 수립에는 이덕무도 깊이 관여했던 게 아닌가 여겨지는바,** 두 사람은 문예에 대한 입장을 같이하였다. 그러므로 이 두 사람을 특별히 '법고창신파'라 함께 묶어

* 법고창신론의 한계에 대해서는 박희병, 『저항과 아만』(돌베개, 2009), 421~422면 및 431면을 참조할 것.

** 이덕무의 저술 『이목구심서』 1(『청장관전서』 권 48 所收)에는 법고와 창신을 모두 비판하면서 그 절충을 주장한 글이 보인다. 이 글은 박지원의 「『초정집』 서」에 보이는 법고창신론과 기본적으로 그 취지가 같다. 뿐만 아니라 그 글의 전개 방식 또한 '혹자'(或者)가 제기한 법고와 창신 각각에 대한 물음에 대하여 서술자가 답하는 방식을 취하고 있어, 「『초정집』 서」 첫머리에 보이는, 법고와 창신 각각에 대해 물음을 제기하고 그에 답하는 식으로 논의를 전개해 가는 것과 서로 유사점이 있다. 『이목구심서』의 글 중에는 이덕무가 스물다섯 살, 스물여섯 살 때 썼다고 밝혀 놓은 것들이 많은바, 이 책은 대체로 스물여섯 살 때인 1766년 무렵에 완성된 게 아닌가 추정된다. 박지원은 1772년에 「『초정집』 서」를 개작해 지금 우리가 보는 것과 같은 모습이 되었지만, 원래의 초고는 박지원의 32세 때인 1768년에 작성되었다(『연암을 읽는다』, 331면 참조). 박지원은 「『초정집』 서」의 초고를 쓰기 전에 이미 이덕무의 『이목구심서』를 읽었다고 보아야 할 것이다. 아마도 박지원은 『이목구심서』에 개진된 이덕무의 주장에 전폭적으로 공감했으며, 그 미흡한 점을 보완하여 더욱 높은 수준으로 정교한 이론화를 꾀했던 게 아닌가 여겨진다. 사실, 이덕무는 법고와 창신의 일면을 비판하면서도 각각의 의의 또한 인정하고 있어 이 점에서 논의의 불철저성을 보여주고 있을 뿐 아니라, 법고와 창신의 관계 또한 적당히 절충적으로 파악하는 수준에 그치고 있는 반면, 박지원은 법고와 창신의 일면성이 갖는 문제에 대해 철저히 비판하고 있으며, 그 위에서 법고와 창신의 관계를 근사하게 변증법적으로 통일해 내고 있다. 이 점은 박지원의 창안이다. 이렇게 본다면, 법고창신론은 이덕무와 박지원의 합작품으로서의 면모를 갖는바, 이덕무가 그린 밑그림을 바탕으로 박지원이 그림을 완성시킨 것이라 할 수 있을 터이다.

파악해도 무방하지 않을까 생각된다.*** 그만큼 두 사람은 문학적 파트너로서 서로 긴밀한 관계를 유지하였다.

이덕무는 비록 서얼이라는 신분적 핸디캡이 있었기는 하나 박지원이 갖고 있던 경세의식과 선비적 책임의식을 공유하였다. 두 사람은 더러 유희문자遊戱文字를 일삼지 않은 것은 아니나 생의 기저부基底部에 이런 의식이 기본적으로 견지되고 있었고, 이 점은 무엇보다도 그들 스스로가 뚜렷이 자각하고 있었다.[23] 이 때문에 이덕무에게서 표상되는 '주체'는 안개처럼 조만간 흩어질 운명에 처해 있는 불확실하기 짝이 없는 것이든가, 생의 유한성에 내몰려 초조한 나머지 '아상'我相을 지나치게 드러내 보이는 것이든가, 사라져 가는 것들 앞에서 웬지 불안한 심리가 되어 수사적 허세와 요란함을 보이는 것이든가, 정신적 황량함으로 인해 자조自嘲를 일삼든지 감각적 세련의 천착穿鑿을 추구하는 그런 주체가 아니다. 이덕무의 주체는 공公과 사私에 대한 균형감각을 갖추고 있고, 온건하긴 하지만 비판의식을 구비하고 있으며, 세상에 대한 책임의식을 짊어지고 있다. 그러므로 그 주체는 경망이라든가 우쭐거림이라든가 까불거림이라든가, 자고자대自高自大, 비틀어짐, 냉소성冷笑性, 신산辛酸함, 청승맞음, 야단스러움 등과는 거리가 멀다. 그 주체는 과대한 자의식과 거리가 멀지만 그렇다고 과소한 자의식도 아니며, 건실하고 뚜렷한 자의식을 보여준다. 그것은 새로움

*** 유득공, 박제가, 이서구 같은 인물이 그 자장(磁場) 아래 있는 것으로 간주할 수 있지 않을까. 이들도 넓게 본다면 법고창신파에 포함시킬 수 있을지 모르지만, 법고창신을 하나의 이론으로서 자각적으로 제기한 사람은 적어도 연암 일파 내에서는 박지원과 이덕무 두 사람밖에 없다는 점, 그리고 박제가는 박지원으로부터 창신(創新)이 승(勝)하며 따라서 법고에 대한 보완이 필요하다는 지적을 받았다는 점을 고려한다면, 이들과 이덕무는, 지금까지 해 온 것처럼 늘 한 묶음으로 묶어서 파악하는 게 능사가 아니며 구분해서 파악하는 관점 역시 필요하지 않나 생각된다.

을 추구하면서도 진중하고, 진중하면서도 국체局滯되어 있지 않다. 또한 그 주체는 일상의 사소한 것들에 관심을 가지기도 하지만 그렇다고 꼭 쇄말주의瑣末主義에 매몰되지는 않아, 사회적·국가적 의제議題들에 관심을 기울인다. 그러므로 그 주체는 안정되어 있되 열려 있고, 호기심으로 가득 차 있되 그 때문에 자기를 망각하지도 않는다. 그것은 결코 석양 아래에 있는 저 명말의 지식인들에게서 표상되는 주체의 이런저런 면모들과는 본질적으로 같지 않다.

18세기 진보적 성향의 소선 지식인 가운데 김성탄의 이런 세기말적 면모를 투철하게 꿰뚫어보면서 조선 문인이 그 부정적 측면을 배워서는 안 된다고 경고한 사람이 있으니 박지원이 바로 그다. 다음 글에서 이 점이 확인된다.

> 평소 문학 중에 비평소품批評小品 보기를 좋아하여, 더듬어 찾는 건 오직 오묘하고 기발한 평어評語이고, 깊이 음미하는 건 모두 뾰족뾰족하거나 새큼새큼한 말들인데, 이런 건 비록 젊은 시절 한때의 기호嗜好이기는 하나 점차 노숙해지고 근실해지면 자연히 사라지게 마련이니 깊이 말할 것까지야 없겠네만, 대개 이런 문체文體는 전혀 법도가 없고 별로 고상하지 않다네. 명말, 문식文飾이 성행하고 실질實質이 피폐해진 시기에, 오吳·초楚 지방에 사는 잔재주는 있으나 덕이 부족한 문사들이 기이한 글 짓는 데 힘썼던바 거기에 한 단락의 풍치風致나 한 글자의 참신한 말이 없는 것은 아니나, 빈약하고 자질구레해 원기元氣를 찾을 수 없거늘, 그야말로 예부터 내려오는 오·초 지방 촌뜨기들의 기벽奇癖한 짓거리요 추잡

한 말투이니, 어찌 그걸 본받겠는가![24]

『연암집』권3에 수록된 「어떤 사람에게 보낸 편지」(원제는 '與人')라는 글의 한 구절이다. '어떤 사람'은 이서구가 아닐까 추정된다. 이서구는 17세 때인 1770년에 부친상을 당했는데, 이 편지는 이때 그를 위로하기 위해 보낸 편지로 여겨진다. 만일 그렇다면 이 편지는 박지원의 34세 때이거나 35세 때의 것이 된다.[25]

상기 인용문의 첫 문장인 "평소 문학 중에 비평소품 보기를 좋아하여" 운운에는 주어가 생략되어 있다. 생략된 주어가 무얼까? '자네'라는 말이 아닐까. 아마 박지원은 이서구를 지척指斥하기가 뭣해서 주어를 빼고 말한 게 아닌가 생각된다. 그렇긴 하나, 생략된 주어의 자리에는 '요즘 재주 있는 젊은이들'이라는 말이 들어가도 무방하지 않을까 싶다. 그런 젊은이의 하나가 이서구라고 생각하면 되니까.

상기 인용문의 '비평소품'은 평점비평이 가해진 소품을 일컫는 말이다. 명말에는 비평소품이 대단히 유행하였다. 원굉도가 『서문장집』徐文長集에 평점을 붙인 것이나 김성탄이 『수호전』과 『서상기』에 공전절후空前絶後의 기발한 평어를 붙인 것도 명말 비평소품의 유행과 깊은 관련이 있다. 유의해야 할 점은, 박지원이 비평 자체를 부정하거나 폄하한 건 아니라는 사실이다. 그가 비판하고자 한 것은 명말이라는 시대 상황을 특징짓는 특정한 비평적 글쓰기와 소품적 글쓰기일 터이다. 박지원은 이 둘의 결합으로서 '비평소품'을 상정하고 있으며, 강남의 문인이 이를 주도해 간 것으로 보고 있다.

박지원은 명말 문학의 특징을 '수식이 승勝하고 실질이 빈약함'으로 인식하고 있다. 말하자면 외화내빈, 즉 속은 빈약하건만 겉이 화려한 문학이 시대를 이끌어 간 것으로 본 셈이다. 물론 명말의 문학에도 그것대로의 풍치라든가 참신성이 없지는 않으나, 지나치게 기이한 것을 추구하는 쪽으로 흐르다 보니 글이 기괴하거나 시시껄렁한 데로 빠지게 되고, 그 결과 내용과 사상의 천박성, 원기의 결여를 낳게 되었다는 것이다. 여기서 '원기'란 말은 주목을 요한다. 그것은 개인에 있어서는 생명 활동과 건강의 근원이 되는 에너지를 이르고, 국가나 사회에 있어서는 건강하고 창의적인 기풍과 왕성한 활력을 이르는 것이 될 터이며, 문학에 있어서는 글의 근원을 이루는 생동하고 충만한 기운을 뜻하는 말이 될 터이다. 그러므로, 개인이 원기를 잃으면 건강함을 잃고 병에 걸리게 될 것이고, 사회나 국가가 원기를 잃으면 창의적 에너지를 상실해 노쇠하게 될 것이며, 문학이 원기를 잃으면 빈약해질 것이다. 그러므로, 박지원이 명말의 문학이 '원기'가 부족하다고 말한 것은 명말의 문학이 건강한 문학이 아니라는 것, 따라서 동시대 조선 문학이 그것을 흉내내거나 따라배우는 것은 위험한 일이라는 인식을 보여주는 게 아닌가 한다.[26]

그렇다면 이덕무는 김성탄을 어떻게 생각했을까? 이덕무는 김성탄에게서 긍정과 부정, 이 두 가지 측면을 동시에 보고 있다. 긍정적 측면에서 본 경우로는 다음의 예가 있다.

(가) 이초망李楚望의 시에,
　　"구름 낀 고국에 산천이 저물고
　　조수潮水 빠진 빈 강에 그물을 거두네."
라는 구절이 있는데, '산천이 저물고'와 '그물을 거두네'에 대해,
　　"1일一日의 종말도 이에 불과하고, 1생一生의 종말도 이에 불과하며, 1대一代의 종말도 이에 불과하다."

라고 했으니, 이는 김성탄의 말이다. 나는 김성탄의 이 평어를 읽고 망연자실하여 벌렁 드러누워 지붕 마루를 쳐다보며 그의 높은 흉금에 탄복하였다(『청비록』 권1).[27]

(나) 김성탄의 혜안慧眼은 시만 잘 아는 것이 아니라 인정人情의 기미까지 통관洞觀하고 있어 매양 사람의 가슴을 시원하게 한다(『청비록』 권3).[28]

부정적 측면에서 본 경우로는 다음의 예가 있다.

(가) 청나라 문인 석방石龐의 『천외오어』天外悟語에,
"김성탄은 시내암施耐菴의 후신後身이다. 시내암이 『수호전』을 지어서 설봉舌鋒을 맘껏 휘둘렀는데, 성탄에 이르러 살겁殺劫을 만나 전생의 인연을 마쳤으니 사필귀정이다."
라고 했는데, 이 말이 썩 마땅하다. 비록 농이긴 하지만 속이 다 시원하다. 석방은 성탄이 『수호전』에 비평을 붙였기 때문에 그리 말한 것이다(『이목구심서』 6).[29]

(나) 김성탄은 어떤 인물일까요? 재승박덕才勝薄德한 자인 듯합니다(「이우촌李雨邨에게 보낸 편지」, 『아정유고』 11).[30]

(다) 그대는 병의 빌미를 아시오? 김인서金人瑞('인서'는 김성탄의 또다른 이름-인용자)는 나쁜 사람이며 『서상기』는 나쁜 책이오. 그대는 병석에 누워 심기를 안정시켜 담박함과 조용함으로 병을 막아내는 방패로 삼지 않고, 붓으로 쓰고 눈으로 살

피고 마음을 씀에 그 어느 것이나 김인서가 아닌 것이 없으면서 도리어 의원醫員을 맞아 약을 의논하려 한다니 그대는 어찌하여 깊이 깨닫지 못하시오? 바라건대 그대는 인서를 붓으로 벌하고 손수 그 책을 불살라 버린 다음에 다시 나와 같은 사람을 맞아다가 날마다 『논어』를 강독하여야 병이 나을 것이오(「박제가에게 보낸 편지」, 간본 『아정유고』 권7).[31]

긍정은 김성탄의 비평가로서의 혜안에 향해지고 있고, 부정은 재승박덕한 인간 됨됨이와 『수호전』과 『서상기』에 평을 붙인 일에 향해지고 있다. 『수호전』과 『서상기』에 평을 붙인 것 역시 김성탄의 비평가로서의 면모를 보여주는 것이지만, 이덕무는 그것이 소설과 희곡에 대한 평이라는 이유에서 비판적으로 보고 있는 것이다. 요컨대 이덕무는 김성탄을 무조건 배척하거나 무조건 긍정한 것이 아니라, 자신의 입장에 따라 어떤 점은 긍정하거나 찬탄해 마지 않으면서도 어떤 점에 대해서는 부정을 표시하고 있는 셈이다. 이는 어떤 면에서 조선

* 물론 조선 학인에도 여러 부류가 있을 수 있다. 이덕무의 경우 어떤 면에서는 진보적이고 어떤 면에서는 보수적이다. 통속소설을 배격하고 부정적으로 본 것은 그가 지닌 보수성을 대표적으로 보여준다. 이 점에서 그는 박지원이 서 있는 지점보다 조금 더 오른쪽에 있다고 간주될 수도 있을 것이다. 그렇기는 하나 소설을 애호하고 긍정했다고 해서 무조건 그 사람의 사상이 다 진보적인 것은 아니다. 어떤 면에서는 진보적일 수 있지만 또다른 면에서는 얼마든지 퇴영적이거나 현실몰각적일 수 있다. 이덕무가 통속소설의 의의를 읽어 내지 못한 것은 중대한 한계임에 분명하지만, 필자가 주목하는 포인트는 조금 다른 곳에 있다. 즉, 명말 청초 동아시아에서 가장 걸출한 비평가이자 문인의 한 사람인, 그리고 18세기 조선의 재주깨나 있다는 신진 문인들이 가장 따라배우고 싶어한 작가의 한 사람인, 김성탄을 무조건 따라배워서는 안 된다고 말한 것, 배울 점과 배우지 말아야 할 점을 스스로 판단하고 분별했다는 것—설사 그 가운데에 정당하지 못한 주장이 있다 할지라도—을 주목하고 싶은 것이다. 조선 학인으로서의 '김성탄 주체적 읽기'란 바로 이 점을 가리킨다.

학인學人으로서의 '김성탄 주체적 읽기'*라고 말할 수 있을 터이다. 박지원의 자세 역시 기본적으로 이덕무와 크게 다르지 않다고 생각된다. 「『양환집』서」의 미평은 조선 학인으로서의 이덕무의 이런 주체적 태도를 잘 보여주는 것이라고 할 만하다. 이 점을 확인하기 위해, 그리고 이 점을 증명해 보이기 위해, 우리는 지금까지 먼 길을 돌아 여기까지 왔다.

「하야연기」의 미평

지금부터는 『종북소선』에 실린 글의 순서대로 미평을 검토하기로 한다. 다음은 박지원의 작품 「하야연기」 전문이다.

> 22일, 국옹麴翁과 함께 걸어서 담헌湛軒(홍대용)의 집에 갔는데 풍무風舞도 밤에 왔다. 담헌이 슬瑟[32]을 연주하자 풍무는 거문고로 화음을 맞추고 국옹은 갓을 벗어 던지고 노래를 불렀다. 밤이 깊어지자 더위가 건듯 물러나고 구름이 사방으로 흩어지니 슬과 거문고 소리가 더욱 맑았다. 좌우에 앉은 사람들이 고요하니 말이 없는 게 마치 도가道家의 단丹을 닦는 이가 생각을 끊고 가만히 마음을 들여다보고 있는 것도 같고, 참선 중인 승려가 전생을 문득 깨치는 것 같기도 했다. 무릇 스스로를 돌이켜 떳떳할진댄 삼군三軍과도 맞설 수 있는 법이거늘, 국옹은 노래를 부를 때 옷을 풀어헤치고 턱하니 다리를 벌리고 앉아 방약무인하였다.
> 언젠가 형암炯菴(이덕무)은 처마의 늙은 거미가 거미줄 치는

걸 보고서는 기뻐하며 내게 이런 말을 한 적이 있다.

"절묘하지 않습니까! 때때로 멈칫멈칫하기도 하고, 때때로 잽싸게 움직이기도 하는 것이 흡사 보리 파종할 때 씨를 밟는 발 모양 같기도 하고, 거문고 탈 때 줄을 누르는 손가락 같기도 합니다."

지금 담헌과 풍무가 조화롭게 합주하는 모습을 보고 내 비로소 늙은 거미에 대한 형암의 말이 이해되었다.

지난 여름 내가 담헌의 집에 갔을 때 담헌은 한창 악사樂師 연씨延氏와 거문고에 대해 이야기하고 있었다. 하늘은 비를 머금어 동쪽 하늘가 구름이 온통 먹빛이어서 한번 우레라도 치면 금방 비가 쏟아질 참이었다. 이윽고 긴 우렛소리가 하늘을 지나갔는데 담헌은 연씨에게

"저 소리는 어떤 음에 속할까요?"

라고 묻더니 마침내 거문고를 가져와 그 소리에 화답하고자 했지만 끝내 이루지 못했다.[33]

이덕무는 이 글에 이런 미평을 붙였다.

⟦1⟧ 수레가 왔다갔다 하는 게 딱히 흐르는 물과 관련 있는 게 아닌데도 '수레가 흐르는 것 같다'[34]고 표현하고, 낙신洛神이 딱히 놀란 기러기와 관련 있는 게 아닌데도 '놀란 기러기같이 훨훨 날아간다'[35]고 표현하고, 매가 우수 어린 눈빛의 호胡(중국 북방과 서역의 종족)와 아무 관련이 없는데도 '매의 흘겨보는 눈이 우수 어린 눈빛의 호와 비슷하다'[36]고 표현하고, 거위 새끼가 술과 아무런 관련이 없는데도 '거위 새끼의 누런빛

이 술과 비슷하다'[37]고 표현하고, 강요주江瑤柱[38]와 여지荔枝[39]는 아무 관련이 없건만 '강요주의 모양이 여지 비슷하다'[40]고 표현하고, 서호西湖[41]가 딱히 서시西施와 관련 있다고 할 수 없건만 '서호의 풍경이 서시의 미모와 견줄 만하다'[42]고 표현하고, 세월이 꼭 흰 말과 관련된다고 할 수 없건만 세월이 빨리 흐르는 것을 '마치 문틈 사이로 흰 말이 지나가는 것을 보는 것 같다'[43]고 표현하고, 장씨張氏 집안의 여섯째 아들이 꼭 연꽃과 관련된다고 할 수 없건만 '여섯째 아들의 외모가 연꽃 비슷하다'[44]고 표현하고, 강물이 딱히 흰 명주와 관련 있는 게 아니건만 '맑은 강물이 깨끗한 게 하얀 명주 비슷하다'[45]고 표현한다.

② 이들 표현에서 '무엇이 무엇과 비슷하다'라든가 '무엇이 무엇과 같다'는 말은, 퍼뜩 떠오르는 대로 발發해진 데 그 묘미가 있으니, 꼭 그런 비유를 하려고 한 게 아닌데도 그런 비유가 되었고, 자기도 모르게 그런 비유를 하게 된 것이다. 그러니 표절도 아니요, 모방도 아니다. 하늘이 애초에 어떤 물건을 낼 때 반드시 그에 대한 비유도 갖추어 놓게 마련인지라 비유에는 일정한 짝이 있는바 저 부부나 형제처럼 함부로 바꿀 수 없다.

③ 만약 어떤 어리석은 이가 앞의 표현을 모방하여 '수레가 왔다갔다 하는 게 뜬구름 같다'고 하거나 '놀란 오리같이 훨훨 날아간다'고 하거나 '매의 흘겨보는 눈이 근심에 잠긴 이夷(중국 동북부의 종족)와 비슷하다'고 하거나 '거위 새끼의 누런빛이 기름과 비슷하다'고 하거나 '강요주의 모양이 용안龍眼[46]과 비슷하다'고 하거나 '서호西湖의 풍경이 조비연趙飛燕[47]의

미모와 견줄 만하다'고 하거나 '문틈 사이로 흰 사슴이 지나가는 것을 보는 것 같다'고 하거나 '여섯째 아들의 외모가 복사꽃과 비슷하다'고 하거나 '맑은 강물이 깨끗한 게 생사生絲와 비슷하다'고 한다면, 말인즉 같은 말이지만 문장에 전혀 정채精彩가 없게 된다. 혹 꽃으로 꽃을 비유하고, 돌로 돌을 비유한다면, 이는 마치 이 말[馬]이 저 말과 같다고 하고, 저 소가 이 소와 같다고 하고, 왼쪽 눈썹이 오른쪽 눈썹과 같다고 하고, 오른쪽 콧구멍이 왼쪽 콧구멍과 같다고 한 격이어서 또한 전혀 정채가 없게 될 것이다.

④ 지금 늙은 거미의 발은 보리 파종과 아무 관련이 없건만 "보리 파종할 때 씨를 밟는 발 모양 같다"고 하고, 또 거문고 타는 것과 아무 관련이 없건만 "내 비로소 늙은 거미에 대한 형암의 말이 이해되었다"고 했으니, 이를 일러 '묘한 깨달음'이라고 한다.[48]

이 미평은 네 문단으로 구성되어 있으며, 역시 하나의 완정한 산문으로서의 면모를 보여준다. ①은 적절한 비유에 해당하는 예들을 말하고 있고, ②는 비유에 대한 일반론을 전개하고 있으며, ③은 적절치 못한 비유의 예들을 말하고 있고, ④는 「하야연기」의 비유가 얼마나 묘한지를 말하고 있다. 이처럼 이 미평은 '예例―일반론―반례反例―평정評定'의 구조로 되어 있어, 지극히 간단명료하다.

특히 주목되는 것은, 비유의 적절성이 중요하다는 점을 강조해서 말하고 있는 ②단락이다. 비유에는 꼭 맞는 비유가 있게 마련이라는 것, 비유란 억지로 되는 게 아니며 원관념을 표현하는 보조관념이 창조적이고 자연스러워야 한다는 것, 그리하여 말하는 사람 자기도 모르게 어떤 비유가 툭 튀어나오는 데에 비유의 묘미가 있다는 점이 언급되고 있다. 사실, 비유의 참신성, 비유의 성공 여부는 어떤 보조관념을 끌어오는가에 달려 있다. 이덕무는 이처럼 비유에서의 원관념과 보조관념의 관계에 주목하고 있다. 그리하여 그는 훌륭한 비유에서 보조관념은 어느 순간 느닷없이 떠오르는 것이지 작위적으로 되는 것이 아님을 말하고 있다.

한편, 이덕무의 이 미평은 무수한 열거법이 인상적이다. 그것은 다분히 의도적인 것으로 여겨진다. 비유에 대한 논의를 펼치는 데 이런 수사법이 썩 잘 어울린다고 이덕무는 생각했음직하다.

이덕무는 왜 이 미평에서 느닷없이 비유에 대해 이런 장황한 논의를 펼친 것일까? 이는 박지원의 작품과 무슨 관련이 있을까?

「하야연기」는, 어느 여름날 밤 박지원이 이덕무 등 몇몇 사람과 담헌 홍대용의 집에서 음악을 감상한 일을 간단히 기록해 놓은 글이다. 그러니 이 글은, 글을 쓸 때 비유를 어떻게 해야 옳은가, 올바른 비유란 어떤 것인가, 비유가 글을 어떻게 생기 있게 만드는가, 이런 문제에 대해서는 일언반구도 하고 있지 않다. 그러므로 비유에 대한 논의로 일관한 이덕무의 미평은 어찌 보면 뜬금없는 것으로 비칠 수 있다. 하지만 뜬금없어 보이는 여기에 이덕무 미평의 묘미가 있다. 이덕무는 「하야연기」가 보여주는 비유를 대단히 인상적으로 받아들였고, 그래서 '비유'를 주제로 한 편의 비평산문을 작성해 이 글의 미평으로 붙였던 것이다. 「하야연기」에는 다음에서 보듯 두 군데에 비유가 구사되고 있다.

(가) 담헌이 슬瑟을 연주하자 풍무는 거문고로 화음을 맞추고 국옹은 갓을 벗어 던지고 노래를 불렀다. 밤이 깊어지자

더위가 건듯 물러나고 구름이 사방으로 흩어지니 슬과 거문고 소리가 더욱 맑았다. 좌우에 앉은 사람들이 고요하니 말이 없는 게 마치 도가道家의 단丹을 닦는 이가 생각을 끊고 가만히 마음을 들여다보고 있는 것도 같고, 참선 중인 승려가 전생을 문득 깨치는 것 같기도 했다.[49]

(나) 언젠가 형암은 처마의 늙은 거미가 거미줄 치는 걸 보고서는 기뻐하며 내게 이런 말을 한 적이 있다.
"절묘하지 않습니까! 때때로 멈칫멈칫하기도 하고, 때때로 잽싸게 움직이기도 하는 것이 흡사 보리 파종할 때 씨를 밟는 발 모양 같기도 하고, 거문고 탈 때 줄을 누르는 손가락 같기도 합니다."[50]

고딕으로 표시한 부분이 비유에 해당한다. (가)의 비유는 예술적 삼매경을 수도자修道者의 오묘한 깨달음과 연결시키고 있다는 점에서 기발하고 참신한 느낌을 준다면, (나)의 비유는 거미를 농부 및 거문고 연주자와 연결시키고 있다는 점에서 느닷없고 창조적이다. 박지원은 홍대용과 풍무가 슬瑟과 거문고로 조화롭게 합주하는 모습을 형용하기 위해 (나)의 비유를 구사하였다. 이 비유는 원래 이덕무의 상상력에서 나온 것인데 이를 박지원이 자신의 작품 속으로 끌어들인 점이 이채롭다. 이처럼 이 작품은 박지원의 상상력에서 나온 비유와 이덕무의 상상력에서 나온 비유가 앞뒤에 포치布置되어 공존하고 있음이 흥미롭다.

요컨대, 「하야연기」의 미평은 「하야연기」의 비유가 대단히 빼어나고 자연스럽다는 점, 작위적이거나 억지스럽지 않고 천기天機가 느껴진다는 점을 다소 엉뚱한 방식으로 말하고 있는 셈이다. 이덕무는 이 점을 말하기 위해 '비유론'譬喩論, 혹은 '비유에 대한 소고小考'라고 명명함직한 한 편의 소논문 같은 비평문을 썼던 것이다.

「염재당기」의 미평

「염재당기」는 박지원이 신광직申光直(1738~1794)에게 써 준 글이다. 본서 제2장에서 그 전문을 제시한 바 있다. 신광직은 자字가 숙응叔凝이며, 주호酒豪로 이름이 높았다. 이덕무가 이 글에 붙인 미평은 지금까지 살핀 두 미평과는 또 다르다. 그 기상천외함은 우리를 깜짝 놀라게 만든다. 다음이 그것이다.

> ① 수수께끼를 하나 내 볼까? 금고金膏,[51] 수벽水碧,[52] 석록石綠,[53] 공청空靑,[54] 슬슬瑟瑟,[55] 말갈鞨鞨,[56] 화제火齊,[57] 목난木難[58]도 이것의 신령함을 비유하기엔 부족하지. 수정 쟁반 안에 교주鮫珠[59]가 가득하고 초록빛 유리병에 과금瓜金[60]이 가득 쌓여 있는 모습으로도 이것의 영롱함을 비유하기엔 부족하지. 푸른 연잎에 물방울이 또르르 구르고 빗방울이 구슬처럼 이리저리 튀며 소리를 내는 것으로도 이것의 자유자재함을 비유하기엔 부족하지. 아름다운 무지개의 초록빛과 주홍빛으로도 이것의 현란한 광채를 비유하기엔 부족하지. 왕씨王氏, 장씨張氏, 이씨李氏, 유씨劉氏, 오吳나라 사람, 초楚나라 사람,[61] 갑, 을, 병, 정, 이런 사람, 저런 사람, 아무개, 아무개, 이 사람, 저 사람, 그 누군들 냄새나는 똥주머니[62] 안에 이걸 간직하지 않은 이가 없지. 그러나 잡으려 해도 잡을 곳

이 없고, 그리려 해도 그림자조차 없다가 눈 깜짝할 사이에 홀쩍 달아나지. 눈과 귀가 그 색과 소리를 뒤쫓고 입과 코가 그 맛과 냄새를 뒤쫓아 봐도 마치 매가 응구鷹鞲[63]를 벗어나 하늘을 빙빙 돌며 내려오지 않는 듯하고, 말이 호랑이의 추격을 벗어나 훌쩍 내달려 돌아오지 않는 듯하지. 위로는 석가모니를 방문하고 아래로는 미륵보살을 찾아, 잠시 도솔천兜率天[64]에 올랐다가 홀연 염부주閻浮洲[65]로 돌아오지. 여든한 가지 고난[66]을 순식간에 지나고, 사백네 가지 병病[67]을 순식간에 겪지. 이것을 환히 드러내는 자는 성인聖人이요, 이것을 잘 지키는 자는 현인賢人이며, 이것에 어두운 자는 어리석은 사람이고, 이것을 잃은 자는 미치광이지. 이게 무어게?

② 송욱이 머리를 끄덕거리며[68] 이렇게 노래한다.

"옛날에 내가 그걸 갖고 있어서
환히 알았는데
지금은 잃어 버려
까맣게 잊었네.
지금 다시 그걸 찾아 나서서
거의 얻었네.[69]
얻고서 그 이름 알아
밝히게 되었으니
나는 장차 성인聖人이 되겠군!"[70]

이 미평은 두 단락으로 구성되어 있다. 한 단락은 송욱에게 낸 수수께끼요, 다른 한 단락은 수수께끼에 대한 송욱의 답이다. 즉 수수께끼를 내고 그에 답하기가 이 미평의 구조다. 이 미평은 읽는 사람들에게 뚜렷이 각인된다. 그것은 다음의 세 가지 이유에서다. 첫째, 수수께끼라는 단순하면서도 선명한 구조를 취하고 있다는 점. 수수께끼는 누구나 어린 시절 해 보는 유희다. 바로 이 때문에 어른이 돼서도 수수께끼를 접할 경우 호기심과 함께 묘한 열중熱中의 감정을 느끼게 된다. 이 미평을 읽는 독자도 마찬가지일 터이다. 둘째, 수수께끼가 대단히 현란하고 종잡을 수 없다는 점. 이 수수께끼에는 온갖 사물, 온갖 사람, 온갖 아름다운 것들, 더럽기 그지 없는 것이 언급되며, 인간 세상의 하늘과 땅으로는 부족해 인간 세상 저 너머의 세계까지 거론되고 있다. 뿐만 아니라, 그 말도 요랬다 조랬다 도무지 종작이 없다. 이처럼 현란하기 그지없고 종잡을 수 없는 어투가 이 미평을 읽는 독자를 강하게 사로잡는다. 셋째, 수수께끼의 답으로 제시된, 송욱이라는 인물의 노래가 자못 알쏭달쏭하다는 점. 이 수수께끼의 답은 '마음'이다. 송욱은 간단히 대답하면 될 것을 빙빙 돌려 알 듯 말 듯하게 말하고 있다. 그래서 송욱의 말 자체가 또다른 수수께끼처럼 보인다. 하지만 독자는 이런 완곡함 내지 우원함으로 인해 이 미평에서 더욱 강한 인상을 받게 된다.

또 하나 지적해 두어야 할 점은, 수수께끼 문답의 이 미평이 일종의 허구적 상황 설정이자 허구적 어법에 해당한다는 사실이다. 이 미평의 '송욱'이 허구적으로 설정된 인물이듯 수수께끼를 내는 사람 역시 허구적 인물이라고 봐야 한다. 물론 거기에 비평가 이덕무가 개입하고 있는 것은 사실이지만 그럼에도 수수께끼를 송욱에게 내는 이 자가 비평가 이덕무와 완전히 등치될 수 있는 것은 아니다. 수수께끼를 받는 사람으로 설정된 송욱이 허구적으로 설정된 사람인 한 그 짝이 되는 수수께끼를 내는 사람 역시 허구성을 띠게 된다. 미평은 엄연

히 비평의 한 형식이다. 비평적 글쓰기란 기본적으로 논리적·평가적*
글쓰기다. 그러므로 비평의 주체는 기본적으로 논술적이자 평가적 주
체다. 이 주체는 결코 허구성을 띠지 않는다. 이 주체의 특성은 객관
성이라든가 반反허구성에 있는바, 이 점을 자신의 징표로 내세울 뿐
아니라, 이 점에 유난스러울 정도로 집착한다. 그러므로, 고의적으로
허구적 상황과 허구적 어법을 연출하고 있는 이덕무의 이 미평은 그
특이성으로 인해 주목할 만하다. 전근대 시기의 비평이라고 해서 이
처럼 허구적 어법에 열려 있는 것은 아님으로써다.

그렇다면 이런 허구화가 왜 초래되었을까? 이 역시 『종북소선』의
미평이 박지원의 작품에 대한 단순한—따라서 무미건조해도 크게 상
관없는—비평이라기보다 그 이상의 어떤 것으로 기획된 점과 관련이
있다고 생각된다. 즉 이덕무는, 연암의 작품에 대해 나도 '작품'으로
서 비평한다, 연암의 빼어나기 그지없는 예술산문을 제대로 비평하는
길은 통용되고 있는 일반적인 비평 방식을 답습하지 말고 창조적으로
예술산문적 비평을 전개함에 있다, 이렇게 해야 연암의 예술정신과 정
당하게 그리고 높은 수준에서 교섭할 수 있다라고 생각한 것은 아닐
까. 그 결과 통념을 뛰어넘어 비평의 방식을 새롭게 개척하면서 허구
적 어법을 비평에 도입하게 된 것은 아닐까.

그런데, 이 수수께끼 미평이 얼마나 특이한지를 알기 위해서는
「염재당기」의 내용을 간단히라도 검토할 필요가 있다. 이 글은 송욱
이라는 인물에 대한 이야기로 시작된다. 송욱이 어느 날 술이 취해서
자다가 아침에 깨어 보니 다른 것은 다 있는데 유독 '자기'만 없었다.
송욱은 자기를 찾아 서울 거리를 두루 다녔지만 자기를 찾을 수 없었

---

* '심미적' 측면 역시 평가적 측면에 포함시켜 이해할 수 있을 것이다.

다. 박지원은 18세기 서울에 실존했던 미치광이 송욱의 이 일화를 언급한 다음, 숙응叔凝[71]에게 "술에 취한 게 아닌데도 '생각'을 하지 않는다면 그건 큰 미치광이에 가깝지 않겠소"[72]라고 말한다. 숙응은 술을 좋아해 스스로 '주성'酒聖이라고 한 인물인데, 박지원은 이런 그를 경계하기 위해, '자신을 반성해야 한다'는 뜻으로 '생각' 운운하는 말을 한 것이다. 박지원의 이 말은 『서경』書經 「다방」多方의 "성인聖人이라도 생각하지 않으면 미치광이가 되고, 미치광이라도 생각한다면 성인이 된다"[73]라는 구절에 근거한다. 숙응은 박지원의 말에 깊이 깨달은 바가 있어 마침내 자신의 당호를 '염재'念哉('생각할지어다'라는 뜻)라 짓고 기문記文을 박지원에게 청했다. 그래서 박지원이 이 글을 쓰게 되었다. 이상이 「염재당기」의 대체적인 내용이다.** 요컨대, 박지원은 숙응이 성품이 소탕하여 술 마시고 호방하게 노래하기를 좋아하므로 자기성찰에 좀 더 힘쓰라는 뜻으로 이런 글을 지었을 터이다.

　　문장 서술법으로 본다면 이 글은 숙응이 '주'主이고 송욱은 '객'客이다. 하지만 '객'에 대한 서술이 '주'에 대한 서술보다 훨씬 정채 있고 흥미롭다. 박지원은 '객'을 통해 '주'에게 어떤 메시지를 전달하고 있는 것이다. 비평가 이덕무의 예리한 안목이 이 점을 놓칠 리 없다. 그래서 그는 모든 자질구레한 것은 싹 덜어 버리고 오직 본질만 현시顯示하는 쪽으로 문제를 단순화하여, 송욱에게(숙응이 아니라!) 수수께끼를 내는 것으로 미평을 썼던 것이다. 또한 문제설정 방식도, 송욱이 미친 것, 즉 송욱이 실성失性한 것은 그가 자신의 마음을 제대로 지키지 못했기 때문이라고 보아, '마음'에 초점을 맞추었다. 즉 이덕무는

** 『종북소선』에는 '염재당기'라고 되어 있지만 박영철본 『연암집』에는 '염재기'(念齋記)로 되어 있다. 「염재기」에 대한 번역 및 주석은 박희병·정길수 외 편역, 『연암산문정독』 2(돌베개, 2009)를 참조할 것.

'염재'念哉라는 당호의 '염'念을 '심'心으로 바꿔치기해, 심을 잘 간수하면 성인聖人이 될 수 있고, 심을 놓아 버리면 미치광이가 된다는 쪽으로 논의의 중심을 옮겨 놓고 있다. 이 점에서, 이덕무의 미평은 박지원의 글과 긴밀히 연관되어 있으면서도, 단지 박지원 글의 꽁무니를 졸졸 따라다니거나 박지원의 글을 단순히 부연하고 있다기보다는 자기대로의 어떤 창의를 보여주고 있으며, 이를 통해 박지원 글의 이해지평을 넓히고 있다고 보인다. 이것이야말로 '대화'다. 진정한 의미에서의 대화란 본질적으로 평등한 정신의 소유자 사이에서만, 서로 독립적이고 자유로운 정신을 지닌 사람들 사이에서만, 가능하다. 그러므로, 만일 한 사람이 콤플렉스를 갖고 있다면, 한 사람이 만일 다른 사람에게 억압을 느낀다면, 한 사람이 만일 다른 사람과 지적·정신적 수준이 대등하지 않다면, 한 사람이 만일 다른 사람을 진심으로 존중하지 않는다면, 진정한 대화는 성립되기 어렵다.

「선귤당기」의 미평

이덕무의 미평 중에는 작품 내에서 전개된 대화를 토대로 작성된 것도 있다. 「선귤당기」의 미평이 바로 그러하다. 다음이 그 전문이다.

▯ 청한자淸寒子라 하고, 동봉東峯[74]이라 하고, 설잠雪岑[75]이라 하고, 매월당梅月堂이라 하고, 오세암五歲菴[76]이라 한 것은 모두 열경悅卿(김시습)이다. 형암炯菴이라 하고, 청음관靑飮館이라 하고, 탑좌인塔左人[77]이라 하고, 재래도인睥覩道人[78]이라 하고, 무일산인無一山人[79]이라 하고, 무문無文[80]이라 하고, 요매산사

窘眛散士[81]라 하고, 영처嬰處라 하고, 선귤당蟬橘堂이라 한 것은 모두 무관懋官(이덕무)이다. 책蚱이니 복육蝮蜟이니 진蜄이니 혜고螇蛄니 한장寒螿이니 조료蜩蟟니 영모蠑母니 면蝒이니 마조馬蜩이니 언蝘이니 당조蟷蜩니 낭조蜋蜩니 묘조蕎蜩니 맥찰麥蚻이니 모첨茅蠘이니 정목蜓蚞이니 혜록螇螰이니 절열蜥蚗이니 예蜺니 제녀齊女[82]니 하는 것은 모두 매미다. 황귤黃橘이니 주귤朱橘이니 녹귤綠橘이니 유귤乳橘이니 탑귤塌橘이니 유귤油橘이니 색귤色橘이니 면귤綿橘이니 사귤沙橘이니 산귤山橘이니 조황귤早黃橘이니 천심귤穿心橘이니 황담귤黃淡橘이니 여지귤荔支橘[83]이니 하는 것은 모두 귤이다.

[2] 열경은 신상에 변화가 있을 적마다 반드시 새로 하나의 호를 지었는데, 새로 지은 호를 종이에다 써서 물 속에 가라앉힘으로써 스스로 이름에 미련을 두지 않았으며, 무관은 시를 읊거나 글씨를 쓸 때마다 반드시 하나의 호를 지었지만 그 시나 글씨를 남에게 주어 버려 스스로 그 이름을 기억하지 않았으니, 두 사람 모두 이름을 가지지 않으려고 그렇게 했다.

[3] 그러나 열경의 여러 호는 『추강냉화』秋江冷話[84]에 실려 있고, 무관의 여러 호는 『공작관집』孔雀館集에 실려 있으며, 매미의 여러 이름은 양웅揚雄의 『방언』方言[85]에 실려 있고, 귤의 여러 이름은 한씨韓氏의 『귤보』橘譜[86]에 실려 있으니, 이 책을 쓴 사람들은 모두 걸출한 인물이다.

[4] 열경은 유자儒者이면서 불자佛者요, 무관은 지금 사람이면서 옛날 사람이요, 매미는 고결하되 겸손하고, 귤은 향기롭되 썩지만, 그 등급인즉 모두 같다.[87]

박지원의 「선귤당기」는 이덕무에게 써 준 기문記文이다. 이덕무는 남산 아래에 살 때 자신의 당호堂號를 '선귤당'이라 하였다. '선'蟬은 '매미'를 뜻하고, '귤'은 감귤을 뜻한다. 당시 매미는 이슬만 먹는 깨끗한 곤충으로 여겨졌고, 귤은 향기롭고 귀한 과일로 간주되었다. 이덕무는 매미의 조촐함과 귤의 향기로움을 본받겠다는 생각으로 이런 당호를 지었다. 그러므로 이 당호는 이덕무의 인격과 삶의 지향을 잘 보여준다 할 만하다.

「선귤당기」는 이렇게 시작된다.

> 영처자嬰處子가 집을 지어 그 집 이름을 '선귤'蟬橘이라고 했다. 그러자 그 벗이 비웃으며 이렇게 말했다.[88]

'영처자'란 이덕무의 호다.* 인용문 뒤에는 벗이라고 한 이 인물의 긴 말이 이어지며, 이 말이 끝나면 다음과 같이 영처자가 간단히 답하는 것으로 작품이 종료된다.

> 영처자는 이렇게 말했다.
> "매미가 허물을 벗고 나면 허물이 말라 버릴 것이요 귤이 늙으면 텅 빈 껍질만 남을 터이니, 소리와 색과 냄새와 맛이 대체 어디에 있단 말이오? 이미 좋아할 만한 소리와 색과 냄새와 맛이 없다면 사람들이 장차 나를 허물과 껍질에서 찾으려 하겠소?"[89]

---

* 이덕무는 20세에 쓴 「『영처고』 자서」(嬰處稿自序)에서 자신의 글이 갓난아이의 옹알이와 처녀의 부끄러워하는 모습과 같으므로 책 이름을 '영처'(嬰處)라 지었다고 했다.

이처럼 이 작품은 문답 구조를 취하고 있는바, 구조 자체는 지극히 간단하다. 하지만 그 담고 있는 내용은 그리 간단하지 않다. 벗은 대뜸, "자네는 왜 그리 호가 많은가"라고 힐난하면서, 매월당 김시습의 일화를 장황하게 들려준다. 일화의 내용인즉슨, 매월당이 속세에서 쓰던 이름을 버리고 이제 불문佛門의 이름인 법호法號를 사용하겠다는 서원誓願을 발發하자 그 곁에 있던 대사大師가 손뼉을 치고 깔깔 웃으면서 매월당의 미혹됨을 깨우쳐 준다는 것이다. 대사의 말을 일부 보이면 다음과 같다.

심하구나, 네 미혹됨이! 너는 아직도 이름을 좋아하는구나! 승려의 몸이란 마른 나무와 같기에 '나무 같은 비구比丘'[90]라 부르고, 그 마음은 죽은 재와 같기에 '재 같은 두타頭陀'[91]라 부르나니, 산 높고 물 깊은 곳에서 이름을 어디다 쓸래?
네 그림자를 한번 봐라! 이름이 어디에 있느냐? 네게 몸이 있으니 그림자가 있는 건데, 이름은 본디 그림자가 없거늘 대체 뭘 버리겠다는 거냐? 네 머리를 한번 만져 봐라! 머리카락이 있기에 네가 빗을 쓰는 것이지, 머리를 이미 깎았거늘 빗을 어디다 쓴단 말이냐?
네가 이름을 버리고자 하나, 이름은 옥이나 비단이 아니요, 땅이나 집도 아니요, 황금이나 진주나 돈도 아니요, 음식이나 곡식도 아니요, 용가마나 가마솥도 아니요, 중솥이나 옹솥도 아니요,[92] 바리때나 대접, 나무그릇이나 질냄비나 병이나 동이도 아니요, 광주리나 소쿠리나 제기祭器도 아니요, 가야금이나 거문고, 생황이나 북, 퉁소나 공후箜篌나 비파琵琶도 아니다. 허리에 차는 주머니며 칼이며 향주머니처럼 풀어 버릴 수 있는 것도 아니요, 갓이나 신이나 허리띠나 적삼이나 도포나 잠방이나 바지처럼 벗어 버릴 수 있는 것도 아니요, 침상이나 이불이나 방석이나 오색 실로 장식한 장막처럼 남에게 팔 수 있는 것도 아니다. 때도 아니고 먼지도 아니어서 물로 씻을 수도 없고, 목에 걸린 생선가시도 아니어서 물새의 깃털을 넣어 토하게 할 수도 없으며, 부스럼이나 딱지도 아니어서 손톱으로 긁어낼 수도 없다.[93]

대사는 계속 말을 이어가면서 이름이란 본디 없는 것이라는 것, 그러므로 그에 대한 집착은 헛된 것이라는 생각을 설파한다. 대사의 긴 말이 끝나면 벗이라고 한 인물이 다시 등장하여, 매월당과 대사의 이 이야기는 『대각무경』大覺無經이라는 불교 경전에 나온다[94]는 사실을 밝힌 다음 이렇게 말한다.

열경悅卿은 은자隱者건만 이름이 몹시 많아 다섯 살 적부터 호가 있었기에[95] 대사가 이렇게 타이른 걸세. '영처'嬰處라는 이가 어떤 사람인지는 잘 모르겠네만,[96] 갓난아이는 이름이 없으므로 '영'嬰이라 이르고, 여자 중에 시집가지 않은 이를 '처자'處子라 부르니, 아마도 이름을 갖지 않으려고 한 은사隱士일 테지. 그런데 이제 와서 갑자기 '선귤'蟬橘이라고 자호自號하다니 자넨 앞으로 그 이름을 감당하지 못할 걸세. 왜냐고? 갓난아기는 지극히 약하고 처자는 지극히 부드러운바, 사람들이 볼 때 자네의 부드럽고 약한 모습을 보고는 여전히 '영처'라 부를 것이요, 매미가 울고 귤 향기가 난다면 자네집은 앞으로 시장바닥처럼 될 테니 말일세.[97]

이 말 바로 다음에, 저 앞에서 인용한 "영처자는 이렇게 말했다" 운운하는 대목이 나오고 작품은 끝난다.

미평과 작품이 어떤 상관관계에 있는지를 드러내기 위해 작품을 개괄적으로 살피고 특정 부분을 인용하는 방식을 취했지만, 요컨대 이 작품에서 주목되는 점은 다음의 몇 가지다.

(1) 이 작품은 선귤당과 그 벗이 서로 대화하는 구조를 취하고 있다.

(2) 작품에서 선귤당의 벗은 그 정체가 뚜렷하지 않지만 전후 문맥으로 판단컨대 박지원으로 보인다.

(3) 이 작품은 희작적戱作的 면모가 강하다. 여기서 '희작적'이라는 말은, 심심풀이로 썼다거나 장난삼아 썼다거나 힘들이지 않고 대충 썼다는 말이 아니라, 글을 써 준 사람과 글을 받는 사람(=이덕무) 간에 어떤 정신적 유희가 이루어지고 있음을 뜻하는 말이다. 이 유희는 고도의 정신적 소통이자 지적知的 농담이다. 이 농담은 대단히 지적이어서 유머와 아이러니가 동시에 느껴진다. 두 소통자疏通者, 즉 글을 써 준 사람과 글을 받는 사람 양인兩人은, 정서적으로 그리고 취미상 강고한 유대를 맺고 있어 글에 담긴 유머와 아이러니가 공격적이거나 부정적인 것이 아니라 우호와 유쾌함의 감정을 기반으로 하고 있음을 서로 잘 알고 있다. 두 사람은 척 하면 삼천리인 것이다. 이 때문에 이 유희는, 국외자의 눈에는 어떻게 비칠지 모르지만, 적어도 당사자 두 사람에게는 더없이 즐겁고 유쾌한 것이 된다. 그러므로 이 유희는 날렵한 지적 소통이자 경쾌한 지적 도발이며, 그 옛날 어린 아이들의 공기놀이처럼 천진난만하다. 어째서 천진난만한가. 다른 목적이 개입되지 않고 '유희' 자체가 목적이기 때문에 그러하다. 그 자체가

목적인 이런 유희는 두 영혼으로 하여금 잠시 우울을 떨쳐 버리게 하거나, 현실의 압박에서 해방되게 하거나, 고통을 망각하게 할 수 있으며, 이를 통해 유희를 일삼는 두 당자當者의 유대감과 상호이해는 더욱더 깊어질 수 있다.

(4) 이 작품에서 유희는 일방적一方的이 아니라 쌍방적雙方的이다. 즉 작가가 일방적으로 영처자에게 유희를 한 것이 아니라, 영처자 역시 작가에게 유희를 하고 있다. 작품의 끝에 제시된 영처자의 말에서 그 점이 확인된다. 이 점에서 작가가 먼저 한 번 공기를 놀고, 이어서 영처자가 한 번 공기를 논 것으로 볼 수 있다.

(5) 앞에 인용된 대사의 말에서 잘 드러나지만, 이 작품은 수사법상 열거법이 두드러진다.

(6) 사실 박지원은 20대 후반부터 이름은 헛된 것이라는 생각을 골똘히 해 왔고,* 이 점에서 이 작품의 주지主旨 역시 박지원의 그런 사유 궤적 위에서 이해되어야 할 것이다. 그렇기는 하지만, 이 작품을 액면 그대로 받아들여, 박지원이 이덕무에게 호가 너무 많은 것을 문제로 생각했으며 그래서 이름이란 헛된 것임을 일깨워 주기 위해 이런 글을 썼다고 여긴다면 이는 오해다. 왜냐하면 박지원은 이덕무가 이름에 집착하지 않는 사람임을 누구보다도 잘 알고 있기 때문이다. 작품 맨 끝에 나오는 이덕무의 말에서 그 점이 확인된다. 그러므로, 설사 이 작품이 이름은 헛된 것이라는 메시지를 펼쳐 보이고 있고 이는 20대 후반 이래 박지원이 보여준 주목할 만한 사유라는 점을 인정한다 할지라도, 이 주제를 설파하고자 함 자체가 이 작품의 목적은 아니며, 이 주제를 갖고 한바탕 정신의 유희를 일삼는 것이 실제 목적이

---

* 박희병, 『연암을 읽는다』(돌베개, 2006), 206면 참조.

라고 보아야 할 터이다.

　「선귤당기」에 대한 이런 이해를 바탕으로 이제 그 미평을 검토해 보도록 하자.

　미평 ①은 김시습, 이덕무, 매미, 귤, 이 넷에는 이름이 많다는 사실을 말하고 있다. 박지원은 「선귤당기」에서 김시습과 이덕무가 이름이 많은 데 대해 시비를 걸었는데, 이 미평은 그러한 시비걸기를 정면으로 맞받아 "그래요! 그대가 말한 것처럼 이름이 정말 많아요!"라고 말하고 있는 것처럼 보인다. 그리고 거기서 한술 더 떠 매미와 귤까지 거론하며 이것들 역시 수많은 이름을 갖고 있음을 말하고 있다. 이덕무는 어쩌자고 이름이 많다는 힐난을 변명하기는커녕 보기에 따라서는 뻔뻔스런 이런 태도로 나오는 것일까. 게다가 "그대는 잘 모를지 모르지만 매미와 귤에도 이름이 참 많답니다"라고 말하고나 싶은 것처럼, 두 사물과 연관된 이름들을 장황하게 쭉 열거하고 있는 것일까.

　②는 김시습과 이덕무가 비록 호는 많지만 그 호에 조금도 집착하지 않았음을 말하고 있다. 주목되는 것은, 김시습과 이덕무가 호를 많이 지은 것은 이름에 집착해서가 아니라 그 반대로 이름을 잊기 위해서라고 말하고 있다는 점이다. 이름에 대한 집착을 떨쳐 버리기 위해 이름을 많이 짓는다는 이 논리는, 「선귤당기」의 전제 자체를 간단히 부정해 버리는 효과를 갖는다. 「선귤당기」는 이덕무가 이름에 집착하여 호를 많이 짓는다는 전제에서 논의를 시작하고 있고, 그래서 그 미망을 깨뜨리기 위해 대사를 동원하여 온갖 비유에 많은 지면을 써 가며 이름의 헛됨을 설파하고 있음으로써다. ②단락에 제시된 이덕무의 몇 마디 말로써 박지원의 장황한 서술은 공연한 것이 되어 버렸고, 사정을 잘 확인도 안 해 보고서 혼자서 야단을 떤 꼴이 되어 우

습게 되고 말았다.

③은 김시습, 이덕무, 매미, 귤, 이 넷의 여러 이름이, 걸출한 인물들이라고 할 남효온, 박지원, 양웅, 한언직韓彦直의 책에 각각 기록되어 있음을 말하고 있다. 이는 무엇을 말함인가. "나는 이름에 대한 집착이 없건만, 연암 선생이 자기 책에다 굳이 내 이름을 언급해 놓아 이름이 사라지지 않고 전해지게 되었다"는 사실을 은근히 말하고 있다 할 것이다. 이 어법은 재미있다. 왜냐하면 한편으로는 박지원의 위대함을 말하면서 다른 한편으로는 "이름에 대한 집착은 혹 당신에게 있는 거 아녜요?"라고 되묻고 있는 듯하기 때문이다. 혹은 「선귤당기」에서 표면적으로 언급된 제반 사실이 실은 유쾌한 농담이라는 것, 나는 그것을 잘 알고 있다는 것, 오히려 천리마 꼬리에 붙은 파리처럼 문호 박지원 덕택에 나의 이름이 길이 후세에 전해질 수 있게 된 점에 깊은 감사의 마음을 느낀다는 것, 이런 일련의 내포가 이 단락의 서술에 숨겨져 있을지 모른다.

④는 김시습, 이덕무, 매미, 귤의 급수가 다 같음을 말하고 있다. 이처럼 이 미평은 시종 매미와 귤을 김시습·이덕무와 병치하고 있다. 매미와 귤은 사물이고 김시습과 이덕무는 사람이니, 이 병치는 이상하다면 이상하다. 왜 이런 병치를 고집하는 걸까? '선귤'이라는 당호 때문이다. 「선귤당기」는 '선귤'이라는 이덕무의 당호와 관련된 글이므로 그 미평에서 '선'(=매미)과 '귤'을 계속 거론한 것이다.

흥미로운 점은, 매미와 귤이 김시습·이덕무와 병치되고 있기만 한 것이 아니라, 동급同級의 차원에서 거론되고 있다는 사실이다. 가령 ①에서 매미와 귤의 허다한 이름들을 자세히 들고 있는 것, ③에서 김시습이나 이덕무와 마찬가지로 매미와 귤의 이름 역시 걸출한 문인의 덕으로 후세에 전해지게 되었다고 한 것, ④에서 이 넷의 등급이 똑같다고 한 것 등에서 그 점을 확인할 수 있다. 왜 이런 서술법을 취하게 된 걸까? '선귤'이라는 당호를 한편으로는 타자화他者化하고 한편으로는 자기동일화自己同一化한 결과다. 타자화는 대상화를 뜻하고, 자기동일화는 자기와의 일체화를 뜻한다. 타자화와 일체화의 이 동시적 진행, 여기에는 유희적 기분과 정신이 깃들어 있다. 또한, 매미와 귤을 두 인물과 병치하면서 동등시한 것은, 이름에 대한 이덕무의 집착 없음의 긍정의 긍정, 다시 말해 그 이중의 긍정이 된다. 이점 역시 유희적 정신의 소산이다.

이 미평이 보여주는 유쾌한 유희성은 여기에 국한되지 않는다. ⑴에서 김시습과 이덕무의 호를 쫙 열거한 것, 그리고 거기서 더 나아가 매미와 귤에 대한 그 많은 낯선 이름들을 의도적으로 열거한 것 역시 유희 정신의 발로다. 이덕무는 왜 이런 유희를 일삼은 것일까, 그것도 남의 글에 대한 비평에서. 이 물음에 대한 답을 찾아가노라면 또다시 『종북소선』미평의 독특한 성격에 상도하게 된다. 어찌 보면 이 미평 전체가, 아니 『종북소선』에서 전개되고 있는 평점비평 전체가, 박지원과 이덕무 두 사람 간에 행해진 유희일지도 모른다. 만일 「선귤당기」에 한정해서 말한다면, 그 미평은 박지원의 작품이 취하고 있는 유희적 면모에 대응하여 유희적 면모를 취한 것이라 할 수 있을 터이다. 박지원이 '장군!' 하고 외치자, 이덕무가 '멍군' 하고 답한 셈이요, 박지원이 '청산靑山'이라고 말하자 이덕무가 '유수流水'라고 그 짝을 맞춘 셈이며, 박지원이 높다란 산을 생각하며 거문고를 타매 이덕무가 그 마음을 꿰뚫어보고서 '외외巍巍하도다, 그 소리여!'라고 말한 격이다. 그러므로 이 유희는 고도의 정신이 교류하는 한 독특한 방식이라 할 것이다.

「선귤당기」의 미평이 수사법상 열거법을 두드러지게 보여줌도 박지원의 작품이 열거법을 표나게 구사하고 있음과 관련이 있다. 일종의 공명 현상이라 이를 만하다. 말하자면 정신적 공명이 미학적 공명을 낳고 있는 셈이다.

필자는 앞에서 「선귤당기」를 검토할 때, 이 작품이 작가와 이덕무 사이의 유희적 대화라는 구조를 취하고 있으며, 작가가 한 번 공기를 놀고 이어서 이덕무가 공기를 한 번 논바, 그 유희는 일방적이지 않고 쌍방적임을 지적하였다. 그런데 작품에서의 이 공기놀이는 그것으로 끝나지 않고 미평으로 확대되고 있음에 유의할 필요가 있다. 사실, 작품에서는 박지원이 주로 공기를 놀고 있으며, 이덕무는 뒤에 잠시 공기돌을 잡고 논 것에 불과하다. 이덕무는 이러한 불균형을 미평을 통해 시정하려고 하기라도 한 듯 미평에서 마음껏 공기를 놀고 있다고 보인다.

연암 일파의 동인 중 특히 박지원과 이덕무가 이런 정신적 유희를 통해 깊은 존재관련을 맺고 있음은 다음 자료에서도 확인된다.

백제百濟의 서북西北으로 3백 리 거리에 탑이 있고 탑 동쪽에 벌레가 있는데 이름이 '섭구'囁㗊다. 귀와 눈은 바늘구멍 같고 입은 지렁이의 구멍 같다. 그 성품이 매우 슬기로우나, 양보하기를 좋아하고 몸을 잘 감춘다. 팔이 둘, 다리가 둘, 손가락이 다섯이고, 상투는 하늘을 향하고 있으며, 그 마음은 좁쌀만 하다. 먹물을 잘 먹으며, 토끼를 보면 그 털을 핥고, 언제나 이름으로 자호自號한다(어떤 이는 일명이 영처嬰處라고 말한다). 이 벌레가 세상에 나타나면 천하가 문명文明해진다. 이것을 먹으면 미련하고 어질지 못한 병을 고칠 수 있고, 마음의 눈이 밝아지며, 사람의 슬기와 식견이 더해진다.[98]

박지원이 쓴 「산해경보」山海經補라는 글 전문이다. 이 글은 이덕무를 '섭구'라는 벌레에 비유한 희작戱作이다. 원래 '섭구'라는 벌레는 없으며, 장난으로 만든 말이다. '섭구'囁懼의 '섭' 자는 말을 삼간다는 뜻이고, '구' 자는 소심하다는 뜻이다. 백제의 서북 3백 리에 있는 탑 동쪽 운운한 것은, 이덕무가 거주하고 있던 종북鐘北, 즉 백탑 동쪽의 집을 말한 것이다.

박지원은 '섭구'라는 이 기이한 벌레가 천하의 모든 이상한 동물들을 다 수록해 놓은 것으로 알려져 있는 중국 고대의 책『산해경』에 수록되어 있지 않으므로 이 책을 보완하기 위해 쓴다는 뜻으로 '산해경보'라는 제목을 붙였다. 이덕무는 이 희작에 대꾸하는 희작으로 다음과 같은 글을 지었다.

상고해 보면, 섭구 벌레는 모습이 네모나고 안온하다.[99] 색은 하얀데, 무수한 검은 점이 있다. 길이는 주척周尺(주나라 자)으로 한 자가 채 못 되고 두께는 반 자쯤 된다. 맥망脈望[100]을 잘 기르며, 책상자 속에 몸을 숨긴다고 한다. 옛날에 이씨[101] 성을 가진 사람이 있었는데, 그 성품이 자기를 감추길 좋아하고 겸손하였다. 그는 이 벌레가 그 몸을 감추는 게 자기와 비슷함을 사랑하여 가만히 길러 번식을 시켰는데, 보고 듣고 말하고 생각하는 것이 기실 서로 통했다. 지금 「산해경보」에서 말한,

"팔이 둘이고, 다리가 둘이며, 손가락이 다섯인데, 먹물을 먹으며, 토끼의 털을 핥는다. 영처嬰處라고 자호自號한다."

라는 것은 다 틀린 말이다. 혹자는 『산해경』을 백익伯益[102]이 지었다고 하지만, 『산해경』은 황당무계한 책으로서 육경六經

에도 끼이지 못한다. 지금 그것을 보補한 사람도 터무니없는 말이나 일삼는 사람일 것이다. 섭구 벌레에 관해서는 내 일찍이 오유선생烏有先生께 들었는데, 오유선생은 무하유향無何有鄉의 사람에게서 듣고, 무하유향의 사람은 태허太虛에게 들었다고 한다.[103]

이덕무의 이 글 제목은 「곽경순郭景純의 주注를 본떠 짓다」이다. 곽경순은 중국 동진東晉의 학자 곽박郭璞을 이른다.[104] 그는 『산해경』에 주注를 붙인 인물이다. 박지원이 『산해경』을 보補한다는 제목으로 글을 썼으므로 이덕무는 그에 호응하기 위해 『산해경』에 주석을 단 박물학자 곽박을 들먹거리는 제목을 붙인 것이다. 이덕무는 이 글을 통해 '섭구'란 박지원이 말한 것처럼 자신을 뜻하는 것이 아니라, 자신이 저술한 책 『이목구심서』를 뜻함을 장난스럽게 말하고 있다. 이덕무는 박지원의 장난글과 자신의 장난글 앞에 다음과 같은 긴 서문을 붙여 놓고 있는바, 이를 통해 두 사람이 편지라든가 글을 통해 얼마나 정신의 유희를 일삼았는지 잘 알 수 있다.

박미중朴美仲이 나와 한 마을에 살아 아침저녁으로 담소했는데, 아취雅趣가 혹 서로 비슷했으며, 문文은 해학을 써서 애오라지 자기 마음을 나타내곤 하였다. 내가 쓴 책인 『이목구심서』耳目口心書를 좀 보여달라고 하여 편지를 세 번이나 보내왔으므로 내가 승낙했다가, 다음 날 편지를 보내 돌려달라고 하면서 말하기를,
"귀와 눈은 바늘구멍 같고, 입은 지렁이 구멍 같으며, 마음은 좁쌀만 하니, 대방가大方家의 비웃음을 사기에 족할 뿐이

외다.”

라고 하였더니, 미중이 나의 편지 행간에 주注를 달기를,

“이 벌레의 이름이 무언지 박물자博物者(사물에 박식한 사람−인용자)인 그대는 한번 해명해 보구려.”

라고 하였다. 그래서 나는 다시 편지를 보내,

“한산주漢山州[105] 조계曹溪의 종본탑宗本塔[106] 동쪽에 옛날 어느 이씨李氏가 벌레 한 마리를 길렀는데, 벌레 이름은 섭구囁愳라고 하지요. 이 벌레는 그 성품이 겸손하고 몸을 숨기기를 좋아한답니다.”

라고 하였다. 그러자 미중이 장난으로 「산해경보」를 지어 나를 섭구 벌레로 풀이했기에, 내가 다시 장난으로 곽경순의 주注를 본떠, 내가 아니라 내 책 『이목구심서』가 바로 섭구 벌레임을 밝혔다. 섭구란 무슨 뜻인가? 귀·눈·입·마음을 말한다.[107] 또 섭囁은 말을 함부로 않는다는 뜻이며, 구愳는 ‘구’懼이니, 전전긍긍하며 몸가짐을 조심한다는 뜻인데, 『이목구심서』의 내용이 대체로 그런 것들이다. 혹자가 묻기를,

“눈이 둘, 입이 하나, 마음이 하나인 것은 맞지만, 귀는 왜 셋인가?”[108]

라고 해, 눈으로 보고 입으로 말하고 마음으로 생각하는 것보다 귀로 듣기를 많이 하고자 해서 그런 것이라고 대답하였다.[109]

「관물헌기」의 미평

「관물헌기」는 박지원이 그 벗 서상수에게 써 준 글이다.* '관물
헌'觀物軒은 서상수의 당호堂號다. 「관물헌기」의 전문을 보이면 다음과
같다.

> 을유년(1765) 가을, 나는 팔담八潭[110]에서 마하연摩訶衍[111]으로
> 올라가 준 대사俊大師[112]를 방문하였다.
> 대사는 손가락을 감괘坎卦 모양으로 결인結印하고[113] 시선은
> 코끝에 둔 채 참선 중이었다. 동자승이 화롯불을 뒤적여 향
> 에 불을 붙였다. 향에서 연기가 동글동글 모락모락 피어오르
> 는데, 곁에서 받쳐 주는 것이 없어도 곧게 올라가고 바람이
> 없어도 절로 흔들거려 한들한들 하늘하늘 스스로를 이기지
> 못하는 것 같았다.
> 동자승이 홀연 깨달았다는 듯 웃으며 말했다.
>
>> 공덕功德[114]이 가득하니
>> 움직임이 바람으로 돌아가도다![115]
>> 내가 깨달았으니
>> 한 톨의 향에서 무지개[116]가 일도다!
>
> 대사가 눈을 들어 말했다.

---

* 박영철본 『연암집』에는 '관물헌기'가 '관재기'(觀齋記)로 개제(改題)되어 있다. 「관재
기」에 대한 분석은 박희병, 『연암을 읽는다』를 참조할 것.

"애야, 넌 향내를 맡는구나, 난 타고 난 재를 보는데. 넌 연기를 기뻐하는구나, 난 '공'空을 보는데. 움직임도 이미 공적空寂하거늘 공덕을 어디다 베푼단 말이냐?"

동자승이 말했다.

"무슨 말씀이옵니까?"

대사가 말했다.

"너는 재의 냄새를 한번 맡아 보아라. 뭔 냄새가 나느냐? 너는 '공'空을 한번 보아라. 뭐가 있느냐?"

동자승은 눈물을 줄줄 흘리며 말했다.

"예전에 스승님은 제 머리를 어루만져 주시며 오계五戒[117]를 내리고 법명法名을 지어 주셨습니다. 지금 스승님께서는 이름인즉 내가 아니며 나는 '공'이라고 하오시니, '공'이라는 건 형체가 없는 것이거늘 이름을 어디다 쓰겠습니까? 제 이름을 돌려 드리고자 하옵니다."

대사가 말했다.

"너는 순순히 받아들이고 순순히 보내어라. 내가 80년 동안 세상을 보니 머물러 있는 것은 아무것도 없어 넘실넘실 흐르는 강물처럼 도도하게 흘러가나니, 해와 달은 가고 또 가서 잠시도 그 바퀴를 멈추지 않거늘 내일의 해는 오늘의 해가 아니란다. 그러므로 미리 맞이하는 것은 거스르는 것이요,[118] 붙잡아 머물게 하는 것은 억지로 힘쓰는 것이요, 보내는 것은 순순히 따르는 것이다. 네 마음을 머물러 두지 말며, 네 기운을 막아 두지 말지니, 명命을 순순히 따르며 명命을 통해 자신을 보아, 이치에 따라 보내고 이치로써 대상을 보라. 그러면 손가락으로 가리키는 곳에 물이 흐르고 거기 흰 구름이 피어나리라."

나는 턱을 괴고 대사의 곁에 앉아 있다가 이 말을 들었는데 참으로 정신이 멍하였다.

백오伯五(서상수)가 자기 집 대청에 '관물'觀物이라는 이름을 붙이고는 나에게 글을 부탁하였다. 백오는 혹 준 대사의 설법을 들은 것일까.

나는 마침내 준 대사의 말을 적어 기문記文으로 삼는다.[119]

이덕무는 이 글에 다음과 같은 미평을 붙였다.

① 구름이 흘러갈 제 그걸 보내는 건 산이요, 물이 흘러갈 제 그걸 보내는 건 언덕이다. 수레바퀴가 굴러갈 제 그걸 보내는 건 바퀴축이요, 화살이 날아갈 제 그걸 보내는 건 활시위다. 가는 것이 소리면 귀가 보내고, 가는 것이 색이면 눈이 보내며, 가는 것이 맛이면 입이 보내고, 가는 것이 향이면 코가 보낸다. 가로로 기다란 것이든 세로로 기다란 것이든 네모진 것이든 동그란 것이든 간에 가지 않는 것이 없고 보내지 않는 것이 없다. 하늘을 나는 것이건 물속에 사는 것이건 움직이는 존재건 달음박질치는 존재건 생물 치고 가지 않는 건 없으며 보내지 않는 건 없다. 기쁘든 슬프든 웃든 울든 누가 가지 않을 것이며, 노래하든 술 마시든 길을 가든 앉아 있든 누가 보내지 않겠는가?

② 가고 가고 보내고 보내며, 보내고 보내고 가고 가며, 가고 보내고 가고 보내며, 보내고 가고 보내고 가나니, 복희伏羲·요순堯舜·문무文武[120]·제환공齊桓公·진문공晉文公[121]도 이러하

고 이러하며,[122] 경사자집經史子集[123]도 이러하고 이러하다. 이러하고 이러함 또한 이러하고 이러하며, 이러함 역시 또한 이러하다.[124]

「관물헌기」는 박지원이 스물아홉 살 때 금강산에 놀러가 마하연의 준 대사俊大師를 방문했을 때 목도한 일을 적고 있다. 그 요지는, 준 대사가 데리고 있던 동자승이 절방에 모락모락 피어오르는 향 연기를 보고 갑자기 불법을 깨친 양 게송을 읊자 대사가 그것은 깨침이 아니라면서 진정한 깨침이란 어떤 것인지를 자상히 가르쳐 준다는 내용이다. 대사의 가르침은 다음 말에 잘 집약되어 있다.

> 너는 순순히 받아들이고 순순히 보내어라. 내가 80년 동안 세상을 보니 머물러 있는 것은 아무것도 없어 넘실넘실 흐르는 강물처럼 도도하게 흘러가나니, 해와 달은 **가고 또 가서** 잠시도 그 바퀴를 멈추지 않거늘 내일의 해는 오늘의 해가 아니란다. 그러므로 미리 맞이하는 것은 거스르는 것이요, 붙잡아 머물게 하는 것은 억지로 힘쓰는 것이요, 보내는 것은 순순히 따르는 것이다. 네 마음을 머물러 두지 말며, 네 기운을 막아 두지 말지니, 명命을 순순히 따르며 명命을 통해 자신을 보아, 이치에 따라 **보내고** 이치로써 대상을 보라. 그러면 손가락으로 가리키는 곳에 물이 흐르고 거기 흰 구름이 피어나리라.[125]

인용문 중 고딕으로 표시한 '가고 또 가서'의 원문은 '逝'이고, '보내고'의 원문은 '遣'이다. 「관물헌기」의 미평은, 대사의 말 중에 보이는 '逝'와 '遣', 이 두 글자를 자안字眼으로 삼아 작성되었다 할 만하다.

그렇기는 하나 이덕무의 미평은「관물헌기」의 특정 부분을 부연 설명하거나 그 내용을 논평하고 있지는 않다. 그보다는「관물헌기」를 읽은 후 이 작품의 포인트를 무엇이라고 파악하고, 그러한 파악을 바탕으로 자기대로의 생각을 독자적으로 전개해 나간 데에 이 미평의 특징이 있다.

이덕무의 미평은 얼핏 보면 위에 인용한 대사의 말을 자기 식으로 달리 표현한 것 같기도 하다. 과연 그럴까? 대사의 말은, 일체一切는 모두 공空이니 '나'에 집착하지도 말고 외물外物에 집착하지도 말며, 순순히 천명天命에 따라 살아야 한다는 점을 강조하고 있는 반면,* 이덕무의 미평은 무정물無情物과 유정물有情物을 가릴 것 없이 모든 존재는 **갈 수밖에 없고 보낼 수밖에 없다**는 점을 강조하고 있는 것으로 보인다. 그러니 뉘앙스와 강조점이 썩 다르다. 무엇보다도 이덕무의 미평에서는 '공'空에 대한 투철한 승인이 엿보이지 않는다. 그 대신 모든 존재는 가야 하고 보내야 하는 운명적 상황에 처해 있다는 사실만이 부각되어 있다. 존재가 처해 있는 이런 불가피한 상황을 드러내기 위해 이 미평은 무려 19개의 '逝' 자와 19개의 '遣' 자를 사용하고 있으며, 그것으로도 부족해 다시 10개의 '如是'라는 단어를 구사하고 있다.

'如是'라는 이 단어는 불경佛經에 흔히 보인다. 이덕무는 불경의 어법을 패러디함으로써 자신의 평이 마치 불경의 한 구절, 불경에 나오는 불보살佛菩薩의 말처럼 보이게 만들어 놓고 있다. 이와 관련된다고 보이지만,「관물헌기」의 미평은 지금까지 살펴본 미평들과 달리

---

* 대사의 말에 대한 자세한 설명은 박희병,『연암을 읽는다』, 312~314면을 참조할 것.

글 전체가 거의 4자구四字句를 취하고 있다. 이 구법句法은 그 서술된 내용이 경건하고, 성스러우며, 권위 있는 것인 양 보이게 만드는 데 기여하고 있다. 이덕무는 짐짓 이런 효과를 노려 이 구법을 구사했을 터이다.

이와 함께 이 미평은 그 문체에 있어, 동일한 구조의 문장이 몇 번 되풀이되고, 그러고 나서 또다른 새로운 동일한 구조의 문장이 되풀이되는 패턴이 특징적이다. 또한 "가고 가고 보내고 보내며, 보내고 보내고 가고 가며, 가고 보내고 가고 보내며, 보내고 가고 보내고 가나니"라고 한 데서 보듯, 단어를 요리조리 조합함을 통해 말하고자 하는 메시지를 강렬하고 인상적으로 전달함도 그 문체적 특징의 하나로 지적될 수 있다. 이런 문체적 특징들은 모두 불경과 연관된다고 여겨진다.

이덕무는 왜 이처럼 불경의 문체를 흉내냈을까? 작품에 수응酬應하기 위한 하나의 책략이었을 것이다. 박지원의 「관물헌기」가 준 대사라는 인물을 등장시켜 불교 관련 담론을 종횡으로 쏟아내고 있음에 어떻게 호응해야 할 것인가. 준 대사에 상응하는 어떤 인물을 내세워 그로 하여금 말하게 할 것인가. 그건 박지원의 틀 안으로 들어가는 것이고, 따라서 일종의 동어반복 아니겠는가. 그것은 그리 창의적인 것이 못 되고, 따라서 재미가 없으며, 평등한 정신끼리의 주고받음, 동등한 정신 간의 유쾌한 대화라고 할 수 없지 않은가. 그렇다면 어찌해야 하는가. 이런 일련의 고심 끝에 이덕무는 불경의 어법을 패러디하기로 혹 결정한 것은 아닐까. 만일 그렇다고 한다면, 이 결정은 기가 막힌 결정이라 할 것이다. 준 대사라는 고승을 내세워 자신의 무애자재한 필봉을 마음껏 놀리고 있는 박지원의 「관물헌기」에 수응하려면 부처님 말씀을 흉내내는 것 말고는 달리 방도가 있을 것 같지 않음으로써다.

　조금 전 필자는 이덕무의 미평이 준 대사의 설법과 달리 불교의 '공' 자체를 강조하고 있는 것이 아니라, 모든 존재는 갈 수밖에 없다는 사실, 모든 존재는 보낼 수밖에 없다는 사실을 강조하고 있다고 지적한 바 있다. 사실, 갈 수밖에 없다는 것과 보낼 수밖에 없다는 것은 동의어다. 보낼 수밖에 없다는 것은 갈 수밖에 없음을 의미하는 것이기도 하기 때문이다. 따라서, 갈 수밖에 없으며 보낼 수밖에 없는 존재라는 말은, 갈 수밖에 없는 존재라는 말로 요약해도 무방하다. 갈 수밖에 없다는 말은, 사라질 수밖에 없다는 것, 죽을 수밖에 없다는 것, 불교식으로 말하면 변멸變滅할 수밖에 없다는 것을 의미한다. 꼭 불교를 말하지 않더라도, 사라진다는 것, 소멸한다는 것은 존재의 본질이다. 이덕무는 존재의 이런 본질을 환기시키고 있는 셈이다. 존재의 이런 본질 앞에서 사람들은 종종 무상감을 토로하곤 한다. 이덕무의 이 미평에도 무상감이 깃들어 있을까? 그런 것 같지 않다. 그렇다면 이덕무는 존재의 이런 본질을 통찰하면서 유한한 생生에 대해 대체 어떤 전망을 품었던 것일까? 이덕무의 다음 말이 이 물음에 대한 시사를 준다.

　　천하사天下事라는 게 확고부동한 게 없고 곧잘 변멸하는 법이니 어디 간들 향 연기 아닌 것이 없다. 이 글을 읽고도 여전히 교만하고 탐욕스럽다면 그런 사람이야 논할 게 뭐 있겠는가![126]

　「관물헌기」의 후평이다. 이에서 확인되듯, 이덕무는 세계와 존재의 유한성에 대한 자각으로부터 겸허하고 욕심 없는 생을 살아야 한다는 전망을 끌어내고 있다. 우리의 눈을 싸하게 만드는 조선 선비 이덕무의 눈부신 면모라 이를 만하다.

생에 대한 이덕무의 이런 태도와 전망은, 「『양환집』서」의 미평에서 확인된 바 있는 '충실한 생에의 지향'과 안팎을 이루는 것으로 보인다. 그러므로, 「관물헌기」의 미평이 불경의 어법을 흉내내면서도 '공'이라는 불교 교리는 취하지 않고 다만 존재의 유한성만 부각시킨 데에는 유자儒者인 이덕무의 이런 생철학生哲學이 작용하고 있다고 하지 않을 수 없다.

「『공작관집』서」의 미평

박지원은 33세 때인 1769년 겨울에 자신의 문고文藁 『공작관집』을 자찬自撰하고 그에 서문을 붙였다. 「『공작관집』서」가 그것이다. 전문을 보이면 다음과 같다.

> 글이란 뜻을 드러내면 족하다.
> 글을 지으려 붓을 들기만 하면 옛말에 어떤 좋은 말이 있는가를 생각한다든가 억지로 경전의 그럴듯한 말을 뒤지면서 그 뜻을 빌려와 근엄하게 꾸미고 매 글자마다 엄숙하게 보이도록 만드는 사람은, 마치 화공畵工을 불러 초상화를 그릴 때 용모를 싹 고치고서 화공 앞에 앉아 있는 자와 같다. 눈을 뜨고 있되 눈동자는 움직이지 않으며 옷의 주름은 쫙 펴져 있어 평상시 모습과 너무도 다르니 아무리 뛰어난 화공인들 그 참모습을 그려 낼 수 있겠는가.

글을 짓는 일이라고 해서 뭐가 다르겠는가. 말이란 꼭 거창해야 하는 건 아니다. 도道는 아주 미세한 데서 나뉜다. 도에 합당하다면 하찮은 흙덩어리인들 왜 버리겠는가? 이 때문에 도올檮杌[127]이 비록 흉악한 짐승이지만 초楚나라에서는 그것을 자기 나라 역사책의 이름으로 삼았고,[128] 무덤을 도굴하는[129] 자는 개백정[130]의 부류이지만 사마천司馬遷과 반고班固는 이들을 자신의 역사책에서 생기 있게 묘사하였다.

글을 짓는 건 진실되어야 한다.

이렇게 본다면, 글을 잘 짓고 못 짓고는 자기한테 달렸고, 글을 칭찬하고 비판하고는 남의 소관이다. 이는 꼭 이명耳鳴이나 코골이와 같다.

한 아이가 뜰에서 놀다가 갑자기 '왜앵' 하고 귀가 울자 '와!' 하고 좋아하면서 가만히 옆 동무에게 이렇게 말했다.

"얘, 이 소리 좀 들어 봐! 내 귀에서 '왜앵' 하는 소리가 난다. 피리를 부는 것 같기도 하고 생황笙簧을 부는 것 같기도 한데 소리가 동글동글한 게 꼭 별 같단다."

그 동무가 자기 귀를 갖다 대 보고는 아무 소리도 안 들린다고 하자, 아이는 답답해 그만 소리를 지르며 남이 알지 못하는 걸 안타까워했다.

언젠가 어떤 시골 사람과 한 방에 잤는데 그는 드르렁드르렁 몹시 코를 골았다. 그 소리는 탄식하는 것 같기도 하고 토하는 것 같기도 했으며, 푸우 하고 입으로 불을 피우는 것 같기도 하고 보글보글 솥이 끓는 것 같기도 했으며, 빈 수레가 덜커덩거리는 것 같기도 했다. 숨을 들이쉴 땐 톱질하는 소리 같고 숨을 내쉴 땐 돼지가 꿀꿀거리는 소리 같았다. 하지만 남이 흔들어 깨우자 발끈 성을 내며 이렇게 말했다.

"나는 그런 적 없소이다!"

이렇게 본다면, 자기만 아는 것이 있다면 남이 그것을 모르는 데 대해 걱정하게 되는 법이고, 자기는 미처 깨닫지 못한 것을 뭇사람이 먼저 깨닫는 법이다. 어찌 코와 귀에만 이런 병통이 있겠는가! 문장 역시 그러하다. 이명은 병이건만 남이 알아주지 않는다고 답답해하니 병이 아닌 경우에는 말할 나위가 있겠는가! 코를 고는 건 병이 아니건만 남이 흔들어 깨우면 골을 내니 병인 경우에는 말할 나위가 있겠는가! 그러므로 이 책의 독자들이 이 책을 하찮은 흙덩어리처럼 여겨 내버리지 않는다면 저 화공의 그림에서 개백정의 험상궂은 모습을 보게 되듯이 진실함을 볼 수 있으리니, 설사 이명에 대해서는 묻지 않는다 하더라도 나의 코골이를 일깨워 준다면 그것이 아마도 글쓴이의 뜻일 것이다.[131]

이덕무는 이 글에 이런 미평을 붙였다.

① 증자曾子는 왜 죽기 직전에 대자리[132]를 바꾼 것일까? 대부大夫인 계손씨季孫氏가 하사한 선물이 싫었던바 죽기 직전에라도 대자리를 바꾸는 것이 예禮였기 때문이다. 어째서 예인가? 예에 맞지 않는 선물은 바꿀 수 있음으로써다.

② 증자가 이 대자리에 누워 위독할 때 의식이 혼미해지고 숨이 가빠졌음에도 '사람이 죽을 땐 착한 말을 하고 새도 죽을 땐 구슬피 운다'[133]는 말로 사람들을 깨우쳐 주고, 또 '내 손과 내 발을 살펴보아라'[134]라는 말로 사람들에게 가르

침을 주었지만, 자신이 누워 있는 대자리에 대해서는 미처 깨닫지 못했다. 증원曾元(증자의 아들-인용자) 등은 자신이 입은 옷의 띠를 풀 겨를도 없고[135] 눈을 붙일 틈도 없어 증자가 깔고 있는 대자리를 보지 못했을 수 있고, 또 설사 보았다 하더라도 일부러 아무 말도 하지 않았을 것이다. 유독 동자가 총명하고 지혜로워 촛불로 대자리를 비추며 사실을 밝혀 말하였다. 증원이 사실을 알면서도 동자의 말을 제지한 것[136]은 그 부친을 번거롭게 할까 염려해서였다. 그런데 그 말을 들은 증자는 증원을 꾸짖고선 깔고 있는 대자리를 바꾸게 했다.

③ 대저 '역책'易簀이라는 두 글자는 참으로 근엄한 말인지라, 사람마다 그런 행동을 할 수 있는 것도 아니요, 사람마다 그런 말을 쓸 수 있는 것도 아니다. 그런데 오늘날 남의 전기傳記를 짓는 자나 묘비墓碑며 묘지墓誌를 짓는 자나 제문祭文을 짓는 자나 행장行狀을 짓는 자는, 그 대상 인물이 위독해 죽게 되면 반드시 "대자리를 바꾸었다"라고 말하니 어찌 그리 예禮에 어긋나는지! 사람마다 모두 대부大夫와 교제할 수 있는 것은 아니며, 설사 교제하더라도 반드시 선물을 하사받는 것은 아니며, 또 대자리를 하사받더라도 반드시 병이 위독할 때 허물을 깨닫는 것도 아니며, 비록 허물을 깨닫는다고 하더라도 반드시 증자처럼 대자리를 바꾸는 것도 아닌바, 결코 그런 말을 써서는 안 된다. 이는 경전의 가르침을 어둡게 하는 것이고, 글자의 본의本義를 잃게 만드는 것이며, 글 쓰는 법을 무너뜨리는 일이다.

④ 글을 짓는 자는 이른바 '옛말에 어떤 좋은 말이 있는가를

생각한다든가 억지로 경전의 그럴듯한 말을 뒤져서는 참된 뜻을 얻기 어렵다'[137]라는 말을 명심해야 할 것이다.[138]

「『공작관집』서」에는 '증자'曾子라든가 '역책'易簀에 관해서는 단 한마디도 없다. 그러므로 증자의 역책에 대한 고사를 자세히 소개함으로써 논의를 시작하고 있는 이 미평은 아주 느닷없는 것이라 할 만하다. 이 느닷없음은 의도적인 것으로 여겨진다. 이 점을 알기 위해서는 아래의 「『공작관집』서」의 도입부를 찬찬히 읽어 볼 필요가 있다.

> 글이란 뜻을 드러내면 족하다.
> **글을 지으려 붓을 들기만 하면 옛말에 어떤 좋은 말이 있는가를 생각한다든가 억지로 경전의 그럴듯한 말을 뒤지면서 그 뜻을 빌려와 근엄하게 꾸미고 매 글자마다 엄숙하게 보이도록 만드는 사람**은, 마치 화공畫工을 불러 초상화를 그릴 때 용모를 싹 고치고서 화공 앞에 앉아 있는 자와 같다. 눈을 뜨고 있되 눈동자는 움직이지 않으며 옷의 주름은 쫙 펴져 있어 평상시 모습과 너무도 다르니 아무리 뛰어난 화공인들 그 참모습을 그려 낼 수 있겠는가.

이덕무는 이 도입부의 첫 문장인 "글이란 뜻을 드러내면 족하다"라는 구절에 "급작스럽게 시작되니 문장의 묘결이다"[139]라는 방비를 붙여 놓고 있다. 이 방비를 통해, 이덕무가 「『공작관집』서」의 돌연한 서두 열기에 깊은 인상을 받았다는 사실을 알 수 있다. 이덕무는 이 작품의 이런 면모에 상응하는 미평을 작성하기 위해 부심했고 그 결과 "증자는 왜 죽기 직전에 대자리를 바꾼 것일까?"라는 이 지극히 돌발적인 질문으로 미평의 서두를 연 건 아닐까.

뿐만 아니라 이 미평은 「『공작관집』서」의 상기 도입부 중 고딕으로 표시한 구절을 주안主案으로 삼아 서술되고 있다. 그리하여 □단락에서는 『예기』에 나오는, 증자의 역책과 관련된 이야기를 자세히 소개하고 있다.

'역책'易簀은 '대자리를 바꾼다'라는 뜻인데, 원래 증자의 고사故事에서 나온 말이다. 하지만 이 단어는 후대에 와서 단순히 '죽음'을 아화雅化해 표현하는 말로 두루 사용되기에 이른다. 이덕무는 유교 경전의 하나인 『예기』에 나오는 이 말을 이런 식으로 사용하는 게 온당한 일이 아님을 말하기 위해 『예기』의 관련 대목을 자세히 음미해 보이고 있다.

증자는 일찍이 노魯나라의 실권자였던 대부大夫 계손씨季孫氏에게서 대자리를 선물 받은 적이 있었다. 훗날 그는 병에 걸려 위독할 때 이 대자리를 침상에 깔고 누워 있었는데, 임종할 무렵 자기가 그 대자리를 쓰는 것이 예에 합당한 일이 아님을 깨닫고는 그 대자리를 다른 것으로 바꾼 뒤 운명하였다. '역책'이라는 말은 여기서 유래한다. 증자가, 계손씨가 선물한 대자리를 사용하는 것이 예에 합당치 않다고 여긴 까닭에 대해서는 두 가지 설이 제기되어 있다. 하나는 대자리를 선물한 계손씨가 노나라에서 전횡을 일삼던 인물이기 때문이라는 설이고, 다른 하나는 증자 자신이 대부를 지낸 적이 없었으므로 대부가 쓰는 대자리를 사용하는 것이 예에 맞지 않기 때문이라는 설이다. 이 역책 고사는 『예기』禮記 「단궁」檀弓 상上에 실려 있는데, 해당 구절을 제시하면 다음과 같다.

증자가 와병 중이었는데 위독했다. 악정자춘樂正子春(노나라 귀족으로서 증자의 제자-인용자)은 병상 아래 앉아 있고, 증원曾元과 증신曾申(증자의 아들-인용자)은 발치에 앉아 있었으며, 동자는 구석에 앉아 촛불을 잡고 있었다. 동자가 말하길,

"그림이 그려져 있고 화려한 걸로 보아 대부의 대자리 같네요?"

라고 하자, 자춘子春이 말하길,

"잠자코 있게!"

라고 하였다. 증자가 이 말을 듣고 놀라며 '아!'라고 하였다. 동자가 거듭 말하길,

"그림이 그려져 있고 화려한 걸로 보아 대부의 대자리 같네요?"

라고 하자, 증자가 말하길,

"그렇다! 이것은 계손이 하사한 물건인데 내가 아직 다른 대자리로 바꾸어 깔지 못했구나. 원元아! 일어나서 내 자리를 다른 걸로 바꿔라!"

라고 하였다. 이에 증원이 말했다.

"아버님의 병이 위독하셔서 지금 움직일 수가 없사오니 내일 아침에 바꾸었으면 합니다."

그러자 증자가 이렇게 말했다.

"네가 나를 사랑함이 저 동자만 못하구나. 군자가 남을 사랑함은 남의 덕을 이루어 줌이요, 소인이 남을 사랑함은 남을 고식적으로 대함이거늘, 내가 어느 쪽을 바라겠느냐? 나는 바른 것을 얻고 죽으면 그것으로 족하다."

이에 증자를 부축하여 일으켜 자리를 바꿨는데, 새 자리로

돌아가 채 눕기도 전에 숨을 거두었다.[140]

여기서 알 수 있듯, 이덕무는 미평 ①에서 단순히 『예기』를 인용하고 있는 것이 아니라 『예기』의 해당 구절을 자기대로 해석·음미하고 있다. 이 자세한 음미는 독자로 하여금 강한 의문을 불러일으키기에 족하다: 이 비평가는 이 이야기를 왜 하는 것일까?

이런 의문은 ②단락에 와서 해소된다. 글을 쓸 때, 이처럼 근엄하고 대단한 말, 이처럼 족보가 있는 말을 함부로 갖다 써서는 안 된다는 점을 분명히 하기 위해 이 고사에 대해 자세히 언급했던 것이다. 말하자면, 경전의 말이라면 이것저것 따져 보지도 않고 글에 갖다 쓰는 문학 풍토*가 얼마나 우스운 것인가를 드러내 보이기 위해 이런 서술법을 취한 것이다.

그리하여, 미평의 주안主案으로 삼았던 박지원의 말을 ④단락에서 직접 인용함으로써 글을 마치고 있다.

이렇게 본다면 이 미평은 「『공작관집』서」에 개진된 박지원의 문학론을 화두로 삼아 그것을 구체적으로 실증實證해 보인 것이라고 말할 수 있을 터이다. 앞서 살핀 미평들과 달리 「『공작관집』서」의 미평은 독특하게도 박지원 작품의 어떤 구절을 직접 인용하는 방식을 취하고 있는데, 이는 이 미평의 이런 목표 설정과 잘 어울리는 게 아닌가 생각된다.

---

* 이는 단지 고문사파(古文辭派)의 문인들만이 아니라 당시 문인들의 일반적인 병폐였다고 생각된다.

「『녹앵무경』서」의 미평

　『녹앵무경』은 이서구가 10대 후반에 쓴 책이다. 이서구는 당시 집에 초록빛 앵무새를 한 마리 기르고 있었다. 이 앵무새는 중국에서 들여온 것이었다. 이 새는 조선에서는 볼 수 없는 진귀한 새였으므로, 이서구 주변의 여러 사람이 이 새에 관심을 보였다. 이서구는 중국 문헌에 실려 있는, 초록빛 앵무새에 관한 잡다한 지식들을 모아 『녹앵무경』이라는 책을 편찬하였다. '경'經이란 원래 경전을 뜻하지만, 후대에 와서는 어떤 사물에 대한 지식을 망라해 놓은 책에 대해서도 '○○경'이라 부르는 관례가 정착되었다.** 그러므로 '녹앵무경'은 '초록빛 앵무새의 모든 것' 정도로 번역될 수 있을 것이다. 박지원은 이 책에 서문을 썼다. 「『녹앵무경』서」라는 글이 바로 그것이다. 이 글에 붙인 이덕무의 미평은 다음과 같다.

　　　① 꿈을 그림으로 그릴 수 있겠는가? 그 컴컴함을 그리려 하면 하나의 「혼돈보」渾沌譜[141]가 되고, 그 텅 비어 있음을 그리려 하면 하나의 「무극도」無極圖[142]가 되고 말 것이다. 부득불 잠든 사람 하나를 그릴 수밖에 없어 시험 삼아 작은 붓으로 정수리 위에 한 가닥 **빛기운**을 그려 넣었는데, 시작 부분은 가늘고 끝 부분은 둥글어서 마치 날리는 비단 같기도 하고,

---

** 중국의 『다경』(茶經), 『상우경』(相牛經), 『금경』(禽經) 같은 책을 일례로 들 수 있다. 『다경』은 차(茶)에 대한 책이요, 『상우경』은 소에 대한 책이며, 『금경』은 새에 대한 책이다. 조선에서는 18세기 이래 이런 종류의 책이 더러 나왔는데, 이서구의 『녹앵무경』 외에도 유득공의 『발합경』(鵓鴿經), 이옥(李鈺)의 『연경』(煙經) 같은 책을 들 수 있다. 『발합경』은 발합, 즉 비둘기에 대한 책이요, 『연경』은 연초(煙草), 즉 담배에 관한 책이다.

하늘하늘한 연기 같기도 하고, 둘둘 말린 뿔 같기도 하고, 늘어진 젖 같기도 해, 하늘하늘, 살랑살랑, 반짝반짝, 어둑어둑하였다. 그러고 나서 신령스러운 분홍빛과 기이한 초록빛과 슬기로운 흰빛과 묘한 먹빛으로 꿈 속의 사람을 빛기운 속에 그려 넣었는데, 슬픔과 기쁨, 영예와 치욕 등 일체의 것을 사실과 방불하게 그렸다.

② 석가모니가 가부좌를 틀고 앉았는데 미간眉間에서 빛이 뿜어져 나와 그 속에 작은 석가모니가 있어 마치 꽃받침이나 과일의 씨앗처럼 고요히 빛기운 가운데 앉아 있고, 절뚝거리는 철괴鐵拐[143]의 손가락 끝에서 기氣가 나오는데 그 속에 작은 철괴가 있어 마치 파리 날개나 개미 허리처럼 빛 가운데 서 있거늘, 비로소 부처니 신선이니 하는 게 뭔지 알겠다. 그림 속의 꿈 역시 똑같이 하나의 환상이다. 그 세계는 텅 빈 것이며, 빛기운으로 가득 차 있다.

③ 지하에 또 하나의 세계가 있다면 지상에 가부좌하고 앉아 있는 사람이 지하의 석가모니가 아닌 줄 어찌 알 것이며, 절름발이가 지하의 철괴가 아닌 줄을 어찌 알겠는가? 또 그 슬픔, 기쁨, 영예, 치욕 등 일체의 것이 지하에서 잠을 자고 있는 사람의 것이 아닌 줄을 어찌 알겠는가? 하늘에 또 하나의 세계가 있다면 그곳 중생들은 지상의 사람들이 부처요 신선이라고 부르는 존재의 정수리와 미간과 손가락 끝에서 나오는 빛기운 속의 어른거리는 형상이 아닌 줄을 어찌 알겠는가?

④ 그래서 나는 빛기운 바깥으로 나가 그 끝을 찾아서는, 거기에 반드시 있을 구멍에다 큰 유리를 대고 그 속을 몰래 훔쳐보고 싶다.[144]

이 미평은 '꿈을 그릴 수 있는가'라는 돌연한 물음으로 시작된다. 그리하여 사람이 꾸는 꿈을 실제로 한번 그려 보이고 있다: 어느 한 사람이 잠자면서 꿈을 꾸고 있다. 이 사람의 꿈 속에도 어느 한 사람이 있다. 꿈 속의 이 사람이 겪는 희로애락은 꿈 밖의 사람이 겪는 희로애락과 방불하다. 이것이 ①단락의 내용이다. 여기서 '빛기운'(원문은 '光氣')이라는 말이 주목된다. 이 말은 '환상', 즉 실재하지 않는 가상假象을 뜻한다. 가상의 세계는 실체가 없다. 하지만 그것은 꼭 실재처럼 보인다. 그러므로 환상과 실재는 통 구분이 되지 않는다. 꿈을 보면 그것을 알 수 있다.

꿈에서 확인되는 가상과 실재의 이런 관계는 ②단락에서 좀 더 확대되어 음미된다. 실제의 석가모니가 있고 가상의 석가모니가 있다면 우리가 만난 석가모니는 과연 그중 어떤 석가모니인가? 실제의 철괴가 있고 가상의 철괴가 있다면 우리가 만난 철괴는 과연 그중 어떤 철괴인가? 꿈과 실재가 구분이 불가능한 것처럼 부처 및 신선과 관련한 이 물음 역시 답을 구하기 어렵지 않은가.

③단락에 이르러 문제는 더 심각해진다. 우리가 실재라고 믿었던 지상의 석가모니는 실제로는 실재가 아니요, 다른 세계에 실재하는 석가모니의 가상일 수 있다. 또 우리가 실재라고 믿었던 지상의 철괴는 실제로는 실재가 아니요, 다른 세계에 실재하는 철괴의 가상일 수 있다. 또한 희로애락과 영욕을 겪는 이 지상의 인간이 실제로는 실재가 아니요, 다른 세계에 존재하는 인간의 가상일지 모른다. 뿐만 아니라, 천상 세계의 인간이 지상 세계의 부처와 신선의 가상이 아니라고 어찌 장담하겠는가. 도대체 어느 것이 실재이고, 어느 것이 환幻인가. 분명히 알기 어렵다. 우리가 실재라고 믿고 있는 것이 실은 꿈일지도 모른다. 꿈 속에서 또 꿈을 꿀 수도 있으므로 진가眞假는 더더욱

아리송해지며, 꿈 밖의 것이 꼭 실재라고 장담하기도 어려워진다.

그래서 이덕무는 ④단락에서, 빛기운 밖으로 나가고 싶다, 빛기운 바깥으로 나가 그 안을 들여다보고 싶다는 말을 하고 있다. 빛기운 바깥으로 나간다는 말은 꿈에서 나온다는 말이니, 꿈에서 나와 꿈 안의 세계를 들여다보고 싶다는 뜻이다.

이상의 논의를 통해 알 수 있듯, 「『녹앵무경』서」의 미평은 존재론적 물음으로 채워져 있다. 나는 과연 나인가. 지금의 나, 그리고 지금 내가 접하고 있는 이 세계와 사물들이 혹 환幻은 아닌가. 내가 지금 꿈 속에 있는 것은 아닌가. 지금 내가 속해 있는 이 지상의 세계는 과연 실체에 해당하는 것일까.

이 존재론적 물음은 언뜻 불교의 공空과 『장자』莊子의 호접몽胡蝶夢을 떠올리게 한다. 불교의 공은 진眞과 가假, 이 둘을 모두 여의는 데서 성립되는 개념이다. 그러므로, '가' 밖에 '진'이 있는 것도 아니고, '진' 밖에 '가'가 있는 것도 아니며, '가'가 아닌 '진'이 특별히 따로 실재로서 존재하는 것도 아니다. '가'가 있으니 '진'이 있고, '진'이 있으니 '가'가 있는 것이어서, '가'가 없으면 '진'도 없고, '진'이 없으면 '가'도 없다. 그러니 진가眞假가 모두 허상이다. 『장자』의 호접몽은, 내가 나비인지 나비가 나인지, 내가 나비의 꿈을 꾼 건지 나비가 나의 꿈을 꾼 건지 알 수 없음을 말하고 있다. 이는 나와 나비 사이에 현상적 차이는 있다고 할지언정 절대적 차별은 없으며, 근원적으로는 내가 곧 나비이고 나비가 곧 나라는 것, 이 세계는 본질적으로 무차별한 것이며, 만물제동萬物齊同의 원리가 관철되고 있음을 말하고 있는 것이다. 그러므로 『장자』에서는 어느 것이 가상이고 어느 것이 실재인가가 중요한 물음으로 물어지는 것이 아니라, '진'과 '가', 실재와 환幻이 무차별한 것이라는 데에 방점이 찍힌다. 『장자』는 존재론적 평등을 추구하고 있는 셈이다.

　이덕무의 존재론적 물음에는 불교나 『장자』의 발상법이 짙게 느껴지나 그럼에도 그것은 불교나 『장자』의 물음과 중요한 차이가 있다. 이덕무는 목전 세계가 환幻이 아닌가 의심하고 있긴 하지만 그럴수록 실재의 세계에 대한 관심과 욕구는 더욱 더 강해지고 깊어지는게 아닌가 여겨진다. 실재에 대한 이덕무의 이런 태도는 그의 유자儒者로서의 면모를 반영하고 있는 것으로 보인다.

　그런데, 이처럼 존재론적 물음으로 일관하고 있는 이 미평은 대체 박지원의 작품 「『녹앵무경』서」와 무슨 관련이 있는 것일까. 「『녹앵무경』서」는 다음과 같은 내용으로 구성되어 있다.

> (1) 이서구가 『녹앵무경』이라는 책을 엮은 뒤 나에게 서문을 청했다.
> (2) 나는 18년 전에 앵무새 꿈을 꾼 적이 있다. 나는 당시 점쟁이를 불러다가 이 꿈에 대한 해몽을 부탁하였다.
> (3) 점쟁이는 꿈을 해몽하면서, 처음에는 나에게 신선이 되지 않겠느냐고 묻고, 그 다음에는 나에게 부처가 되지 않겠느냐고 물었다. 나는 신선과 부처 모두 되고 싶지 않다고 했다.
> (4) 지금 『녹앵무경』을 보니, 당시 점쟁이가 신선과 부처에 대해 말한 것은 앵무새의 신령스럽고 지혜로운 성품에 대한 해몽이었던 것 같다.

　이 중 문제가 되는 것은 (3)이다. 좀 길지만, 논의를 위해 필요하므로 이 부분을 인용한다.

박수가 큰 소리로 말했다.

"온몸에 소름이 돋는다. 죄과罪過가 두렵다. 너는 잘 생각해봐라. 네가 만약 단丹¹⁴⁵을 수련하면 숨을 쉴 때 진기眞氣를 들이마셔 음식을 먹지 않아도 될 것이요, 가족이 점점 싫어져 집도 필요 없게 될 것이다. 그러니 바위굴에 살면서 처자妻子도 버리고 벗들과도 이별한 채 하루아침에 몸이 가벼워져 어깨는 상수리나무 잎을 걸치고 허리는 호랑이 가죽을 두르고서는 아침이면 창해滄海¹⁴⁶에 노닐고 저녁이면 곤륜산崑崙山¹⁴⁷에서 노닐다가 그 이튿날 낮이나 밤에 잠시 돌아오는데, 어떨 땐 천 년이 경과하고 어떨 땐 팔백 년이 경과한다. 이렇게 오래 살면 이름하여 **신선**神仙이라 하는데 이렇게 되면 어떻겠나?"

나는 얼른 마다하며 말했다.

"그것도 하나의 **망상**일세. 천 년과 팔백 년을 아침저녁으로 노니는 사이에 다 보내다니 어찌 그리 짧단 말인가? 내가 불로장생한들 누가 나를 다시 볼 것이며, 어떤 친구가 살아 있어 나를 알아보겠는가? 만일 운이 좋아 살던 집이 남아 있고, 마을도 옛날 그대로고, 자손이 번창하여 8대나 9대 심지어 10대까지 이르렀다 할지라도 내가 집에 돌아가면 문을 들어설 때 잠깐 기뻤다가 이내 슬퍼질 걸세. 망연히 앉았다가 작은 목소리로 집안사람에게 넌지시 뒷동산의 배나무와 부뚜막의 솥들과 집안의 패물 가운데 뭐는 남아 있고 뭐는 없어졌다고 말해 그 말이 점점 맞아 들어가면, 자손들은 크게 화를 내며 웬 노망든 늙은이냐, 웬 미친 영감이냐, 웬 주정뱅이냐 하면서 다가와서 나를 욕보이고 몽둥이로 나를 쫓아내고 작대기로 나를 몰아낼 테니 내가 뭘 할 수 있겠나? 나를 증명할 서류가 없으니 관아에 소송하면 뭐하겠나? 비유컨대 내가 자면서 꾸는 **꿈**과 같아서, 나는 꿈을 꾸지만 남은 내가 꾸는 꿈을 꾸지 않으니 누가 내 꿈을 믿어 주겠나?"

박수가 큰 소리로 말했다.

"온몸에 소름이 돋는다. 죄과가 두렵다."

그리고 큰 자비심을 발하여 탄식하며 말했다.

"실은 네 말이 딱 맞다. 너도 알다시피 자손과 처첩妻妾은 잠시만 떨어져 있어도 너를 알아보지 못할 테니 네가 뭣 땜에 연연하겠느냐? 서방西方[148]에 어떤 나라가 있는데 그 **세계**는 큰 낙원이다. 네가 고행苦行을 하여 각고刻苦의 수양을 하면 그 나라에 극락왕생極樂往生해 삼재三災[149]를 벗어나고, 지옥에 떨어져 뼈가 줄에 쓸리거나 몸이 불에 타는 형벌을 받지 않을 것이니 이를 이름하여 **부처**라 하는데 이렇게 되면 어떻겠나?"

나는 얼른 마다하며 말했다.

"이것도 하나의 망상일세. '고행'苦行이라고 했으니 이는 삶이 행복하지 않다는 말이고, '왕생'往生이라 했으니 이는 죽었다는 말 아닌가? 다비茶毗를 하여 재를 날려 보냈는데 어떻게 뼈가 줄에 쓸리거나 몸이 불에 타는 것을 면한다는 건가? 현재의 즐거움을 버리고 고행을 하면서 내세來世를 기다린다고 하지만 어둑어둑하고 캄캄한 그곳이 극락인 줄 누가 알겠는가? 만약 내세가 있고 그 세계가 낙원임을 안다면 어째서 현세現世에서는 전생前生을 알지 못한단 말인가?"[150]

인용문 중 고딕으로 표시한 단어인 '신선' '망상' '꿈' '세계' '부처'는 주목을 요한다. 이 단어들 중 '신선' '꿈' '세계' '부처'는 「『녹앵무경』서」의 미평에 그대로 보이며, '망상'은 '환幻'이라는 단어로 변용되어 나타난다. 그러므로 이덕무의 미평에 철괴라는 선인仙人과 석가모니가 언급된 것은 박지원의 작품과 조응하는 것이며, 또 미평에서 지하 세계, 지상 세계, 천상 세계가 언급된 것은 박지원의 작품에서 거론된 전생, 현세, 내세(극락세계)와 조응한다 하겠다. 「『녹앵무경』서」의 미평이 대뜸 꿈에 대한 이야기로부터 시작함도 박지원의 작품과 긴밀히 조응하는 것이라 할 만하다.

　　박지원은 「『녹앵무경』서」에서, 점쟁이가 말한 신선이나 부처는 모두 망상에 불과하며, 지금의 즐거움을 즐기는 것만한 것은 없음을 말하고 있다. 이는 「『양환집』서」의 미평에서 확인된 이덕무의 '오늘 사상'과 통하는 생각이다. 하지만 이덕무는 「『녹앵무경』서」의 미평에서 이 점을 부각시키는 대신, 박지원이 말한 '망상'이라는 생각을 더 발전시켜, 박지원과는 다른 이야기, 다른 문제 제기를 해 놓고 있다. 즉, 우리 목전의 세계나 우리가 관념하는 어떤 세계는 혹 '환幻'이 아닌가, 그것은 실재가 아니라 꿈에 속하는 것은 아닌가, 그렇다면 실재는 어디에 있는가 하는 물음이다. 이 물음은 박지원이 묻지 않은 물음이며, 박지원이 펼친 논의와는 다른 논의이다.

　　이 점에서, 이덕무는 박지원과 지적 대화를 하고 있다고 할 수 있다. 지적 대화, 높은 정신의 대화는 결코 동어의 반복일 수 없다. 동어 반복만을 보여주는 대화는 대화가 아니라 독화獨話라고 해야 할 것이다. 독화에서는 두 이야기가 서로 교섭하거나 섞이거나 융합하지 않는다. 각각 자기 이야기를 하면서, 자기를 내세우고 자기를 확인할 뿐이거나 서로 맞장구치면서 실질상 똑같은 이야기를 할 뿐이다. 이처럼 설사 두 사람이 마주보고 이야기한다 할지라도, 생각의 주고받음을 통해 하나의 생각에서 다른 생각이 촉발되지 않는다면, 촉발된 생각과 촉발시킨 생각이 서로 내적 관련을 맺되 자유로운 사유의 비상飛翔을 보여주지 못한다면, 그리하여 하나의 생각으로부터 또다른 반짝거리는 생각들이 끊임없이 이어지지 못한다면, 이를 통해 두 소통자가 각각 자기 사유의 특성, 자기 사유의 의미와 경계境界를 더 깊이 알 수 있게 됨과 동시에 공동共同으로 더욱 확장되고 더욱 깊어진 사유의 영역에 다다르지 못한다면, 이는 대화라기보다 독화에 가깝다. 이덕무의 미평은 박지원의 생각으로부터 촉발된 어떤 생각을 자유롭게 펼쳐 보이고 있다. 그 촉발된 생각은 촉발시킨 생각과 한편으로는 연결되어 있지만 한편으로는 그것을 넘어 사유의 유영遊泳을 전개해 가고 있다. 이 유영은 그 자체로도 의미 있고 훌륭하지만, 또한 그것을 통해 박지원의 사유를 좀 더 잘 들여다볼 수 있게 된다는 점에서 값지다. 그러므로「『녹앵무경』서」의 미평을 통해 우리는 이덕무와 박지원 두 사람을 동시에 알게 되고, 이 둘이 대화를 통해 존재관련을 대단히 심오한 수준으로 가져가고 있음을 목도하게 된다.

「망자 유인 박씨묘지명」의 미평

박지원이 큰누이를 추모하여 쓴 「망자 유인 박씨묘지명」은 명문 중의 명문으로 알려져 있다. 다음이 그 전문이다.

유인孺人[151]은 덕수德水 사람[152] 이택모李宅模 백규伯揆[153]의 아내로, 반남潘南 사람[154] 박지원 중미仲美[155]의 큰누님이다. 유인의 아버지[156]는 그 이름이 모某[157]이고 어머니는 함평咸平 이씨[158]이며, 백규의 선조는 택당澤堂 이식李植[159]이다.

유인은 효성스럽고 유순하고 총명하고 지혜로웠으며, 식견과 도량이 넓었고, 자질구레한 데 얽매이지 않는 성품이었다. 열여섯에 이씨한테 시집을 가, 시부모를 잘 받들어 모셨고 집안일에 부지런했으며, 남편과 금슬이 좋았다. 딸이 바야흐로 바느질을 일삼고 두 아들이 독서를 할 수 있게 된 신묘년辛卯年(1771) 9월에 세상을 하직하였다. 기유년己酉年(1729)에 태어났으니 향년享年 마흔 셋이다.

배는 지평砥平[160]으로 향할 참인데, 남편의 선산이 아곡鵝谷[161]이어서 장차 그곳 경좌庚坐[162] 방향의 묏자리에 장사 지내고자 해서였다. 나는 새벽에 두뭇개[163]의 배에서 자형姉兄을 전송하고 통곡하다 돌아왔다.

아아! 누님이 시집가던 날 새벽에 얼굴을 단장하시던 일이 마치 엊그제 같다. 나는 그때 막 여덟 살이었는데, 누님 곁에서 장난을 쳤더니 누님은 부끄러워하다 그만 빗을 내 이마에 떨어뜨렸다. 나는 골이 나 울면서 분에다 먹을 섞고 침을 발라 거울을 더럽혔다. 지금으로부터 스물여덟 해 전의 일이다.

강가에 말을 세우고 멀리 바라보니 붉은 명정銘旌[164]이 펄럭이고 배 그림자는 아득히 흘러가는데, 강굽이에 이르자 그만 나무에 가려 다시는 보이지 않았다. 그때 문득 강 너머 멀리 보이는 산은 검푸른 빛이 마치 누님이 시집가는 날 쪽진 머리 같았고, 강물빛은 당시의 거울 같았으며, 새벽달은 누님의 눈썹 같아, 누님이 빗을 떨어뜨렸던 때가 기억났다.

눈물을 떨구며 다음과 같이 명銘을 쓴다.

떠나는 이 정녕코 다시 오마 기약해도
보내는 자 눈물로 옷깃을 적시거늘
지금 이리 가면 어느 때 돌아올까?
보내는 자 쓸쓸히 강가에서 돌아가네.[165]

이덕무는 이 글에 이런 미평을 달았다.

① 친가 쪽 집안일을 알려면 고모에게 물어보면 되고, 외가 쪽 집안일을 알려면 이모에게 물어보면 된다. 그런데 고모나 이모가 없는 사람은 어떻게 해야 하나?

② 만일 누님이 있다면 친가나 외가의 집안일을 모두 알 수 있다. 자기가 혹 늦둥이로 태어나 친할머니나 외할머니를 섬기지 못한 데다 불행하게도 어린 나이에 어머니를 여의었다면 누님에게 옛일을 물어볼 수밖에 없을 것이다. 그러면 누님은 혹 눈물을 흘리며 가르쳐 주고, 애통해하며 얘기해 줄 뿐더러, 이런 말도 들려주실 것이다.

"아무개 동생 얼굴은 할머니 얼굴을 닮았고 아무개 동생 목소린 외할머니 목소리를 닮았단다. 어머니가 웃는 모습은 네가 꼭 빼닮았다."

또한, 내가 어렸을 때 내 머리를 빗질해 준 이도 누님이요, 내 낯을 씻어 준 이도 누님이요, 업어 주고 안아 준 이도 모두 내 누님이다. 내가 장가들자 내 처妻를 이끌어 준 분도 역시 누님이었다. 그 옛날 누님이 시집가던 날 나는 새신랑에게 절하며 자형姊兄이라 불렀다. 혹 누님을 찾아뵈면 늘 반갑게 맞아 주었고, 배고프다 하면 먹을 걸 주고 춥다고 하면 술을 데워 주었다. 비록 누님이라고 하나 꼭 어머니를 뵌 듯했다.

③ 나는 본디 누님이 없으며, 할머니와 외할머니도 뵌 적이 없고, 어릴 때 어머니마저 잃은 처지다. 그래서 누님을 둔 사람을 상상해 보며 서글퍼하곤 하였다. 그래서 박 선생의 이 묘지명을 읽으니 통곡하고 싶어진다.[166]

이 미평의 제①단락은 의문형으로 종결된다. '누님'이라는 존재를 부각시키기 위해 가설적인 물음을 제기한 것이다. 이 때문에 독자는 ②단락의 서술에 집중하게 된다.

②단락은 누님이란 어떤 존재인가에 대한 서술이다. 주목해야 할 것은, 그 누님이 보통 누님이 아니라 어린 나이에 엄마를 잃은 남동생의 누님이라는 사실이다. 이런 남동생, 이런 누님의 설정에는 이덕무의 개인사個人史가 반영되어 있다. 남동생의 물음에 대해 누님이,

아무개 동생 얼굴은 할머니 얼굴을 닮았고 아무개 동생 목소린 외할머니 목소리를 닮았단다. 어머니가 웃는 모습은 네가 꼭 **빼닮았다.**

라고 한 말은 너무도 절절해, 꼭 실제 사실을 서술하고 있는 것처럼 여겨진다. 하지만 이것은 실제 사실이 아니며, 이덕무의 상상에 속한다. ③단락에서 밝히고 있듯 이덕무에게는 본디 누님이 없다. 그는 할머니와 외할머니를 뵌 적도 없으며, 어릴 때 어머니마저 잃은 처지다. 이런 처지가 그로 하여금 이런 누님을 상상하게 했으며, 이런 누님에게서 이처럼 정답고 절절한 답변을 듣는 상황을 그리게 했던 것이다.

문제는 그 다음의 고딕으로 표시한 구절이다. 이 구절 이전에 서술된 누님과 관련된 내용이 상상에 속한다는 것은 방금 지적한 대로

다. 그것이 상상임을 드러내기 위해 이덕무는, "자기가 **혹** 늦둥이로 태어나" 운운이라든가 "누님은 **혹** 눈물을 흘리며" 운운에서 보듯, '혹'이라는 가정사假定辭를 집어넣어 놓고 있다. 하지만 고딕으로 표시된 구절에는 그런 것이 일체 없다. 그래서 서술된 내용은 모두 '나'와 누님 간에 있었던 실제 사실로 현상現象된다. 하지만 이 역시 모두 상상에 속한다. 그러므로 이 구절 속에 무수히 보이는 '나'는 서술자 '나'가 아니라 상상 속의 '나', 즉 허구적 '나'다. 우리가, '나'라고 한 사람이 이덕무가 아니라 상상 속의 '나'임을 깨닫는 것은 ③단락을 읽고 나서야 가능하다. 이덕무는 왜 이렇게 서술했을까? 이는 필시 의도적인 것일 터이다.

이 의도성을 이해하기 위해서는 이 대목을 서술할 때의 비평가 이덕무의 심리 상태를 추찰推察하지 않으면 안 된다. 이덕무는 이 구절 직전까지는 서술된 '나'와 서술하는 '나' 사이의 심리적 거리를 그런 대로 유지할 수 있었다고 보인다. 앞에서 지적한 '혹'이라는 가정사는 그 한 증좌證左일 것이다. 하지만 "아무개 동생 얼굴은 할머니 얼굴을 닮았고" 운운한 누님의 말씀 다음부터는 두 '나' 사이에 심리적 거리가 소거消去되기에 이른다. 서술하는 '나'는 서술된 '나'에 자기를 합치시켜 버리게 된 것이다. 왜 이런 합치가 일어나게 됐을까? 적어도 두 가지를 지적할 수 있을 터이다. 하나는 이덕무가 어머니를 일찍 여읜 일을 늘 애통히 여겼다는 점이고, 다른 하나는, 본서의 제2장에서 지적한 바 있지만, 이덕무가 비평가로서 대단히 빼어난 공감 능력을 지녔고, 이 공감 능력이 특히 슬픔의 감정과 밀접히 관련된다는 점이다.

어머니를 일찍 여읜 이덕무로서는 혹 누님이라도 계시면 어머니를 뵌 듯할 텐데 하는 생각을 종종 했음직하다. 말하자면 어머니를 대신하는 존재로서 누님에 상도想到한 것이다. 모母의 부재가 '누님'의 환영幻影을 상상 속에 그리게 한 것이다.

이덕무가 어째서 그토록 비상한 공감 능력을 구유具有할 수 있었던지에 대해서는 단지 한두 가지 요인만으로 간단히 설명할 수 없을 것이다. 하지만 그가 슬픔의 미학*에 기초해 타인이나 외물外物의 슬픔에 깊이 공감하면서 물아物我의 경계를 허물 수 있었던 데에는 그의 개인사, 특히 어머니를 일찍 여의어 깊은 슬픔을 겪은 일이라든가 가난하고 병약했던 성장기, 그의 섬세한 기질, 서얼로서 겪어야 했던 아픔 등이 복합적으로 관련되어 있음이 분명하다.

제③단락에서 평자는 다시 서술된 '나'와의 심리적 거리를 회복한다. 그리하여 여기서의 '나'는 서술하는 '나'일 뿐이지 서술된 '나'는 아니다. 하지만 이 서술하는 '나'의 내면 풍경은 한없이 쓸쓸하고 서글퍼 보인다. 이 쓸쓸함과 서글픔은 박지원의 글에 대한 깊은 공감에서 비롯된다. 손위 누이를 잃은 슬픔을 표백해 놓은 박지원의 글은 이덕무로 하여금 자기 내면의 슬픔을 들여다보게 하고, 급기야 자신의 슬픔과 박지원의 슬픔을 나란히 마주세우게 한 것으로 여겨진다. 그리하여 박지원의 슬픔이 이덕무의 슬픔 속으로 들어오고, 이덕무의 슬픔이 박지원의 슬픔 안으로 들어가게 된 것이다. 슬픔의 상호작용, 슬픔의 공감이다.

만일 「망자 유인 박씨묘지명」의 미평 중 ③단락만이 슬픔의 미학을 표출하고 있다고 생각한다면 이는 잘못이다. 이 미평은 그 전체가 슬픔의 미학을 구현하고 있다고 보아야 할 것이다. 특히 ②단락에 보

---

* 이덕무가 자기 정신의 세계 속에 구축한 '슬픔의 미학'에 대해서는 본서 제2장을 참조할 것.

이는, 누님이 동생에게 들려주는 말이라든가 '서술된 나'의 말에는, 슬픔이라는 단어가 한 마디도 나오고 있진 않지만 더없는 슬픔이 육화肉化되어 있다. 이렇게 본다면 슬픔의 감정을 직접 토로해 놓고 있는 ③단락은, 문장 작법상 꼭 있어야 할 대목이라는 점은 인정되나 ②단락의 각주에 불과하다.

이처럼 「망자 유인 박씨묘지명」의 미평은 저 '슬픔'이라는 감정에 기초한 대화랄 수 있다. 슬픔에 대한 깊은 공감을 통해 정서적임과 동시에 심미적인 성격의 대화를 주고받고 있는 것이다. 그리하여 정서적 차원의 존재관련이 미적 차원의 존재관련으로 고양되면서 존재관련은 더없이 깊어져, 존재의 합치감合致感에 이르고 있는 것으로 보인다.

이덕무는 박지원의 이 작품을 대단히 높이 평가했던 것 같다. 그도 그럴 것이 이 작품은 이덕무 자신이 구축한 슬픔의 미학에 아주 잘 부합하는 것이었기 때문이다. 이 작품에 붙인 한 방비에서, "진정眞情을 드러낸 게 완연해 남이 읽어도 눈물을 흘리게 한다"[167]라고 한 데서 알 수 있듯, 그리고 『과정록』過庭錄의 다음 언급, 즉,

정이 지극한 말은 사람으로 하여금 하염없이 눈물을 흘리게 해야만 정말 진실되고 절절하다 할 수 있다. 내가 선생(박지원-인용자)의 시를 읽고서 눈물을 흘린 것이 두 번이었다. 처음은, 선생께서 그 누님의 상여를 실은 배를 떠나보내며 읊은 시(「망자 유인 박씨묘지명」의 명銘을 말함-인용자), 즉 "떠나는 이 정녕코 다시 오마 기약해도/보내는 자 눈물로 옷깃을 적시거늘/이 외배 한 번 가면 어느 때 돌아올까/보내는 자 쓸쓸히 강가에서 돌아가네"라는 시를 접했을 때다.[168]

에서 알 수 있듯, 이덕무는 이 작품이 슬픔을 억지로 감추려고 하지 않음으로써 인간의 진정眞情, 즉 참된 감정을 진실되고 참신하게 그려낼 수 있었다고 보았다.* 인간의 여러 감정 중 슬픔이 가장 심오하고 진실된 감정이며 따라서 그것을 형상화한 작품에 특히 주목해야 한다는 관점을 견지했던 이덕무이니만큼, 박지원의 이 작품에 대한 그의 이런 미적 가치판단은 당연한 것이라 하겠다.

흥미로운 것은, 「망자 유인 박씨묘지명」의 미평에 보이는 상상적 서술의 일부가, 그 3년 뒤에 창작된 이덕무의 글 「누이 제문」(원제는 '祭妹徐妻文')에 전용轉用되어 있다는 사실이다. 이 글의 '누이'란 서이수徐理修에게 시집간 이덕무의 여섯 살 아래 동생을 이른다. 그녀는 1774년 스물여덟의 꽃다운 나이에 결핵으로 숨을 거두었다. 「누이 제문」의 해당 구절은 다음과 같다.

돌아가신 어머니의 우리 4남매
저마다 한 가지씩 어머닐 닮아
네게 있는 어머니의 남겨진 모습
헌칠하게 큰 키가 그것일 테지.
만약 나의 경우라면 어머니에게
널따란 이마를 받은 것이지.
네 여동생은 말씨를 쏙 빼닮았고
막내 공무功懋는 머릿결 닮았더랬지.
저마다 닮은 모습 쳐다보면서

---

* 이덕무는 「망자 유인 박씨묘지명」에 붙인 한 방비에서, "극도의 슬픔 속에서도 빛이 나니, 진실하고도 참신하다"(極悲愴中光景, 眞而且新)라고 하였다.

어머니 잃은 슬픔 달랬었는데

이제 그만 헌칠한 널 볼 수 없으니

애통한 이 마음을 어찌 견디랴.

내 가끔 너희 집에 찾아가면은

어느 때고 너는 나를 반겨 주었지.

남에게서 바느질품을 팔아서

상자에 모아 둔 품삯 꺼내선

여종에게 술을 사 오게 하여

웃으면서 내 앞에 내어 놓았지.[169]

「주공탑명」의 미평

박지원은 주공塵公이라는 법명을 가진 승려의 탑명塔銘[170]을, 그 제
자인 현랑玄朗의 부탁으로 지은 바 있다. 「주공탑명」이라는 글이 그것
이다. 이 글에 붙인 이덕무의 미평은, 미평의 본보기로서 본서 제3장
에서 한 번 제시한 적이 있지만, 논의를 위해 필요하므로 다시 한 번
제시한다.

1 나는 「주공의 사리탑 명銘」을 읽고 다음과 같이 지황탕의
비유를 부연하는 게偈를 지었다.

2 내가 지황탕을 마시려 하니

큰 거품 작은 거품 보글보글하는데

그 속에 얼굴이 박혀 있어라.

큰 거품 하나에 '나' 하나 있고

작은 거품 하나에 '나' 하나 있네.
큰 거품엔 큰 '나'가 있고
작은 거품엔 작은 '나'가 있어라.
거품 속의 모든 '나'는 눈동자가 있어
거품이 눈동자에 박히어 있네.
그 거품에 다시 '나'가 있고[171]
그 '나'에는 다시 눈동자가 있네.
내가 한 번 눈썹을 찡그리니
일제히 눈썹을 찡그리고
내가 한 번 빙긋 웃으니
일제히 빙긋 웃누나.
내가 한 번 성을 내니
일제히 불끈불끈 팔을 쳐들고
내가 한 번 자는 체하니
일제히 눈을 감누나.
붓으로 그것을 그리려 한들
어떻게 채색을 하며
박달나무에 조각하려 한들
어떻게 아로새기리.
청동으로 주조하려 한들
어떻게 풀무질을 하고
소상塑像을 빚어내려 한들
어떻게 진흙을 반죽하리.
그 얼굴 수놓으려 한들
어떻게 바늘을 놀린단 말인가.

나는 큰 거품의 막을 벗겨내

즉시 나의 허리춤을 붙들려 하고

나는 작은 거품 뚫어

나의 머리칼을 재빨리 움켜쥐려 했는데

갑자기 약을 싹 마시고 나니

향이 그치고 빛도 사라져

천백이나 되던 '나'는

온데간데 흔적이 없네.

③ 아아! 저 주공塵公은

과거의 거품이요

이 글을 지은 자(박지원을 이름－인용자)는

현재의 거품이며

지금으로부터

백 년 천 년 뒤에

이 글을 읽는 자는

미래의 거품이리.

사람이 큰 거품에 비치는 게 아니라

큰 거품이 큰 거품에 비치는 게지.

사람이 작은 거품에 비치는 게 아니라

작은 거품이 작은 거품에 비치는 게지.

거품이 일어났다 스러질 뿐인데

기뻐하고 슬퍼할 일 무어 있겠나.[172]

상기 제①단락에 "지황탕의 비유"라는 말이 보이는데, 이는 박지원 작품의 다음 대목 중 고딕으로 표시한 부분을 가리킨다.

"현랑玄朗! 내가 예전에 병이 나서 지황탕地黃湯[173]을 복용하려고 탕약을 짜서 사발에 부었더니 거품이 보글보글 일어나는 것이 금빛 좁쌀 같기도 하고 은빛 별 같기도 하며, 물고기 입에서 뻐끔뻐끔 물거품이 나오는 것 같기도 하고, 벌집 모양 같기도 했네. 거품에는 내 얼굴이 박혀 있어 꼭 눈부처[174] 같은데, 거품 하나하나마다 내 모습이 비치고 거품마다 똑같이 실성實性[175]을 갖고 있더군. 그런데 열이 식고 거품이 가라 앉길래 다 마셔 버렸더니 사발이 텅 비어 버리데.[176] 그러니, 예전에 분명히 존재했다 할지라도 누가 그분이 자네의 스승임을 증명할 수 있겠나?"

현랑이 머리를 조아리며 이렇게 말했다.

"'나'로써 '나'를 증명할 뿐 모습은 아무 관계가 없사옵니다."[177]

나는 크게 웃으며 말하였다.

"마음으로 마음을 들여다본다는 건데, 마음이 대체 몇 개나 된단 말인가?"[178]

이에 나는 다음과 같은 명銘을 지었다.[179]

스승의 사리탑 명문銘文을 청하는 현랑과 박지원이 주고받은 말이다. 박지원의 "지황탕" 운운한 말은, 돌아가신 스승을 위해 명문을 받으러 온 현랑을 공空이라는 불교 교리를 내세워 놀리는 말이다. 만물이 모두 공이라면서 스승을 어찌 증명하려는가, 이것이 박지원이 한 질문의 요체다. 현랑은 불도佛徒답게, 마음으로 마음을 전하는 법이니 그 모습이 있고 없고는 상관없으며 마음으로 스승을 인증認證할 뿐이라고 답한다. 현랑의 말은, 불교의 유심설唯心說, 즉 만유萬有는 모두 일심진여一心眞如의 발현일 뿐이라는 관점에 기초해 있다. 그러니

한 '나'가 다른 '나'를, '나'라는 일심—心이 스승 주공이라는 일심—心을 인증할 수 있다. 박지원은 현랑의 이런 답변에 대해, 불교는 마음으로 마음을 관觀하는데 이는 이치에 맞지 않는 일임을 지적하고 있다. 우리는 박지원과 현랑이 주고받는 이 말을 통해 박지원이 은근히 불교를 비판하고 있음을 간취할 수 있다. 혹 비판이라는 말이 좀 강하게 느껴진다면 '풍유諷諭'라는 말로 바꿔도 무방할 것이다.

위에 인용한 대목 바로 뒤에 운문으로 된, 「주공탑명」의 명銘이 나온다. 이 명은 형식적으로 미평의 게偈와 대응된다. 그러니 검토를 요한다. 다음이 그 전문이다.

> 9월 되어 하늘에서 서리 내리자
> 일만—萬 나무 모두 말라 잎이 지누나.
> 맨 꼭대기 가지를 흘긋 봤더니
> 벌레 먹은 잎 뒤의 열매 하나가
> 위는 붉고 아래는 푸르누런데
> 벌레 반쯤 파먹어 씨가 보이네.
> 아이들 고개를 젖히고 서서
> 손 들어올려 서로 막 따려고 하네.
> 돌 던져도 멀어서 맞히기 어렵고
> 장대를 이어도 높아서 닿지를 않네.
> 홀연 바람 불어 떨어지는데
> 온 숲을 뒤져도 찾을 수 없네.
> 아이들 나무를 에워싸고 울다
> 공연히 까치와 까마귀를 꾸짖네.
> 이 아이들에 비유해 말해 볼까나

네 눈에도 나무가 보였을 텐데
쳐다보다 갑자기 없어졌으면
굽어보고 주울 줄 왜 모르나.
열매는 떨어져 땅으로 돌아가나
씨를 남겨 자기를 잇네.
씨를 인仁이니 자子니 부르는 것은
낳고 낳아 그치지 않아서라네.
마음에서 마음으로 전하려 한다면
주공麈公의 사리탑을 증거로 삼게.[180]

　이 명문에서 포인트는, "열매는 떨어져 땅으로 돌아가나/씨를 남겨 자기를 잇네/씨를 인仁이니 자子니 부르는 것은/낳고 낳아 그치지 않아서라네"라는 네 구절에 있다.

　'인'仁에는 '어질다'는 뜻 외에 '과일의 씨앗'이란 뜻이 있다. 그래서 복숭아씨와 살구씨 등을 각각 '도인'桃仁 '행인'杏仁이라 부른다. 또한 '자'子에도 '아들'이라는 뜻 외에 '종자' '씨앗'이라는 뜻이 있다. 한편 '낳고 낳아 그치지 않아서라네'의 원문은 "生生不息"인데 이는 절로 생기고 생겨 천지가 끊임없이 변화하고 생성되어 가는 모습을 형용하는 말이다. 『연암집』 권1에 수록된 「이자후李子厚의 '득남을 축하한 시 두루마리'에 붙인 서문」(李子厚賀子詩軸序)에,

　　열매를 맺으면 씨를 얻을 수 있다. 씨라는 것은 생생生生('낳고 낳는다'는 뜻-인용자)의 도道이기에 인仁이라고 칭한다. 인仁이란 불식不息('그치지 않는다'는 뜻-인용자)의 도道이기에 자子라고 칭한다. 이처럼 '씨'로 미루어 생각하면 뭇 이치의 참됨을 징험

할 수 있다.[181]

라는 구절이 있어 참조가 된다. 한편 『연암집』 권2에 수록된 「한유의 「원도」原道에 대해 논한 임형오의 편지에 답한 글」(答任亨五論原道書)에 서는,

> 천지는 큰 그릇인데 그것을 채우고 있는 것은 기氣이고 가득 차게 하는 원리는 이理다. 음과 양이 서로 운동하는데, 이理 는 그 가운데 있고 기氣가 그것을 감싸고 있다. 이는 마치 복 숭아가 씨를 품고 있어 수만 개의 복숭아가 동일한 형상인 것과 같다.[182]

라고 말하고 있는바, 여기서도 과일의 씨와 만물의 이치를 연결시키 는 박지원의 발상법이 확인된다.

이렇게 본다면, 이 네 구절은 성리학적 존재론의 핵심 원리를 말 하고 있는 것으로 볼 수 있다. 아니, 좀 더 정확하게 말한다면, 부자상 전父子相傳의 유교적 인륜성을 성리학적 존재론으로 근거 지우고 있다 고 말할 수 있다. 즉 혈통적 유교 윤리학에 대한 형이상적 근거 부여 다. 박지원은 여기서 왜 새삼스럽게 이런 말을 한 것일까? 마음에서 마음으로 이어지고 어쩌고 하는 불교식의 언술은 동이 닿지 않는 말 이며, 모든 유정지물有情之物이 씨에서 씨로 이어져 가듯 도맥道脈이라 는 것도 스승에서 제자로, 그리고 그 제자에서 다시 재전제자再傳弟子 로 이어져 감이 본래의 실상임을 말하고자 해서일 것이다. 그래서 마 지막에, "마음에서 마음으로 전하려 한다면 / 주공의 사리탑을 증거로 삼게"라는 말을 덧붙인 것이다. 이 마지막 두 구절 중의 "마음에서 마

음으로 전하려 한다면"이라는 말은 비비 꼬여 있는 말이어서 오독되기 쉽다. 이 말은 불교 식의 '이심전심', 그리고 그 전제를 이루고 있는 '공空'을 수긍하는 말이 아니다. 오히려 이 말은 **반어적인** 울림을 지니고 있다. 즉, 너희들이 말하듯 정말 그렇게 마음으로 마음을 전하려 한다면 아무쪼록 저 '씨'에 해당한다고 할 주공을 길이 기억해야 할 것이며, 그러려면 속인의 무덤에 해당한다고 할 저 사리탑을 잘 챙겨야 함을 말한 것이다. 이는 불교적 공空을 부정하고 유교적 인륜성을 긍정함에 다름 아니다. 이처럼 박지원의 이 글은 불교적 어법을 빌려 불교를 풍유하면서 유교적 이념을 드러내고 있다. 그러므로 이덕무가 그 후평에서, "불교의 말을 빌어 유교의 뜻을 부쳤는데, 붓놀림이 미묘하고 완곡하다"[183]라고 한 말은 정곡을 찔렀다고 할 만하다.

다시 이덕무의 미평으로 돌아가자. ①단락은, 박지원이 언급한 지황탕의 비유를 '부연'하여 게偈를 지었음을 밝히고 있다. '게'偈는 불법佛法의 가르침을 노래한 운문으로 된 글귀다. 운문이라는 점에서 이덕무의 이 게는 박지원 작품의 '명'銘과 서로 조응한다. 하지만 「주공탑명」의 명銘과 미평의 게는 '형식'에 있어서만 서로 조응할 뿐, 그 내용에 있어서는 조응하지 않는다. 하지만, 이덕무의 게와 지황탕의 비유는 그 형식에 있어서만이 아니라, 내용적으로도 서로 조응한다. 즉, 지황탕의 비유에서 사용된 4자구가 게에서도 그대로 사용되고 있음에서 형식적 측면에서의 조응이 확인되고, 박지원의 작품이든 이덕무의 게든 '물거품'이 비유의 핵심어라는 점에서 둘 사이의 내용적 조응이 확인된다.

②단락은 이른바 지황탕의 비유를 좀 더 확대, 발전시켜 놓고 있다. 박지원은, **거품 하나하나마다 '나'가 있다**라고만 했으나, 이덕무는 거기서 더 나아가 **거품 속의 '나' 속에 또 '나'가 있다**는 인식에까지 이르고

있다. "거품 속의 모든 '나'는 눈동자가 있어/거품이 눈동자에 박히어 있네/그 거품에 다시 '나'가 있고/그 '나'에는 다시 눈동자가 있네"라고 한 것이 그것이다. 말하자면, 거품 밖 존재로서의 '나'가 있고, 거품에 비친 존재로서의 '나'가 있으며, 거품에 비친 존재로서의 '나'의 눈동자 속에 있는 거품에 비친 존재로서의 '나'가 있는 셈이다. 이덕무는 일단 여기까지만 말했지만, 이덕무의 말은 제4의 '나', 즉 거품에 비친 존재로서의 '나'의 눈동자 속에 있는 거품에 비친 존재로서의 '나'의 눈동자 속에 있는 거품에 비친 존재로서의 '나'도 열어 놓고 있을 뿐만 아니라, 제5의 '나', 제6의 '나', 제100의 '나', 제1000의 '나'도 열어 놓고 있다 하겠다. 이런 식으로 추론하면 '나'는 결국 무한에 이르게 된다. 이덕무의 미평은 이런 사유의 가능성을 열어 놓고 있다는 점에서 박지원의 사유에서 한 발짝 더 나아갔다고 말해도 좋을 터이다.

하지만 거품 속의 이런 수많은 '나'는 지황탕을 마시고 나면 싹 사라지고 만다. 그렇다면 이 수많은 '나'라는 존재는 과연 무엇인가. 그것은 실체가 아니라, 환영이요 가상假相이 아닌가.

하지만 거품 속의 '나'는 가상이라 할지라도, 거품 밖의 나는 가상이 아니지 않을까. 그것은 엄연히 실체로서 존재하지 않는가. 이런 예상되는 물음에 대한 답이 ③단락에 제시되어 있다. 결론부터 말한다면, 거품 밖의 '나' 역시 실체가 아니요 가상이라는 것이다. 이덕무는 말한다: 주공이라는 선사禪師는 과거의 거품이요, 이 글을 쓴 박지원은 현재의 거품이며, 백 년 천 년 뒤에 박지원의 이 글을 읽을 자는 미래의 거품이다라고. 이를 통해, 이덕무가 거품 밖 존재 또한 거품이라고 생각했음을 알 수 있다. 그러므로, 사람이 거품에 비치는 것이 아니라, 실은 거품이 거품에 비칠 따름이라고 했다. 이처럼 거품 밖의

'나' 역시 거품에 불과하다고 한다면, '나'의 실체는 결국 없는 게 된다. 지황탕을 마시면 싹 사라져 버리는 '나'나 거품 밖의 '나'나 변멸變滅하는 가상일 뿐이라는 점에서는 본질적으로 동일하다. 이덕무의 이런 생각은 불교의 공空 사상에 바탕하고 있다. 불교의 '공'은 '유有'를 부정하지는 않으나, '유'가 실체적인 것은 아니라고 본다. 모든 존재는 관계, 즉 연기緣起 속에서만 존재할 뿐이니, 연기가 사라지면 존재 또한 존재하지 않는다. 그러므로 모든 존재와 현상에는 자성自性, 즉 고유한 실체란 없다. 이것이 불교에서 말하는 '공'의 핵심 취지다.

이덕무는 시간의 흐름, 그리고 그와 불가분리적으로 얽혀 있는 존재의 변멸 혹은 소멸의 문제, 그리고 존재의 실재성 등과 관련된 자신의 생각을 『종북소선』 중 네 개의 미평에서 토로해 놓고 있으니, 다음이 그것이다.

  (ㄱ) 「『양환집』서」의 미평
  (ㄴ) 「관물헌기」의 미평
  (ㄷ) 「『녹앵무경』서」의 미평
  (ㄹ) 「주공탑명」의 미평

(ㄱ)에서는 과거, 현재, 미래의 시간 속에서 '현재'가 가장 중요하다는 것, 확실성으로 주어져 있는 것은 현재뿐이며, 그래서 현재의 삶을 충실하게 사는 것이 중요하다는 생각이 피력되어 있다. 여기서는 '나'의 실체성에 대한 의문은 제기되지 않았다. 오히려 현재의 '나'에 대한 강한 의미 부여가 이루어지고 있을 뿐이다.

(ㄴ)에서는 모든 존재는 떠나간다는 것, 즉 존재의 소멸이 말해지고 있다. '나'는 물론 그 어떤 존재도 이런 소멸의 운명을 피해갈 수

없다는 것, 유정물有情物이든 무정물無情物이든 모든 존재는 떠나갈 수밖에 없다는 것, 이런 생각이 시적詩的으로 피력되어 있다. 하지만 이런 생각은 불교의 '공'과는 거리가 있다. 모든 것이 변멸하거나 소멸한다는 것이 곧 불교의 '공'은 아니기 때문이다.

(ㄷ)에서는 내가 지금 목도하고 있는 이 세계, 그리고 우리가 관념하는 저 너머의 세계는 혹 환幻이 아닐까 하는 의문, 즉 현재의 '나'라든가 이 지상의 모든 존재, 그리고 저 극락이라든가 천상이라고 하는 세계는 실재實在가 아니라 꿈이 아닌가 하는 의문이 제기되어 있다. 이 존재론적 물음에는 도가적道家的 발상법과 함께 불교적 문제의식이 느껴진다. 그러나 실재는 심각하게 회의되고 있음에도 불구하고 실재의 가능성 자체가 부정되고 있지는 않다. 이덕무는 어딘가에 존재하고 있을 실재의 세계 속으로 들어가 그 입구에서 저 환幻의 세계를 엿봤으면 하고 염원하고 있음으로써다.

(ㄹ)에서는 과거, 현재, 미래라는 시간의 변전變轉만이 아니라, 그 시간 속에 놓여 있는 존재의 관계성이 언급되고 있다. 그리하여 '나'를 포함해 모든 인간은 연기緣起에 따라 생멸生滅하는 거품임이 토로되고 있다. 이런 생각은 불교의 '공' 사상에 연유한다.

그런데 흥미로운 것은, (ㄴ)은 불교의 '공'과 거리가 있지만, 그 대상 작품인 「관물헌기」는 불교의 '공'을 충실히 그려 보이고 있음에 반해, (ㄹ)은 불교의 '공'을 말하고 있지만, 그 대상 작품인 「주공탑명」은 불교의 '공'을 비판하고 있다는 사실이다. 이처럼 미평과 그 대상 작품은 서로 똑같은 소리를 내고 있지는 않다. 한쪽이 '어'라고 하면 다른 쪽은 '아'라고 하고, 한쪽이 '갑'이라고 하면 다른 쪽은 '을'이라고 말하는 형국이다. 왜 이 둘은 이렇게 어긋지는 것일까. 앞에서 누차 지적했지만, 이 **어긋짐**이야말로 박지원과 이덕무가 나누는 대화의 본령이다. 이 어긋짐 속에는 자유롭고 독립적이며 평등한 정신이 깃들어 있으며, '화이부동'和而不同, 즉 차이를 통한 조화가 내재해 있다. 뿐만 아니라 이 어긋짐은, a라는 생각에서 촉발된 b라는 생각을 통해 궁극적으로는 a라는 생각 자체를 더 깊은 맥락 혹은 더 넓은 시야 속에서 음미할 수 있게 해 준다. 이 대화는 동문서답 같기도 하고 선문답 같기도 하다. 하지만 두 사람이 나누는 대화의 묘미는 오히려 여기에 있다고 할 것이다. 미평은, 때로는 엉뚱해 보이고, 때로는 얼핏 보아 작품과 딱 맞지 않는 소리를 해 대고 있는 것처럼 보이기도 하나, 만일 우리가 우리의 정신을 좀 더 높은 쪽으로 끌어올린다면, 희한하게도 이 엉뚱함 속에 정신의 자유로운 교류가 이루어지고 있으며, 딱 맞지 않는 이 어긋버긋함 속에 정다운 마음과 다정한 눈빛이 오가고 있음을 알 수 있다.

한편, ③단락의 맨 끝 구절, 즉 "거품이 일어났다 스러질 뿐인데 / 기뻐하고 슬퍼할 일 무어 있겠나"라는 말은 특별한 주목을 요한다. 기실 이 구절은 이덕무가 전개한 '거품론'의 결론이자, 실천적 전망에 해당할 터이다. 우리는 모두 거품이니 그럼 어떻게 해야 하는가? 우리는 모두 거품과 같은 존재이니 그렇다면 우리는 어떻게 살아야 하는가? 거품처럼 사라질 존재라면 사는 게 과연 무슨 의미가 있을 것인가? 제기될 수 있는 이런 물음에 대해 이 미평의 맨 마지막 두 구句는, 모든 존재의 본질, 이 세계의 본질은 공이라는 것, 그러니 기뻐하거나 슬퍼할 필요가 없음을 말하고 있다. 존재의 본질이 '공'임을 알게 되면 왜 슬퍼하거나 기뻐할 일이 없게 될까? 이익을 추구하거나 명예를 좇는 마음, 소유에 대한 집착으로 안달하는 마음, 자기가 바라는 것을 얻었다고 기뻐하거나 자신의 소중한 것을 잃었다고 슬퍼하는 마음, 이 일체가 부질없는 것이며 실체가 없는 그림자를 좇는 행위임

을 공에 대한 통찰은 깨닫게 해 주기 때문이다. 그러므로 이덕무 거품
론의 실천적 귀결은 허무주의라든가 퇴폐주의가 아니라, 삶에 대한
초연함, 즉 부귀나 영욕이나 이해득실 때문에 아득바득하는 마음으로
부터 벗어남이 될 터이다. 다시 말해, 이덕무에 있어 인간 존재가 거
품이라는 인식은 허무감이나 무상감과 연결되기보다는 삶에 대한 초
연한 감정으로 귀결되고 있음이 특징적이다. 비록 간단하긴 하나 이
미평의 마지막 두 구가 이 점을 말해 주고 있다.

　　이 미평이 보여주는 삶에 대한 이런 전망은, (ㄱ)이나 (ㄴ)이나
(ㄷ)이 담고 있는 전망과도 상호 연결된다. 즉, (ㄱ)이, 과거는 흘러
가 버렸고 미래는 불확실하기 때문에 현재가 중요한바 '오늘'을 충실
하면서도 즐겁게 사는 것이 중요하다는 전망을 제시했다면, (ㄴ)은,
모든 것은 떠나갈 수밖에 없는 운명에 처해 있다는 사실을 강조함으
로써 '그러니 겸손한 삶, 욕심 없는 삶을 살아야 한다'는 전망을 내장
內藏하고 있고, (ㄷ)은, 이 지상의 모든 존재, 그리고 '나'가 겪는 일체
의 희로애락과 일들, 그리고 사람들이 희구하는 저 피안의 세계, 이
모두가 실은 '환幻'일 수도 있으니 아등바등 살거나 내세를 꿈꾸는 일
은 부질없는 짓일지도 모른다는 전망을 담고 있다고 볼 수 있는데, 이
러한 전망들은 「주공탑명」의 미평에 시사된 초연한 삶이라는 전망과
무관치 않다.

　　지금까지의 논의를 통해 알 수 있듯, 「주공탑명」의 미평은 단순히
박지원 작품에 거론된 지황탕의 비유를 '부연'하고 있는 것이 아니다.
이덕무는 겸손한 어투로 박지원의 비유를 부연했노라고 말하고 있지
만, 이 미평은 단순히 부연이 아니요, 박지원의 어떤 생각으로부터 시
사받은 생각을 박지원의 생각을 넘어서 전개해 나가고 있다. 그러므로
그것은 부연이 아니라 창조다. 그리하여 이 미평은 박지원이 「주공탑

명」에서 말한 유교적 인륜성의 강조와는 다른 주제, 다른 문제의식을 구현해 놓고 있다. 그럼에도 불구하고 이 미평은, 박지원의 작품을 더 넓은 시각으로 읽고 음미하게 하며, 또 박지원의 작품에서 부분적으로 언급된 어떤 측면을 전면적으로 확대시켜 생각해 보게 한다는 점에서, 독특하긴 하지만, 비평은 비평이다. 이 미평이 단순히 박지원의 어떤 생각을 말 그대로 부연해 놓은 것이었다면 어땠을지 한번 생각해 보라. 순순하고 착실한 느낌은 들지 몰라도, 비평이라는 형식을 빌어 두 정신이 창조적인 대화를 나눈다는 느낌을 받기는 어렵지 않을까.

이처럼 이 미평은 그 대상 작품과 다른 울림, 다른 시각, 다른 의제, 다른 문제의식을 담고 있다. 대상 작품의 울림과 시각을 A라 하고, 미평의 울림과 시각을 B라 하자. 『종북소선』이라는 미적 텍스트는 A만도 아니요, B만도 아니며, A+B라 할 것이다. A+B는, A 혹은 B가 아니라, A와 B를 뜻한다. 여기서 '와'라는 단어는 병치竝置와 동거同居와 상간相看(서로 마주봄)의 함의를 갖는다. 이 때문에 『종북소선』이라는 미적 텍스트는 하나의 켜, 하나의 목소리, 하나의 시좌視座가 아니라, 중층重層의 켜, 복수의 목소리, 복수의 시좌를 갖게 된다. 그리고 그 각각의 켜와 목소리와 시좌는 각각 독자적일 뿐만 아니라, 상호적이고, 관계적이다. 그리하여 그 목소리들과 시좌는 서로 조응하고 어우러진다. 그 결과 화음和音을 낳고, 복안複眼을 제공한다. 그러므로 독자들은 단지 박지원의 작품을 읽을 때와 달리 『종북소선』의 텍스트를 읽을 때 더 넓은 사유지평를 경험하게 된다. 「주공탑명」의 미평에서 이 점이 잘 확인된다.

「육매독」의 미평

「육매독」은 연암 일파의 일원인 서상수[184]에게 보낸 편지로, 박지원이 손수 밀랍蜜蠟으로 만든 매화 조화造花를 적당한 가격으로 사라는 요청이 담겨 있다.[185] 박지원 32세 때인 1768년의 편지다. 그 전문을 보이면 다음과 같다.

> 나는 집이 가난한데다 집안 살림에도 오활하거늘, 산수에 은거한 방공龐公[186]을 본받고 싶긴 하나, 무능하다고 가족들한테 편잔을 들은 소진蘇秦[187]이 그랬듯이 탄식만 하고 있사외다.[188] 허물 벗는 건 이슬을 마시고 사는 매미보다 더디고,[189] 지조는 흙을 먹고 사는 지렁이한테 부끄럽구려.[190] 옛날에 임화정林和靖은 삼백예순다섯 그루의 매화나무를 심어 두고 하루에 하나씩 대하며 소일했건만,[191] 지금 나는 셋방[192]에 살며 이곳저곳으로 이사 다니는 처지이니, 고산孤山과 같은 동산도 없거니와 매화씨를 뿌릴 수나 있겠소?
>
> 글짓고 공부하는 사이에 매화나무 가지를 꺾어다 가지를 삼고,[193] 촛농으로 꽃잎을 만들며, 노루털로 꽃술을 만들고, 부들 가루[194]를 꽃술머리에 묻혀 '윤회매'輪回梅라고 이름했소이다. 생화生花가 나무에 있을 때 그것이 밀랍이 될 줄 어찌 알았겠으며, 밀랍이 벌집에 있을 때 그것이 매화가 될 줄 어찌 알았겠소? 하지만 노전魯錢[195]과 원이猿耳[196]의 꽃봉오리는 꼭 진짜 같고 규경窺鏡과 영풍迎風[197]의 자태는 너무나 자연스러워, 땅에 있지 않다뿐 매화의 정취를 듬뿍 풍기는구려. 황혼의 달 아래에서 그윽한 향기를 내지는 않지만 눈 가득한 산

중에 고사高士가 유유자적하며 지내는 풍모[198]를 떠올리기에는 족하니, 바라건대 그대에게 먼저 한 가지를 팔아 값을 정했으면 싶구려.

만약 가지가 가지답지 않고, 꽃이 꽃답지 않고, 꽃술이 꽃술답지 않고, 책상 위에 두었을 때 자태가 빛나지 않고, 촛불 아래에 두었을 때 성긴 그림자를 드리우지 아니하고, 거문고와 짝했을 때 기막히지 아니하고, 시의 제재로 삼았을 때 운치[199]가 나지 않는 등, 만일 이런 일이 하나라도 있다면 영원히 물리치더라도 끝내 원망하는 말이 없을 거외다. 이만 줄이외다.[200]

이덕무는 이 글에 다음과 같은 미평을 달았다.

① 유비劉備는 영웅이지만 모직물 짜는 일을 했고,[201] 혜강嵇康은 광달曠達[202]한 인물이지만 대장장이 일을 했었다.[203] 안진경顏眞卿은 충신이건만 손수 돌에 글씨를 새기는 일을 했고,[204] 심린사沈麟士는 고사高士이건만 주렴 짜는 일을 업으로 삼았으며,[205] 무담남武澹男은 청광淸狂이건만 불침[206]으로 대나무에 그림 새기는 일을 했었다.[207] 서위徐渭같이 비범한 인물도 그림을 팔아 생활했고,[208] 진앙陳昻처럼 빼어난 인물도 시를 팔아 생활했었다.[209] 이는 모두 옛사람이 일에 마음을 붙여 생계를 꾸려 간 사례들이다.

② 지금 미중美仲은 벽癖이 있는데다 가난한 사람이다. 혹자는 입을 삐죽거리고 이마를 찌푸리며 이렇게 개탄할지 모른다.

"군자가 어찌 벽癖에 휘둘리는가! 아무리 가난하다 한들 군
자가 어찌 차마 기예技藝를 판단 말인가!"
나는 그리 말하는 사람에게 이렇게 충고하련다.
"벽癖은 병이거늘 어째서 약을 주어 고쳐 주려고 하지 않는
지요? 가난은 굶주림이거늘 어째서 돈을 주어 구제해 주려
고 하지 않는지요? 그러면서 어찌 다만 우려하고 탄식만 한
단 말이오?"[210]

이 미평의 제1단락에서는 고금의 빼어난 인물들로서 노동이나
상행위商行爲를 한 사람이 열거되어 있다. 이런 훌륭한 인물들도 가난
하거나 형편이 어려울 때에는 노동을 하거나 상행위에 종사했다는 사
실을 말하기 위함이다.

2단락에서는 박지원이 매화 조화를 만들어 판 일을 변명하고 있
다. 이덕무는 박지원이 두 가지 이유에서 매화 조화를 만들어 팔았다
고 말하고 있다. 하나는 그런 걸 만드는 벽癖이 있어서이고, 다른 하
나는 가난해서라는 것이다. '벽'癖이란 무엇을 지나치게 즐기는 버릇
을 말한다. 즉 일종의 '과잉 취미'를 이르는 말이다. 이덕무의 말인즉
슨, 박지원에게 조화 매화 만드는 일에 대한 혹애惑愛가 있었다는 것
이다. 하지만 이덕무의 이 말이 양반인 박지원이 한 노동행위와 상행
위의 문제점을 완화하거나 분식粉飾하기 위한 것임은 이미 김수영 씨
가 예리하게 지적한 바 있다.* 그러므로 박지원이 조화를 만들어 판
행위의 현실적·경제적 본질은, 워낙 생활이 곤궁해 자생資生에 일정

---

* 김수영, 「박지원의 〈서상수에게 윤회매 사라고 보낸 편지〉 연구」(『민족문학사연구』
34, 민족문학사학회, 2007), 267면 참조.

한 도움을 삼기 위해서라고 보지 않으면 안 된다. 이덕무도 이 점을 고려하여, ⑦단락에서 박지원처럼 노동이나 상행위를 한 역사상의 훌륭한 인물 일곱 명을 미리 쭉 열거함으로써 박지원의 이런 행위를 극구 변호하고자 한 것이다.

박지원의 이 편지는 표면적으로는 꼭 상행위를 위해서라기보다 동인同人들 간에 운치 있는 유희를 즐기기 위해 보낸 것처럼 보인다. 즉 문예적 유희를 일삼은 글이 아닌가 여겨진다. 그런 측면을 완전히 배제할 필요는 없고, 또 배제할 수도 없다고 본다. 그렇기는 하나, 단지 이 점만을 본다면 이 편지의 이면에 도사리고 있는 '현실'을 통 읽지 못한 게 되고 만다. 김수영 씨가 이 편지의 개작 과정을 면밀히 분석함으로써 밝혀냈듯이, 이 편지는 박지원의 노동행위를 아화雅化하고 있는 면이 분명히 있기 때문이다.[211] 이 경우 '아화'는 일종의 은폐다. 즉, 보이고 싶지 않은 현실의 어떤 측면을 슬쩍 가리는 글쓰기 기법인 것이다. 박지원이 손수 조화를 만든 일이 그의 벽癖을 보여주는 것일 뿐만 아니라 그의 극심한 가난을 보여주는 것이라고 한 이덕무의 말은, 그러므로 박지원의 이 글을 이해하는 데 대단히 중요한 발언이라 할 만하다.

그런데 생각하기에 따라서는, 박지원이 장난삼아 그 벗인 서상수에게 자기가 만든 조화를 적당한 값을 쳐서 사라고 보낸 편지 한 통 갖고, 이덕무가 정색을 한 채 박지원이 가난 때문에 그런 것이라고 극구 변명하고 있음은 좀 지나친 일일 뿐만 아니라 웬지 좀 이상하다는 느낌이 든다. 이덕무가 이런 태도를 보인 데에는 뭔가 다른 이유가 있지 않을까. 이덕무와 박지원 두 사람은 필시 그 이유를 알고 있었을 터이다. 그게 뭘까?

박지원의 이 편지는 그 가장 중요한 목적이 서상수에게 물건을

파는 일 자체에 있었던 게 아니라, 서상수를 통해 자기가 만든 물건의 적절한 시장 가격을 알아보려고 한 데 있었던 게 아닌가 생각된다. 서상수가 누군가. 그는 서화書畵, 골동품, 진기한 물건 등의 감식에 있어 당대 제1인자로 꼽히는 사람이었다. 박지원은 「필세설」筆洗說[212]이라는 글에서, 당대 최고의 감식안을 지녔던 서상수의 이런 면모에 대해 자세히 언급해 놓고 있다. 그러니까 박지원은 자기가 만든 물건을 종을 시켜 시장에 내다 팔 때 과연 얼마쯤 받는 것이 적당할지 궁금했던바, 서상수를 통해 그 점을 알 수 있으리라 봤던 것이다. 그렇다면 서상수는 박지원이 만든 조화에 얼마의 값을 매겼을까? 이 편지만으로는 그것을 알 길이 없다. 하지만 이덕무가 남긴 『윤회매 10전』輪回梅十箋이라는 책에서 그 답을 찾을 수 있다.

'윤회매'輪回梅란 밀랍으로 만든 매화 조화造花를 이른다. 이런 명칭을 붙인 이는 이덕무 본인이다. 이덕무는 원래 화훼花卉에 남다른 관심이 있었다.[213] 그가 여기餘技로 밀랍 조화를 만들게 된 데에는 아마도 화훼에 대한 이런 남다른 관심이 바탕이 되었을 것이다. 그는 자신이 만든 밀랍 매화에 '윤회매'라는 독특한 이름을 부여하였다. 벌이 매화의 꿀을 취해 밀랍이 되고, 밀랍이 다시 매화 조화가 되었으니, 이것이야말로 '윤회'가 아닌가 해서 이런 이름을 붙이게 된 것이다.[214] 이덕무는 급기야 자신이 창안한 이 윤회매 만드는 방법을 책에다 자세히 기술해 놓고 있다. 『윤회매 10전』이라는 책이 그것이다. 이 책은 총 10장으로 되어 있는데, 윤회매라는 명칭의 유래, 꽃잎 만드는 법, 꽃받침 만드는 법, 꽃술 만드는 법, 꽃 만드는 법, 가지 만드는 법, 꽃병에 꽂는 법 등을 삽화까지 곁들여 설명해 놓고 있다. 그런데 이 책의 제9장에, "무자년 섣달 무신일에 관재觀齋에게 윤회매를 판 매매계약서"라고 쓴 다음 그 계약서 전문을 실어 놓고 있다. '무자년'은 1768

년이요, '관재'는 서상수의 호號다. 계약서는 다음과 같다.

이 계약서는 임화정林和靖이 매화 판 일을 본받은 것이다. 윤회매 총 세 가지에 크고 작은 열아홉 개의 꽃송이를 꽂았다. 복숭아나무를 꺾어 가지를 만들고, 밀랍을 끓여 꽃봉오리를 만들었으며, 노루털을 베어 꽃술을 만들었다. 꽃송이 하나당 1푼의 값을 쳐 관재觀齋의 돈 도합 19푼을 받고, 「육매독」한 통을 첨부하여 한낮에 거래한다.

만약 가지가 가지답지 않고, 꽃이 꽃답지 않으며, 꽃술이 꽃술답지 않다든지, 상床 위에 두었을 때 자태가 빛나지 않고, 촛불 아래에 두었을 때 성긴 그림자를 드리우지 아니하며, 거문고와 짝했을 때 기이하지 않고, 시의 제재로 삼았을 때 운치가 나지 않는다든지, 만일 이런 일이 하나라도 있다면 동인同人들에게 일제히 알려 영원히 꽃을 사지 못하게 막을 것이다.

　　윤회매 소유주: 박유관 주인薄遊館主人
　　증인: 형재炯齋, 영암泠菴
　　글씨 쓴 사람: 초정楚亭[215]

　인용문 중의 '임화정'林和靖은 북송北宋의 문인 임포林逋를 말한다. 그는 매화를 혹애하여 항주에 있는 서호西湖의 고산孤山이라는 섬에 있던 자신의 집 주위에 많은 매화를 심었으며 이를 자신의 아내처럼 여겼다는 고사가 전한다. 매화와 관련된 일이기에 임포를 끌어들인 것이다.

　이 매매계약서 역시 하나의 희문戱文이다. 즉, 거래를 위한 실용에 목적이 있는 것이 아니라, 연암 일파 동인들끼리의 문예적 유희에 목적이 있다. 하지만 이 계약서는 몇 가지 중요한 사실을 알려준다. 첫째, 당시 박지원이 서상수보고 사라고 한 윤회매가 가지에 꽃이 열아홉 송이나 달린 것이었다는 사실이고, 둘째, 당시 서상수가 이를 열아홉 푼에 샀다는 사실이며, 셋째, 박지원은 당시 박유관 주인이라는 별호를 사용하고 있었다는 점이고, 넷째, 이덕무와 유득공이 계약에 증인으로 입회하고 글씨를 잘 썼던 박제가가 계약서의 글씨를 썼다고 한 데서 이들 모두가 윤회매와 관련된 당시 박지원의 일을 속속들이 알고 있었다는 사실이다.

야단스럽다는 느낌까지 주는 이 계약서 내용을 보면, 박지원이 서상수에게 윤회매를 만들어 판 이 일이 연암 일파의 사람들에게는 하나의 성사盛事로 받아들여졌던 것 같다. 그러나 이면의 현실은 꼭 그런 것만은 아니다. 『윤회매 10전』의 제8장에 이런 말이 보인다.

무릉씨武陵氏(박지원-인용자)가 궁하게 살며 남모르는 시름에 질병까지 겹쳐 스스로 마음을 위로할 길이 없어 나에게 윤회매 만드는 법을 물었다. 그래서 내가 등불 밑 화롯가에서 담소하는 사이에 금방 꽃을 만들어 보였는데, 그 문생門生과 아이종이 모두 따라하였다.

그런 뒤 언젠가 무릉씨가 자기병瓷器甁에다 윤회매 가지를 꽂아 비단 가게에 팔아서 동전 스무 닢을 받았다. 그때 나는 뚫어진 창을 발라야 했는데 종이는 있으나 풀이 없었다. 그런데 무릉씨가 나에게 돈 한 닢을 주기에 풀을 사서 발랐으니, 금년에 귀도 윙윙 울지 않고 손도 얼어터지지 않은 것은 다 무릉씨 덕분이다. 그는 이런 편지와 함께 돈 한 닢을 보냈다.

"화병畵甁에 윤회매 열한 송이가 달린 가지를 꽂아 동전 스무 닢을 얻어 형수님께 열 닢 드리고, 아내에게 세 닢 주고, 딸래미한테 한 닢 주고, 형님 방 땔나무 비용으로 두 닢 쓰고, 내 방에도 또한 그렇게 하고, 담뱃값으로 한 닢 쓰고 나니, 공교롭게도 딱 한 닢이 남았구려. 그래서 이렇게 보내드리니 웃으며 받아 주면 참 좋겠소."[216]

상기 인용문에 보이는, 윤회매를 팔았다는 비단 가게(원문은 '錦肆')는 아마도 종로에 자리잡고 있던 어용상점인 육의전六矣廛 중 비단 판매를 전담했던 선점線店을 가리키지 않나 싶다. 비단 가게 주인은 자신의 가게를 장식하기 위해 이 윤회매를 구입했을 것이다.

박지원이 비단 가게에서 스무 푼의 돈을 받은 것은, 서상수가 매겨 준 값에 따른 게 아니었을까 한다. 서상수는 꽃 한 송이에 한 푼씩 쳤는데, 비단 가게에 판 윤회매가 열한 송이였다고 했으니, 꽃만 갖고 계산하면 열한 푼이 되는 셈이다. 박지원은 상품 가치를 높이기 위해 이를 자기병에다 꽂아 팔았으므로, 병값을 아홉 푼으로 칠 경우 도합 스무 푼이 된다. 그러므로 값을 알아보기 위해 서상수에게 윤회매를 판 행위는 동인들끼리의 유희적 성사盛事라 치더라도, 종로의 비단 가게에 윤회매를 판 행위는 그렇게 보기 어렵다. 그것은 비참하며 따라서 분식粉飾이 불가능한, 생활의 현실에 해당한다. 당시 극심한 가난을 겪고 있던 박지원으로서는 조금이라도 생활비에 보태고자 아이종과 함께 집안에서 몸소 이런 일을 하곤 했던 것 같다.

스무 푼을 받았다고 했는데, 스무 푼이면 어느 정도의 돈일까. 박지원이 이덕무에게 돈 1푼과 함께 보낸 편지를 통해 볼 때, 그것은 찬비饌費와 땔감값과 담뱃값 등으로 긴하게 사용되었음을 알 수 있다.

당시 서울의 쌀 1되 값은, 풍년과 흉년에 따라 다르긴 하나, 평균 3푼쯤 되었다. 그리고 서울 주막의 한 끼 밥값이 5푼쯤 했다.[217] 한편, 단국대 도서관에 소장되어 있는 연민淵民 기증도서 중 '燕巖稿略'이라는 제목의 책 속에 박지원가家의 1년 생활비 내역이 기록되어 있어 주목된다. 다음은 그 가운데 '내용 경비'內用經費라는 제목의 것이다.

> 윗방의 조석朝夕 시탄柴炭
>
>> 합 6단(12푼), 3단씩
>
> 건넌방
>
>> 합 2단(4푼), 1단씩
>
>> 탄炭 2푼
>
> 찬가饌價 조석 합 3전錢[218] 유가油價 2푼
>
> 이상 1일 경비 5전
>
>> 1달 도합 15냥
>
>> (접객 비용은 넣지 않았음)[219]

'내용 경비'란 안살림 비용을 뜻하는 것으로 이해된다. 윗방과 건넌방의 시탄비柴炭費(땔감과 숯의 비용)가 하루 18푼(땔감 1단 값이 2푼), 등촉燈燭의 기름값이 2푼, 조석의 식비食費가 30푼, 도합 50푼이 하루 생활비로 계상計上되어 있다. 한달로 계산하면 15냥에 해당한다. 손님이 왔을 때의 접대 비용은 고려하지 않았음을 끝에다 밝히고 있다.

이 내역을 고려하면, 박지원이 비단 가게에 팔아 받은 스무 푼은 그리 큰 돈이 못 되며, 박지원가家 하루의 생활비에도 미치지 못하는 것임을 알 수 있다. 그렇긴 하나, 형수에게 드린 10푼은 가족의 찬비饌費에 보태졌을 테고, 4푼은 형님 방과 자신이 거처하는 방의 땔감

비용으로 들어갔고, 1푼은 자신의 담뱃값으로 소용所用되었다는 점에서, 생활비에 보탬이 되지 않았다고는 할 수 없다.

이상의 논의를 통해 알 수 있듯, 이덕무와 박지원은 윤회매를 매개로 깊숙이 얽혀 있다. 박지원에게 윤회매 만드는 법을 처음 가르쳐준 사람도 이덕무요, 박지원이 윤회매를 서상수에게 팔 때 그것을 지켜본 사람도 이덕무며, 박지원이 비단 가게에서 받은 윤회매 판매 대금의 일부를 건넨 사람도 이덕무다. 말하자면, 이덕무는 윤회매와 관련된 박지원 행위의 자초지종을 누구보다 잘 알고 있는 사람이다. 그러므로 「육매독」의 미평에서 박지원의 노동행위와 상행위를 변호하고 있음은, 단지 박지원이 유희적 기분으로 서상수에게 윤회매 판 일을 옹호하기 위해서가 아니다. 그보다는 이덕무가 익히 알고 있는, 윤회매와 관련한 박지원의 이후 행적을 염두에 두고 한 말일 가능성이 높다. 그렇게 이해한다면, 매화 조화를 하나 만들어 장난삼아 친구에게 판 일을 갖고 왜 이렇게 정색을 한 채 고금古今 인물 가운데 가난 때문에 상행위를 했던 사람들까지 여럿 열거하면서 박지원을 극구 변호하고 있는 것일까 하는 의문이 자연스레 풀린다.

이처럼 「육매독」의 미평은 앞서 살핀 아홉 개의 미평들과는 달리 박지원에 대한 옹호와 변명으로 일관하고 있다. 그렇다면 이 미평은 작가인 박지원과 대화하기보다는 불특정의 독자를 향해 말하고 있는 것이라고 봐야 할까? 이 점에서 이 미평은, 본질적으로 작가인 박지원과의 대화가 제1의적이요 불특정 독자에게의 말건넴은 제2의적이었던 『종북소선』의 미평에서 예외적인 성격을 갖는 것일까? 그렇게는 생각되지 않는다. 사안이 사안인 만큼 이 미평은 지금까지 본 다른 미평들과 달리 외부를 의식해 박지원을 두둔하면서 변호한 측면이 없는 것은 아니지만 그럼에도 이 미평의 목소리가 향하고 있는 1차적인 대상은 역시 박지원이라고 생각된다. 이덕무는 이 미평을 통해, 생활에 쪼들려 어쩔 수 없이 한 일이기는 하나 그럼에도 마음 한 켠에는 늘 자괴감을 갖고 있었을 박지원에게, 사대부 집안의 자제가 저런 비루한 일을 하냐는 외부의 시선과 수군거림 때문에 혹 상처받거나 비애감을 느꼈을지도 모를 박지원에게, 한 줌 위로와 격려의 말을 건넨 것일 수 있다. 그럴 수 있었던 것은 이덕무 역시 박지원만큼이나, 혹은 박지원보다 훨씬 더, 가난에 시달리고 있었기 때문이다. 가난으로 인해 큰 고통을 겪고 있다는 점에서 두 사람에게는 깊은 생활적 공감이 있었던 셈이다. 이덕무가 미평의 말미에서 "가난은 굶주림"이라고 단언한 건 바로 이런 생활적 공감에서 비롯되는 말일 터이다. 이 생활적 공감이야말로 두 사람의 문학과 취미와 감수성, 그리고 존재에 대한 연민을 가로지르는 토대일 것이며, 두 사람의 대화를 맑고, 훈훈하고, 살갑게 만드는 근원일 것이다. 그러므로, 이덕무가 「육매독」에 붙인 다음과 같은 후평, 즉 "가난하지만 아취가 있는 것이 부유하면서도 속된 것보다 훨씬 낫다"[220]라는 말은, 단지 「육매독」에 대한 평을 넘어, 박지원과 이덕무 두 사람의 삶과 지취志趣에 대한 평으로 간주해도 좋을 것이며, 더 나아가 박지원과 이덕무의 정신적·미적 교감의 전 과정에 대한 평어로 삼아도 무방하지 않을까 생각된다.

미평 전체에 대한 조감

지금까지 『종북소선』의 미평 하나하나에 대해 검토해 보았다. 이제 여기서는 가급적 논의의 중복을 피하면서 미평 전체를 조감해 보기로 한다.

(1) 『종북소선』의 미평은 그 전체가 박지원의 산문 작품에 대한 대응작으로서의 성격을 갖는다. 여기서 '대응작'이란 두 가지 의미를 갖는다. 하나는 박지원의 산문과 호응한다는 의미, 다시 말해 박지원의 산문과 내적 의미관련을 갖는다는 의미이고, 다른 하나는 박지원의 산문과 병립並立하는 하나의 독자적인 산문 '작품'이라는 의미이다. 이 점에서 『종북소선』의 미평은 아주 독특한 비평 방식이라 하지 않을 수 없다. 일반적으로 '비평'이란 대상 작품의 가치와 의미, 구성, 서술법, 장단점, 풍격, 묘처妙處, 사상적 특징, 주제 등에 관해 분석적이거나 개괄적으로 논평하는 것을 이른다. 하지만 『종북소선』의 미평은, 엄격히 말해, 이런 비평의 규정에 들어맞지 않는다. 왜냐하면 그것은 대상 작품에 대해 조금도 분석적이거나 개괄적인 논평을 가하고 있지 않으며, 단지 대상 작품으로부터 촉발된 어떤 생각을 바탕으로 자유롭게 하나의 독자적인 산문 작품을 창작해 놓은 것이기 때문이다. 비평가 이덕무는 자신의 이 미평을 문예성이 있는 하나의 독립적이고 완성된 '작품'으로 만들기 위해 굉장히 심혈을 기울였던 것으로 판단된다.

그렇다면 『종북소선』의 미평은 비평으로서는 결격이거나 미흡한 점이 있는 것일까? 전연 그렇지 않다. 우리에게는 오히려 우리가 갖고 있는 비평에 대한 기존의 관념을 수정하는 일이 필요하다. 『종북소선』의 미평은 비평의 새로운 방식을 창조함으로써 비평의 지평을 확장해 놓고 있기 때문이다. 즉, 그것은 비평 대상 작품에서 주목되는 어떤 부분이나 생각에 대한 비평가 자신의 생각을 창의적으로 전개해 보임으로써 대상 작품에 대한 이해를 심화시킴과 동시에 그 대상 작품을 새로운 의미지평 속에서 바라보게 만드는 독특한 비평 방식을 선뵈고 있다. 이 비평 방식은 비평가가 꼭 대상 작품의 주제나 사상적 지향점에 자신을 맞출 필요가 없다는 점에서 흥미를 자아낸다. 다시 말해 이 비평 방식에서는 비평 대상 작품과 좀 다르게 말하는 것이 비평가에게 허용된다. 가령, 작품은 전반적으로 불교에 대해 비판적인 논조를 펼쳤다 하더라도 비평가는 그와 달리 불교의 교리로부터 어떤 깨달음을 이끌어낼 수 있다. 이 점에서, 이 비평 방식은 작가와 대등하게 비평가의 창의성과 독자성을 적극 승인하고 있다고 할 만하다.

주목되는 점은, 『종북소선』 미평이 보여주는 이런 독특한 성격이 '대화'와 관련되어 있으며, '대화'에 기인한다는 사실이다. 즉, 그것은 『종북소선』 전체를 통해 기획된 작가와 비평가의 '대화', 더 정확히 말한다면, 박지원과 이덕무라는 사제師弟이자 벗인 두 사람의 대화를 **최대화**最大化**하고 최심화**最深化*하기 위한 숙고에서 말미암는다. 방금 말한 '최대화'와 '최심화'라는 말은 최상급에 해당하는 말이므로 그보다 크지 않은 어떤 것, 그보다 깊지 않은 어떤 것을 전제하고 하는 말이다. 그것이 무얼까. 『종북소선』의 여타 비평 형식을 생각하면 될 터이다. 『종북소선』은 미평 이외에도 방비나 후평 등 여러 평점비평 형식을 통해 작가와의 대화를 시도하고 있다. 『종북소선』의 이런 다양한 비평 형식에 가치적 우열이 있는 것은 아니다. 각각의 비평 형식은 저마다 자신에게 고유한 비평적 직분을 다하고 있음으로써다. 그리하여 방비나 후평 등도 자신의 고유한 형식에 따라 작가와의 기지機智에 넘치는 대화, 통찰력 가득하고 감수성이 풍부한 대화를 나누고 있다고 할 것이다. 그렇기는 하나 방비나 후평 등은 그 비평

* '최심화'(最深化)라는 말은 필요에 따라 필자가 만든 말이다. '가장 깊게 함' 혹은 '가장 깊게 하려 함'이라는 의미다.

형식이 갖는 제약과 특성 때문에 긴 호흡의 대화, 그리하여 깊은 사유를 전개해 나가는 대화를 펼치기에는 난점이 없지 않다. 이에 반해 미평은 형식적으로든 내용적으로든 방비나 후평에 비해 훨씬 자유롭기 때문에 비평가 이덕무의 생각을 별 구애 없이 '길게' 그리고 '깊게' 전개해 나갈 수 있는 이점利點이 있다. 요컨대 '최대화'와 '최심화'가 가능하다.

중국과 한국에서 전개된 전근대 시기의 평점비평에서 미비眉批는 아주 흔하나 미평眉評은 그리 흔하지 않다.* 미비는 그 성격상 단소短小하다. 미평 역시 장문長文을 취하고 있는 경우는 발견하기 어렵다. 더군다나 한 평점비평서 전체를 통해 미평이 일관되게 장문의 하나의 독립된 예술산문으로 창작된 경우는 동아시아 평점비평사에서 『종북소선』말고는 달리 유례가 없는 것으로 보인다.

『종북소선』미평의 이런 독특한 면모가 대화를 최대화하고 최심화하려는 데에 기인한다는 점은 그렇다손 치더라도, 이같은 대화의 최대화와 최심화는 왜 요청되었을까? 이 물음이야말로 우리를 문제의 본질에 이르게 하는 물음일 것이다.

본서는 지금까지 대화라는 말을 많이 사용해 왔지만, 그것은 마

---

* '미비'와 '미평'은 작품이 필사된(혹은 인쇄된) 부분 상단에 있다는 점에서 그 공간적 위치는 동일하다. 하지만, '미비'가 작품의 특정한 행문(行文)에 대한 비평이라면, '미평'은 작품 전체와 관련하여 발(發)해진 비평이다. 이 때문에 '미비'는 비평을 가하려는 작품 구절이 있는 행(行)의 상단에 반드시 있어야 하나, '미평'은 작품의 특정 구절과 아무 관계가 없으며 작품의 상단 어디에 있더라도 무방하다. '미평'은 작품 전체와 관련해 발해진 비평이라는 점에서 그 내용상 실질적으로 미비(尾批, 즉 후평)와 차이가 나지 않을 수도 있다. 동아시아의 전근대 시기에 미비(眉批)와 미평이 이처럼 명확히 구분되어 사용되었는지에 대해서는 의문의 여지가 없지 않지만, 적어도 '개념적'으로는 둘이 이렇게 구분될 수 있다.

주한 두 정신의 교류에 다름 아니다. 두 정신이 마주하여 깊은 교감과 사유를 주고받기 위하여는, 하나의 정신과 또 하나의 정신이 완전히 자유롭고, 독립적이며, 평등하다는 전제가 충족되지 않으면 안 된다. 하나의 정신이 다른 정신에 종속되어 있다면, 하나의 정신이 다른 정신과 대등하지 못하다면, 하나의 정신과 다른 정신이 각기 독자적이지 못하다면, 진정한 의미의 정신의 대화는 성립되기 어렵다. 그것은 대화라기보다 하나의 정신이 자신의 동일성을 확인하는 행위에 불과하거나, 하나의 정신이 홀로 말하고 홀로 듣는 행위에 가까울 터이다. 대화란 동일성과 차이의 합주合奏이기 때문이다. 오로지 동일성만 존재할 경우 두 정신 사이에 오고가는 것은 대화일 수 없다. 오로지 차이만 존재할 경우에도 두 정신 사이에 대화가 오고가기 어렵다. 동일성 위에 풍부한 차이가 존재하고, 차이 밑에 동일성의 기반이 확고히 존재할 때, 깊은 사유와 감정의 주고받음, 즉 진정한 의미의 정신의 대화가 시작된다. 대화의 최대화와 최심화라 말했을 때의 '대화'는 이런 함의를 갖는다. 이덕무와 박지원 양인에게 있어 이런 의미의 대화란 다름 아닌 **우정을 나누는 행위**였다. 다시 말해, 우정을 나눔의 본질은 다른 곳에서 찾아질 수 없고 바로 이 '대화'에서 찾아질 수 있었던 것이다. 이 점에서 두 사람이 펼친 우정의 나눔이란, 한 존재가 자신의 경계를 허물고 다른 존재를 향해 나아가는 행위이며, 이를 통해 두 존재가 평화롭고 화락하게 어우러지는 행위이다. 존재는 자신의 경계를 허물고 다른 존재에게 손을 내밀 때 생의 근원적 외로움과 생 그 자체에서 유래하는 고단함과 서글픔을 위로받게 된다. 그것은 일방이 타방을 위로하는 그런 성격의 위로가 아니라, 같은 존재 여건에 처해 있는 서로가 서로를 껴안는 그런 성격의 위로이다. 이는 곧 사랑의 한 독특한 방식이 아닐까. 이덕무가 「『양환집』서」의 미평에서 "내 벗은 나를 아는 자이고, 나를 안다면 나를 사랑하는 것"(吾友知吾者也, 知吾則愛吾)[221]이라고 말했을 때, 그는 이미 글쓰기를 통한 정신의 이 대화가 사랑에 속한다는 것을 알고 있었던 게 아닐까. 이 경우 사랑이란 한 존재가 다른 존재와 맺을 수 있는 **최고의 존재관련**에 해당할 터이다. 이 사랑은 독점욕과 소유욕, 그리고 생물학적 계속성에 대한 헛된 욕망으로부터 벗어나 있다는 점에서 애욕에 기반해 있는 저 남녀간의 사랑과는 본질적으로 다른 사랑이다. 그러므로, 이런 사랑을 위해서는 완전히 자유롭고 독립적이며 평등한 정신의 대면이 요청된다는 사실이 여기서 다시 한 번 음미될 필요가 있다. 이 사랑은 '나'를 넘어서 '나'를 찾는 행위이고, '나' 밖에서 '나'를 발견하는 행위이며, 따라서 '나'의 위무慰撫이자 '나'의 확대이다. 따라서 그것은 결국 존재가 자신의 경계를 허물고 다른 존재 속으로 들어감으로써 다른 존재와의 깊은 공감의 확보를 통해 정신의 고양과 확대를 경험하는 일이 된다. 그것은 순수하고, 어떤 이해관계도 없으며, 그 자체가 목적인 것 외에는 일체의 다른 목적이 없기에, 일종의 '유희'처럼 현상現象될 수도 있다. 『종북소선』의 미평들에서 종종 투명한 유희의 어조가 느껴짐은 이 점과 무관하지 않을 터이다.

그러므로, 대화의 최대화와 최심화는 요컨대 우정 때문에 요청되었다고 말할 수 있다. 양인의 깊은 우정에서 대화의 최대화와 최심화가 요청되었고, 이 때문에 미평에 특수한 공간적 독자성과 함께 독특한 성격이 부여되게 된 것이다. 그러니까 비평가 이덕무가 새로운 내용과 형식의 미평을 창안하게 된 근원을 궁구해 들어가면 양인의 깊고도 돈독한 우정에 가 닿는다고 말할 수 있다. 이 양인의 우정은 몇 가지 점에서 그것만의 독특함을 갖는다. 첫째, 조선 최고의 문장가와 조선 최고의 비평가가 나눈 우정이라는 점에서 그러하고, 두 사람이 평생 뜻을 함께한 사제師弟이자 벗이었다는 점에서 그러하며, 두 사람이 생에 대한 감각과 예술적 취향과 문학적 노선을 공유했다는 점에서 그러하고, 두 사람이 인간적으로 서로 좋아하고 서로 깊이 이해하면서도 상호 존중심을 잃지 않았고 각자의 분수를 지켰다는 점에서 그러하다. 이런 특별한 우정이 이런 특별한 비평을 낳은 것이다.

(2)『종북소선』의 미평이 비평 대상 산문에 대한 대응적 산문으로서의 성격을 갖는다는 사실은 좀 더 종합적으로 음미될 필요가 있다.

미평의 대응적 면모는 여러 측면에서 확인된다. 먼저 어조語調를 통해 확인된다. 『종북소선』의 미평은 곧잘 비평 대상 작품의 어조에 반향反響한다. 이 반향은 정신적 공명共鳴의 표현이다. 가령 박지원의 어조가 기이하면 미평의 어조도 기이해진다. 박지원의 어조가 사변적이면 미평의 어조도 사변성을 띤다. 박지원의 어조에 유희성이 두드러지면 미평의 어조 역시 유희성을 두드러지게 드러낸다.

미평의 대응적 면모는 정서적 상태에서도 확인된다. 『종북소선』의 미평은 박지원 산문의 감정 상태에 곧잘 공명한다. 그리하여 박지원이 기뻐하면 미평 역시 기본적으로 기쁨의 감정 위에서 전개되고, 박지원이 슬퍼하면 미평 역시 슬픔의 감정 위에서 전개된다. 박지원의 영혼이 유쾌하거나 경쾌하거나 밝으면 미평 역시 유쾌하거나 경쾌하거나 밝다.

미평의 대응적 면모는, 그것이 박지원 산문의 주요한 구절이나 인상적인 대목을 하나의 화두로 삼아 글을 전개하고 있음에서도 확인된다. 이를 통해 미평은 박지원의 산문에서 제기된 중요한 논점을 실증實證해 보이기도 하고, 박지원 산문의 어떤 인상적인 대목을 바탕으로 더욱 확장된 사유를 펼쳐 보이기도 한다.

미평의 대응적 면모는 문장작법상에서도 확인된다. 즉 그것은 박지원의 글이 보여주는 특정한 수사법을 활용하고 있기도 하고, 심지어 박지원의 글이 구사하고 있는 수사법에 따라서 그 수사법을 논의하고 있기도 하다. 뿐만 아니라, 박지원 글의 서두가 돌연히 열리는 방식으로 시작되면, 미평 역시 돌연히 열리는 방식으로 그 서두가 시작된다.

미평의 대응적 면모는, 비평 대상 작품과의 뚜렷한 연관성 없이 확인될 경우도 있다. 「『양환집』서」의 미평이 그러하다. 이 미평은 위에서 거론한 그 어떤 경우에도 해당되지 않지만 그럼에도 불구하고 박지원 산문에 대한 대응작적 미평인 것은 분명하다. 어찌 보면 「『양환집』서」의 미평이야말로 가장 고도의 대응적 면모를 보여주는 것일지 모른다. 능청스럽고 천연하여 대응이 쉽게 확인되지 않지만 대응인 것은 분명하니까.

(3) 『종북소선』의 미평에는 대단히 예민한 시간의식이 나타난다. 『종북소선』의 이 시간의식은 존재론적 물음과 연관된다. 모든 존재는 시간 속에 존재하고, 시간에 의해 규정된다. 시간의 본질은 '사라지게 함', 즉 '무화'無化에 있다. 그러므로 시간 속에 있을 수밖에 없는 일체의 존재는 소멸할 수밖에 없다. 예술 작품과 작가는 물론이려니와 비평가 자신의 비평 행위조차도 이런 시간의식 속에서 파악된다. 하지만 『종북소선』 미평의 시간의식은 허무의식으로 귀결되지는 않는다. 그것은 역설적으로 **지금 이** 삶의 중요성, 지금 이 삶을 충실하고 즐겁게 사는 일의 중요성을 환기시켜 주며, 그 결과 비평적 글쓰기의 즐거움, 비평 행위의 행복함을 근거짓는 존재론적 기반이 된다. 이처럼 『종북소선』 미평은 존재론적 물음과 연관된 그 시간의식으로 인해 형이상학적 깊이를 갖는다.

(4) 비평가로서의 이덕무의 공감 능력은 비단 『종북소선』의 미평

만이 아니라 방비나 후평 등에서도 두루 확인되지만, 특히 「망자 유인 박씨묘지명」의 미평은 '슬픔의 미학'에 바탕한 그의 공감 능력을 여실히 보여준다고 생각된다. 만일 '슬픔의 미학'을 좀 더 광범하게 적용할 수 있다면, 「육매독」의 미평 역시 이 미학에 바탕을 두고 있는 것으로 볼 수 있을 터이다. 가난이라는 슬픔, 고쳐 말해 가난에 대한 동병상련과 연민이 이 미평의 정서적 기초를 이루고 있음으로써다.

(5)『종북소선』의 미평은 전반적으로 소품문적 특성을 보여준다. 그리하여 그 문장은 대체로 경쾌하고, 속도감이 있으며, 참신하고, 기발하다. 또한 열거법이 자주 구사되고 있는바, 이는 감각적이면서 선명한 인상을 준다. 열거법의 이런 빈번한 사용 역시 소품문적 특성을 보여주는 것이라 할 수 있다.

『종북소선』 미평의 편법篇法은 대체로 비교적 단순한 편이나, 논리성이 두드러진다. 이처럼 편법이 단순해 반전反轉이나 기복起伏이 없는 데다 논리성이 승勝하기 때문에 글의 논지가 명료하게 드러나고, 입론과 주장이 일목요연하게 파악된다. 이런 특징은 『종북소선』의 미평이 비평적 글쓰기라는 점과 관련된다.

제5장

명말 청초의 평점거評點書와 『종북소선』

5.1. 동아시아에서 문학 비평의 유력한 방식으로서 평점 비평이 나타난 것은 중국의 남송南宋 때에 와서다. 여조겸呂祖謙(1139~1181)은 평선서評選書『고문관건』古文關鍵을 편찬해 평점비평의 문을 열었으며, 이어 유신옹劉辰翁(1232~1297)이 시문詩文에 대한 활발한 평점비평을 전개하였다. 사방득謝枋得(1226~1289) 역시 이 시기에『문장궤범』文章軌範이라는 책을 비선批選하였다.

하지만 중국에서 평점비평이 전면적으로 개화開花한 것은 명청대明淸代에 와서의 일이다. 특히 왕조 교체기인 명말 청초에 당대의 저명한 문인이나 비평가들이 고인古人의 시문이나 문집에 평점을 가해 책을 출판하는 일이 성행하였다. 뿐만 아니라, 동시대인의 시문이나 문집에 평점을 붙여 출판하는 일 역시 그리 드문 일이 아니었다. 이제 독자들은 평점이 없는 책보다는 평점이 붙은 책들을 선호하고 요구하는 시대로 바뀌어 가고 있었다.* 명말 청초의 평점서評點書 중 비교적

---

* 중국 평점비평의 역사에 대해서는 朱世英 外著,『中國散文學通論』, 제11장; 郭英德 外著,『中國古典文學硏究史』(北京: 中華書局, 1995), 365~367면 참조. 우리나라 평점비평의 역사에 대해서는 김대중,「『풍석고협집』의 평어 연구」(서울대학교 석사학위논문, 2005)의 제2장 제2절이 참조된다.

널리 알려져 있으며, 18세기 조선에서도 읽혔으리라 추정되는 주요
한 것들을 꼽아 보면 다음과 같다.

　(ㄱ) 당순지唐順之 선비選批, 『문편』文編

　(ㄴ) 진덕수眞德秀 찬撰·당순지 비점, 『집고평석 서산진선생문장
　　　정종』集古評釋西山眞先生文章正宗

　(ㄷ) 모곤茅坤 찬, 『당송팔대가문초』唐宋八大家文鈔

　(ㄹ) 정원훈鄭元勳 선選·진계유陳繼儒 정定, 『문오』文娛

　(ㅁ) 서위徐渭·동무책董懋策 비주批註, 『당 이장길 시집』唐李長吉詩集

　(ㅂ) 원굉도 평점, 『서문장 문집』徐文長文集

　(ㅅ) 종성鍾惺·담원춘譚元春 선정選定, 『당시귀』唐詩歸

　(ㅇ) 종성·담원춘 선정, 『고시귀』古詩歸

　(ㅈ) 김성탄 평점, 『제5재자서 수호전』第五才子書水滸傳

　(ㅊ) 김성탄 평점, 『제6재자서 서상기』第六才子書西廂記

　(ㅋ) 김성탄 선비選批, 『천하재자필독서』天下才子必讀書

　(ㅌ) 김성탄 선비, 『당재자시』唐才子詩

　(ㅍ) 제명가諸名家 평점, 『위숙자문집』魏叔子文集

　(ㅎ) 육가숙陸嘉淑 비점, 『청문집』青門集*

　　이 중 (ㅁ), (ㅅ), (ㅇ), (ㅌ)은 시에 대한 평점이므로 제외하고,
산문에 대한 평점이거나 산문에 대한 평점이 포함되어 있는 나머지
열 개에 대해서만 검토해 보기로 한다.

* 이외에도 진인석(陳仁錫) 평선(評選)의 『명문기상』(明文奇賞), 취오각(翠娛閣) 육운
룡(陸雲龍) 평선의 『황명십육가소품』(皇明十六家小品) 등등이 추가될 수 있으나, 너무
번다하므로 제외한다.

당순지唐順之 선비選批, 『문편』文編

명말의 문인 당순지(1507~1560)가 엮고 평점을 붙인 책이다. 권점이 위주이고, 수비, 방비, 후평이 드문드문 보인다. 미비眉批는 붙어 있지 않다.

진덕수眞德秀 찬撰·당순지 비점, 『집고평석 서산진선생문장정종』集古評釋西山眞先生文章正宗

『문장정종』文章正宗은 원래 남송南宋의 진덕수(1178~1235)가 역대 고문을 모아 평점을 붙인 책인데, 명대明代에 와서 당순지가 평점을 보충하였다. 이 책은 산문에 해당하는 부분과 시에 해당하는 부분이 있는데, 전자만 살피기로 한다. 산문에는 구두점, 권점, 방비, 미비가 보인다. 작품 제목 아래에는 대개 쌍행雙行의 세주細注가 달려 있다. 그리고 본문 중에 왕왕 협주夾注가 달려 있다. 간혹 협비夾批의 성격을 보이는 것도 없지는 않으나 그리 흔치는 않다. 작품 말미에는 이따금 쌍행의 '안설'按說이 첨부되어 있는데, 후평이라고 보기는 어렵다.

방비는 작품마다 다 있는 건 아니며, 드문드문 붙어 있고 대개 간단한 편이다. 미비도 매 작품마다 다 있는 것은 아니다. 미비가 달린 경우 한 작품에 한둘 혹은 서너 개가 보이며, 대체로 단소하다. 「고조입관고유」高祖入關告諭에 붙인 미비의 예를 보이면 다음과 같다.

> (가) 충성스러운 간언諫言을 '비방'이라고 이르다니, 가혹하고 가혹하다.[1]
> (나) '約'이라는 글자에서 구두를 떼야 한다.[2]
> (다) 진秦나라와 한漢나라의 흥망이 이 몇 마디 말에서 결판

났다.[3]

모곤茅坤 찬, 『당송팔대가문초』唐宋八大家文鈔

모곤(1512~1601)이 1579년에 엮은 평선서評選書로, 권점, 수비, 방비, 후평이 붙어 있다. 후평은 드문드문 보이며, 미비는 보이지 않는다.

정원훈鄭元勳 선選·진계유陳繼儒 정定, 『문오』文娛

이 책은 명말明末의 소품 선집인데, 초집初集과 이집二集이 있다. 초집은 1630년, 이집은 1639년에 간행되었다. 여기서는 초집에 대해서만 검토한다. 이 책은, 작품을 뽑는 일은 정원훈(1608~1644)이 하고, 작품에 평을 붙이는 일은 진계유(1558~1639)가 한 것으로 보인다. 이 책에는 구두점, 권점, 방비, 후평이 보인다. 미비는 보이지 않는다. 방비는, 달려 있는 작품도 있고 달려 있지 않은 작품도 있는데, 대체로 간단한 편이다. 후평은 대개 작품마다 있지만, 없는 경우도 있다.

원굉도 평점, 『서문장 문집』徐文長文集

명말의 개성파個性派 문인인 서위徐渭(1521~1593)의 문집에 원굉도(1568~1610)가 평점을 붙인 책이다. 원굉도의 비평은 극히 간략하여, 작품 제목 아래에 붙인 비批, 즉 수비首批만 보일 뿐이다. 이 수비는 대체로 단소하다. 예를 들어 「죽은 아내 반潘의 묘지명」(亡妻潘墓誌銘)에는 "글빛이 생동하다"[4]라는 평어가, 「나의 묘지명」(自爲墓誌銘)에는 "슬픈 말이 혼백魂魄을 슬프게 한다"[5]라는 평어가 달려 있을 뿐이다. 또한 모든 작품마다 수비가 달려 있지는 않은바, 수비가 없는 작품도 있다. 후평이나 미비는 보이지 않는다.

김성탄 평점, 『제5재자서 수호전』第五才子書水滸傳

이 책에는 총비總批, 협비, 미비가 붙어 있다. '총비'는 '총괄적 비평' 혹은 '개괄적 비평'이라는 뜻이다.[6] 김성탄은 이 총비를 통해 『수호전』각 회回의 특징이라든가 각 회를 읽을 때 독자가 미리 유의해야 할 점이라든가 작품과 관련한 자신의 문학적·미학적 견해 등을 개진해 놓고 있다. 총비는 매회마다 그 서두에 제시된다. 총비의 길이는 상당히 길다. 가령 제1회의 총비는 491자다. 이 책에서 총비는 책의 난외欄外가 아니라 '난내'欄內에 위치해 있다는 점에서 미비와는 그 공간적 점유를 달리한다.

김성탄은 『수호전』의 정문正文* 곳곳에 협비를 붙여 놓고 있다. 고서古書에 흔히 보이는, 본문 속에 기재된 쌍행雙行의 세주細注와 동일한 형태다. 『수호전』의 협비는 비교적 짧은 것도 있지만, 그 길이가 아주 긴 것도 많다. 방비는 정문의 옆에다 한 줄의 작은 글씨로 기입하는 비평 형식이기에 그 길이에 제약이 따를 수밖에 없다. 이와 달리 협비는 정문 속에 자리하기에 길이에 그다지 제약을 받지 않으며, 따라서 긴 평어가 가능하다. 『수호전』의 협비 중에는 무려 140자에 이르는 것도 있다.[7]

김성탄 평점본 『수호전』에는 미비도 구사되고 있다. 대체로 한

---

* 『수호전』 본문을 말한다. 이하, 평점서의 작품 본문을 가리키는 말로 '정문'(正文)이라는 말을 사용한다.

회回에 몇 개의 미비가 보이는바, 가령 제1회에서는 2개, 제2회에서는 4개, 제3회에서는 3개의 미비가 보인다. 미비들의 길이는 모두 짧은 편이다. 예를 들면 다음과 같다.

> (가) 기이한 한 산봉우리가, 그 산세山勢가 갑자기 뚝 떨어졌다가는 그 후 이길李告의 입 안에서 거듭해서 산꼭대기가 우뚝 드러나니, 문장을 쓰는 법이 참으로 다채롭고 빼어나다.[8]

> (나) 여섯 번째가 되어서야 비로소 정전正傳에 들어가니, 문장 쓰는 법이 천고千古에 없던 바이다.[9]

모두 제1회에 보이는 미비들이다. 미비는 협비가 대상으로 삼는 구절보다 더 넓은 범위의 구절을 대상으로 삼는 경우가 일반적이다. 따라서 특정 대목이 보여주는 인물 묘사의 특징이나 행문行文의 특징을 포괄적으로 지적한 경우가 많다.

김성탄 평점, 『제6재자서 서상기』第六才子書西廂記

김성탄은 『서상기』를 장章과 절節로 구획한 뒤, 매 장章 앞에 총비를 붙이고, 매 절 뒤에 후평을 붙였으며, 정문에는 곳곳에 협비를 붙였다. 『서상기』의 총비는 대체로 『수호전』의 총비보다 훨씬 길다. 총비가 해당 장의 문장과 인물에 대한 총괄적 논의를 펴고 있다면, 후평은 주로 각 절의 행문이 보이는 특징을 개괄적으로 지적하고 있다. 협비는 특정 구절에 대한 평가, 해설, 소회를 담고 있다.

『수호전』과 달리 『서상기』에는 미비가 보이지 않는다.

김성탄 선비選批, 『천하재자 필독서』天下才子必讀書

이 책은 진한秦漢 고문과 당송唐宋 고문 가운데 명편을 뽑아 평점을 붙여 놓고 있다. 협비와 미평, 두 가지를 구사하고 있는데, 미평은 대체로 매 작품마다 하나씩 달려 있다.[10] 미평은 작품 1편에 대한 총괄적 논의로서의 성격을 갖는다. 그러므로 실질상 총평의 성격을 갖는다. 미평은 대체로 그리 길지 않다. 일례를 들면 다음과 같다.

> 이 글은 도끼의 기운이 있는바 이리 내리찍고 저리 내리찍어 조금도 용서가 없으니, 읽으면 사람의 기운과 힘을 북돋는다.[11]

제명가諸名家 평점, 『위숙자문집』魏叔子文集

'위숙자'는 위희魏禧(1624~1680)를 말한다. 위희는 명나라가 망한 후 은거 생활을 했으며, 종종 청나라에 저촉되는 글을 썼다. 이 때문에, 후방역侯方域, 왕완汪琬과 함께 청초淸初의 3대가로 꼽힌 문학가[12]임에도 불구하고 그 문집이 사고전서四庫全書에 실리지 못했다. 하지만 이런 면모 때문에 조선에서는 오히려 그를 존숭하였다.

『위숙자문집』에 대한 비평의 체재는 통일적이지 않다. 그리고 비평을 가한 사람도 한 사람이 아니라 여러 사람이다.[13] 『위숙자문집』에는 수비, 방비, 후평, 미비가 구사되고 있다. 수비는 아주 드물게 보인다.[14] 방비는 작품에 따라 있기도 하고 없기도 한데, 있는 경우보다 없는 경우가 더 많다. 미비 역시 모든 작품에 다 있는 것은 아니며, 드문드문 보인다. 후평은 거의 대부분의 작품에 달려 있지만, 달려 있지 않은 경우도 있다. 후평은 비평자의 이름을 명기해 놓고 있는데, 작품에 따라서는 두 사람 이상의 평어가 달려 있기도 하다. 수비든 후평이든 그리 길지 않으며, 두세 줄 정도의 분량이 많다. 미비 역시 짤막짤막하다. 한 예를 들어본다.

> 육陸이 말한다: 이는 산중山中의 가장 생색 나는 일이며, 또한 글 중의 가장 득의한 곳이다.[15]

육가숙陸嘉淑 비점, 『청문집』靑門集

『청문집』은 소장형邵長蘅(1637~1704)의 문집이다. 소장형은 재도적載道的 문학론을 견지하였다. 이 때문에, 주자학의 자장磁場 하에 있던 조선의 문인들이 많이들 존숭하였다.

『청문집』[16]은 매권每卷마다 육가숙이 비점을 붙였음을 명기해 놓고 있다. 육가숙은 소장형과 동시대의 인물이다.

『청문집』에는 수비, 방비, 후평이 구사되고 있다. 미비는 보이지 않는다.

수비는 한 줄 혹은 두어 줄로 된, 작품에 대한 총괄적인 평이다. 매 작품마다 수비가 있는 것은 아니며, 수비가 없는 작품도 있다. 방비 역시 매 작품마다 보이는 것은 아니며, 방비가 없는 작품도 많다. 또한 방비가 붙어 있다 하더라도, 자세한 것이 있는가 하면 아주 소략한 것도 있다. 대체로 보아 자세한 것은 그리 많지 않으며, 소략한 것이 많은 편이다.[17]

후평은 한 줄 혹은 두어 줄로 된 것이 많다. 매 작품마다 붙어 있는 것은 아니며, 붙어 있지 않은 작품도 많다. 후평은 한 사람이 아니라 몇몇 사람이 붙였다. 적방赤方이라는 이름이 특히 많이 보이며, 그외에 형산荊山, 강서명姜西溟, 풍산공馮山公 등의 이름이 보인다. 후평을 붙인 사람의 이름을 명기하지 않은 경우도 많다.

추측건대 육가숙은 권점, 수비, 방비 작업을 했던 것으로 보인다. 단정하긴 어렵지만, 이름을 명기하지 않은 후평도 육가숙의 것이 아닐까 의심된다.

5.2. 이제, 위에서 거론한 명말 청초의 대표적인 평점서들과 『종북소선』을 비교해 보기로 하자.

방비가 달린 평점서는 『문편』, 『집고평석 서산진선생문장정종』(이하 '집고평석 문장정종'이라 함), 『당송팔대가문초』, 『문오』, 『위숙자문집』, 『청문집』 여섯인데, 여섯 책 모두 수록된 모든 작품에 방비가 붙어 있지는 않다. 이와 달리 『종북소선』에는 모든 작품에 방비가 붙어 있다.

후평이 붙은 평점서는 『문편』, 『당송팔대가문초』, 『문오』, 『제6재자서 서상기』, 『위숙자문집』, 『청문집』 여섯이다. 『제6재자서 서상기』는 『서상기』의 매 절마다 후평을 달아 놓았다. 따라서 한 작품을 분절分節하여 중간 중간에 후평을 달아 놓은 게 되어, 작품의 맨 끝에다 후평을 단 경우와는 좀 다르다. 『위숙자문집』은 수록된 작품들 거의 대부분—모두는 아니다—에 후평을 붙여 놓았으나, 한 사람이 일관되게 붙인 것이 아니라 여러 사람이 붙였으며, 붙인 사람의 이름을 명기해 놓고 있다. 작품에 따라서는 두 사람 이상의 후평이 붙어 있는 것도 있다. 『청문집』 역시 여러 사람이 후평을 붙였다. 다만 『위숙자문집』과 달리 후평이 없는 작품이 많다.『문편』과『당송팔대가문초』역시 후평이 드문드문 보인다. 이들 평점서와 달리『종북소선』에서는 한 비평가가 모든 작품에 일관되게 후평을 붙여 놓았다.

미비를 붙여 놓은 평점서는『집고평석 문장정종』,『제5재자서 수호전』,『위숙자문집』셋이다.『제5재자서 수호전』은『수호전』의 매 회回마다 미비를 몇 개쯤 붙여 놓았다. 이 미비는 대체로 단소短小하며, 미비 아래쪽에 있는 정문正文의 특정 대목에 대한 논평인 경우가 대부분이다.『위숙자문집』은 수록된 작품에 모두 미비가 붙어 있지는 않으며, 작품에 따라 드문드문 미비가 붙어 있는데, 퍽 단소하다. 또한『위숙자문집』의 미비는 한 사람이 일관되게 붙인 것이 아니라 여러 사람이 붙인 것이다.

한편,『천하재자 필독서』는 대체로 수록된 매 작품마다, 작품이 시작되는 곳에 그리 길지 않은 1개의 미평을 달아 놓았다. 이 미평은 작품에 대한 간단한 총평의 성격을 갖는다.

이들 평점서와 달리『종북소선』은 한 비평가가 모든 작품에 일관되게 장문의 미평을 하나씩 달아 놓고 있다. 중국의 평점서에 보이는 미비 혹은 미평은 대체로 그 길이도 짧거니와, 그 자체가 하나의 문예적 작품으로서의 면모를 갖고 있지 않다. 이와 달리『종북소선』의 미평은 그 하나하나가 모두 문예 작품으로서의 면모를 갖는바, 저마다 독자적인 결구結構와 상상력, 완정完整한 구성, 미적으로 잘 다듬어진 표현을 보여준다. 그뿐만이 아니다.『종북소선』의 미평은 비평의 대상으로 삼고 있는 작품이 보여주는 기분이라든가 미적 정서라든가 어조라든가 분위기에 예민하게 감응하거나 공명하면서 비평 대상 작품에 호응하는 하나의 예술적 '작품'을 비평적으로 조출造出해 놓고 있다. 이 점에서『종북소선』의 미평은 작품과 대단히 농밀한 '대화적'

관계를 구축하고 있다. 위에 거론한 중국의 평점서들에는 이런 면모를 발견하기 어려운바, 단지 비평가, 혹은 비평가'들'이 일방적으로 작품에 대해 논평하고 재단한 것* 이상의 의미를 부여하기 어렵다. 따라서 그것은 대화라기보다 '독화'獨話에 가깝다. 때문에 그 어조는 다소 권위적이거나 기능적이거나 사무적이며, 때때로 무미건조해 보이기도 한다. 이와 달리 『종북소선』의 미평에서는 권위적이거나 사무적이거나 무미건조한 어투를 일체 발견할 수 없다.

『종북소선』 평어의 대화적 면모는 미평에 가장 두드러지지만, 미평 이외의 평어에서도, 비록 미평과는 그 방식과 수준이 다르긴 하나, 두루 확인된다. 요컨대 『종북소선』의 평어는 그 비평 형식을 막론하고 전체적으로 대화적 지향을 표나게 띤다고 말할 수 있다. 바로 이 점에서, 앞에서 거론한 중국 평점서들의 비평과 『종북소선』의 비평 사이에는 간과해서는 안 될 중대한 차이가 있다. 『종북소선』의 제 비평 형식이 그 연원淵源을 중국 평점서들에 두고 있음은 췌언을 요하지 않는다. 그런데 왜 둘 사이에 이런 차이가 생긴 것일까? 다음의 몇 가지 요인을 지적할 수 있다.

첫째, 중국의 평점서들은 옛사람이나 작고한 문인의 작품에 대한 비평인 경우가 대부분이지만, 『종북소선』은 생존해 있는 작가에 대한 비평이라는 점.

둘째, 중국의 평점서 중에는 한 사람이 일관되게 비평을 한 것이 아니라 여러 사람이 제각각 평어를 붙여 놓은 것들이 있지만, 『종북소선』은 한 비평가가 혼자 모든 비평 형식을 담당하면서 작가와 대면

---

* 이 논평과 재단이 잘못되었거나, 깊이가 없거나, 부적절하다는 말은 아니다. 필자는 지금 그 논의 방식, 목소리, 작가와 비평가가 관계 맺는 '방식'에 대해 말하고 있을 뿐이다.

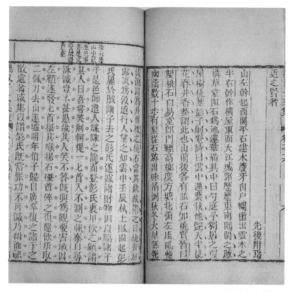

하고 있다는 점.

　셋째, 작가와 비평가가 맺고 있는 존재관련의 정도와 양상이 다르다는 점.

　이 중 셋째 요인이 가장 규정적 지위를 점하지 않나 생각한다.

　여기서 잠시 『종북소선』의 미평이 보여주는 독특한 공간분할에 대해 검토해 보기로 한다. 중국의 평점서 중 미비 혹은 미평이 달린 것은 『집고평석 문장정종』, 『제5재자서 수호전』, 『위숙자문집』, 『천하재자 필독서』 넷이다. 이 중 『제5재자서 수호전』과 『천하재자 필독서』는 미비/미평을 위한 별도의 공간분할을 위해 괘선罫線를 치지 않았으며 그저 정문正文의 테두리 밖에다 미비/미평을 달아 놓았을 뿐이다. 따라서 미비/미평은 책의 난내欄內가 아니라 난외欄外에 위치한다.

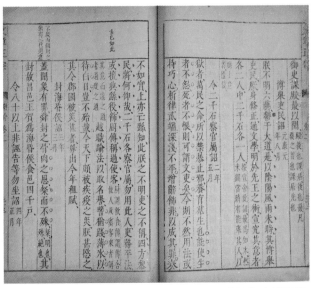

도판 7 『집고평석 문장정종』

　『위숙자문집』은 이와 달리 미비를 붙일 경우 반드시 미비와 정문 사이에 괘선을 쳐서 공간분할을 해 놓았다. 다만 미비가 없는 곳에는 괘선이 쳐져 있지 않다.도판6 따라서 책 전체 차원에서 본다면 간간이 미비와 정문을 구획하는 괘선이 발견될 뿐이다. 그러므로 『위숙자문집』에서 괘선은 다분히 임시적인 것이다. 게다가 『위숙자문집』에서 정문과 미비의 공간비空間比는 고작 8대 1에 불과하다.

　이와 달리 『집고평석 문장정종』에는 책 전체에 걸쳐 공간분할을 표시하는 괘선이 쳐져 있다. 그러므로 이 괘선은 임시적인 것이 아니요 고정적인 것이다. 이 책에서 정문과 미비는 5대 1로 구획된다. 미비는 드문드문 달려 있기에, 비어 있는 공간이 퍽 많다.도판7

　『종북소선』에도 책 전체에 걸쳐 공간분할을 표시하는 괘선이 그어져 있다. 『종북소선』에서 정문과 미평은 이 괘선에 의해 3대 1로 구

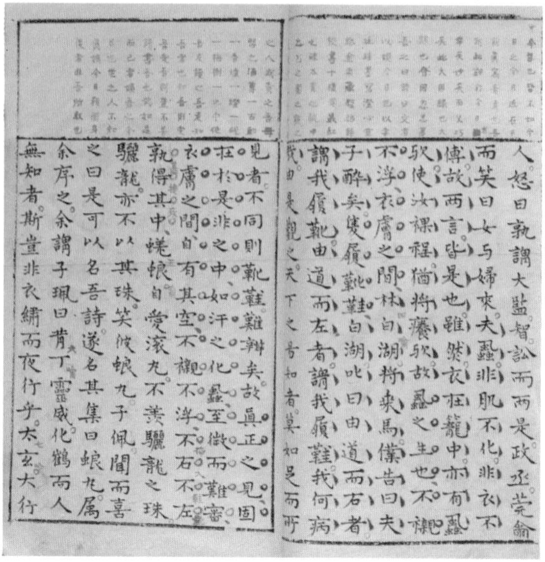

人怒曰孰謂大監智訟而兩是政丞黃翁
而笑曰女与婦來夫蝨非肌不化非衣不
傳故兩言皆是也雖然衣在龍中而有蝨
故使汝裸裎猶將癢故蝨之生也不襯
不浮衣膚之間林白湖將乘馬傔告曰夫
子醉矣隻履鞾履鞾白湖叱曰由道而右者
謂我履靴由道而左者謂我履鞋我何病
哉由是觀之天下之吾知者莫知是而所

見者不同則靴鞋難辨矣故眞正之見固
在於是非之中如汗之化蝨至微而難審
衣膚之間自有其空不襯不浮不右不左
孰得其中蜣蜋自愛滚丸不羨驪龍之珠
驪龍亦不以其珠笑彼蜋丸子佩聞而喜
之曰是可以名吾詩遂名其集曰蜋丸屬
余序之余謂子珮曰昔丁靈威化鶴而人
無知者斯豈非衣繡而夜行乎太玄大行

도판 8 『종북소선』

획된다.도판8 다시 말해 『종북소선』에서 정문은 원래 자신의 것이던 공간의 4분의 1 가량을 미평에 양도한 셈이다. 『종북소선』의 미평은 그 허여된 공간의 크기에서만 『집고평석 문장정종』의 미비와 차이가 나는 것은 아니다. '공간의 충만성'이라는 점에서 둘 사이에는 본질적인 차이가 있다. 다시 말해, 『종북소선』에서 미평 공간은 그 속이 거의 꽉 채워져 있음에 반해, 『집고평석 문장정종』의 미비 공간은 대체로 한산한 편이다.* 그뿐만이 아니다. 『종북소선』의 미평 공간이 자기대

* '공간의 충만성'은 단지 공간이 채워져 있는가의 여부만으로 결정되는 것은 아니다. 설사 공간이 채워져 있다 하더라도 너절한 말이나 수준이 의심스러운 말이 대부분이라고 한다면 공간의 충만성이 구현되고 있다고 말하기 어렵다. 요컨대, 미평/미비 공간의 충만성은 비평가의 정신의 높이, 그 감수성의 깊이가 문제되지 않으면 안 된다. 『종북소선』의 경우 미평 공간의 양적 충만성은 그 질적 충만성을 전제하고 있다.

로의 서사敍事와 유기적 자족성을 보여줌에 반해,『집고평석 문장정종』의 미비는 결코 그렇지 못한바 그 형식상의 공간적 독자성에도 불구하고 실질적으로는 정문正文의 부용적附庸的 위치를 탈피하지 못하고 있는 것으로 보인다. 요컨대,『종북소선』의 정문과 미평을 구획하는 3대 1의 괘선이, 정문과 미평의 상대적인 독자성, 그 관계의 대등성을 보여준다면,『집고평석 문장정종』의 정문과 미비를 구획하는 5대 1의 괘선은 단지 정문과 미비를 '도식적'圖式的으로 구분짓는 표지標識 이상은 아니다.

　『종북소선』에서 미평은 책의 난외가 아니라 '난내'에 있는 것으로 간주되어야 한다.『종북소선』에서 미평은 책의 난내에 있으면서 정문, 즉 작품과 대등한 위치에서 서로 마주보며 대화를 나누고 있다. 이 대화는『종북소선』의 방비나 후평이 보여주는 것과 같은 단발성 대화가 아니라 아주 긴 호흡의 대화이며, 그 성격상 저 시의 수창酬唱에 비견될 만한 대화다.『종북소선』미평의 이런 면모는 정문과 미평의 공간분할에 의해 형식적으로 뒷받침되고 있다. 하지만 정문과 미평이 이처럼 공간분할된다고 해서 무조건 정문과 미평이 고도의 대화적 관련을 갖게 되는 건 결코 아니다. 그것은 비록 대단히 중요한 것이긴 하지만 하나의 형식적 조건이자 필요조건에 불과할 뿐이다. 적어도『종북소선』의 미평과 같은 그런 정신적·미학적 경지를 구현하기 위해서는 박지원과 이덕무처럼 작가와 비평가 간에 깊숙하고도 내밀하며 독특하기 그지없는 존재관련이 없고서는 안 될 터이다. 바로이 점에서『종북소선』의 미평은, 더 나아가『종북소선』전체의 비평은, 동아시아 문학과 예술의 역사 전체를 통틀어 보더라도 달리 유례를 찾기 힘든 이채로운 비평적 성과이며, 박지원과 이덕무 두 존재의 정신과 우의가 빚어낸 기념비적인 성취라 이를 만하다.

제6장

마무리 말

『종북소선』은 이덕무가 자신이 애호하는 박지원의 글 10편을 뽑아 평점을 붙인 책이다. 이 책은 아직 학계에 그리 널리 알려져 있지 않으며, 본서에서 처음 연구가 이루어졌다.

　평점비평은 원래 중국에서 성립된 것이지만, 한국·일본·베트남에서도 행해져 동아시아적 문예 양식으로서의 성격을 지닌다. 평점비평서에는 기본적으로 두 개 이상의 목소리가 혼효되어 있게 마련이다. 하나는 작가의 목소리이고, 다른 하나는 비평가의 목소리다. 평점비평서에 따라서는 1인의 비평가가 아니라 2인 이상의 비평가가 개입하기도 하므로, 경우에 따라 목소리는 셋이 될 수도 있고, 넷이나 다섯, 혹은 그 이상이 될 수도 있다. 만일 1인의 비평가만이 개입하고 있는 평점비평서라 할지라도 독자의 시선까지 감안할 경우 작가, 비평가, 독자, 이 셋의 시선이 작품을 위요圍繞하여 서로 교섭하는 게 된다. 이 점이 평점비평서의 묘미라면 묘미일 것이다. 이처럼 평점비평서는 목소리가 뒤섞이고 시선이 교차하는, 특이한 다성적多聲的 성격의 텍스트라고 말할 수 있다.

　독자는 평점비평서를 읽을 때 비평가의 평어와 판단을 참조하면서 그 안내에 따라 작품을 이해하고 감상하게 된다. 하지만 만일 비평가의 미적 판단력과 감식안이 깊고 신뢰할 만한 것이라면 모르지만 별로 그렇지 못할 경우 비평가가 작품에 붙여 놓은 각종 평어들은 소음일 수도 있고 너절한 소리일 수도 있다. 특히 독자가 비평가보다 훨씬 더 깊은 안목과 학식을 지녔을 경우 그럴 수 있다. 이런 경우 독자는 비평가의 평어에 눈을 주기보다는 고요히 혼자 생각하고 판단하고 음미하며 작품을 읽는 것이 더 나을지도 모른다. 이런 극단적인 경우도 예상할 수 없는 것은 아니나, 그럼에도 대부분의 경우 평점비평은 독자에게 작품 읽는 재미를 느끼게 하면서 작품에 대한 이해의 심화에 기여한다. 뿐만 아니라, 평점비평 그 자체도 독자에게는 큰 관심과 흥미의 대상이다. 독자는 작품에 대해 느끼고 판단해야 할 뿐만 아니라 평어에 대해서도 생각하고 판단하지 않으면 안 되니, 독자로서는 사유의 지평을 훨씬 더 확장할 수 있다.

『종북소선』은 한갓 평점비평서의 이런 미덕을 구유具有하고 있을 뿐만이 아니다. 이 비평서는, 작가와 비평가가 맺고 있는 아주 깊고 독특한 존재관련으로 인해, 비단 한국문학사만이 아니라 동아시아 문학사 전체를 통틀어 보더라도 그 존재감이 뚜렷하며, 특이한 광채를 발하고 있다. 필자는 이 점을 때로는 실증의 영역에서 해명하기도 하고, 때로는 사유의 영역에서 음미하기도 하였다. 그래서 어떤 부분은 논의가 다소 무미건조하게 되고, 어떤 부분은 미학적이거나 철학적인 색채를 띠기도 했을 터이다. 실증과 사유의 자유로운 동거, 그리하여 실증이 사유를 구속하지 않고 사유가 실증의 짐이 되지 아니하는 것, 그 결과 실증이 사유를 뒷받침하고 사유가 실증을 해방시킴으로써 마침내 둘이 수어상망水魚相忘의 지경地境에 이르도록 하는 것, 본서는 이런 가능성의 일단을 추구하였다.

이덕무에 대해서는 최근 이러쿵저러쿵 말들이 많다. 그를 그저 소품가小品家로 재단하는 연구자가 있는가 하면, 명말明末 원굉도袁宏道의 영향을 받은 문인임을 강변하는 연구자도 있다. 필자는 이런 종류의 주장에는 그다지 관심이 없다. 필자의 혼을 사로잡은 것은 오로지, 『종북소선』을 통해 박지원과 이덕무라는 두 창조적인 지성이 보여준 정신의 공명共鳴과 심미적 교감의 양상이었다. 그리하여 필자는 본서에서, 지금까지 밝혀지지 않았던 사실인, 당대 최고이자 전근대 한국의 가장 빼어난 비평가로서의 이덕무의 면모를 부각시킴과 동시에 『종북소선』에서 이덕무가 이룬 비평사적 창안과 성취가 도대체 어떻게 가능했는지를 동아시아적 연관과 함께 미학적·존재론적 연관 속에서 해명하였다. 이를 통해, 지금까지 간과해 왔던 이덕무의 미학 세계와 사유 세계의 주요한 일면을 드러냄으로써, 한 인간으로서 그리고 문인으로서 이덕무에 대한 새로운, 그리고 좀 더 깊은, 이해에 이르는 디딤돌을 마련코자 하였다.

이 책을 집필하는 내내 필자의 뇌리를 떠나지 않은 물음은, 오늘날 인류가 처한 미증유의 이 어두운 세계상황에서 과연 깊디깊은 존재관련에 기초한 높은 경지의 지적·심미적 대화, 그리하여 그것을 통해 다시 서로의 존재관련을 더욱 더 깊게 만들어 가는 그런 대화가, 아직도 우리에게 가능하기는 한 것일까, 두 세기 반 전에 박지원과 이덕무가 우리 눈 앞에 환하게 구현해 보인 그런 최고 심급審級의 대화와 사랑의 가능성이 이 부박하고 야만적인 세계에 아직도 희미한 빛으로라도 열려 있는 것일까, 하는 것이었다. 필자가 이 책에서 제기하고자 한 가장 큰, 그리고 가장 중요한 물음은 바로 이 점일 것이다.

제1장 비평서로의 『종북소선』

1_ 이 책은 원래 대전의 연암 후손가에 소장되어 있던 책인데, 한국한문학회가 1987년 연암 탄신 250주년을 기념해 성균관대에서 개최한 학술회의 때 연암과 관련된 여러 자료들과 함께 전시된 바 있다. 당시 임형택 선생이 이 자료를 사진으로 찍어 뒀는데, 필자는 8년 전 이를 차람(借覽)하였다. 이 자리를 빌어 임형택 선생의 후의에 감사드린다. 이 자료는 김영진, 「조선후기 명청소품 수용과 소품문의 전개 양상」(고려대 박사학위논문, 2003), 101면의 각주에서 처음 거론되었다. 김 교수는 이 책의 평어(評語)가 이덕무의 것임을 밝혔다. 하지만 이 책을 엮은 사람을 박지원이라고 봤는데 이는 착오다. 『종북소선』을 박지원의 자편서(自編書)로 본 탓에 그 서문을 쓴 사람인 '靑莊'을 박지원으로 추정했으나, 강국주, 「〈鐘北小選敍〉의 改修와 작자 문제」, 『고전문학연구』 30(한국고전문학회, 2006)에서 '靑莊'이 박지원이 아니라 청장관(靑莊館) 이덕무라는 사실이 밝혀졌다. 요컨대 김영진 교수는 이 자료의 중요성을 세상에 처음 알린 공이 있다. 하지만 연암 산문의 초기 텍스트라는 점에서 이 자료를 주목했을 뿐, 이 자료의 본질이 이덕무의 '평선서'(評選書)라는 점에 있다는 사실은 미처 파악하지 못했다.

2_ 대사동(大寺洞): 지금의 인사동 일대다. 원각사라는 큰 절이 있었기에 동네 이름이 '대사동'(大寺洞)이다. 당시 이덕무가 대사동에 살았음은 아들 이광규(李光葵)가 쓴 「선고 적성현감 부군 연보」(先考積城縣監府君年譜), 『국역 청장관전서』 XII, 115면 참조. 이덕무는 1769년, 이 대사동 집에 초가로 된 바깥채를 새로 냈는데, 그 당호가 곧 '청장관'(靑莊館)이다.

3_ 박종채가 엮은 『연암집』을 필사한 책인 연세대학교 도서관에 소장된 한씨문고본(韓氏文庫本) 『연암집』을 통해 이 점이 확인된다.

4_ 원래의 『종북소선』, 즉 이덕무가 엮은 『종북소선』에는 10편의 산문이 실려 있다. 실린 순서대로 제시하면 다음과 같다: ①「夏夜讌記」, ②「念哉堂記」, ③「蟬橘堂記」, ④「觀物軒記」, ⑤「『孔雀館集』序」, ⑥「『蜋丸集』序」, ⑦「『綠鸚鵡經』序」, ⑧「亡姊孺人朴氏墓誌銘」, ⑨「麈公塔銘」, ⑩「鬻梅牘」. 현재 널리 통용되는 박영철본 『연암집』에는 권7의 '別集'에 '종북소선'이 들어 있는데, 원래의 『종북소선』에 들어 있지 않은 글들이 여럿 끼여 있을 뿐 아니라 『종북소선』이 편찬된 이후에 창작된 글까지

뒤섞여 있다. 이를 실린 순서대로 제시하면 다음과 같다:「『蜋丸集』序」,「『綠鸚鵡經』序」,「『愚夫艸』序」,「『菱洋詩集』序」,「『北學議』序」,「『楓嶽堂集』序」,「柳氏圖書譜』序」,「『嬰處稿』序」,「『炯言挑筆帖』序」,「『綠天館集』序」,「『泠齋集』序」,「『旬稗』序」,「念齋記」,「觀齋記」,「蟬橘堂記」,「愛吾廬記」,「喚醒堂記」,「翠眉樓記」,「題李唐畵」,「天山獵騎圖跋」,「淸明上河圖跋」,「觀齋所藏淸明上河圖跋」,「日修齋所藏淸明上河圖跋」,「湛軒所藏淸明上河圖跋」,「題友人菊花詩軸」,「孝子贈司憲府持平尹君墓碣銘」,「梁護軍墓碣銘」,「醉默窩金君墓碣銘」,「雲峯縣監崔君墓碣銘」. 이 중 원래의 『종북소선』에 있던 것은 「『蜋丸集』序」,「『綠鸚鵡經』序」,「念齋記」('念齋堂記'에 해당),「觀齋記」('觀物軒記'에 해당),「蟬橘堂記」, 이 다섯 편뿐이다. 원래의 『종북소선』에 있던 나머지 다섯 편은 박영철본 『연암집』의 여기저기에 분산되어 수록되어 있다. 즉,「夏夜讌記」와 「『孔雀館集』序」는 권3의 '孔雀館文稿'에 실려 있고,「亡姊孺人朴氏墓誌銘」과 「塵公塔銘」은 권2의 '烟湘閣選本'에 실려 있으며,「霧梅牘」은 권5의 '映帶亭賸墨'에 「與人」이라는 제목으로 실려 있다. 이 문제를 어떻게 설명해야 할 것인가? 이덕무가 『종북소선』에 서문을 얹은 것은 1771년 10월이다. 따라서 이 책은 1771년에 편찬된 것으로 여겨진다. 박지원은 1769년 겨울, 자신이 몇 년간 쓴 글을 모아 『공작관집』(孔雀館集)이라는 산문집을 엮었다. 박지원은 또 1772년 10월에 자신이 쓴 척독(尺牘)을 모아 『영대정잉묵』(映帶亭賸墨)이라는 서간집을 편찬한 바 있다. 이덕무가 평점서(評點書) 『종북소선』에 넣은 글들은 대부분 『공작관집』에 실려 있던 글들로 추정된다. 혹 『공작관집』에 실리지 못한 글이나 『공작관집』이 엮인 뒤에 창작된 박지원의 글도 일부 포함되어 있을 가능성을 배제할 수는 없다. 이상의 사실이 실체적 진실이라고 생각된다. 하지만 박종채가 편집한 『연암집』과 이에 의거한 박영철본 『연암집』에는 『종북소선』을 박지원이 편찬한 산문집으로 만들어 놓았다. 이 때문에 『연암집』은 그 체재상(體裁上) 심각한 모순을 드러낸다. 현존 『연암집』 편차(編次)가 보여주는 이런 모순점은 일찍이 홍기문 씨가 예리하게 지적한 바 있다(홍기문,「연암집에 대한 해제」,『박지원 작품선집(1)』, 평양: 국립문학예술서적출판사, 1960). 즉 씨는, 박지원의 두 아들이 박지원의 글을 정성스럽게 모으기는 했으나 "오직 수집하는 데만 골똘했던만큼 미처 그 내용에는 엄밀한 검토를 가하지 못했던 것으로 보인다"(위의 책, 25면)라고 하였다. 『종북소선』을 『연암집』의 별집에 넣은 것, 이덕무가 쓴 『종북소선』 서문을 박지원의 자서(自序)로 오인해 실은 것 등은 모두 박종채의 불찰로 여겨진다.

5_ 백탑(白塔): 지금의 서울시 종로구 탑골공원 내에 있는 10층 석탑인 원각사탑을 말한다. 흰 대리석으로 만든 이 탑은 당시 '백탑'('흰 탑'이라는 뜻)이라고 불렸다.

6_ 『백탑청연집』(白塔淸綠集): 연암 일파의 일원인 이희경(李喜經, 1745~?)이 엮은 이 책은 현재 전하지 않는다. 하지만 박제가(朴齊家)가 이 책에 쓴 서문이 박제가의 문집 『정유각집』(貞蕤閣集)에 실려 있어 책의 성격을 짐작할 수 있다. 이 서문의 말미에 이런 말이 보인다: "李君十三, 合書燕巖、炯菴諸公及余詩文尺牘若干卷, 余爲題之曰'白塔淸綠集', 而序之如此, 而見吾輩之遊, 盛於當日(…)" 인용문 중 '李君十三'은 이희경을 가리킨다. 그의 자(字)가 '十三'이다.

7_ 도화동(桃花洞): 당시 도화동의 복사꽃이 도성의 명물로 유명했다.

8_ '무릉씨'라는 호는 무릉도원(武陵桃源)과 관련되고, '무릉도원'은 복사꽃과 관련됨으로써다.

9_ 이 사실은 단국대학교 연민기념관에 소장된, 연암 문고(文藁)의 하나인 『겸헌만필』(謙軒謾筆) 곤권(坤卷)에 수록된 「『孔雀館集』序」의 말미에 기재되어 있는 "己丑大寒日, 自題于白蓮峰社"라는 구절에서 확인된다. '己丑'은 1769년에 해당한다.

10_ 요연은 「評文說」에서 평점 행위를 문학 창작 활동의 일부분으로 보았다. 정당한 견해라고 생각된다. 「評文說」의 해당 대목은 다음과 같다: "且非徒取他人之文而選刻之也, 蓋將以見吾手眼於天下也. 以吾之手眼, 定他人之文章, 而姸媸立見, 非評不爲功. 故文章之妙, 作者不能言而吾代言之, 使此文更開生面, 他日人讀此文咸歎其妙, 而不知評者之功之至此也. 則此文雖爲他人之文, 逢與己之小作無異, 是以貴乎選也, 選蓋以評而傳也."

11_ 청나라 여서창(黎庶昌)의 「『續古文辭類纂』敍」의 다음 말 참조: "宋、元、明以來, 品藻詩文, 或加丹黃判別高下, 於是有評點之學." 한편 이덕무와 동시대인인 유만주(兪晩柱, 1755~1788)도 다음에서 보듯 '평학'(評學)이라는 말을 사용한 바 있다: "明世評學, 流爲聖嘆外書之文, 至東國而爲祗(박지원을 이름ー인용자)文."(『欽英』, 1786년 9월 24일자, 서울대 규장각 영인본 제6책, 369면)

12_ "古人之批閱, 皆能與其書並傳. 宋之謝疊山、樓迂齋, 近時之唐荊川、茅鹿門, 皆以著書之精神, 而爲批閱. 其批閱, 亦卽其著書之一種也."(『霞外攟屑』 권7 「縹錦廛文筑下論文」의 '文章圈點', 『續修四庫全書』 1163권, 605면)

13_ 윤행임(尹行恁, 1762~1801)은 이덕무의 「묘갈명」(墓碣銘)에서 "무관(이덕무ー인용자)의 문은 시만 못하고, 시는 사람만 못하다"(간본 『아정유고』 권8, 『국역청장관전서』 Ⅳ, 247면)라고 말한 바 있는데, 이 말을 흉내낸다면, 이덕무의 문은 시만 못하고 시는 비평만 못하다고 말할 수 있을 것이다.

제2장 비평가 이덕무와 슬픔의 미학

1_ "自聞足下托不佞以藏書, 使之手筆校訂、評點, 喜而不寐. 不佞十八、九歲, 題燕居之室曰'九書齋', 曰讀書、看書、藏書、鈔書、校書、評書、著書、借書、曝書"(「與李洛瑞書」, 刊本『雅亭遺稿』, 七〇면). 이하 간본 『아정유고』의 인용 면수는 모두 이 책의 것이다. 그리고 본서에서 『청장관전서』를 인용한 경우 『국역 청장관전서』의 번역을 참조하되 필자가 약간 수정을 가했음을 미리 밝혀 둔다.

2_ 위 인용문 바로 뒤에 보이는 "不意十年來, 與足下名字相孚, 定匪偶然"이라는 말에서 이런 추정이 가능하다.

3_ 이 점은 『종북소선』의 책머리에 있는 이덕무의 '자서'(自叙) 말미에 명기된 "辛卯孟冬"이라는 말을 통해 알 수 있다. '辛卯'는 영조 47년인 1771년에 해당한다.

4_ "照吾平生之服, 讀人得意之文, 狂叫大拍, 評筆掀翻, 亦宇宙間一遊戲."(『蟬橘堂濃笑』, 『青莊館全書』 권63, 『韓國文集叢刊』 제259책, 138면)

5_ "看詩文, 先尋作者之情境."(『선귤당농소』, 『청장관전서』 권63, 『한국문집총간』 제259책, 140면)

6_ 연못에서 보검이 나왔다는 중국의 고사가 있다.

7_ "眞情之發, 如古鐵活躍池, 春筍怒出土; 假情之飾, 如墨塗平滑石, 油泛淸徹水. 七情之中, 哀尤直發難欺者也. 哀之甚至於哭, 則其至誠不可遏. 是故眞哭骨中透, 假哭毛上浮."(『耳目口心書』 2, 『청장관전서』 권49, 『한국문집총간』 제258책, 381면)

8_ "余爲童子時, 讀『孟子』書: '昔者, 孔子沒, 三年之外, 門人治任將歸, 入揖於子貢, 相嚮而哭, 皆失聲然後歸.' 未嘗不涕淚橫集, 於邑不能自已. 及閱釋典: '昔佛入滅後, 阿難結集四經陞座, 初唱如是我聞四字, 一時大衆, 無不大哭也, 曰: 昨猶見佛, 今日已稱我聞!' 亦不覺泫然而感. 不但文字之能動人, 師弟子之間, 情發于中, 不暇假爲, 儒釋一致, 宛然悲緖, 能感後人."(「如是我聞」, 『盎葉記』 2, 『청장관전서』 권55, 『한국문집총간』 제258책, 502면)

9_ "徐文長之神妙, 余嘗咄咄稱奇, 尤喜其「感夢祭嫡母文」, 有曰: '惟母在昔, 以病而死. 胡昨夕夢, 不死而病. 裸坐室隅, 展戶自掩. 兒診其候, 呼涕激面. 脉數以煩, 知不可理. 詭曰其愈, 須旦夕耳. 掩面痛哭, 扶母於牀. 哭罷而覺, 泣涕猶滂. 夢母於病, 哀且不禁. 覺哀其死, 兒何爲心.' 文長不害爲孝子也. 余讀此而未嘗不淚淹纓而欲溘然也"(『이목구심서』 6, 『청장관전서』 권53, 『한국문집총간』 제258책, 475면). 서문장의 이 글은 그 전문이 4언구(四言句)로 되어 있다. 『徐文長三集』 권28, 『徐渭集』 제2책(北京: 中華書局, 1983), 657면 참조.

10_ 「어떤 나그네를 묻어 주고서」: 원제는 「예려문」(瘞旅文)이다.

11_ "凡文章惻怛眞情, 必於碑、誄見之. (…) 子姪, 則昌黎之「郎」[「祭十二郎文」], 放翁之「誌幼女」, 我國農巖之哭子崇謙二文, 嗚咽可涕. (…) 哭等閑人, 則若陽明之「瘞旅文」, 不可多得, 可鼓舞千古者也."(『이목구심서』 4, 『청장관전서』 권51, 『한국문집총간』 제258책, 429면)

12_ "朴美仲先生曰:'英雄與美人, 多淚.'余非英雄、非美人. 但一讀『會友錄』, 則閣淚汪汪. (…) 讀此而不掩卷傷心者, 匪人情也."(「筆談」, 『天涯知己書』, 『청장관전서』 권63, 『한국문집총간』 제259책, 131면)

13_ 이덕무는 서위에 대해 원굉도와는 비교할 수 없을 정도의 큰 경외감을 드러내고 있다. 『이목구심서』 2, 『국역 청장관전서』 Ⅷ, 103면; 『이목구심서』 6, 『국역 청장관전서』 Ⅷ, 290~291면 참조.

14_ 박종채 저, 박희병 역, 『나의 아버지 박지원』(원제 '過庭錄'), 돌베개, 2009년 개정판, 62면. 해당 원문을 제시하면 다음과 같다: "情到語, 令人淚無從, 始得謂眞切. 吾於公詩, 讀而垂淚者再. 其舟送姊氏喪行云:'去者丁寧留後期, 猶令送者淚沾衣. 扁舟一去何時返? 送者徒然岸上歸.'眼水自不禁潸然."

15_ "凡文章與絃歌, 令人泣甚難."(「필담」, 『천애지기서』, 『청장관전서』 권63, 『한국문집총간』 제259책, 131면)

16_ "余以爲臨別作極悽苦可也. 四端之惻隱, 七情之哀, 政爲此時準備耳. 留積不洩, 將何時用之?"(「필담」, 『천애지기서』, 『청장관전서』 권63, 『한국문집총간』 제259책, 134면)

17_ "展盡海潮小幅, 注目久之, 翻瀾處, 如萬鱗掀動; 激沫處, 如千手拏攫. 憽翁之間, 身俯仰, 作虛舟出沒狀, 急捲之, 乃止"(『선귤당농소』, 『청장관전서』 권63, 『한국문집총간』 제259책, 140면). 이덕무의 남다른 감정이입력이 민(民)에 대한 연민을 낳고 있는 사례로는, 『서해여언』(西海旅言) 중 10월 12일 조니진(助泥鎭)의 사봉(沙峰)에 올라 먼 곳을 바라볼 때의 소회(所懷)를 기술한 다음 대목을 들 수 있다: "높은 데 올라 먼 곳을 바라보니 더욱 자신이 조그마한 존재라는 느낌이 들어 망연히 수심이 생겼으나, 자신을 슬퍼하기 전에 저 섬 사람들이 슬피 여겨졌다. 가령 저 탄환(彈丸)같이 작은 땅에 해마다 기근이 들고 파도가 하늘까지 치솟아 구휼(救恤)마저 할 수 없게 되면 어찌할 것이며, 해구(海寇)가 일어나서 순풍에 돛을 달고 침입하면 도망칠 곳이 없어 모두 도륙(屠戮)을 당할 터이니 어찌할 것인가. 용, 고래, 악어, 이무기 등이 육지에 올라와 알을 낳고 모진 이빨, 독한 꼬리로 사람을 사탕수수 대를 씹듯 한다면 어찌할 것이며, 해신(海神)이 성을 내어 산더미 같은 파도로

마을을 삼켜 버리게 해 아무것도 남은 것이 없게 한다면 어찌할 것인가. 바닷물이 멀리 밀려가 하루아침에 물이 끊겨 외로운 섬 밑둥과 높은 언덕이 앙상하게 밑을 드러낸다면 어찌할 것이며, 파도가 섬 밑둥을 오랫동안 침식하여 흙과 돌이 지탱을 못하고 물결을 따라 무너져 버린다면 어찌할 것인가. 이런 생각을 하는데, 객이 이르기를, '섬 사람은 끄떡 없고 그대가 먼저 위험하네. 바람이 불어오니 산이 무너질 것 같네' 하였다. 그제야 평지로 내려와 슬슬 거닐며 돌아왔다"(『西海旅言』, 『국역 청장관전서』Ⅹ, 202~203면). 이 대목은 이덕무의 망상을 보여주는 것이 아니라, 타자의 입장에서 생각함으로써 남다른 연민과 우환의 염(念)을 일으키는 이덕무의 남다른 면모를 보여주는 것으로 이해해야 옳을 것이다.

18_ "夫東國之庶類者, 朝家之大禁, 宗族之大儽也. 中士恥與談討, 下流爲之嗤罵, 幾不齒於人類. 賢者蒙辱, 點者陷辟, 其爲蹤跡, 盖亦難矣."(「族姪復初」, 書二, 『아정유고』권8, 『청장관전서』권16, 『한국문집총간』제257책, 233면)

19_ "平日胸中磈磊氣, 時時作無故之悲, 而噓唏之極."(『이목구심서』1, 『청장관전서』권48, 『한국문집총간』제258책, 368면)

20_ 「李雨邨」, 『아정유고』19, 『청장관전서』권19, 『한국문집총간』제257책, 266면; 「尹曾若」, 『청장관전서』권16, 『한국문집총간』제257책, 246면; 「행장」(박지원 撰), 간본『아정유고』권8, 『국역 청장관전서』Ⅳ, 242면; 「묘지명」(이서구 찬), 간본『아정유고』권8, 『국역 청장관전서』Ⅳ, 248면 참조.

21_ '이봉환', 『18세기 조선 인물지』(원제 '幷世才彦錄', 민족문학사연구소 한문분과 옮김, 창작과비평사, 1997), 97면 참조. 이봉환의 시는 규장각에 소장된 『雨念齋詩文鈔』참조.

22_ 이옥의 글은 실시학사 고전문학연구회 역, 『완역 이옥전집』(휴머니스트, 2009) 참조.

23_ 이덕무의 모친이 결핵을 앓았음은 『이목구심서』1, 『한국문집총간』제258책, 364면 참조.

24_ 간본『아정유고』권5, 『국역 청장관전서』Ⅳ, 170면 참조.

25_ "至如余者, 淸羸神氣, 茶然時多, 不能如意勤勵, 見壯健無病, 甚羨耳" "余稟鍾太弱, 神氣不好時太半, 最不嗜聲眛"(『이목구심서』1, 『청장관전서』권48, 『한국문집총간』제257책, 361면, 364면); "余體羸弱, 凡百事爲, 或過分則汗流息喘"(『이목구심서』3, 『청장관전서』권50, 『한국문집총간』제257책, 417면); "德懋眩暈孔劇, 竟日闔眼, 涔涔如臥風舟中, 旋轉不可堪"(『아정유고』7, 『청장관전서』권15, 『한국문집총간』제257책, 225면); "不佞不善飮啖, 瘦骨盆高, 自憐而已"(『아정유고』11,

『청장관전서』 권19, 『한국문집총간』 제257책, 272면) 등 참조. 이덕무는 소화기가 약해 무엇을 잘 먹을 수 없는 체질이었으며, 이 때문에 체력과 기력이 떨어질 수밖에 없었고, 그 결과 무리하게 독서를 하거나 집필을 할 경우 어지럼증이 초래되곤 했던 게 아닐까 추측된다. 이렇게 본다면 이덕무의 지칠 줄 모르는 독서와 글쓰기 행위는 고통을 잊기 위한 것이기도 하지만 고통의 원인이기도 한 것이다. 이 얼마나 역설인가.

26_ "一時名勝, 無不重其文章, 而樂從之遊, 得其評批, 珍於金璧."(「李懋官哀辭」, 『靑城集』 권10, 『한국문집총간』 제248책, 548면)

27_ "人有詩文, 輒就質焉, 請加批評, 先君應之如流, 得其評點者, 多葆藏焉."(「先考府君遺事」, 간본 『아정유고』 권8, 『국역 청장관전서』 Ⅳ, 八七면)

28_ "余亦狂生, 日益孤落, 好評點騷人·才子之集. 然駁其疵, 則或怒以爲: '故抑而遏人', 揚其美, 則或疑以爲: '陽許而媚世', 是不惟不自知其詩, 亦不知余之甚者也."(「鄭耳玉詩稿序」, 간본 『아정유고』 권3, 『국역 청장관전서』 Ⅳ, 二八~二九면)

29_ "『熱河記』, 如華嚴樓臺, 彈指卽見, 不害爲天下奇書. 全副評點, 皆自家爲之, 弟之手蹟, 往往有之耳."(「成士執」, 『아정유고』 권8, 『청장관전서』 권16, 『한국문집총간』 제257책, 249면)

30_ 이 책은 『청장관전서』 권63에 실려 있다.

31_ 김영진, 「박지원의 필사본 小集들과 작품 창작년 고증」, 『대동한문학』 23(대동한문학회, 2005년), 60면 참조.

32_ 『종북소선』이라든가 『청성잡기』 등에 보이는 이덕무의 권점 방식과 다르다는 점이 그런 추정의 근거다.

33_ 『엄계집』은 원래 연암 후손가 구장(舊藏) 서적인데, 현재 단국대 연민기념관에 소장되어 있다. 단국대 연민기념관에는 이 책 외에도 박지원의 필사본 문고(文藁)들이 여럿 소장되어 있다. 이에는 평점이 붙어 있는 것들이 적지 않다. 특히 『겸헌만필』(謙軒漫筆), 『연상각집』(煙湘閣集), 『영대정집』(映帶亭集), 『하풍죽로당집』(荷風竹露堂集) 등이 주목된다. 이 중 『겸헌만필』은 한 사람이 평어를 붙였으나, 나머지 책들은 적어도 두 사람 이상이 평어를 붙였음이 분명하다. 이들 책의 평어에는 이덕무의 것도 필시 있으리라 추정되지만 그중 어느 것이 이덕무의 것인지 가려내는 일은 그리 쉬운 일이 아니다.

34_ 이덕무 외에도 성대중과 이의준(李義駿, 1738~1798)의 미비가 달려 있다. 『풍석고협집』의 평어에 대한 연구는 김대중, 「『풍석고협집』의 평어 연구」(서울대학교 석사학위논문, 2005)가 참조된다.

35_ 「成秘書士執寄詩要和, 仍次其韻」(『아정유고』 권4, 『청장관전서』 권12, 『한국

문집총간』 제257책, 210면)이라는 시의 주(注)에 "士執著「揣言」、「質言」、「醒言」各
一篇, 要余評批"이라는 말이 보인다. '士執'은 성대중의 자(字)이고, 「揣言」, 「質
言」, 「醒言」은『청성잡기』의 편명(篇名)이다. 『청성잡기』에 첨부된 비평이 이덕무의
것임은 김영진, 「청성과 청장관의 교유, 『청성잡기』」(『문헌과 해석』 22, 2003년 봄)
에서 처음 밝혀졌다. 『청성잡기』 및 그 평어는 김종태 외 옮김, 『국역 청성잡기』, 민
족문화추진회, 2006 참조.

제3장 『종북소선』의 존재 방식

1_ 이덕무가 '좌소산인'이라는 호를 썼음은 박지원이 손수 필사해 엮은『벽매원잡
록』(碧梅園雜錄)이라는 책의 "曰左蘇山人, 曰㝠宕, 曰靑莊散士, 曰嬰處子, 曰蟬橘
堂, 皆懋官也"라는 구절에서 확인된다. 여기서 잠시『벽매원잡록』에 대해 언급해 둔
다. 이 자료는 원래 대전의 박지원 후손가(家) 장서인데, 현재 단국대학교 연민기념
관에 소장되어 있다. 나는 이 자료의 존재를 김영진 교수를 통해 처음 알았다. 김 교
수가 이 자료의 사진 파일을 보내줘 다행히 본서의 미흡한 점을 보완할 수 있었다.
김 교수에게 늘 교시와 자료의 도움을 받고 있는 처지이지만, 이번 일은 특히나 감
사하게 생각한다는 점을 꼭 밝혀 두고 싶다. 이 자료는 일명 '벽매원소선'(碧梅園小
選) 혹은 '벽매원소품'(碧梅園小品)으로도 불리나, 연암이 직접 쓴 내제(內題)에
'벽매원잡록'이라 되어 있으므로 이를 책 제목으로 삼는 것이 옳다고 생각된다. 이
책에는 총 13편의 작품이 실려 있다. 이를 차례대로 보이면 다음과 같다: 「『鍾北小
品』序」, 「『蜋丸集』序」, 「『會友錄』序」, 「『孔雀館集』序」, 「『綠鸚鵡經』序」, 「觀齋記」,
「夏夜讌記」, 「蟬橘堂記」, 「念齋記」, 「塵公塔銘」, 「贈弘文館正字朴君墓誌銘」, 「伯姊
孺人朴氏墓誌銘」, 「梁護軍墓碣銘」. 이 중 「『종북소품』서」는 이덕무가 쓴 「『종북소
선』서」를 말한다. 이 한 작품을 빼고는 모두 연암의 글이다. 또 「증홍문관정자 박군
묘지명」과 「양호군묘갈명」을 제외하고는 모두 『종북소선』에 수록된 글이다. 『종북
소선』에 실린 글로서 이 책에 빠진 것은 「육매독」(鬻梅牘) 한 편뿐이다. 『종북소선』
에 있던 이덕무의 평어도 전재(轉載)되어 있다. 다만 방비는 전부 소거되고, 미비
(眉批)와 미비(尾批)만 옮겨져 있다. 단『종북소선』에 미비(眉批)로 되어 있던 것을
이 책에서는 미비(尾批)로 바꿔 놓았다. 『종북소선』의 원래 미비(尾批)는 바로 그

다음에 기재해 놓았다. 한편 「『공작관집』서」와 「백자유인박씨묘지명」 두 편은 『종북소선』의 평어가 전재되지 않아 아무 평어도 없다. 새로 첨가된 두 작품 「증홍문관정자 박군묘지명」과 「양호군묘갈명」 역시 어떤 평어도 보이지 않는다. 『종북소선』의 평어와 이 책에 전재된 평어 사이에는 약간의 출입(出入)이 있다. 이는 박지원이 필사하면서 고쳐서가 아니라 이덕무가 『종북소선』을 완성하고 난 뒤 계속 자기 글에 손을 보며 고친 데 기인한다고 판단된다. 즉 이 책의 평어는 이덕무가 수정한 것이 필사된 것으로 여겨진다. 「종북소품」서」도 마찬가지라고 생각된다. 이 글은 원래의 이덕무 글보다 훨씬 정련되어 있으며, 현재 박영철본 『연암집』에 실려 있는 「『종북소선』 자서」(鍾北小選自序)와 거의 동일하다. 이렇게 글이 달라진 것은 종래 추정해 온 것처럼 연암이 이덕무의 글에 첨삭을 가해서가 아니라, 이덕무 스스로 자기 글에 애착을 갖고 고치고 다듬은 결과라 보아야 할 것이다. 따라서 연암이 이덕무의 이 글을 고쳐 자기 글로 삼았으며, 그 결과 이 글이 『연암집』에 실리게 된 것이라는 추정은 도(度)를 넘은 것이라고 하지 않을 수 없다. 연암은 만년 안의(安義)에 있을 때 자신이 평생 창작한 글들을 여러 차례 정리하고 편차를 부여하는 일을 했는데, 이들 문고(文藁)의 그 어디에도 「『종북소선』 서」는 보이지 않는다. 이 점을 봐도 연암이 이덕무의 이 글을 자신의 글로 간주하지 않았음을 알 수 있다. 상식적으로 생각하더라도, 천하의 문장가 연암이 자신의 문생에 해당하는 이덕무의 글을 좀 고쳐 자기 글로 삼았다는 것은 도시 말이 되지 않는다. 남들은 설사 모른다 하더라도 연암 주변의 지인(知人)들은 모두 그것이 이덕무의 글임을 알고 있었을 터인데, 도도한 연암이 뭐가 아쉬워 그런 떳떳치 못한 일을 했겠는가. 그렇다면 이 책에 이덕무의 글이 첫머리에 실린 것을 어떻게 설명해야 할까? 두 가지 점을 고려해야 한다고 생각한다. 하나는, 이 책이 대체로 이덕무의 『종북소선』을 베껴 놓은 것이라는 점이다. 그래서 『종북소선』의 서문을 맨 앞에 수록한 것으로 보인다. 다른 하나는, 이 책이 '잡록'에 해당한다는 점이다. '잡록'은 보통 자유롭게 이것저것에 대해 기술해 놓은 것을 가리키지만, 특별한 체계 없이 이런저런 글들을 잡철(雜綴)해 놓은 것을 뜻할 수도 있다. 연암은 후자의 용례로 '잡록'이라는 말을 쓴 게 아닌가 한다. 즉 엄격한 '선문'(選文) 의식이나 문고(文藁)를 편찬한다는 의식 없이 『종북소선』의 서문과 거기에 수록된 자신의 글들 및 거기에 붙여진 평어를 베껴 싣고, 아울러 『종북소선』이 엮어진 뒤에 창작된 글 두 편을 보태 실은 게 아닌가 한다. 그래서 이 책은 독자적 문고(文藁)나 선집으로 간주하기엔 곤란해 보인다. 더구나 이 책이 엮어진 것으로 추정되는 1770년대 후반쯤 되면 박지원의 산문은 썩 다채롭고 풍부한 면모를 보이고 있었다. 비슷한 시기에 엮어진 것으로 추정되는 『겸헌만필』(謙軒漫筆)을 통해 그 점을 알 수 있다. 이런 사실로 보더라도 『벽매원잡록』은 문고(文藁)로 편찬된 것이 아니라, 주로 『종북소선』을 초록(抄錄)해 두려는 목적으로 제작된 책임을 추찰(推察)할 수 있다. 연암이 남긴 책 중에 '잡록'이라는 명칭이 붙은 것으로는 이 책 말고도 『면양잡록』(沔陽雜錄)이 더 있는데, 『면양잡록』 역시 연암 자신의 글과 다른 사람의 글을 잡철해 놓았다.

2_ '이정규(李廷珪)의 먹'이란 남당(南唐)의 묵장(墨匠 : 먹을 만드는 장인)인 이정규가 만든 먹을 말한다. 이정규는 아버지 이초(李超), 아우 이정관(李庭寬)과 더불어 먹을 잘 만들기로 유명했는데, 그중에서도 이정규의 솜씨가 으뜸이었다고 한다. 남당(南唐)의 후주(後主) 이욱(李煜, 937~978)도 그의 먹을 애용한바, 이정규의 먹은 동시대의 징심당지(澄心堂紙), 용미연(龍尾硯)과 더불어 '문방삼보'(文房三寶)로 꼽혔다. "징심당지"(澄心堂紙)란 남당의 후주 이욱이 징심당(澄心堂)에서 제조하게 하여 사용했던 어지(御紙)를 말한다. '징심당'은 남당 열조(烈祖) 이변(李昪)이 금릉(金陵) 절강사로 있을 때 연회 및 강회를 베풀던 장소로, 도서·악기·문방사우(文房四友) 등이 갖추어진 곳이었다. 징심당지는 특히 북송대(北宋代) 이래로 명지(名紙)로 널리 알려져 북송의 문인인 구양수(歐陽脩), 매요신(梅堯臣) 등이 애호하였으며, 청대(清代)에 이를 모방한 '방징심당지'(倣澄心堂紙)가 만들어질 정도로 후대에까지 크게 유행하였다. "금율장경지"(金栗藏經紙)란 중국 절강성(浙江省) 해염현(海鹽縣) 금율산(金栗山)의 금율사(金栗寺)에 소장되어 있는 대장경에 사용된 북송대의 종이를 말한다. 이 종이는 금율전(金栗箋)이라고도 하는데, 금율산장경지(金栗山藏經紙)라는 도장이 찍혀 있다. 명대(明代) 이후 개인이 소장하기 시작하여, 청대(清代)에는 진귀한 서화의 겉을 싸는 종이나 책의 첫 번째 여백지로 이용되었다. "설도(薛濤)의 완화지(浣花紙)"란 당나라의 여성 시인 설도(薛濤, 770?~830?)가 원진(元稹), 백거이(白居易), 두목(杜牧), 유우석(劉禹錫) 등과 시를 주고받으면서 사용했던 붉은 빛의 작은 종이를 말한다. 이 종이는 설도가 만년에 완화계(浣花溪) 부근에 은거하며 사용했기에 '완화지'라고 하는데, 일명 설도지(薛濤紙)라고도 한다. '완화지'의 해당 원문은 "十樣箋"이다. '십양전'은 익주(益州)에서 나던 '십양만전'(十樣萬箋)이라는 종이로, 열 가지 색이 있었다. 이 가운데 붉은색 종이가 있었으므로 '십양전'이라는 말로 설도의 완화지를 가리킨 것이 아닌가 한다.

3_ "人或笑之, 吾毋怒"는 『종북소선』에서 판독이 안 되는데, 『벽매원잡록』에 의거해 보완했다.

4_ 「『양환집』서」, 『종북소선』, 16a~17a.

5_ 이 서문은 보통의 서문과 달리 책을 엮게 된 경위, 책의 성격 등에 대해서는

단 한마디도 하고 있지 않으며, 문학에 대한 일반론, 글쓰기에 대한 이덕무 자신의 생각을 피력하고 있을 뿐이다. 하지만 잘 읽어 보면 그것은 박지원의 산문 이해를 위한 훌륭한 도론(導論)이 되고 있다. 바로 이 점에서 이 서문은 '특별하고 멋지다.' 아마도 이덕무는 자기대로 멋을 부리느라 의도적으로 이렇게 서문을 썼을 수 있다.

6_ 이덕무의 친필본 『영처고』(嬰處藁) 건권(乾卷)이 국립민속박물관에 소장되어 있는데, 이를 통해 『종북소선』의 글씨가 이덕무의 것임이 실증적으로 확인된다.

7_ 『종북소선』에는 박지원의 글 모두에 구두점이 찍혀 있다.

8_ 이 점은 명나라 오눌(吳訥)의 『문장변체』文章辨體와 명나라 서사증(徐師曾)의 『문체명변』(文體明辨) 참조. 『文章辨體序說·文體明辨序說』(台北: 長安出版社, 1978), 34면, 117면.

9_ 段玉裁 注, 『說文解字注』(上海: 上海古籍出版社, 1981), 606면.

10_ 한편 이와 반대로 허균은 『국조시산』(國朝詩刪)에서 '비'는 작품 전체를 문제 삼는 평어를, '평'은 특정 구절이나 단어를 문제삼는 평어를 가리키는 말로 사용하였다. 그래서 '비'는 제하(題下)나 작품 말미에 기재됨에 반해, '평'은 작품의 특정 구절 밑에 기재되었다. '비'와 '평'에 대한 허균의 이런 이해 방식은 일반적인 것이 못 되며 예외적인 것으로 보아야 하지 않을까 한다. 허균과 동시대의 문인인 택당(澤堂) 이식(李植, 1584~1647)이 편찬한 『두시택풍당비해』(杜詩澤風堂批解)에서 '비'는 『국조시산』의 용례와 달리 특정 시구에 대한 평어다.

11_ "湛軒編陸·嚴〔嚴〕·潘三公筆談·書尺, 爲『會友錄』. 又於錄中, 抄鐵橋語及詩若干首, 使余校勘, 藏于家."(「嚴鐵橋」, 『청비록』권2, 『청장관전서』권33, 『한국문집총간』제258책, 35면)

12_ 『湛軒書』II의 외집(外集) 권2에 수록된 「與嚴昂書」 참조.

13_ "嘗與洪湛軒 大容有雅契. 及湛軒出宰湖南, 愍其貧, 邀之甚懇. 先君辭曰: '與其寄食公門, 何如高臥吾廬?' 終不赴."(「先考府君遺事」, 간본 『아정유고』권8, 『국역 청장관전서』IV, 八五면)

14_ 이 제2절의 논의는 『민족문학사연구』38(민족문학사학회, 2008)에 실린 필자의 논문 「『종북소선』의 평어 연구」를 수정, 보완한 것이다.

15_ 구두를 떼야 할 글자에 첨권(尖圈)이나 방점이 쳐져 있는 경우에는 동그라미로 된 구두점을 찍어 놓고 있다. '첨권'은 ▷ 표시로, 권점의 한 종류다.

16_ 이에 대해서는 『문체명변』의 '문장강령'(文章綱領)에 소개된 '宋 眞德秀 批點法'과 '大明 唐順之 批點法'; 『독서작문보』(讀書作文譜) 권2에 수록된 '書文標記圈點評註法'; 모곤(茅坤)이 편찬한 『당송팔대가문초』(唐宋八大家文鈔)의 「凡例」; 이규경

의 『오주연문장전산고』(五洲衍文長箋散稿) 권31의 「批評詩文點圈辨證說」 등 참조.

17_ 「선귤당기」, 『종북소선』, 9a~9b. 원문의 구두점은 『종북소선』의 것을 그대로
따랐다. 이하 모두 마찬가지다.

18_ 송욱(宋旭): 박지원이 창작한 9전(九傳)의 하나인 「마장전」(馬駔傳)에 나오
는 인물. 조탑타(趙闒拕), 장덕홍(張德弘)과 함께 당시 사대부들의 위선적인 벗 사
귐을 풍자하고, 헌옷에 떨어진 갓 차림으로 짐짓 미친 체하며 거리를 돌아다닌 것으
로 서술되어 있다. 18세기 박지원 당대에 실존했던 인물로 추정된다.

19_ 횃대: 옷을 걸도록 방안에 매달아 둔 막대.

20_ 서산대사님이~보랍신다: 서산대사의 신령이 점쟁이로 하여금 그렇게 시킨다
는 말.

21_ 아홉을 잃었으되 하나는 남았으니: 당시의 과거 시험에 대한 박지원의 생각이
드러난 구절이다. 이와 관련하여 『연암집』 권5 「하북린과」(賀北隣科)에 다음과 같
은 말이 보인다: "요행(僥倖)을 일러 '만에 하나'라고 하지요. 어제 과거 시험을 보
러 온 선비들이 최하 수만 명은 되었는데, 합격자로 이름이 나붙은 사람은 겨우 스
물이었으니 만분의 일이라 할 만하외다. 시험장 문에 들어설 때 서로 밟고 밟혀 죽
거나 다치는 이가 무수히 많고, 형제가 서로를 부르며 찾아다니다가 만나게 되면 죽
다가 살아난 사람을 만나기라도 한 듯이 악수를 하니, 죽음의 문턱까지 간 게 10분
의 9는 된다 할 만하외다. 지금 족하께선 죽음의 문턱에 10분의 9나 다가갔지만 위
험을 면했을 뿐 아니라 만에 하나가 얻는 명예를 얻으셨거늘. 저는 뭇 사람들 속에
서 만분의 일이 얻는 합격의 영예를 축하하기에 앞서 족하께서 다시는 죽음의 문턱
에 10분의 9나 다가가는 위험한 시험장에 들어가지 않게 된 것을 마음속으로 경축
하외다. 의당 즉시 가서 축하해야 할 일이나 저 또한 죽음의 문턱에 10분의 9나 다
가갔던 무리인지라 지금 누워서 신음하고 있으니 몸이 조금 낫기를 기다려 줬으면
하외다."(凡言僥倖謂之萬一. 昨日擧人, 不下數萬, 而唱名纔二十, 則可謂萬分之一.
入門時相蹂躪, 死傷無數, 兄弟相呼喚搜索, 及相得, 握手如逢再生之人, 其去死也,
可謂十分之九. 今足下能免十九之死, 而乃得萬一之名, 僕於衆中, 未及賀萬分一之榮
擢, 而暗慶其不復入十分九之危場也. 宜卽躬賀, 而僕亦十分九之餘也, 見方委臥呻
楚, 容候小閒.)

22_ 비(批): 권점을 말하는 것으로 보인다.

23_ 숙응(叔凝): 신광직(申光直, 1738~1794)의 자(字).

24_ 만일 술에~가깝지 않겠소: 『서경』(書經) 「다방」(多方)의 "성인(聖人)이라도
생각하지 않으면 미치광이가 되고, 미치광이라도 생각한다면 성인이 된다"(惟聖罔

念作狂, 惟狂克念作聖)를 염두에 두고 한 말. 여기서 '생각'이란 스스로를 반성함을 이르는 말이다.

25_ 염재(念哉): '생각할지어다!'라는 뜻.

26_ 「염재당기」, 『종북소선』, 7a~8b.

27_ "神解處. 不知筆舞墨蹈."(「염재당기」, 『종북소선』, 7a)

28_ "接續有力."(「염재당기」, 『종북소선』, 7b)

29_ "譬卜例談."(「염재당기」, 『종북소선』, 7b)

30_ "又接議論, 慨然有太息聲."(「염재당기」, 『종북소선』, 8a)

31_ "短語結尾, 頓生精力."(「염재당기」, 『종북소선』, 8b)

32_ "耳鳴, 病也. 悶人之不知. 況其不病者乎. 鼻鼾, 非病也. 怒人之搖惺, 又況其病者乎."(「『孔雀館集』序」, 『종북소선』, 15a)

33_ "幫湊無痕縫."(「『공작관집』서」, 『종북소선』, 15a)

34_ "小兒, 嬉庭. 其耳忽鳴. 哦然而喜. 潛謂鄰兒曰爾聽此聲. 我耳其嚶. 奏簧吹笙. 其團如星. 鄰兒傾耳相接. 竟無所聽. 悶然叫號, 恨人之不知也."(「『공작관집』서」, 『종북소선』, 14b)

35_ "稚弟鼎大方九歲, 性植甚鈍. 忽曰: '耳中鳴錚錚.' 余問: '其聲似何物?' 曰: '其聲也, 團然如星, 若可觀而拾也.'"(『이목구심서』 1 , 『청장관전서』 권48, 『한국문집총간』 제258책, 354면)

36_ "嗟乎. 至今十八年矣."(「『녹앵무경』서」, 『종북소선』, 20b)

37_ "應洛書之孛."(「『녹앵무경』서」, 『종북소선』, 20b)

38_ 이서구와 이덕무의 각별한 관계에 대해서는 이서구의 다음 글이 참조된다: "아! 무관이 죽어 나는 이 세상에 벗이 없어졌다. 참으로 벗이 없는 것이 아니라, 우리 무관처럼 청렴개결하고 박식단아한 선비를 얻어 벗하고자 하되 그와 같은 사람이 없다는 말이다. 내가 약관 때부터 무관과 한 마을에 살았으나, 나는 성품이 졸렬하여 남과의 교유를 좋아하지 않고 항상 문을 닫고 들어앉아 글을 읽는 것으로 스스로 즐겼다. 그러나 무관의 사람됨은 외면으로 보아 말이 없고 덤덤한 것 같으나 그 속마음은 진실되고 온화하며 널리 배우고 옛것을 즐기며 문장에 대해 말하기를 좋아하기 때문에 나는 유독 그와 사귀기를 몹시 좋아하게 되었다. 그는 며칠을 간격으로 반드시 나의 처소를 한 번씩 들렀으며, 그때마다 경전과 역사책을 펼쳐 동이(同異)를 연구하고 득실(得失)을 변론하면서 그치지 않았다. 술을 마셔 약간 취기가 돌면 문득 뜻에 맞는 고인의 시문을 가져다가 서로 번갈아 낭독하다가 해가 저물어서야 가곤 하였다. 한 권의 특이한 책이라도 얻게 되면 즉시 서로 알려 나누어 베끼곤

하였는데, 이와 같이 한 지가 10년이 되었다"(烏虖! 懋官亡, 而余蓋無友於世矣! 非眞無友也, 欲救淸介·博雅之士如吾懋官者而友之, 抑亦無有乎云爾. 始余弱冠, 與懋官居同里, 性拙不喜交游, 常閉戶讀書而自娛, 而懋官爲人, 外若簡澹, 中實和易, 博學嗜古, 善談文章, 故獨與余相得甚驩, 間數日, 必一過余園亭, 羅列經史, 考究同異, 辨難得失, 纚纚不能休, 飮酒微酣, 輒取古人得意之文, 據案迭讀, 竟日乃去, 得一異書, 卽相走報, 分程共鈔, 如是者十年). 「묘지명」, 간본 『아정유고』 권8, 『국역 청장관전서』 Ⅳ, 九七면.

39_ "丁寧如聞今日語."(「『녹앵무경』서」, 『종북소선』, 19a)

40_ "如降紫姑神."(「『녹앵무경』서」, 『종북소선』, 19b)

41_ 만일 운이 좋아~소송하면 뭐하겠나: 이 이야기는 안서우(安瑞羽, 1664~1735)가 창작한 소설 「금강탄유록」(金剛誕游錄)과 비슷할 뿐 아니라 판소리계 소설 「가짜신선타령」과도 유사하다.

42_ "我乃答言. 是一妄想. 千歲八百. 遊朝遊暮. 何其短也. 我則長生. 誰復見我. 有誰友朋. 認吾是我. 萬一或幸. 屋室不壞. 鄕里如舊. 子孫蕃衍. 八世九世. 至或十世. **我歸我家. 乍喜入門. 而復悵然. 久坐細聲. 暗謂家人. 園後梨樹. 廚下鼎錡. 眞珠寶瓃. 何在何无. 徵信有漸.** 子孫大怒. 彼何妄翁. 彼何狂叟. 彼何醉夫. 而來辱我. 大杖歐我. 小杖逐我. 我則奈何. 無書證我. 訟官柰何. 譬則我夢. 我夢我夢. 人不我夢. 孰信我夢."(「『녹앵무경』서」, 『종북소선』, 19a~19b)

43_ "今時初見之異色."(「주공탑명」, 『종북소선』, 23a)

44_ 적조암(寂照菴): 개성 청량산에 있던 암자가 아닌가 한다.

45_ 대(臺): 흙을 북돋워 주변의 땅보다 높게 만든 것을 이르거나, 판판한 바위를 이르는 말.

46_ "釋塵公. 示寂六日. 茶毗于寂照菴之東臺. 距溫宿泉. 檜樹下. 不十武. 夜常有光. 魚鱗之白也. 蟲背之綠也. 柳木朽之玄也."(「주공탑명」, 『종북소선』, 23a)

47_ "再引麴翁·風舞, 三引湛軒, 一引炯菴·師延, 參差若不齊, 俱具枝葉頭目, 尺幅中有遠勢."(「하야연기」, 『종북소선』, 6a)

48_ 활발발지(活潑潑地): 생기 있고 힘차고 상쾌하고 시원스런 상태를 뜻하는 말이다. 흔히 천리(天理)가 구현된 모습을 뜻하는 말로 쓰는데 여기서는 도를 깨친 정신의 상태를 가리키는 말로 썼다.

49_ "靜則悟, 悟則活. 此文, 仰浮雲觀流水而讀, 可知其澹且逈."(「하야연기」, 『종북소선』, 6a)

50_ 법문(法門): 원래 불법(佛法)으로 들어가는 문을 뜻하는 말인데, 여기서는 길

또는 방법이라는 뜻.

51_ "大旨: 得意則斯眞也, 爲文之法門也. 且以自知与不自知, 人知与不人知, 綜約成文."(『공작관집』서,『종북소선』, 15a)

52_ "貧而雅, 絶勝富而俗."(「육매독」,『종북소선』, 25b)

53_ "絶品."(「관물헌기」,『종북소선』, 13a)

54_ "天下事, 不堅牢而善遞易, 安往而非香煙, 讀此記而猶驕咎, 奚足論!"(「관물헌기」,『종북소선』, 13a)

55_ "筆勢銛利, 上下騰踏, 如入無人之境.『詩』云: '擊鼓其鏜, 踴躍用兵', 此之謂也."(『양환집』서,『종북소선』, 17b)

56_ 지극히 작은 겨자씨~품고 있는 형국: 이는『유마경』(維摩經)에 있는 다음 구절에서 유래하는 말이다: "높고 넓은 수미산이 겨자씨 안에 있으니 더할 수도 뺄 수도 없다."(以須彌之高廣, 內芥子中, 無所增減)

57_ "文不滿三百言, 情緒迸發, 頓有數千言之勢, 是芥子納須彌."(「망자 유인 박씨 묘지명」,『종북소선』, 22a)

58_ "名終是幻物, 千古男子, 出沒於幻中. 一有擺脫者, 方是快活, 非親閱歷, 終不擺脫. 非親擺脫, 終不道得, 明白可見. 作者苦心, 行文亦自靈異."(「선귤당기」,『종북소선』, 11b)

59_ 강엄(江淹): 생몰년 444~505. 자(字)는 문통(文通)이다. '강랑'(江郎)이라고 불리기도 했다. 남조(南朝)의 송(宋)·제(齊)·양(梁) 삼대에 걸쳐 살면서 벼슬하였다. 문집으로『강문통집』(江文通集)이 전하며 작품으로는「별부」(別賦)와「한부」(恨賦) 등이 유명하다.

60_ "江郞曰: '黯然銷魂.' 余斷章取義, 以評「塵公塔」."(「주공탑명」,『종북소선』, 24a)

61_ "心溪讀此文, 以爲歸雲逝龍了無踪迹. 余擊節以爲知言."(『녹앵무경』서,『종북소선』, 20b)

62_ "黯然銷魂者, 唯別而已矣."(『江文通文集』권1)

63_ 비평적 글쓰기만이 아니라 글쓰기 일반을 가리킨다.

64_ "若或以爲下段皆拾虛影, 這一生不得讀半箇眞文"(「망자 유인 박씨묘지명」,『종북소선』, 22a). 이 평어에는 백화(白話)가 보인다.『종북소선』의 평어 중에는 이처럼 백화가 구사된 경우가 더러 있다. 후술되지만 이는 김성탄의 영향으로 보인다.

65_ "六、七、八、九歲時, 除夕元日, 何其好也! 戴雲長巾, 頭結唐髻, 衣草綠小袍子, 帶則赤錦, 鞋則紅皮. 夜排柶子, 晝瞻紙鳶, 歲拜長老, 則撫頂嬌愛. 是時也, 俊氣橫

生, 行如飄風, 毛髮皆躍, 天下之好時節."(『이목구심서』1, 『청장관전서』권48, 『한국문집총간』제258책, 365면)

66_ 이 감동적인 작품의 번역은 강국주 편역, 『깨끗한 매미처럼 향기로운 귤처럼: 이덕무 선집』(우리고전 100선 제9책, 돌베개, 2007)의 140~151면을 참조할 것.

67_ "貧而雅, 絶勝富而俗."(「육매독」, 『종북소선』, 25b)

68_ 번역은 박희병·정길수 외 편역, 『연암산문정독』2(돌베개, 2009), 45면의 것을 따랐다. 해당 원문을 제시하면 다음과 같다: "畵甁挿十一花, 得錢二十, 嫂獻十葉, 妻與三, 小女與一, 兄房饟柴二, 吾房亦同, 南草一, 巧餘一. 玆以送上, 笑領大好."('八之帖', 『輪回梅十箋』, 『청장관전서』권62, 『한국문집총간』제259책, 112면).

69_ 김수영, 「박지원의 〈서상수에게 윤회매 사라고 보낸 편지〉 연구」(『민족문학사연구』34, 2007) 참조.

70_ 그 거품에 다시 '나'가 있고: 여기서의 '나'는 '나의 나'다. 즉 거품에 비친 '나'의 눈동자 속에 있는 거품 속에 있는 '나'이다.

71_ "余讀「塵公塔」地黃湯喩, 演而說偈曰: '我服地黃湯, 泡騰沫漲, 印我額顙. 一泡一我, 一沫一吾. 大泡大我, 小沫小吾. 我各有瞳, 泡在瞳中. 泡重有我, 我又有瞳. 我試嚬焉, 一齊蹙眉. 我試哂焉, 一齊解頤. 我試怒焉, 一齊掜腕. 我試眠焉, 一齊闔眼. 謂畵筆描, 安施彩色? 謂檀木鐫, 安施雕刻? 謂金銅鑄, 安施鼓橐? 謂厥塑身, 安施堊泥? 謂厥繡面, 安施鍼絲? 我欲剝泡, 直捉其腰. 我欲穿沫, 急持其髮. 斯須器淸, 香歇光定. 百我千吾, 了無聲影. 咦彼塵公. 過去泡沫. 爲此文者, 見在泡沫. 伊今以往, 百千歲月, 讀此文者, 未來泡沫. 匪人映泡, 以泡映泡. 匪人映沫, 以沫映沫. 泡沫起滅, 何歡何悵?'"(「주공탑명」, 『종북소선』, 23a~24a)

72_ 이는 본서 83면의 각주에서 언급한 세 가지 가운데 두 번째 경우에 해당한다.

제4장 『종북소선』 미평의 양상과 의미

1_ 『양환집』은 필자에 의해 국역(國譯)되었다. 『말똥구슬: 유금 시집』(돌베개, 2006)이 그것이다.

2_ 자무(子務)와 자혜(子惠): 이덕무와 유득공으로 추정된다. 신호열·김명호 역, 『연암집(하)』, 돌베개, 2007, 49면 참조. 이덕무의 자는 '무관'(懋官)이고 유득공의

자는 '혜풍'(惠風)인데, '자무'의 '무'(務) 자는 '무관'의 '무'(懋) 자에서, '자혜'의 '혜'(惠) 자는 '혜보'의 '혜'(惠) 자에서 가져온 것으로 보인다. '자무'나 '자혜'처럼 이름자 첫머리에 '자'(子) 자를 쓰는 명명법은 『장자』에 자주 보이는데, 『장자』는 이렇게 특이한 뉘앙스를 풍기는 명칭을 지닌 인물을 가설(假設)하여 우언적 메시지나 철리(哲理)를 전달하는 수법을 곧잘 보여준다.

3_ 청허(聽虛)선생: '청허'(聽虛)라는 말은 '고요함을 듣는다'는 뜻도 되고, '허심탄회한 마음으로 듣는다'는 뜻도 되는데, 실제 존재하지 않는 허구적 인물을 지칭하는 것이라고 생각된다.

4_ 임백호(林白湖): 16세기 후반에 활동한 시인인 임제(林悌, 1549~1587)를 말한다. 백호(白湖)는 그 호다. 무인 집안 출신으로, 퍽 호방하고 다정다감한 시 세계를 펼쳐 보였다. 문집으로 『임백호집』(林白湖集)이 전한다.

5_ 목화(木靴): 예전에 벼슬아치들이 사모관대를 할 때 신던 신. 바닥은 나무나 가죽으로 만들고 녹비(사슴가죽)로 목을 길게 만들었다. 요즈음의 어그 부츠와 비슷한 모양이다.

6_ 갖신: 가죽신을 말한다. 남녀용이 있는데 각기 모양이 다르다.

7_ 진정지견(眞正之見): '참되고 바른 봄', 즉 '진정한 인식'이라는 뜻이다. 여기서 '봄'이라는 말은 주목을 요한다. '봄'은 인식의 핵심적 과정으로서 대상과 세계에 대한 '견해'를 형성한다.

8_ 중(中): 박지원이 말하는 '중'은 산술적인 의미에서의 중간이 아니라 두 개의 대립항을 지양하면서 동시에 품는 개념에 가깝다. 이런 점에서 '중'은 '포월'(抱越), 즉 '대립자를 안고 넘어서는 것'이다.

9_ 자패(子珮): 유득공의 숙부인 유연(柳璉, 1741~1788)을 말한다. 1777년에 '금'(琴)이라고 개명했다. 자는 연옥(連玉)·탄소(彈素), 호는 기하(幾何)·착암(窄菴)이다. 이덕무·유득공·박제가·이서구 네 사람의 시를 가려 뽑아 『한객건연집』(韓客巾衍集)이라는 시집을 엮어 중국에 소개하였다. 기하학에 능했으며 이 때문에 자신이 거처하는 집 이름을 기하실(幾何室)이라고 했다. 전각에도 조예가 있었다.

10_ 정령위(丁令威): 중국의 전설에 나오는 인물이다. 원래 요동 사람인데, 영허산(靈虛山)에서 신선술을 닦아 학이 되어 고향 요동에 돌아와 화표주(華表柱: 무덤 앞에 세우는, 여덟 모로 깎은 한 쌍의 돌기둥)에 앉았으나, 마을 사람들이 그를 알아보지 못하고 활을 쏘려고 하자 슬피 울며 날아갔다고 한다.

11_ 『태현경』(太玄經): 한대(漢代)의 저명한 문인인 양웅(揚雄, 기원전 53년~기원후 18년)이 쓴 책으로 『주역』(周易)과 비슷한 체재를 취하고 있다. '현'(玄)은 천

지만물의 기원을 말하며, '태'(太)는 그것의 공력을 말한다. 양웅의 저서로는 『태현경』·『법언』(法言) 등이 있는데, 그는 비록 당대에는 자기가 쓴 책의 진가를 알아보는 사람이 없을지라도 후대에 반드시 그런 사람이 있으리라고 기대하며 책을 썼다고 한다.

12_ 양자운(揚子雲): 양웅(揚雄)을 말한다. '자운'(子雲)은 그 자(字)다.

13_ "子務子惠. 出遊. 見瞽者衣錦. 子惠. 喟然歎曰嗟哉. 有諸己而莫之見也. 子務曰夫何与衣繡而夜行者相与辨之於聽虛先生. 先生. 搖手曰吾不識. 吾不識. 昔黃政丞. 自公而歸. 其女. 迎謂曰大人. 知蝨乎. 蝨奚生. 生於衣歟. 曰然. 女笑曰我固勝矣. 婦請曰蝨生於肌歟. 曰是也. 婦笑曰舅氏. 是我. 夫人. 怒曰孰謂大監. 智. 訟而兩是. 政丞. 莞爾而笑曰女与婦來. 夫蝨. 非肌不化. 非衣不傅. 故兩言. 皆是也. 雖然. 衣在籠中. 亦有蝨歟. 使汝裸裎. 猶將癢歟. 故蝨之生也. 不襯不浮. 衣膚之間. 林白湖. 將乘馬. 僕告曰夫子醉矣. 隻履靴鞋. 白湖. 叱曰由塗而右者. 謂我履靴. 由塗而左者. 謂我履鞵. 我何病哉. 由是觀之. 天下之易知者. 莫如足而所見者. 不同則靴鞵. 難辨矣. 故眞正之見. 固在於是非之中. 如汗之化蝨. 至微而難審. 衣膚之間. 自有其空. 不襯不浮. 不右不左. 孰得其中. 蜣螂. 自愛滾丸. 不羨驪龍之珠. 驪龍. 亦不以其珠. 笑彼蜋丸. 子佩. 聞而喜之曰是可以名吾詩. 遂名其集曰蜋丸. 屬余序之. 余謂子珮曰昔丁靈威. 化鶴而人無知者. 斯豈非衣繡而夜行乎. 太玄. 大行. 而子雲. 不見斯豈非瞽者之衣錦乎. 覽斯集者. 一以爲龍珠. 則見子之靴矣. 一以爲蜋丸則見子之鞵矣. 人不知. 猶爲靈威之羽毛. 不自見. 猶爲子雲之太玄. 珠丸之辨. 惟聽虛先生. 在. 吾何云乎."(「『양환집』서」, 『종북소선』, 16a·17b) 『종북소선』에 실린 박지원의 작품들은 박영철본 『연암집』에 수록된 것과 비교해 글자의 출입(出入)이 다소 있다. 하지만 작품의 전체적인 대의(大意)에 차이가 있는 것은 아니다.

14_ 오시(午時): 오전 11시부터 오후 1시까지를 말한다.

15_ 납창(蠟窓): 밀랍(蜜蠟)으로 모서리를 바르거나 밀랍을 먹인 종이로 바른 창.

16_ [1] 幸哉妙哉, 今日之吾也! 生吾前者非吾也, 生吾後者非吾也, 与吾同戴天同履地同食同息者, 皆各自吾也, 非吾之吾也.

[2] 惟今日午時, 蠟囱明快, 盆魚呷沫, 漢書前堆, 國風披案, 捉此筆研, 此硃評此『蜋丸集』序, 書此無數吾字者, 是眞吾也. 昨日者昨日之今日也, 明日者明日之今日也, 皆不如今日之今日, 近在目前, 眞爲吾有也. 吾爲此評於今日者, 幸矣妙矣, 而又巧矣. 此大因緣也, 大期也.

[3] 因忽思纂吾之日詩曰文者, 以娛今日也. 以李廷珪墨, 寫澄心堂紙, 金栗藏經紙, 薛校書十樣箋, 最紅之硃, 太靑之靛, 甲之乙之, 圈之點之.

4 (人或笑之, 吾毋怒)之; 人或責之, 吾毋思之. 酒尊一、古劍一、香爐一、燈一、硯一、梅樹一之中, 使吾友讀之. 吾友知吾者也, 知吾則愛吾, 愛吾則豈不善讀吾書也哉!

5 如是而已者, 娛吾之今日也. 世之人不知眞娛今日, 預圖身後者, 非吾所取也(「『양환집』서」, 『종북소선』, 16a~17a). 『종북소선』 사진 자료에는 괄호 속의 글자들이 촬영되지 못했다. 여기서는 『벽매원잡록』에 의거해 복원했다.

17_ '자무'의 '무'(務)는 이덕무의 자(字)인 무관(懋官)의 '무'(懋) 자와 연관되고, 자혜의 '혜'(惠)는 유득공의 자(字)인 혜풍(惠風)의 '혜'(惠) 자와 연관되기 때문이다.

18_ "人生三十而未娶, 不應更娶; 四十而未仕, 不應更仕; 五十不應爲家; 六十不應出遊. 何以言之? 用違其時, 事易盡也. 朝日初出, 蒼蒼涼涼, 澡頭面, 裹巾幘, 進盤飧, 嚼楊木, 諸事甫畢, 起問中可? 中已久矣. 中前如此, 中後可知. 一日如此, 三萬六千日何有? 以此思憂, 竟何所得樂矣? 每怪人言某甲于今若干歲. 夫若干者, 積而有之之謂. 今其歲積在何許, 可取而數之否? 可見已往之吾, 悉已變滅. 不寧如是? 吾書至此句, 此句以前已疾變滅, 是以可痛也. 快意之事莫若友, 快友之快莫若談, 其誰曰不然? 然亦何曾多得? 有時風寒, 有時泥雨, 有時臥病, 有時不值, 如是等時眞住牢獄矣. 舍下薄田不多, 多種桃米, 身不能飲, 吾友來需飲也; 舍下門臨大河, 嘉樹有蔭, 爲吾友行立蹲坐處也; 舍下執炊爨、理盤榻者, 僅老婢四人, 其餘凡畜童子大小十有餘人, 便於馳走迎送, 傳接簡帖也; 舍下童婢稍閑, 便課其縛帚、織席, 縛帚所以掃地, 織席供吾友坐也. 吾友畢來, 當得十有六人, 然而畢來之日爲少, 非甚風雨而盡不來之日亦少, 大率日以六七人來爲常矣. 吾友來, 亦不便飲酒, 欲飲則飲, 欲止先止, 各隨其心, 不以酒爲樂, 以談爲樂也. 吾友談不及朝廷, 非但安分, 亦以路遙傳聞爲多. 傳聞之言無實, 無實卽唐喪唾津矣. 亦不及人過失者, 天下之人本無過失, 不應吾誣詆之也. 所發之言, 不求驚人, 人亦不驚; 未嘗不欲人解, 而人卒亦不能解者, 事在性情之際, 世人多忙, 未曾嘗聞也. 吾友旣皆繡淡通闊之士, 其所發明, 四方可遇, 然而每日言畢卽休, 無人記錄. 有時亦思集成一書, 用贈後人, 而至今闕如者, 名心旣盡, 其心多懶, 一; 微言求樂, 著書心苦, 二; 身死之後, 無能讀人, 三; 今年所作, 明年必悔, 四也. 是『水滸傳』七十一卷, 則吾友散後, 燈下戲墨爲多, 風雨甚, 無人來之時半之. 然而經營於心, 久而成習, 不必伸紙執筆, 然後發揮. 蓋薄暮籬落之下, 五更臥被之中, 垂首撚帶, 睨目觀物之際, 皆有所遇矣. 或若問: '言旣已未嘗集爲一書, 云何獨有此傳', 則豈非此傳成之無名, 不成無損, 一; 心閑試弄, 舒卷自恣, 二; 無賢無愚, 無不能讀, 三; 文章得失, 小不足悔, 四也? 嗚呼哀哉! 吾生有涯, 吾嗚乎知後人之讀吾書者謂何? 但取今日以示吾友, 吾友讀之而樂, 斯亦足耳. 且未知吾之後身讀

之謂何, 亦未知吾之後身得讀此書者乎. 吾又安所用其眷念哉! 東都 施耐庵序"(「貫華堂古本『水滸傳』自序」, 『金聖歎評點才子全集』 제3책, 林乾 主編, 北京: 光明日報出版社, 1997, 27~28면).

19_ 이리야 요시타카(入矢義高), 『明代詩文』(中國詩文選 23, 東京: 筑摩書房, 1978), 246면.

20_ 『金聖歎評點才子全集』 제2책, 1~4면.

21_ 「序一, 慟哭古人」, 『金聖歎評點才子全集』 제2책, 3면 참조.

22_ 이런 측면은 『서상기』에 붙인 두 개의 서문 가운데 하나인 「序二, 留贈後人」에 적나라하게 표출되고 있다. 『金聖歎評點才子全集』 제2책, 5~7면 참조.

23_ 박지원과 관련해서는 재론할 필요가 없을 것 같고, 이덕무와 관련해서만 조금 언급하기로 한다: 『이목구심서』 1에는 이런 말이 보인다. "한유(韓愈)는 당나라의 동중서(董仲舒)이고, 구양수(歐陽脩)는 송나라의 한유이고, 이몽양(李夢陽)은 명나라의 구양수이다. 모두 문장만으로 비교한 것이 아니다. 기절(氣節)이 서로 비슷하다. 이몽양은 주자(朱子)의 학문을 배반하지 않았으니 유자(儒者)가 될 만하다"(『국역 청장관전서』 Ⅷ, 51면). 이는 명대 고문사파(古文辭派)의 한 사람인 이몽양에 대한 평가다. 고문사파는, 고문의 모방과 표절을 일삼는다고 하여 원굉도 등 명말의 창신파로부터 심한 비판을 받았다. 하지만 이덕무는 그 영수의 한 사람인 이몽양을 높이면서 존숭의 염(念)을 표하고 있다. 어째서인가? 문면(文面)에서는 그가 "주자의 학문을 배반하지 않"아서라고 말하고 있지만, 실은 그가 준절한 경세의식을 갖고 당대의 권귀(權貴)를 비판하다 옥에 갇히기도 하는 등 높은 기절(氣節)로 인해 정치적 부침(浮沈)을 심하게 겪었지만 그 강직함을 바꾸지 않았음을 높이 평가해서였다. 이몽양의 이런 면모는 청(淸)나라 문인인 소장형(邵長蘅)의 문집 『청문녹고』(靑門簏稾) 권15에 수록된 「사선생전」(四先生傳)에 인상적으로 서술되어 있는바(『청문녹고』는 규장각 소장본 참조), 이덕무는 이 글을 통해 이몽양을 새롭게 인식했을 수 있다. 한편, 이덕무는 동시대의 서얼 문인인 이진(李璡)이 자신을 추어 주느라 자신을 원굉도와 종성(鍾惺)에 견준 것을 달가워하지 않았으며, "설사 중랑(中郎: 원굉도의 자字)이 다시 태어나고 백경(伯敬: 종성의 자)이 세상에 다시 나온다 하더라도 명나라 문선(文選)에 끼일 자리가 없거늘 어찌하겠습니까"(『아정유고』 8, 『국역 청장관전서』 Ⅲ, 168면)라고 말함으로써 원굉도와 종성을 평가절하하고 있다. 이진은 원굉도 등 명말 청초의 창신파를 닮고자 하여 기기괴괴하고 야단스러운 글을 쓴 문인인데, 이덕무는 이 점을 못마땅하게 여겨 이런 말을 했던 것으로 보인다. 요컨대 이덕무는, 비록 원굉도나 종성을 읽고 배우지 않은 것은 아니나, 창신파 문풍

의 문제점을 명확히 자각하고 있었으며 그 때문에 그와는 다른 문풍을 추구해 갔다고 생각된다. 이덕무가, 이진이 기(奇)를 탐하여 마지 않는 데 반해 자기는 40퍼센트의 평(平)과 60퍼센트의 기(奇)를 추구한다는 점에서 이진과 다르다고 한 말(『아정유고』8, 『국역 청장관전서』Ⅲ, 169면)도 그런 자각을 보여주는 것이랄 수 있다. 글쓰기와 관련해 이덕무가 서 있는 이 미묘한 지점을 정확히 파악하는 일은 대단히 중요하다고 생각되는데, 이는 이덕무라는 문인의 기저에 자리하고 있던 경세의식이라든가 공적 세계에 대한 책임감을 파악하는 일과 결코 무관하지 않음으로써다. 그러므로, 이덕무의 "두렵고 두렵기는 조금 재주가 있다고 막 기운을 부리는 것이고, 민망하고 민망한 것은 전연 알맹이가 없으면서 말을 마구 쏟아내는 것이다"(『이목구심서』2, 『국역 청장관전서』Ⅷ, 104면)라는 말은, 단순히 청언(淸言)으로만 볼 것은 아니며, 당대의 글쓰기에 대한 비판적 인식의 토로로 읽어야 옳다. 이외에도, 이덕무의 경세의식은 일본에 대한 책인 『청령국지』(蜻蛉國志)라든가 선비의 도리와 몸가짐에 대해 밝혀 놓은 책인 『사소절』(士小節), 명말 청초의 유민(遺民)들에 대한 기록인 『뇌뢰낙락서』(磊磊落落書) 등의 저술을 통해 잘 확인된다. 그러므로, 박지원이 이덕무 행장에서 그의 문장에 대해 평하기를, "독창적인 경지를 홀로 추구하고, 진부한 것은 따라 배우지 않았다. 기이하고 날카로우면서도 진실되고 절실함에서 벗어나지 아니하였으며, 순박하고 성실하면서도 졸렬하거나 평범한 수준으로 떨어지지 않았다"(신호열·김명호 역, 『연암집(중)』, 돌베개, 2007, 103면)라고 한 것, 그리고 그 경세의식에 대해 말하기를, "가난한 선비 시절부터 민생이 곤궁하고 인재가 묻히고 마는 데에 깊은 관심을 쏟아서, 개연히 나라를 경영하고 백성을 구제하는 데에 뜻을 두었다. 그의 논설과 기록은 법령과 제도에 특히 치중하여 백성을 구제하는 것을 요점으로 삼았다. 그런즉 나라와 백성을 걱정하는 뜻을 잠깐 사이도 잊은 적이 없었다"(같은 책, 같은 곳)라고 한 것은, 이덕무에 대한 적확한 평가라 할 만하다.

24_ "平日於文學, 好看批評小品, 探索者, 惟是妙慧之解, 深味者, 無非尖酸之語, 此等雖年少一時之嗜好, 漸到老實, 則自然刊落, 不必深言. 而大抵此等文體, 全無典刑, 不甚爾雅. 明末文勝質弊之時, 吳·楚間小才薄德之士, 務爲吊詭, 非無一段風致隻字新語, 而瘦貧破碎元氣消削, 則古來吳儈·楚傖之畸蹤竊跡, 齲唾淫咳, 何足步武哉!"(「與人」, 『연암집』권3, 『한국문집총간』제252책, 75면)

25_ 부친상을 당한 그 해에 보낸 편지라면 34세 때가 되고, 그 익년에 보낸 편지라면 35세 때가 된다. 지금으로서는 그 어느 쪽인지 확정하기 어렵다.

26_ '원기'를 기준으로 문학의 우열을 파악하는 이런 관점이 갖는 문제점에 대해

서는 박희병, 『저항과 아만』(돌베개, 2009), 421면을 참조할 것.

27_ "李楚望詩:'雲陰故國山川暮, 潮落空江網罟收.'五山川暮, 六網罟收:'一日末後, 不過如此而已;一生末後, 不過如此而已;一代末後, 不過如此而已.'此金聖歎語也. 余讀此語, 茫然自失, 頹然而臥, 仰視屋梁, 浩嘆彌襟."(「聖歎評李楚望詩」, 『청비록』권1, 『청장관전서』권32, 『한국문집총간』제258책, 12면)

28_ "聖歎慧眼, 不獨知詩, 洞觀閻浮, 令人每每洒落快絶."(「鄭鷗鵠學黃鶴樓」, 『청비록』권3, 『청장관전서』권34, 『한국문집총간』제258책, 49면)

29_ "淸儒龍眠 石龐「天外悟語」曰:'金聖歎, 施耐菴之後身也. 耐菴作『水滸』, 弄盡舌鋒, 直于聖歎身, 遭一殺劫, 以了前因, 宜矣. 斯言雖戲, 亦甚爽絶. 以其聖歎評『水滸』故也."(『이목구심서』6, 『청장관전서』권53, 『한국문집총간』제258책, 473면)

30_ "金聖歎爲何許人物耶? 似是才勝薄德"(「李雨邨」, 『아정유고』11, 『청장관전서』권19, 『한국문집총간』제257책, 268면). 이는 청나라 문인인 우촌(雨邨) 이조원(李調元)에게 보낸 편지다.

31_ "足下知病之崇乎? 金人瑞災人也, 『西廂記』災書也. 足下臥病不恬心靜氣, 澹泊蕭閒爲弭憂銷疾之地, 而筆之所淋、眸之所燭、心之所役, 無之而非金人瑞, 而然猶欲延醫議藥, 足下何不曉之深也? 願足下筆誅人瑞, 手火其書, 更邀如僕者, 日講『論語』, 然後病良已矣"(「與朴在先書」, 간본 『아정유고』권7, 『국역 청장관전서』Ⅳ, 七七면). 이 편지는 다소 장난스런 어조를 띠고 있지만, 그럼에도 박제가가 김성탄에 빠져 있음을 비판하고 있음은 분명하다. 박제가가 병이 난 것이 김성탄 때문이라는 논조가 흥미로운데, 이는 이덕무가 김성탄의 문학은 건강하지 못하며 그래서 사람의 마음을 안정시키지 않고 방탕하게 만든다고 보았음을 의미한다.

32_ 슬(瑟): 25줄의 현악기.

33_ "二十二日, 与麴翁, 步至湛軒. 風舞. 夜至, 湛軒, 爲瑟. 風舞, 琴而和之. 麴翁, 不冠而歌. 夜深, 暑氣乍退. 流雲四綴, 兩絃益淸. 左右靜默, 如丹家之內觀臟神. 定僧之頓牾前生. 夫自反而直. 三軍必逝. 麴翁, 當其歌時, 觧衣盤礡, 旁若無人者. 炯菴. 嘗見簷閒老蛛布網. 喜而謂余曰妙哉. 有時遲疑. 有時揮霍. 如蒔麥之踵. 如按琴之指. 今湛軒, 与風舞, 相樂也. 吾得老蛛之觧矣. 去年夏. 余嘗至湛軒. 湛軒, 方与師延. 論琴. 時天欲雨. 東方天際. 雲色如墨. 一雷則可以龍矣. 旣而長雷去天. 湛軒, 謂延曰此屬何祥. 遂援琴而諸之. 終未得云."(「하야연기」, 『종북소선』, 5a~6a)

34_ 수레가 흐르는 것 같다: 『후한서』(後漢書) 권10 상(上)「마황후기」(馬皇后紀)에 나오는 말이다. 한(漢)나라 때 명제(明帝)의 비(妃)였던 마후(馬后)는 명제가 세상을 떠나고 그의 아들 장제(章帝)가 즉위하자 태후(太后)에 봉해졌다. 장제는 태후

의 인품을 높이 여겨 태후의 외삼촌에게 관직을 내리려 하였는데, 이때 태후가 나서서 말하길 '친정에 가니 찾아오는 수레는 물 흐르는 듯하고, 찾아오는 말은 용이 헤엄치는 것 같았다'라고 하며 외삼촌의 사치를 비판하고 장제에게 관직을 거둘 것을 요청했다고 한다.

35_ 놀란 기러기 같이 훨훨 날아간다: 조식(曹植)의 「낙신부」(洛神賦)에서 복비(宓妃)의 모습을 형용한 말이다. 『조자건집』(曹子建集) 권3 참조.

36_ 매의 흘겨보는 눈이~호와 비슷하다: 두보(杜甫)의 「매 그림」(畵鷹)이라는 시에 나오는 말이다. 『두시상주』(杜詩詳註) 권18 참조. 중국 북방이나 서역에 사는 종족의 눈매가 그렇기에 이런 비유를 쓴 것이다.

37_ 거위 새끼의 누런빛이 술과 비슷하다: 두보가 지은 「뱃전의 새끼 거위」(舟前小鵝兒)라는 시에 나오는 말이다. 『두시상주』 권12 참조. 여기에 나오는 '술'은 당(唐)나라 때 한주(漢州)에서 생산되던 아황주(鵝黃酒)를 가리킨다. 이 술은 황색을 띠었으므로 새끼 거위의 털색과 유사하다 하여 아황주(鵝黃酒)라 불렸다.

38_ 강요주(江瑤柱): 강물에 사는 조개의 일종이다. 패주(貝柱)가 엄지 손가락만 한데 맛이 아주 감미롭다. 혹은 바닷가 개펄에 사는 조개라는 설도 있다.

39_ 여지(荔支): 중국 남방에서 자라는 상록교목의 열매로, 용안과 비슷한 모양이다. 하지만 여지는 향기가 있는 반면, 용안은 향기가 없다.

40_ 강요주의 모양이 여지 비슷하다: 소식(蘇軾)의 『동파지림』(東坡志林)에 나오는 말이다. 『동파지림』 권11 참조.

41_ 서호(西湖): 중국 절강성(浙江省) 항주성(杭州城) 서쪽에 있는 아름다운 호수. 백거이(白居易)와 소동파(蘇東坡)를 비롯해 여러 시인이 노래했을 정도로 이름난 명승지다. 송(宋)나라 때 시인 소동파는 서호의 풍경을 항주 출신의 미인인 서시(西施)의 미모에 빗댄 바 있는데, 이로 인해 서호를 서자호(西子湖)라 부르기도 한다.

42_ 서호의 풍경이 서시의 미모와 견줄 만하다: 소식이 지은 「유경문(劉景文)의 〈개정(介亭)에 올라〉에 차운하다」(次韻劉景文登介亭)라는 시에 나오는 표현을 조금 고쳐 인용한 것이다. 원래의 시에는 "서호의 풍경이 진실로 서시의 미모와 같다"(西湖眞西子)로 되어 있다. 『소식시집합주』(蘇軾詩集合註) 권32 참조.

43_ 마치 문틈~것 같다: 『장자』(莊子) 「지북유」(知北遊)에 "사람이 세상에서 사는 것이란 마치 흰 말이 틈새를 지나가는 것 같다"(人生天地之間, 若白駒之過卻)라는 말이 나온다.

44_ 여섯째 아들의 외모가 연꽃 비슷하다: 『구당서』(舊唐書) 권90 「양재사전」(楊再思傳)에 해당 내용이 보인다. 장씨 집안의 여섯째 아들은 당(唐)나라 측천무후(則

天武后) 때 간신 장역지(張易之)의 동생인 장창종(張昌宗)을 말한다. 장창종은 빼어난 외모로 여제(女帝)의 총애를 받았는데, 집안의 여섯째 아들이었으므로 당시 사람들이 그를 두고 "여섯째의 외모가 연꽃 같다"고 말했다고 한다.

45_ 맑은 강물이 깨끗한 게 하얀 명주 비슷하다: 사조(謝朓)가 지은 「저녁에 삼산에 올라 경읍을 돌아보다」(晚登三山, 還望京邑)라는 시에 나오는 말이다. 『사선성집』(謝宣城集) 권3 참조.

46_ 용안(龍眼): 중국 남방에서 자라는 상록교목의 열매로, 씨가 크고 과육이 적다.

47_ 조비연(趙飛燕): 중국 전한(前漢) 말기 성제(成帝)의 황후인 조의주(趙宜主)를 말한다. 서시에 버금가는 미모와 뛰어난 춤 솜씨를 지닌 것으로 유명하다.

48_ ① (車不与流水)期, 而(日車如流水); 神女(不与驚鴻期), 而曰(翩若驚鴻; 鷹)不与(愁胡期, 而曰)側目(似愁胡; 鵝兒)不与(酒期, 而曰鵝)兒黃(似酒; 江瑤柱)不与(荔支期, 而曰)江瑤柱似荔支; 西湖不与西子期, 而曰西湖比西子; 光陰不与白駒期, 而曰如白駒之過隙; 六郎不与蓮花期, 而曰六郎似蓮花; 江不与練期, 而曰澄江淨似練.

　　② 凡曰似曰如者, 妙在瞥然悠然之間, 不期然而然, 莫知爲而爲, 毋勦說, 毋雷同. 天旣生此事, 必又備彼喩, 可以一定, 不可移易, 如婚姻, 如兄弟.

　　③ 如有癡人傲之曰: "車如浮雲, 翩若駿騃, 側目似憂夷, 鵝兒黃似油, 江瑤柱似龍眼, 西湖比飛鷰, 如白鹿之過隙, 六郎似桃花, 澄江淨似絹," 同則同矣, 索然無精采耳. 如或以花喩花, 以石喩石, 是此馬如彼馬, 彼牛如此牛, 左耆如右耆, 右鼻孔如左鼻孔, 又索(然無精采耳.

　　④ 今老蛛之脚, 不与蒔麥期, 而曰如蒔麥之踵, 又不与按琴期, 而曰吾得老蛛之解, 此之謂妙悟.) 『종북소선』 사진 자료에는 괄호 속의 글자들이 촬영되지 못했다. 여기서는 『벽매원잡록』에 의거해 복원했다.

49_ 「하야연기」, 『종북소선』, 5a.

50_ 위의 책, 5b.

51_ 금고(金膏): 도교의 선약(仙藥). 옥고(玉膏)라고도 한다.

52_ 수벽(水碧): 도교의 선약. 수옥(水玉) 또는 벽옥(碧玉)이라고도 한다.

53_ 석록(石綠): 공작석(孔雀石). 공작새의 날개 빛깔과 같은 초록색 보석.

54_ 공청(空靑): 비취색 보석.

55_ 슬슬(瑟瑟): 페르시아에서 나는 벽옥색 보석.

56_ 말갈(靺鞨): 홍말갈(紅靺鞨)이라고도 한다. 말갈 특산의 붉은색 보석.

57_ 화제(火齊): 화제주(火齊珠)를 말한다. 자금색(紫金色)을 띤 옥의 일종.

58_ 목난(木難): 벽옥색 보석.

59_ 교주(鮫珠): 전설에서 교인(鮫人: 인어)의 눈물이 변하여 된다는 진주.

60_ 과금(瓜金): 황금을 이른다.

61_ 오(吳)나라 사람, 초(楚)나라 사람: 원문은 "吳儂楚傖"이다. '吳儂'(오농)은 소주(蘇州)를 중심으로 한 강소성(江蘇省) 일대의 오나라 사람들이 자기 자신을 '아농'(我儂), 다른 사람을 '거농'(渠儂), '타농'(他儂)이라 칭하는 등 호칭에 '儂' 자를 자주 사용한다고 해서 생긴 말이다. '楚傖'(초창) 또한 다른 지역 사람들이 초나라 사람을 가리킬 때 쓰는 말이다. 『연암집』 권8의 「우상전」(虞裳傳)에 "吳儂"이라는 말이 보이고, 『연암집』 권3의 「어떤 사람에게 보낸 편지」(與人)에 "吳傖楚儂"이라는 말이 보인다.

62_ 냄새나는 똥주머니: 사람의 몸을 비유적으로 표현한 말. 원문은 "臭皮袋"이다. '취피낭'(臭皮囊)이라고도 한다.

63_ 응구(鷹韝): 매를 부릴 때 팔소매에 차는 가죽 띠.

64_ 도솔천(兜率天): 미륵보살의 정토(淨土). 장차 부처가 될 보살이 사는 곳으로, 석가도 현세에 태어나기 전에 도솔천에 머물며 수행했다고 한다.

65_ 염부주(閻浮洲): 불교에서 수미산 남쪽에 있다는 남염부주(南閻浮洲) 또는 남섬부주(南瞻部洲)를 말한다. 미륵보살은 도솔천에서 설법하다가 염부주에 하생(下生)하여 성불하게 된다고 한다.

66_ 여든한 가지 고난: 팔십일난(八十一難). 『서유기』(西遊記)에서 삼장법사 일행이 인도까지 가는 동안 겪은 81가지 고난.

67_ 사백네 가지 병(病): 불교에서 말하는 사백사병(四百四病). 불교에서는 지(地), 수(水), 화(火), 풍(風)의 네 요소가 조화를 이루지 못하여 사람의 몸에 병이 생긴다고 본다. 하나의 요소마다 101가지씩 총 404가지의 병이 있다고 한다.

68_ 머리를 끄덕거리며: 알겠다는 표시.

69_ 옛날에 내가~거의 얻었네: 마음과 관련하여 『맹자』 「고자」(告子) 상(上)에 다음 구절이 보인다. "잡으면 있고 놓으면 없어지며, 나가고 들어옴에 정해진 때가 없고 그 향하는 곳을 알 수 없는 것이란 오직 사람의 마음을 두고 이르는 말이리라." (操則存, 舍則亡, 出入無時, 莫知其鄉, 惟心之謂與.)

70_ 🛇 謎曰: "金膏水碧, 石綠空青, 瑟瑟鞍鞴, 火齊木難, 不足喻其空靈也. 水晶槃中, 鮫泣盈盈, 琉璃綠瓶, 瓜金滿貯, 不足喻其透脫也. 青荷溜滑, 雨汞跳鳴, 不足喻其圓活也. 美人之虹, 暈綠圍紅, 不足喻其幻耀也. 王, 張, 李, 劉, 吳儂楚傖, 阿甲阿乙, 阿丙阿丁, 那位這箇, 那厮這們, 某也某也, 彼哉彼哉, 誰不藏渠, 臭皮袋中. 把之無柄, 描之無影, 瞥然之間, 倏忽善逃, 眼竅耳竅, 出逐色聲, 口竅鼻竅, 出逐味香, 如鷹離轕盤旋不下, 如馬脫虎騰踏不返. 上訪釋迦, 下尋彌勒, 暫登兜率, 倏降閻浮, 八十一難, 俄然而度, 四百四病, 俄然而經. 明之者聖, 守之者賢, 昏之者愚, 失之者狂. 是怎麽物?"

　　② 宋旭搖頭而謠曰: "昔我有之, 了然知之; 今我失之, 窅然忘之. 今更求之, 求之庶得. 得且知名, 仍以明之, 吾且其爲聖人歟!"(「염재당기」, 『종북소선』, 7a~8a)

71_ '숙응'(叔凝)은 신광직(申光直)의 자(字)다. 또다른 자는 계우(季雨)이고, 호는 염재당(念齋堂)·염재(念齋)·주성(酒聖)이다. 『연암집』 권3의 「먼 곳에 있는 스승에게 배우러 떠나는 계우에게 주는 글」(贈季雨序)과 『연암집』 권6의 「중관에게 주다」(與仲觀)에 '계우'에 대한 언급이 보인다. 한편 홍대용의 『담헌서』(湛軒書)에도 '염재'가 등장한다. 「화산(花山)으로 떠나는 민낭경에게 준 글」(贈閔朗卿送花山序)에 의하면 담헌은 염재를 따라 노닐며 민낭경(閔朗卿)이라는 인물과 교유했다고 한다. 담헌은 염재가 사람을 잘 알아보는 식견이 있어 평생에 남을 허여하는 일이 적었으나 민낭경의 사람됨만은 늘 칭찬했다고 했다. 담헌의 시 중에 「신염재 광직(光直)의 시에 차운하다」(次申念齋光直韻; 『담헌서』에는 '光' 자가 '先' 자로 되어 있으나 誤植이다)와 「신염재와 함께 시를 지어 박연암에게 주다」(與申念齋賦贈朴燕巖)라는 작품이 있는 것으로 보아 염재는 박지원 및 그 주변의 인물과 교유가 깊었던 것으로 보인다.

72_ "若乃不醉而罔念, 則不幾近於大狂乎?"(「염재당기」, 『종북소선』, 8a)

73_ "惟聖罔念作狂, 惟狂克念作聖."(『尙書正義』, 『十三經注疏』1, 藝文印書館 印行, 257면)

74_ 동봉(東峯): 김시습이 수락산(水落山)에 살 때 쓴 호.

75_ 설잠(雪岑): 김시습의 법명(法名).

76_ 오세암(五歲菴): 김시습이 설악산 오세암에 은거할 때 쓴 호.

77_ 탑좌인(塔左人): 이덕무가 백탑(白塔), 즉 지금의 탑골공원에 있는 원각사탑(圓覺寺塔)의 왼편에 있는 동네에 살았기에 이런 호를 썼다.

78_ 재래도인(矀覩道人): '재'(矀)는 반귀머거리라는 뜻이요, '래'(覩)는 내시(內視), 즉 자신을 응시한다는 뜻.

79_ 무일산인(無一山人): 아무것도 없는 사람이라는 뜻도 되고, 아무것도 취할 것이 없는 사람이라는 뜻도 된다.

80_ 무문(無文): 문채(文采)가 없다는 뜻.

81_ 요매산사(瞀眛散士): '요'(瞀)는 정신이 멍한 모양이요 '매'(眛)는 어둡다는 뜻. '산사'(散士)는 '산인'(散人)이라고도 하는데, 쓸모없는 사람을 가리킨다.

82_ 책(蚱)이니 복육(蝮蜟)이니~예(蜺)니 제녀(齊女): 모두 매미의 일종이거나 매미를 달리 이르는 말.

83_ 황귤(黃橘)이니 주귤(朱橘)이니~황담귤(黃淡橘)이니 여지귤(荔支橘): 모두 귤의 일종.

84_ 『추강냉화』(秋江冷話): 남효온(南孝溫, 1454~1492)이 시화(詩話)와 일화(逸話) 등을 모아 엮은 책. 김시습의 행적에 관한 내용이 실려 있다.

85_ 양웅(揚雄)의 『방언』(方言): 전한(前漢) 말의 학자 양웅(揚雄)이 중국 각 지방의 말을 집성한 책.

86_ 한씨(韓氏)의 『귤보』(橘譜): 송대(宋代)의 문인 한언직(韓彦直)이 저술한 『귤록』(橘錄)을 말한다. 상·중·하 3권인데, 상권에서 진감(眞柑)·주감(朱柑) 등 9종의 감(柑)을, 중권에서 황귤(黃橘)·주귤(朱橘) 등 18종의 귤을 각각 소개하고, 하권에서 감귤의 재배 및 이용 방법을 기술하였다.

87_ ① 曰淸寒子, 曰東峯, 曰雪岑, 曰梅月堂, 曰五歲菴, 皆悅卿也. 炯菴, 曰靑飮館, 曰塔左人, 曰辟親道人, 曰無一山人, 曰無文, 曶昧散士, 曰嬰處, 曰蟬橘堂, 皆懋官也. 曰蚱, 曰蝮蜟, 曰蝑, 曰蟪蛄, 曰寒螿, 曰蛁蟟, 曰蟧母, 曰蜩, 曰馬蜩, 曰蝘, 曰蜣蜩, 曰蜋蜩, 曰茅蜩, 曰麥蚻, 曰茅蠽, 曰蜓蚞, 曰蜈蟓, 曰蚞蚗, 曰蜺, 曰齊女, 皆蟬也. 曰黃橘, 曰朱橘, 曰綠橘, 曰乳橘, 曰塌橘, 曰油橘, 曰色橘, 曰綿橘, 曰沙橘, 曰山橘, 曰早黃橘, 曰穿心橘, 曰黃淡橘, 曰荔支橘, 皆橘也.

② 悅卿一變一遁, 必有一号, 書而沈水, 不自惜焉; 懋官一咏一寫, 必有一号, 散而与人, 不自記焉. 皆欲其無名也.

③ 然悅卿載『秋江冷話』, 懋官載『孔雀館集』, 蟬載揚子『方言』, 橘載韓氏『橘譜』, 皆作者之尤也.

④ 然悅卿儒而佛者也, 懋官今而古者也, 蟬潔而爲退, 橘馨而爲陳, 其爲品, 皆同也.(「선귤당기」, 『종북소선』, 9a~10a)

88_ "嬰處子. 爲堂而名之曰蟬橘. 其友. 有笑之者曰."(「선귤당기」, 『종북소선』, 9a)

89_ "嬰處子. 曰夫蟬蛻而殼枯. 橘老而皮空. 夫何聲色臭味之有. 旣無聲色臭味之可悅則人將求我於皮殼之外耶."(「선귤당기」, 『종북소선』, 11b)

90_ 비구(比丘): 위로는 부처에게 불법을 구걸하고 아래로는 중생에게 음식을 구걸하는 승려를 뜻한다.

91_ 두타(頭陀): 본래 '속세의 번뇌를 없앤다'는 뜻인데, 행각승(行脚僧)을 말한다.

92_ 용가마나 가마솥도~옹솥도 아니요: 솥의 크기에 따라 용가마·가마솥·중솥·옹솥이 있다. 원문은 각각 "鼎"(정)·"錡"(기)·"鬲"(력)·"鼐"(내)인데, '鼎'은 세발

솥, '錡'는 발이 달린 가마솥, '鬲'은 '鼎'의 한 종류로 세 발이 굽은 세발솥, '鼐'는 큰 '鼎'을 말한다.

93_ "甚矣汝惑. 爾猶好名. 形如枯木. 呼木比丘. 心如死灰. 呼灰頭陀. 山高水深. 安用名爲. 汝顧爾影. 名在何處. 緣汝有形. 卽有是影. 名本無影. 將欲何棄. 汝摩爾頂. 卽有髮故. 而用櫛梳. 髮之旣剃. 安用櫛梳. 汝將棄名. 名匪玉帛. 名匪田宅. 匪金珠錢. 匪食穀物. 匪鼎匪錡. 匪鬲匪鼐. 匪鉢盂椀. 杯车瓶盏. 匪筐与橙. 及俎柜物. 卽匪琴瑟. 笙鼓簫管. 笁候琵琶. 亦匪佩囊. 劒刀薀香. 可以解去. 匪冠履帶. 衫袍裩袴. 可以脫去. 匪牀衾席. 流蘇寶帳. 可賣于人. 匪垢匪塵. 非水可洗. 匪鯁梗喉. 非水鴉羽. 可引嘔歇. 匪癰乹痂. 可爪剔除."(「蟬橘堂記」, 『鍾北小選』, 9a〜10a)

94_ 이런 경전이 있을 리 없다. 작가가 장난으로 만든 말이다.

95_ 열경(悅卿)은 은자(隱者)건만~호가 있었기에: 김시습에게는 설잠(雪岑)이라는 법명 외에 매월당(梅月堂)·동봉(東峯)·청한자(淸寒子)·오세암(五歲菴)·벽산(碧山)·췌세옹(贅世翁) 등의 많은 호가 있었다. 다섯 살 때 신동으로 소문이 나 세종 앞에 나아가 시를 짓고 하사품을 받은 이후 '오세'(五歲)라 불렸다는 일화가 전한다.

96_ '영처'(嬰處)라는 이가~잘 모르겠네만: 논리적으로 모순이 있다. 이 작품의 서두에 "영처자(嬰處子)가 집을 짓고 그 집 이름을 '선귤'(蟬橘)이라고 했다. 그러자 그 벗이 비웃으며 이렇게 말했다"라고 했으니, '그 벗'이 영처자가 누군지 모른다는 것은 말이 안 된다. 이런 모순점을 의식해서겠지만 박지원은 나중에 퇴고 과정에서 이 부분을 삭제해 버렸다. 그래서 박영철본 『연암집』에는 이 구절이 보이지 않는다.

97_ "夫悅卿. 隱者也. 最多名. 自五歲有號. 故大師以是戒之. 嬰處者. 不知是何人也. 孺子無名故. 稱嬰. 女子. 未字曰處子. 盖隱士之不欲有名者. 而今. 忽以蟬橘自號則子. 將從此而不勝其名矣. 何則. 夫嬰兒. 至弱而處女. 至柔. 人見其柔弱也. 猶以此呼之. 夫蟬聲而橘香. 則子之堂. 從此而如市矣."(「蟬橘堂記」, 『鍾北小選』, 11a〜11b)

98_ "百濟西北三百里有堉. 堉東有蟲. 名囁思. 耳目如針孔. 口如蚓竅. 其性甚慧. 好讓而善藏. 雙臂. 兩脚. 五指. 會撮指天. 其心芥子大. 善食墨. 見兎則舐其毫. 常自號其名—名或云嬰處. 見則天下文明. 餌之. 可已頑鈍不惠之疾. 明心目. 益人慧識."(「山海經補」, 『靑莊館全書』 권62, 『한국문집총간』 제259책, 115면)

99_ '안온하다'의 원문은 "帖然"인데, 이 단어는 중의적으로 사용되었다. 즉 안온하다라는 뜻 외에 '포개어져 있다'·'차곡차곡 겹쳐져 있다'라는 함의가 내포되어 있

다. '帖'이 서첩(書帖)이라는 의미를 가짐을 교묘하게 이용한 것이다. 이를 통해 '섭구'라는 벌레의 정체가 책이라는 사실을 은근히 말하였다. 이런 수법은 가전(假傳)을 위시한 의인체(擬人體) 산문에서 잘 구사된다.

100_ 맥망(脈望): 상상의 벌레 이름. 좀이 '神仙'이라는 글자를 세 번 먹으면 이 벌레가 된다고 한다.

101_ 이씨: 이덕무를 가리킨다.

102_ 백익(伯益): 순(舜)임금의 신하.

103_ "按囁嚅蟲, 形方而帖然, 色白, 有無量黑斑, 長周尺一尺弱, 狹半一寸. 善飼養脉望, 隱身中篋間. 古有李氏, 性蘊藏退讓, 愛蟲之隱身類己也, 潛畜而滋蕃之, 視聽言思, 實相關涉. 今「補經」曰: '雙臂兩脚五指, 食墨舐兔, 自號嬰處者', 皆非也.『山海經』或曰伯益著, 荒唐不根, 已不列六經, 今補者, 疑亦齊東之人也. 囁嚅蟲, 余嘗聞諸烏有先生; 烏有先生, 聞諸無何有鄕人; 無何有鄕人, 聞諸太虛."(「擬郭景純注」,『청장관전서』권62,『한국문집총간』제259책, 115면)

104_ 곽경순을~이른다: 곽박(郭璞)의 자(字)가 '경순'(景純)이다.

105_ 한산주(漢山州): 서울을 가리킨다.

106_ 조계(曹溪)의 종본탑(宗本塔): 백탑(白塔)을 가리킨다.

107_ 섭구란~말한다: '섭구'(囁嚅)라는 글자에 '입 구', '귀 이', '눈 목', '마음 심'이 있기에 한 말이다.

108_ 눈이 둘~왜 셋인가: 섭구(囁嚅)라는 글자가 '입 구'가 하나, '귀 이'가 셋, '눈 목'이 둘, '마음 심'이 하나기에 한 말이다.

109_ "朴美仲甫, 與不佞同閈, 晨夕談, 文雅或相似, 文爲謔聊自寓心. 嘗要不佞見『耳目口心書』, 書凡三至, 不佞諾焉. 翌日, 不佞貽書索之曰: '耳目如針孔, 口如蚯蚓竅, 心如芥子大, 烏足以取大方之笑.' 美仲注不佞書間曰: '此蟲何名, 博物者辨之!' 不佞又貽書曰: '漢山州曹溪 宗本塔東, 古有李氏, 畜一蟲, 蟲名囁嚅, 性善讓而好藏也.' 於是美仲戲譔「山海經補」, 釋不佞之人爲囁嚅蟲. 不佞又戲擬郭景純注, 辨不佞之書爲囁嚅蟲也. 囁嚅者, 何言也? 耳·目·口·心之謂也. 又'囁', 不敢肆言之義; '嚅', 懼也, 兢兢持勅之義. 其爲書也, 槩如斯矣. 或曰: '二目而口一心一可也, 其三耳奈何?' 蓋欲耳之聞, 多於目之見·口之言·心之思也云."(「山海經補」,『청장관전서』권62,『한국문집총간』제259책, 114~115면)

110_ 팔담(八潭): 금강산 만폭동(萬瀑洞)에 있는 흑룡담(黑龍潭), 비파담(琵琶潭), 벽파담(碧波潭), 분설담(噴雪潭), 진주담(眞珠潭), 구담(龜潭), 선담(船潭), 화룡담(火龍潭) 등 여덟 못. 이곳의 물이 내려와 구룡폭포(九龍瀑布)와 비룡폭포(飛龍瀑

布)를 이룬다.

111_ 마하연(摩訶衍): 금강산에 있던 절 이름. 661년(신라 문무왕 1) 의상대사가 창건하고 1831년(순조 31) 고쳐 지었으나 지금은 절터만 남아 있다. 팔담 중 제일 위에 있는 화룡담(火龍潭)에서 계곡을 따라 더 올라가면 마하연 터(해발 846미터)가 있다. 금강산의 중심부로서 이곳을 경유해야만 주위의 다른 사찰로 갈 수 있는, 내금강의 요지이다.

112_ 준 대사(俊大師): 당시 금강산의 마하연에 거주하던 승려. 박지원은 「금학동 별서소집기」(琴鶴洞別墅小集記)라는 글에서도 준 대사에 대해 언급하고 있다.

113_ 손가락을 감괘(坎卦) 모양으로 결인(結印)하고: 참선하는 모습을 형용한 말. 원문은 "連坎中"인데, '감중련'(坎中連) 곧 '감괘'(坎卦)를 말한다. 감괘는 『주역』의 괘(卦) 이름인데, ☵로 표시된다. 그러므로 여기서 말한 '감괘 모양'이란 엄지손가락과 가운뎃손가락 끝을 둥글게 맞닿게 한 모양을 가리킨다. '결인'은 손가락을 이용하여 부처의 덕이나 깨달음을 여러 모양으로 나타내는 것을 이르는 말이다.

114_ 공덕(功德): 산스크리트어 구낭(Guṇa)의 역어. '懼囊'(구낭)이라고도 표기한다. 여러 가지 뜻을 갖는 불교어인데, 흔히 좋은 일을 쌓은 공(功)과 불도를 수행한 덕(德)을 이르는 말로 쓴다. 여기서는 향(香)의 공능(功能)을 가리키는 말로 썼다.

115_ 움직임이 바람으로 돌아가도다: '바람'은 불교에서 말하는 4대(四大)의 하나이다. 불교에서는 모든 존재가 지(地), 수(水), 화(火), 풍(風)의 네 요소로 이루어져 있다고 본다. 동자승은 향 연기를 바라보다가 그것이 4대의 하나인 '풍'으로 돌아간다는 사실을 깨달은 것이다.

116_ 무지개: 『법화경』(法華經)에 다음과 같은 말이 보인다: "허공에 여러 색의 무지개가 일어나는 것은 저 4대(四大)가 인연을 더하기 때문이다. (···) 4대의 인연 때문에 여러 무지개 색을 낳아 가지각색으로 같지 아니하다. 지(地)의 인연은 황색을 낳고, 수(水)의 인연은 청색을 낳으며, 화(火)의 인연은 적색을 낳고, 풍(風)의 인연은 무지개의 아치 모양을 낳는다."

117_ 오계(五戒): 불교에서 지키는 다섯 가지 계율, 곧 불살생(不殺生: 살생하지 말 것)·불투도(不偸盜: 도둑질하지 말 것)·불사음(不邪淫: 음란한 일을 하지 말 것)·불망어(不妄語: 망녕된 말을 하지 말 것)·불음주(不飮酒: 술 마시지 말 것).

118_ 미리 맞이하는 것은 거스르는 것이오: 원문은 "迎者, 逆也"이다. '逆'에 '미리 맞이하다'라는 뜻과 '거스르다'라는 뜻이 있는바, 이를 이용하여 '迎'과 '逆'의 관계를 묘하게 설정한 데에 이 구절의 묘미가 있다.

119_ "歲乙酉秋. 余溯自八潭. 入摩訶衍. 訪緇俊大師. 師指連坎中. 目視鼻端. 有小

童子. 撥爐點香. 團如縮髮. 鬱如蒸芝. 不扶而直. 無風自波. 蹲蹲婀娜. 如將不勝. 童子. 忽妙悟發笑曰功德. 旣滿. 動轉歸風. 成我浮圖. 一粒起虹. 師展眼曰小子. 汝聞其香. 我觀其灰. 汝喜其煙. 我觀其空. 動轉旣寂. 功德何施. 童子. 曰敢問何謂也. 師曰汝試嗅其灰. 誰復聞者. 汝觀其空. 誰復有者. 童子. 泣涕漣如曰昔者夫子. 摩我頂. 律我五戒. 施我法名. 今夫子言之. 名則非我. 我則是空. 空則無托. 名將焉施. 請還其名. 師曰汝順受而遣之. 我觀世八十年. 物無留者. 滔滔皆往. 日月其逝. 不停其輪. 明日之日. 非今日也. 故迎者. 逆也. 留者. 强也. 送者. 順也. 汝無心留. 汝無氣滯. 順之以命. 命以觀我. 遣之以理. 理以觀物. 流水在指. 白雲起矣. 余支頤旁坐. 聽之固茫然也. 伯五. 名其軒曰觀齋. 屬余記之. 夫伯五. 豈有聞乎俊師之說者耶. 遂書其言. 以爲之記."(「관물헌기」, 『종북소선』, 12a~13a)

120_ 문무(文武): 주(周)나라 문왕(文王)과 무왕(武王). 유교에서 성인(聖人)으로 받드는 인물이다.

121_ 제환공(齊桓公)·진문공(晉文公): 춘추시대 제(齊)나라와 진(晉)나라의 제후. 둘 다 부국강병을 꾀하여 제후들의 우두머리가 되었다.

122_ 복희(伏羲)·요순(堯舜)·문무(文武)·제환공(齊桓公)·진문공(晉文公)도 이러하고 이러하며: 원문은 "皇王帝伯, 如是如是"이다. '皇王帝伯'는 복희씨(伏羲氏)·헌원씨(軒轅氏)·요순 등의 옛 성왕(聖王)과 제환공·진문공 등의 패자(霸者)를 이르는 말이다. '伯'는 '霸'와 같으며 '패'로 읽는다.

123_ 경사자집(經史子集): 경전, 역사서, 제자백가서(諸子百家書), 문집(文集) 등을 함께 일컫는 말.

124_ ① 雲之逝也. 遣者山焉; 水之逝也. 遣者岸焉; 輪之逝也. 遣者軸焉; 矢之逝也. 遣者弦焉. 逝之者聲. 耳者遣之; 逝之者色. 目者遣之; 逝之者味. 口者遣之; 逝之者香. 鼻者遣之. 橫橫縱縱. 方方圓圓. 無非逝也. 無非遣也. 飛飛潛潛. 動動走走. 無非遣也. 無非逝也. 歡之悲之. 笑之泣之. 誰不逝之; 歌之飮之. 行之坐之. 誰不遣之?

　　② 逝逝遣遣. 遣遣逝逝. 逝遣逝遣. 遣逝遣逝. 皇王帝伯, 如是如是; 經史子集, 如是如是. 如是如是, 又復如是如是, 如是亦復如是.(「관물헌기」, 『종북소선』, 12a~12b)

125_ 「관물헌기」, 『종북소선』, 12b~13a.

126_ "天下事, 不堅牢而善遞易, 安往而非香煙. 讀此記而猶驕吝, 奚足論!"(「관물헌기」, 『종북소선』, 13a)

127_ 도올(檮杌): 흉악한 짐승의 이름. 한(漢)나라 때 동방삭(東方朔)이 지었다는 『신이경』(神異經)의 「서황경」(西荒經)에 따르면, 이 짐승은 몸은 호랑이 같고 털은

개와 같으며 얼굴은 사람 같다고 한다. 한편 『춘추좌전』(春秋左傳) 「문공」(文公)의 기록에 따르면, 도올은 요순(堯舜) 시절 4명의 악인(惡人) 가운데 한 사람의 이름이라고도 한다.

128_ 초(楚)나라에서는~이름으로 삼았고: 춘추시대 초(楚)나라는 자국의 역사책을 '도올'(檮杌)이라고 했는데, 이는 역사 기록을 통해 악을 징치(懲治)하려는 의도에서였다. 『맹자』(孟子) 「이루」(離婁) 하(下)의 다음 구절에 관련된 내용이 보인다: "진(晉)나라의 『승』(乘), 초(楚)나라의 『도올』(檮杌), 그리고 노(魯)나라의 『춘추』(春秋)는 모두 역사책 이름이다."(晉之『乘』, 楚之『檮杌』, 魯之『春秋』, 一也)

129_ 무덤을 도굴하는: 원문은 "推埋"이다. 한대(漢代)의 안사고(顏師古)는 '사람을 때려죽여 매장한다'는 뜻이라 주석을 붙였고, 청초(淸初)의 고염무(顧炎武)는 안사고의 주석이 틀렸다고 보았으며 '새 무덤을 도굴하는 것'으로 해석했다.

130_ 개백정: 개를 도살하는 백정으로, 백정 중에서도 특히 비천하게 친다.

131_ "文以寫意則止而已矣. 彼臨題操毫. 忽思古語. 强覓經旨. 字字矜莊者. 譬如招工寫眞. 更容貌而前也. 目視不轉. 衣紋如拭. 雖良畵史. 難得其意. 爲文者. 亦何異於是哉. 語不必大. 道分毫釐. 所可道也. 糞壤何棄. 故. 檮杌惡獸. 楚史是名. 推埋狗屠. 遷固生色. 爲文者. 惟其眞而已矣. 由是觀之. 得失在我. 毁譽在人. 譬如耳鳴而鼻鼾. 小兒. 嬉庭. 其耳忽鳴. 哦然而喜. 潛謂鄰兒曰爾聽此聲. 我耳其嚶. 奏蹕吹笙. 其團如星. 鄰兒傾耳相接. 竟無所聽. 悶然叫號. 恨人之不知也. 嘗与鄕人宿. 鼾息磊磊. 如歎如哇. 如吹火. 如鼎之沸. 如空車之頓軼. 引者鉅鋸. 噴者豕狗. 被人搖惺. 勃然而怒曰我無是矣. 故己所獨知者. 常患人之不知. 己所不悟者. 衆人. 先覺. 豈獨鼻耳有是病哉. 文章亦然耳. 耳鳴. 病也. 悶人之不知. 況其不病者乎. 鼻鼾. 非病也. 怒人之搖惺. 又況其病者乎. 故覽斯卷者. 不棄糞壤則畵史之渲墨. 可得狗屠之突鬢. 不問耳鳴. 惺我鼻鼾則庶乎其作者之意也."(「『공작관집』서」, 『종북소선』, 14a~15a)

132_ 대자리: 대로 결어 만든 자리. 원문의 '책'(簣)은 침상 위에 까는 대자리로, 대를 잘게 쪼개 엮은 자리를 말한다.

133_ 사람이 죽을 땐~구슬피 운다: 증자가 자신을 문병 온 맹경자(孟敬子)에게, 곧 죽을 사람이 하는 말은 들을 만하다고 하면서 자신이 들려준 군자의 몸가짐에 대한 충고를 명심하라는 의도로 한 말. 『논어』「태백」(泰伯)편에 이 사실이 보인다.

134_ 내 손과 내 발을 살펴보아라: 증자가 임종을 앞두고 제자들에게 한 말. 부모가 물려준 신체를 잘 보존하는 것이 효(孝)의 시작인바 죽는 날까지 몸을 삼가 효도하는 마음을 가져야 한다는 점을 일깨우기 위해 한 말. 『논어』「태백」편에 이 사실이 보인다.

135_ 옷의 띠를 풀 겨를도 없고: 원문은 "衣不解帶"인데, 경황이 없어 옷의 띠를 풀 겨를도 없다는 뜻이다. 병든 부모를 효성스레 돌보는 자식의 태도를 표현한 말로, 『진서』(晉書) 「왕상전」(王祥傳)에 "父母有疾, 衣不解帶, 湯藥必親嘗"이라는 구절이 보인다.

136_ 증원이~제지한 것: 여기에는 착오가 있는바, 『예기』 「단궁」 상(上)에 따르면 동자의 말을 제지한 것은 증원이 아니라 증자의 제자 악정자춘(樂正子春)이다.

137_ 옛말에~얻기 어렵다: 『공작관집』 서 첫 번째 단락에서 따온 말이다.

138_ ① 曾子何以易簀也? 惡夫大夫之賜也, 將終而易之者, 是禮也. 曷爲禮也? 克易其非禮之賜也.

　　② 曾子臥此簀而疾病也, 頭涔涔也, 息奄奄也, 謹言其善言善鳴之喩、啓手啓足之訓, 不自覺其簀也. 曾元之屬, 衣不解帶, 目不交睫, 不遑見之, 縱日見之, 故不言之. 惟童子明慧, 因燭輝而觸簀, 光而言之. 曾元知之, 從以止之, 恐其親之煩動. 曾子聞之, 責曾元而易厥簀也.

　　③ 夫易字簀字, 丁寧謹嚴, 匪人人之可辦, 匪人人之可冒. 今夫傳人者, 碑誌人者, 祭文人者, 行狀人者, 言其人之疾病, 必曰易簀, 何其非禮也! 人未必有大夫之交, 雖有交焉, 未必有賜, 雖有賜簀, 未必疾病而覺之, 雖曰覺之, 未必如曾子而易之, 決不可以冒之也. 此經訓晦矣, 字義缺矣, 書法墜矣.

　　④ 作文者, 不可不知此所謂 '忽思古語, 强覓經旨, 難得其意'者也. (「『공작관집』 서」, 『종북소선』, 14a~15a)

139_ "斗然而起, 文章妙訣." (「『공작관집』 서」, 『종북소선』, 14a)

140_ "曾子寢疾病, 樂正子春坐於牀下, 曾元、曾申坐於足, 童子隅坐而執燭, 童子曰: '華而睆, 大夫之簀與?' 子春曰: '止!' 曾子聞之, 瞿然曰: '呼!' 曰: '華而睆, 大夫之簀與?' 曾子曰: '然. 斯季孫之賜也, 我未之能易也. 元! 起易簀.' 曾元曰: '夫子之病革矣, 不可以變. 幸而至於旦, 請敬易之.' 曾子曰: '爾之愛我也, 不如彼. 君子之愛人也, 以德; 細人之愛人也, 以姑息. 吾何求哉? 吾得正而斃焉, 斯已矣.' 擧扶而易之, 反席, 未安而沒." (『禮記』, 『十三經注疏』5, 藝文印書館 印行, 117면)

141_ 「혼돈보」(混沌譜): 혼돈 그림이라는 뜻. 혼돈은 천지 만물이 형성되기 이전의 어둑어둑하여 분별이 되지 않는 상태를 이르는 말.

142_ 「무극도」(無極圖): 무극(無極)을 표현한 도상이라는 뜻. '무극'은 우주 만물의 시원(始原)을 이르는 말로, 형용도 없고 시작도 끝도 없다.

143_ 철괴(鐵拐): 중국 전설상의 여덟 신선 가운데 하나인 이철괴(李鐵拐)를 말한다. 이철괴는 산발한 머리와 때가 긴 얼굴로 다리를 절뚝이며 쇠로 만든 지팡이를

짚고 다녔다고 한다. 박지원의 「광문자전」(廣文者傳)에 거지 광문(廣文)이 '철괴무'(鐵拐舞)를 잘 추었다는 내용이 보인다.

144_ ① 夫夢可畫乎? 欲其暗, 卽一「渾沌譜」; 欲其空, 卽一「無極圖」. 不得不畫一睡人, 試以輕筆, 添一縷炎氣於頂門上, 本纖末圓, 如颷帛、如裊烟、如卷角、如垂乳, 纚纚蕩蕩、炯炯幽幽. 於是以霜紅、幻綠、慧粉、悟墨, 畫所睡人於炎氣中, 悲歡榮辱一切云爲, 各肖其事.

② 牟尼趹而眉間吐炎, 有小牟尼, 如花跗、如果核, 凝然坐于炎中. 鉄拐趹而指端噓氣, 有小鉄拐, 如蠅翼、如螳腰, 頹然立于氣中. 始知夫佛也佁也. 畫之夢也, 同一幻也. 世界虛空, 炎氣彌滿.

③ 地下如有一世界, 地上之趹者, 安知非地下之牟尼乎? 趹者, 安知非地下之鉄拐乎? 悲歡榮辱一切云爲者, 安知非地下之睡人乎? 天上亦有一世界, 其爲衆生, 安知非地上之人之佛之佁之頂門之眉間之指端之炎氣之所吧映乎?

④ 於是吾欲超脫于炎氣之外, 尋其端焉, 必有竅焉, 傅以大玻瓈, 闒然窺之也.(「『녹앵무경』서」, 『종북소선』, 18a∼19a)

145_ 단(丹): 외단(外丹)과 내단(內丹) 두 종류가 있다. 외단은 수은 등으로 약을 제조해 복용하는 것을 이르고, 내단은 운기조식(運氣調息), 즉 단전호흡으로 기(氣)를 돌리는 것을 이른다.

146_ 창해(滄海): 신선이 산다는 바다 속의 섬 이름. 『해내십주기』(海內十洲記)에 '창해도'(滄海島)라는 섬이 다음과 같이 언급되어 있다: "창해도는 북해(北海)에 있는데 땅은 사방 3천 리요, 언덕에서 떨어진 게 21만 리다. 바다가 사면에서 그 섬을 둘러싸고 있는데 각각 그 넓이가 2천 리요, 물은 모두 푸른색인데 선인(仙人)은 이를 창해라고 이른다."

147_ 곤륜산(崑崙山): 중국의 서쪽 변방에 있는 산. 전설에 의하면 이 산에 신선이 산다고 한다.

148_ 서방(西方): 『아미타경』(阿彌陀經)에서 말하는 '서방정토'(西方淨土)를 말한다.

149_ 삼재(三災): 불교에서 말하는 화재(火災)·수재(水災)·풍재(風災)의 세 가지 재앙을 가리키는데, 사람마다 각기 삼재가 드는 해가 다르다고 한다.

150_ "博士. 大言. 遍身寒慄. 恐思罪過. 爾善思念. 使汝鍊丹. 吸氣服眞. 而不飮食. 漸猷室家. 而不棟宇. 處彼巖广. 離妻去子. 別其友朋. 一朝身輕. 肩披橡葉. 腰褌扉皮. 朝遊滄海. 夕遊崑崙. 明日明夕. 而暫還歸. 或已千歲. 或爲八百. 如彼長生. 卽名爲仙. 則復如何. 我乃答言. 是一妄想. 千歲八百. 遊朝遊暮. 何其短也. 我則長生. 誰

復見我. 有誰友朋. 認吾是我. 萬一或幸. 屋室不壞. 鄕里如舊. 子孫蕃衍. 八世九世.
至或十世. 我歸我家. 乍喜入門. 而復悵然. 久坐細聲. 暗謂家人. 園後梨樹. 廚下鼎
錡. 眞珠寶璫. 何在何无. 徵信何漸. 子孫大怒. 彼何妄翁. 彼何狂叟. 彼何醉夫. 而來
辱我. 大杖歐我. 小杖逐我. 我則奈何. 無書證我. 訟官奈何. 譬則我夢. 我夢我夢. 人
不我夢. 孰信我夢. 博士大言. 遍身寒慄. 恐罪思過. 發大慈悲. 歎言爾言. 其寔大然.
汝則知之. 子孫妻妾. 暫別離捨. 則不認識. 汝則何戀. 西方有國. 世界大樂. 汝則苦
行. 修身大刻. 徃生彼國. 度脫三灾. 以免到燒. 是名爲佛. 卽復如何. 我乃答言. 此一
妄想. 旣云苦行. 此生不樂. 旣云徃生. 此死可知. 茶毗揚灰. 何免到燒. 棄今可樂. 就
此刻苦. 俟彼他世. 杳杳冥冥. 孰知極樂. 若知他世. 世界極樂. 緣何此世. 不識前生."
(「『綠鸚鵡經』序」, 『鍾北小選』, 18b〜20b)

151_ 유인(孺人): 생전에 벼슬하지 못한 사람의 아내를 높여 일컫는 말. 대개 신주
(神主)나 명정(銘旌)에 쓰는 말이다.

152_ 덕수(德水) 사람: 본관이 덕수(德水)라는 뜻. '덕수'는 이씨의 한 본관으로, 덕
수현(德水縣)을 말한다. 개성시 개풍군 개풍읍에 해당한다.

153_ 백규(伯揆): 이택모(1729~1812)의 자(字)다. 이택모는 나중에 이름을 현모
(顯模)라 고치고 그에 따라 자도 회이(晦而)로 바꿨다. 이식(李植, 1584~1647)의 4
대손인 이유(李游, 1702~1755)의 장남으로 선공감(繕工監) 감역(監役)을 지내고
80세가 되어 명예직인 수직동지중추부사(壽職同知中樞府事)를 하사받았다.

154_ 반남(潘南) 사람: 본관이 반남(潘南)이라는 뜻. '반남'은 박씨의 한 본관으로,
반남현(潘南縣)을 말한다. 지금의 전라남도 나주시 반남면(潘南面)에 해당한다.

155_ 중미(仲美): 박지원의 자(字). 『과정록』에서는 연암의 자를 미중(美仲)이라고
기록하였다.

156_ 유인의 아버지: 박사유(朴師愈, 1703~1767)를 말한다. 박필균(朴弼均, 1685
~1760)의 장남으로, 벼슬은 하지 못했다.

157_ 모(某): '아무개'라는 뜻이다.

158_ 함평(咸平) 이씨: 생몰년 1701~1759년. 대호군(大護軍) 이창원(李昌遠)의 딸.

159_ 택당(澤堂) 이식(李植): 생몰년 1584~1647년. 조선 중기 인조(仁祖) 때의 문
신으로, 대사헌·형조판서·이조판서를 역임하였다. '택당'은 그 호다. 장유(張維,
1587~1638)와 더불어 당대의 이름난 학자로 한문4대가의 한 사람으로 꼽힌다. 문
집으로 『택당집』(澤堂集)이 전한다.

160_ 지평(砥平): 조선 시대의 지평현(砥平縣)으로, 현재의 경기도 양평군에 해당
한다.

161_ 아곡(鵝谷): 백아곡(白鵝谷)을 말한다. 조선 시대 지평현(砥平縣) 동쪽 경계의 마산(馬山) 아래이며, 현재의 경기도 양평군 양동면(楊東面)에 해당한다. 택당 이식이 이곳에 아버지의 장지(葬地)를 마련한 이래 그 후손들의 선영(先塋)이 되었으며, 이식은 여기에 택풍당(澤風堂)이란 집을 짓고 기거하였다.『택당집』(澤堂集) 별집(別集) 권11의 「산기」(山記)와 「택풍당지」(澤風堂志)에 이와 관련된 내용이 보인다.

162_ 경좌(庚坐) 방향: 남서쪽을 등진 방향.

163_ 두뭇개: 원문은 "斗浦"이다. '두모포'라고도 한다. 지금의 서울시 성동구 옥수동의 동호대교 부근에 있던 작은 나루로서, 한강나루[漢江津]의 보조 나루였다. 이 일대 한강을 '동호'(東湖)라 불렀으며, 강 건너편에 압구정(狎鷗亭)이라는 정자가 있었다.

164_ 명정(銘旌): 붉은 천에 흰 글씨로 죽은 사람의 관직이나 성명 따위를 쓴 깃발.

165_ "孺人. 德水. 李宅模. 伯揆之妻而潘南. 朴趾源. 仲美之伯姊也. 考. 諱某. 母. 咸平. 李氏. 伯揆之先. 曰澤堂植. 孺人. 孝順聰慧. 識度恢達. 脫略瑣屑. 十六. 歸李氏. 章姑宜宜. 庭闈謂謂. 琴瑟靜嘉. 有女方線. 二子能讀. 辛卯. 九月. 日. 歿. 距其生己酉. 得年四十三. 舟向砥平. 夫之先山曰鵝谷. 將葬于庚坐之原. 仲美. 送之斗浦舟中. 慟哭而返. 嗟乎. 姊氏. 新嫁曉粧. 如昨日. 余. 時方八歲. 在旁戲. 姊氏羞. 墮梳觸額. 余. 怒啼. 以墨和粉. 以唾塗鏡. 至今二十八年矣. 立馬江上. 遙見丹旐翩然. 檣影透迤. 至岸轉樹隱. 不可復見而江上遙山. 黛綠如鬟. 江光如鏡. 曉月如眉. 可念墮梳時也. 泣而銘之曰. 去者丁寧留後期. 猶令送者淚霑衣. 此時此去何時返. 送者徒然岸上歸."(「망자 유인 박씨묘지명」,『종북소선』, 21a~22b)

166_ ① 徵吾家閨門之事, 問諸姑焉; 徵吾外家閨門之事, 問諸姨焉. 人無姑姨, 當奈何?

② 人若有姊, 吾家与吾外家閨門之事, 皆可以徵. 吾或晚生, 不及承事吾王母与外王母, 而又不幸幼失慈母, 不得不拜吾姊而問故事也. 或垂泣而敎之, 惻愴而談之. 且曰: "某弟之瞽眼, 王母之瞽眼; 某弟之聲音, 外王母之聲音. 吾母之笑貌, 汝則肖之." 且吾幼時, 櫛我者, 吾姊也; 頮我者, 吾姊也; 負我抱我, 皆吾姊也; 我之娶妻, 導吾妻者, 亦吾姊也. 姊昔嫁夫, 我拜爲兄. 我或謁姊, 姊必歡迎, 飢則添飯, 寒則煖酒. 雖則女兄, 如見我母.

③ 今吾素無姊, 而不及見王母与外王母, 且早失慈母者也. 故想有姊者而悲焉. 及讀朴子之李孺人誌, 幾欲哭焉.(「망자 유인 박씨묘지명」,『종북소선』, 21a~22a)

167_ "情事宛然, 幾令人淚落如霰."(「망자 유인 박씨묘지명」,『종북소선』, 21b)

168_ 박종채 저, 박희병 역, 양장본 『나의 아버지 박지원』(원제 '過庭錄'; 돌베개, 2009), 62면, 296면. 『종북소선』의 「망자 유인 박씨묘지명」에는 이 시의 제3구가 "此去此時何時返"으로 되어 있으나 이 책에는 "扁舟一去何時返"으로 되어 있어 표현이 약간 다르다.

169_ 이 글은 원래 간본 『아정유고』 권5에 수록되어 있는데, 인용한 번역문은 강국주, 『깨끗한 매미처럼 향기로운 귤처럼: 이덕무 선집』(우리고전 100선 제9권, 돌베개, 2008), 146~147면의 것이다. 원문은 다음과 같다: "先妣四子, 各肖一象, 汝之肖妣, 頎然其長. 我於先妣, 爰肖其顙. 汝妹肖語, 功懋肖髮. 各自凝睇, 足慰悲怛, 不見頎然, 痛悼難遏. 每到汝家, 汝必驩然, 爲人縫鍼, 篋收傭錢, 喚婢沽酒, 笑置我前."

170_ 탑명(塔銘): 부도(浮屠), 즉 이름난 승려의 유골을 안치한 탑에 새기는 명문(銘文).

171_ 그 거품에 다시 '나'가 있고: 여기서의 '나'는 '나의 나'다. 즉 거품에 비친 '나'의 눈동자 속에 있는 거품 속의 '나'이다.

172_ 「주공탑명」, 『종북소선』, 23a~24a. 원문은 본서 제3장의 미주 71을 참조할 것.

173_ 지황탕(地黃湯): 지황(地黃)과 뽕나무 껍질과 방풍(防風) 등을 넣고 끓인 약. 귀가 잘 들리지 않거나 이명(耳鳴)이 있고 머리가 아플 때 복용한다. 지황은 현삼과(玄蔘科)의 여러해살이풀로 뿌리를 약재로 쓰는데, 생것을 생지황(生地黃), 건조시킨 것을 건지황(乾地黃), 쪄서 말린 것을 숙지황(熟地黃)이라고 한다.

174_ 눈부처: 눈동자에 비친 사람의 형상. '동자(瞳子)부처'라고도 한다.

175_ 실성(實性): 사물의 본체를 뜻하는 말. '진여'(眞如)라고도 하고 '법성'(法性)이라고도 하며 '실상'(實相)이라고도 하고 '불성'(佛性)이라고도 한다.

176_ 내가 예전에~사발이 텅 비어 버리데: 이 일화는 불교 경전의 하나인 『유마경』(維摩經)의 「방편품」(方便品)을 떠올리게 한다. 「방편품」에서 유마거사(維摩居士)는 일부러 병이 난 것처럼 하여 수많은 사람들을 문병하러 모이게 한 후, 몸이 덧없는 것이라는 사실을 취말(聚沫: 물과 물이 부딪치면서 튀어서 생기는 물방울), 물거품, 아지랑이, 파초(芭蕉), 환(幻), 꿈, 그림자, 메아리, 뜬구름, 번개 등 열 가지 비유를 통해 깨우쳐 준다.

177_ '나'로써~없사옵니다: 나의 '진아'(眞我)로써 스승의 진아를 증명할 수 있다는 말. 다시 말해 나의 '실성'(實性)으로 스승의 실성을 증명할 수 있다는 말.

178_ 마음으로~된단 말인가: 성리학자들은 불교가 마음으로 마음을 '관'(觀)하니, 이는 마음을 둘로 나눈 것이라고 비판하였다. 성리학에서는 마음을 오직 하나일 뿐

이라고 보았으므로, 마음으로 마음을 관(觀)한다는 불교의 교리가 얼토당토 않은 말이라고 여긴 것이다.

179_ 朗. 我疇昔而病. 服地黃湯. 漉汁注器. 泡沫細漲. 金粟銀星. 魚呷蜂房. 印我膚髮. 如瞳栖佛. 各各現相. 如如含性. 熱退泡止. 吸盡器空. 昔者惺惺. 誰證爾公. 朗. 叩頭曰以我證我. 無關彼相. 余. 大笑曰以心觀心. 心其有幾. 酒爲係詩曰.(「주공탑명」, 『종북소선』, 23a〜23b)

180_ "九月天雨霜. 萬樹皆枯落. 瞥見上頭枝. 一果隱蠹葉. 上丹下黃靑. 核露蟲半蝕. 羣童仰面立. 攢手爭欲摘. 擲礫遠難中. 續竿高未及. 忽被風搖落. 遍林索不得. 兒來繞樹啼. 空罵烏與鵲. 我乃譬諸兒. 爾目應生木. 爾旣失之仰. 不知俯而拾. 果落必在地. 脚底應踐踏. 何必求諸空. 寞理猶存核. 謂核仁與子. 爲生生不息. 以心若傳心. 去證塵公塔."(「주공탑명」, 『종북소선』, 23b〜24a)

181_ "(…)旣實矣, 宜可以種. 種者, 生生之道也, 故稱仁焉 ; 仁者, 不息之道也, 故稱子焉. 推一果核, 而衆理之實, 可驗矣."(「李子厚賀子詩軸序」, 『연암집』권2, 『한국문집총간』제252책, 13면)

182_ "天地大器也, 所盈者氣, 則所以充之者理也. 陰陽相盪, 理在其中, 氣而包之, 如桃懷核, 萬顆同兆."(「答任亨五論原道書」, 『연암집』권2, 『한국문집총간』제252책, 39면)

183_ "假佛語寓儒旨, 用筆微而婉."(「주공탑명」, 『종북소선』, 24a)

184_ 서상수 : 연암 일파의 한 사람으로 서화(書畵)와 골동(骨董)에 대한 감식안이 높아 당대에 이 방면의 제1인자로 꼽혔다. 박지원은 「필세설」(筆洗說)이라는 글에서 서상수가 서화·골동에 대한 감상을 하나의 학문 차원으로 끌어올린 인물이라고 높이 평가한 바 있다.

185_ 이 편지글의 내용 및 그 개작 과정에 대한 논의는 김수영, 「박지원의 〈서상수에게 윤회매 사라고 보낸 편지〉 연구」(『민족문학사연구』 34, 민족문학사학회, 2007)가 참조된다.

186_ 방공(龐公) : 후한(後漢)의 은자(隱者)인 방덕공(龐德公)을 말한다.

187_ 소진(蘇秦) : 전국시대의 이름난 유세가(遊說家) 소진(蘇秦)을 말한다. 그 자(字)가 '계자'(季子)여서 소계(蘇季)로도 불렸다. 그는 일찍이 자신이 태어난 나라인 연(燕)나라를 떠나 수년간 여러 나라를 떠돌며 유세하다가 실패한 뒤 고향으로 돌아왔다. 이때 형제와 처첩(妻妾) 등 가족들이 모두 그를 외면해 깊이 탄식했다고 한다.

188_ 방공(龐公)을 본받고〜탄식만 하고 있사외다 : 방공처럼 은자가 되어 깨끗하

게 살고 싶지만 그렇게 하지 못하고 있으며, 뜻은 크지만 그것을 실현하지 못한 채 무능한 사람으로 치부되어 소진처럼 깊이 탄식한다는 말. 이 무렵 박지원이 실제로 은거하고자 하는 뜻을 지녔음은 이듬해인 1769년에 쓴 글인 「황윤지(黃允之 : '윤지'는 황승원黃昇源의 자字)에게 감사하는 편지」(謝黃允之書)에서 확인된다. 부친의 대상(大祥)을 마치고 쓴 이 편지에서 박지원은 장차 은둔하고자 하는 뜻을 피력하고 있다.

189_ 허물 벗는 건~매미보다 더디고: 학업에 성취가 없는 것을 겸손하게 이른 말.

190_ 지조는~부끄럽구려: 생계를 위해 어쩔 수 없이 염치를 저버리는 일이 있다는 말.

191_ 옛날에~소일했건만: 송나라의 은자인 임포(林逋, 967~1028)의 고사를 말한다. '화정'(和靖)은 임포의 시호(諡號)다. 그는 매화와 학(鶴)을 몹시 사랑하여 매화나무를 아내로 삼고, 학을 자식으로 삼아 평생 독신으로 살았다. 이 때문에 '매처학자'(梅妻鶴子)라는 말이 생겨났다. 임포는 고산(孤山 : 절강성 항주에 있는 서호西湖의 작은 섬)에 방학정(放鶴亭)과 소거각(巢居閣)을 짓고, 그 주위에 매화나무 360 그루를 심어 아취 있는 생활을 하다 그곳에서 생을 마쳤다. 이런 생활 속에서 나온 임포의 매화시는 높은 격조와 정신적 깊이를 담고 있어 후대에 매화를 거론하거나 매화시를 짓는 시인들에게 최고의 전범이 되었다.

192_ 셋방: 당시 박지원은 형님 내외와 함께 백탑 부근에 세 들어 살고 있었다.

193_ 매화나무 가지를 꺾어다 가지를 삼고: 『윤회매 10전』의 '육지조'(六之條 : '제6장 가지'라는 뜻)에 "가지는 반드시 매화나무 가지나 벽도(碧桃)의 가지를 써야 한다"(條必梅條或碧桃條)라는 구절이 보인다. '벽도'는 복숭아나무의 일종인데 작은 열매가 열린다. 열매는 먹지 못하며 꽃을 보기 위해 심는다.

194_ 부들 가루: 황갈색을 띤 고운 꽃가루. 밀랍매화를 만들 때 석자황(石紫黃 : 유황과 비소의 화합물. 안료와 약으로 쓴다) 가루와 부들 가루를 고루 섞은 다음 대꼬챙이에 풀을 묻혀 가볍게 꽃술의 끝부분에 바르고는 이 위에다 그것을 고루 묻힌다. 이렇게 하여 노란색의 작은 구슬이 맺힌 듯이 보이게 한다. 이상은 『윤회매 10전』 '사지예'(四之蘂 : '제4장 꽃술'이라는 뜻)에 보인다.

195_ 노전(魯錢): 『윤회매 10전』 '오지화'(五之花 : '제5장 꽃'이라는 뜻)에 "다섯 개의 꽃잎이 약간 벌어져 있고, 아직 꽃술이 나와 있지 않은 것을 고노전(古魯錢)이라 한다"(五瓣卷而中不吐蘂者, 日古魯錢)라는 설명이 보인다.

196_ 원이(猿耳): 『윤회매 10전』의 '오지화'(五之花)에 "세 개의 꽃잎이 이미 떨어지고 나머지 두 개도 떨어지려고 하는데 꽃술만 그대로인 것을 원이(猿耳)라고 한

다"(三瓣已落, 二瓣將殘, 藥獨茂茂, 日猿耳)라는 설명이 보인다.

197_ 규경(窺鏡)과 영풍(迎風): 『윤회매 10전』의 '오지화'(五之花)에 "다섯 개의 꽃잎이 모두 활짝 핀 것을 규경(窺鏡) 혹은 영면(迎面)이라고 한다"(五瓣勻滿, 日窺鏡, 日迎面)라는 설명이 보인다. 한편 '영풍'은 바람을 맞고 있는 매화의 자태를 가리키는 것으로 추정된다.

198_ 눈 가득한~지내는 풍모: 임포(林逋)를 가리킨다.

199_ 운치: 매화 감상에서는 '운치'와 '격조'를 최고로 친다. 송나라 범성대(范成大)의 『매보』(梅譜) 「후서」(後序)에 다음과 같은 말이 보인다: "매화는 운치가 빼어나고 격조가 높기 때문에 가로 비낀 가지, 성근 가지, 수척한 가지, 기이한 늙은 가지를 고귀한 것으로 여긴다."

200_ "僕, 家貧, 計拙營生, 欲學龐公, 歎同蘇季, 蛻遲吸露之蟬, 操慙飮壤之蚓, 昔林和靖, 樹梅三百六十五本, 日以一樹, 自度, 今僕, 倩屋庇躬, 遷徙無常, 旣無孤山, 惡能種藝, 偸暇硏田, 梅成折枝, 燭淚成瓣, 羹毛爲蕊, 蘸以蒲黃, 酒名輪回花, 何謂輪回, 夫生花在樹, 安知爲蠟, 蠟在蜂房, 安知爲梅, 然而魯錢猿耳, 菩蕾天成, 窺鏡迎風, 體勢自狀, 惟其不根於地, 酒見其天, 黃昏月下, 雖無暗香之動, 雪滿山中, 足想高士之臥, 願從足下, 先售一枝, 以第其價, 若枝不如枝, 花不如花, 蕊不如蕊, 牀上不輝, 燭下不疎, 伴琴不奇, 入詩不韻, 有一於此, 永賜斥退, 終無怨言, 不宣."(「육매독」, 『종북소선』, 25a~25b)

201_ 유비(劉備)는~일을 했고: '유비'는 삼국시대 촉한(蜀漢)의 초대 황제로, 자는 현덕(玄德)이다. 유비에게는 이런 이야기가 전한다: 유비는 모직물 짜기를 좋아했는데 마침 어떤 사람이 소꼬리털을 보내왔다. 유비는 그걸로 뭔가를 짜기 시작하였다. 이때 제갈량이 나서며 이렇게 말했다. "장군(유비를 이름―인용자)께서는 큰 뜻을 갖고 계실 터인데 이런 일을 하신단 말입니까?" 이에 유비는 짜던 것을 던져버리고 웃으며 말했다. "그게 무슨 말이오? 무료해 근심을 덜고자 한 일일 뿐이요."

202_ 광달(曠達): 마음이 넓어서 사물에 구애받지 않음을 이르는 말.

203_ 혜강(嵇康)은~대장장이 일을 했었다: '혜강'은 삼국시대 위(魏)나라 사람으로, 자는 숙야(叔夜)다. 죽림칠현(竹林七賢)의 한 사람으로 노장 사상에 심취하였다. 쇠 단련하는 일을 좋아하여 여름마다 그의 집에 있는 큰 버드나무 아래에서 대장장이 일을 했다고 한다.

204_ 안진경(顔眞卿)은~새기는 일을 했고: '안진경'은 당대(唐代)의 대표적인 서예가이자 이름난 충신이다. 평원태수(平原太守)로 있을 때, 반란을 일으킨 안록산(安祿山)에 맞서 직접 의병을 거느리고 싸우는 등의 공을 세우고도 권신(權臣)들의

미움을 받아 번번이 좌천되었다. 784년 회서(淮西)의 반장(叛將)인 이희열(李希烈)을 설득하러 갔다가 실패하여 살해되기까지 나라에 충성을 다하였다. 한편 안진경은 해서와 초서에 능했으며 벼슬을 위해 대종(代宗) 9년(774)에 석고문(石鼓文: 동주시대東周時代 진秦나라에서 만든 것으로 추정되는, 현존 최고最古의 석각문石刻文. 큰 북 모양의 여러 돌에 진나라 군주의 유렵遊獵을 노래한 4언시를 새긴 것인데, 당나라 때 발견되었다)을 돌에 새긴 일이 있다.

205_ 심린사(沈麟士)는~업으로 삼았으며: '심린사'는 남조(南朝)의 제(齊)나라 사람이다. 경서(經書)와 사서(史書)에 통달하여 수십 권의 저서를 남겼다. 오차산(吳差山)에 은거해 경전을 강의했는데 따르는 제자가 수백이었다. 젊은 시절에 가난하여 주렴 짜는 일을 했던바, 손으로 주렴을 짜는 내내 입으로 글 암송하기를 그치지 않아 마을 사람들이 그를 '직렴선생'(織簾先生)이라 불렀다고 한다.

206_ 불침: 불에 달군 쇠꼬챙이.

207_ 무담남(武澹男)은~일을 했었다: '무담남'은 명말 청초의 인물로 운남(雲南) 무정(武定) 사람인 '무염'(武恬)으로 추정된다. 그는 새, 물고기, 화조(花鳥), 산수, 인물, 성문(城門), 누각 등의 그림을 불에 달군 쇠꼬챙이로 젓가락 위에다 세밀하게 잘 새긴 것으로 유명했다. 명나라 말에 유적(流賊)이 운남에 침입하자 머리를 풀어 헤치고 미친 척하며 날마다 저자에서 노래하다가 이내 곡(哭)을 하곤 했는데, 이에 사람들이 그를 '무풍자'(武風子)라고 불렀다고 한다. '청광'(淸狂)이란 '맑은 미치광이'라는 뜻으로, 실제로는 미친 사람이 아니나 지조를 지키기 위해 미친 사람처럼 행동하는 이를 가리키는 말이다.

208_ 서위(徐渭)같이~팔아 생활했고: '서위'는 명나라의 문인으로, 자는 문장(文長)이고 호는 천지(天池) 혹은 청등(靑藤)이다. 시문·서화·음악·희곡에 두루 뛰어나 독창적인 예술 세계를 보여주었다. 본래 그의 집안은 부유한 상층 지주에 속하였으나 두 형의 죽음 이후 가세(家勢)가 기운데다 수차례 과거에 낙방하고 옥살이까지 해 경제적으로 궁핍해져 자신의 그림을 팔아 생활하였다.

209_ 진앙(陳昂)처럼~팔아 생활했었다: '진앙'은 명나라 문인으로, 자는 이첨(爾瞻) 혹은 운중(雲仲)이고 호는 백운선생(白雲先生)이다. 문집으로 『백운집』(白雲集)이 전한다. 왜환(倭患)을 만나 떠돌다가 강릉(江陵)에 머물 때, 사립문에 직접 방(榜)을 내걸고 손님을 모아 시문(詩文)을 팔아 생활하였다.

210_ ① 劉備之英雄而結氂也; 嵇康之曠達而爲鍛也; 顏眞卿忠臣也而手自刻石; 沈麟士高士也而織簾爲業; 武澹男淸狂也而火尖鏤竹; 徐渭之奇偉, 賣畫自給; 陳昂之耿介, 賣詩爲生. 玆皆古人之寓心而資生也.

② 今美仲, 癖而又貧者也. 或有人必反脣蹙頞而歎曰: "君子何役於癖? 君子雖貧, 何忍賣技?" 余勸之曰: "癖, 病也. 何不貽藥以療之? 貧, 飢也. 何不與金以周之, 而何徒憂歎之爲?"(「육매독」, 『종북소선』, 25a~25b)

211_ 김수영, 앞의 논문에 의하면 이 아화(雅化)는 개작을 통해 더욱 강화된다. 다시 말해 초고에 가까운 『종북소선』에 실린 「육매독」보다 이후 개작한 글(이는 박영철본 『연암집』에 '與人'이라는 제목으로 실려 있다) 쪽이 아화가 훨씬 심하다.

212_ 「필세설」: 『연암집』 권3에 실려 있다.

213_ "意欲閒中見聞百花性情色態, 編『花董狐』"(『이목구심서』 2, 『청장관전서』 권49, 『한국문집총간』 제258책, 393면); "精於草木鳥獸蟲魚之學, 逢田父野老, 問其方名, 考諸『本草』, 以諺翻釋之."(「先考府君遺事」, 간본 『아정유고』 권8, 『국역 청장관전서』 Ⅳ, 八五면) 등의 기록에서 그 점이 확인된다.

214_ 『윤회매 10전』의 '일지원'(一之原, 『청장관전서』 권62 所收)에 이 사실이 밝혀져 있다.

215_ 형재(炯齋)는 이덕무이고, 영암(泠菴)은 유득공이며, 초정(楚亭)은 박제가다. 이 매매계약서의 번역은 박희병·정길수 외 편역, 『연암산문정독』 2(돌베개, 2009), 33~34면에 따랐다. 해당 원문은 다음과 같다: "右文, 效林和靖覊梅事. 輪回梅凡參本, 揷大小拾玖瓣者. 折桃爲枝, 煮蠟爲蕾, 剪獐爲蕊. 每瓣折壹文式, 餌觀齋錢, 合拾玖文了, 幷付賣花贖壹度. 日中交易事. 若枝不如枝, 花不如花, 蕊不如蕊, 牀上不輝, 燭下不疎, 伴琴不奇, 入詩不韻, 有一於此, 齊告社中, 永杜買花事. 梅主, 薄遊館主人; 證, 炯齋·泠菴; 筆, 楚亭."('九之券', 『윤회매 10전』, 『청장관전서』 권62, 『한국문집총간』 제259책, 113면)

216_ 번역은, 편지 부분은 『연암산문정독』 2, 45면의 것에 따르고, 나머지는 『국역 청장관전서』 Ⅹ, 221면의 것에 따랐다. 해당 원문은 다음과 같다: "武陵氏, 窮居幽憂, 疾病交加, 無以慰心, 問方於余. 燈底爐畔, 談笑之次, 頃刻開花, 門生僮行, 無不爲之. 嘗以畫磁甁, 揷折枝, 賣於錦肆, 得靑錢二十. 余方補敗囱, 有紙無糊, 武陵分我一錢, 買糊抹綴. 今年, 耳不鳴, 手不皴, 皆武陵之力也. 貽錢帖曰: '畫甁揷十一花, 得錢二十, 嫂獻十葉, 妻與三, 小女與一, 兄房饗桊二, 吾房亦同, 南草一, 巧餘一. 茲以送上, 笑領大好.'"('八之帖', 『윤회매 10전』, 『청장관전서』 권62, 『한국문집총간』 제259책, 112면)

217_ 박혜숙, 「18·19세기 문헌에 보이는 화폐단위 번역의 문제」, 『민족문학사연구』 38, 2008, 214면 및 224면 참조.

218_ 1전(錢)이 10푼이고, 10전이 1냥이다.

219_ 원문은 아래와 같다.

上房朝夕柴炭^{合六月 三月式} 越房_{合二月 一月式} 炭_{二分}

饌價朝夕合三錢 油價_{二分}

已上 一日經費 五錢

一朔都合 十五兩^{接客等節 不在磨鍊中}

220_ "貧而雅, 絕勝富而俗."(「육매독」, 『종북소선』, 25b)

221_ 「『양환집』서」, 『종북소선』, 17a.

제5장 명말 청초의 평점서와 『종북소선』

1_ "忠諫謂之誹謗, 苟而又苟."(『集古評釋西山眞先生文章正宗』卷第二, 규장각 소장본)

2_ "'約'字爲句"(같은 책)

3_ "秦, 漢興亡, 決此數語"(같은 책)

4_ "文色生動"(서울대 중앙도서관 소장본 『徐文長文集』 권27)

5_ "悲咤語, 傷魂動魄"(『徐文長文集』 권27)

6_ 18세기 후반 유만주(兪晩柱)가 쓴 일기인 『흠영』(欽英)에 김성탄 평점본 『수호전』의 '총비'에 대한 언급이 보인다. 『흠영』 1784년 윤3월 초10일자, 11일자, 12일자의 일기(규장각 영인본 『흠영』 제5권, 187면, 188면, 189~191면) 참조.

7_ 『수호전』 제16회의 "叫老都官吃一瓢, 楊提轄吃一瓢. 楊志那里肯吃"이라는 글 아래에 달려 있는 협비가 그러하다. 『金聖嘆評點才子全集』 제3권, 295면 참조.

8_ "一座奇峰, 忽然跌落, 落後却向李吉口中重複跌起峰頭, 行文如在山陰道中也." (위의 책, 62면)

9_ "第六番方遞入正傳, 行文步驟, 千古未有."(위의 책, 64면)

10_ 그리 흔치는 않지만 두 개의 미평이 달려 있는 경우도 없지는 않다. 이런 경우 첫 번째 미평이 끝남과 동시에 동그라미 표시가 나온 다음 새 미평이 시작된다. 가령 사마천의 글인 「장의열전찬」(張儀列傳贊)을 예로 들 수 있다. 『金聖嘆評點才子全集』 제2권, 499면 참조.

11_ "此論有刀斧氣, 橫斫竪斫, 略無少恕, 讀之增人氣力."(歐陽脩의 「縱囚論」, 『金

聖嘆評點才子全集』제2권, 646면)

12_ 청초(淸初)에 송락(宋犖)·허여림(許汝霖)이 편찬한『三家文鈔』(규장각 소장본) 참조.

13_ 『위숙자문집』(魏叔子文集)이 실려 있는『삼위전집』(三魏全集)에는 그 겉표지 안쪽에 "諸名家評點"이라는 구절이 인쇄되어 있다.『삼위전집』은 규장각에 소장되어 있는 문규당(文奎堂) 장(藏) 판본을 참조했다.

14_ 수비의 예로는『삼위전집』제16책의『위숙자문집』권12에 수록된「霜哺篇跋」을 참조할 것.

15_ "陸云:'是山中最生色事. 亦是文中最得意處.'"(『삼위전집』제17책의『위숙자문집』권16에 수록된「翠微峯記」의 미비)

16_ 『청문집』은『청문녹고』(靑門籛稾),『청문여고』(靑門旅稾),『청문잉고』(靑門賸稾)의 셋으로 구성되어 있다.

17_ 가령,『청문녹고』권9에 수록된「諸葛亮論」은 제법 긴 글임에도 글 중간에 '遠接'이라는 방비 하나만 달려 있을 뿐인바, 소략한 방비의 대표적인 예가 된다. 한편,『청문녹고』권15에 수록된「明大司馬盧忠烈公傳」의 방비는 자세한 방비의 예가 된다.

찾아보기